ハヤカワ文庫SF

〈SF2475〉

三体0《ゼロ》 球状《きゆうじよう》閃《せん》電《でん》

劉 慈欣

大森 望、光吉さくら、ワン・チャイ訳

早川書房

9146

BALL LIGHTNING

by

Cixin Liu

Translated by
Nozomi Ohmori, Sakura Mitsuyoshi, Wan Zai

本書における球電《ボール・ライトニング》の特徴やその挙動の描写は、
すべて歴史的事実に基づく。

目次

三体0《ゼロ》　球状閃電《きゅうじょうせんでん》

登場人物

陳（チェン／ちん）　〝球電〟の研究者。博士課程を経て雷研究所勤務

林雲（リン・ユン／りん・うん）　国防大学新概念《ニュー・コンセプト》兵器開発センター勤務。軍属、少佐

丁儀（ディン・イー／てい・ぎ）　世界的理論物理学者。国家科学院の最年少フェロー

江星辰（ジャン・シンチェン／こう・せいしん）　航空母艦〈珠峰《チョモランマ》〉艦長。海軍大佐

許文誠（シュー・ウェンチェン／きょ・ぶんせい）　実験基地の責任者。空軍准将

康明（カン・ミン／こう・めい）　〈曙光〉部隊の軍事指揮官。陸軍中佐

張彬（ジャン・ビン／ちょう・ひん）　大気電気学副教授。陳の修士課程の指導教官

鄭敏（ジェン・ミン／てい・びん）　張彬の妻。球電研究者

趙雨（ジャオ・ユー／ちょう・う）　修士課程の院生。張彬の研究室所属

高波（ガオ・ボー／こう・は）　大気電気学者。陳の博士課程の指導教官。のち、雷研究所所長

プレリュード

その日はぼくの誕生日だった。ようやくそのことを思い出したのは、夜になって、父と母がバースデーケーキのろうそくに火を点け、家族三人で囲むテーブルに十四の小さな炎が灯ったときだった。

雷雨の夜だった。全宇宙が、ひっきりなしに閃く稲妻と小さなわが家だけになったような気がした。青い稲妻が光ると、その瞬間だけ、窓の外の雨粒がくっきり見える。凍りついた雨は、天と地のあいだで宙吊りになった無数の水晶の糸のようだった。

そのとき、ふと思った。世界がこんなふうに静止してたら面白いだろうな。毎日、出かけるときは水晶のカーテンをかき分け、チリンチリンと音をたてながら歩いていく。でも、こんなに繊細で美しい世界が、荒れ狂う雷や稲妻に耐えられるだろうか……。

ぼくの目に映る世界は、他人が見るそれとはいつも違っていた。ぼくは世界の姿を変えたかった。そのころの自分について覚えているのはそれだけだ。

夕方から暴風雨になり、稲妻と雷鳴もいよいよ激しさを増してきた。最初のうちは稲妻が閃くたびに、一瞬で消え去る水晶世界が脳裡に浮かび、耳をつんざく雷鳴をいまかいまかと待ち受けていたが、いまはもう、稲妻が間断なく光りつづけ、どの雷鳴がどの稲妻のものなのかわからない。

雷雨がこんなに激しく荒れ狂う夜は、家のありがたさが身に沁みる。外の世界の恐怖と危険を想像すると、わが家の温もりになおさら感謝したくなる。こんなときは、大自然の中で嵐と雷に襲われて震えている、家を持たない生きものたちのことが哀れに思えた。窓を開けて招き入れてやりたいけれど、実際はそんな勇気なんかなかった。外の世界は恐怖に満ちている。わが家のあたたかな空間に外の吐息がちょっとでも入りこむことを考えると、怖くて怖くて、とてもそんな気になれない。

「人生は……人生というものは……」父は大きなグラスに入った酒を一気に飲み干した。その目はろうそくの小さな炎をまっすぐ見つめている。「変幻自在で予測不能だ。すべては確率と運しだい。川を流れてゆく小枝と変わらない。岩にぶつかったり、小さな渦に巻き込まれたり……」

「この子はまだ小さいのよ。そんなこと言っても、わかるわけないでしょ」母が言った。

「もう子どもじゃない！」父は言い返した。「人生のなんたるかを理解できてもいい年ごろだ！」

「さも自分はわかってるって口ぶりね」母は莫迦にしたような笑みを浮かべた。

「ああ、わかっている。もちろんわかっているとも！」

父はまたグラスに酒を注ぎ、その半分をひと息に飲み干すと、ぼくに顔を向けた。

「息子よ、すばらしい人生を送ることは、実際はそれほどむずかしくない。いまから言うことをよく聞け。いいか、だれもが認めるような世界的な難問に腰を据えてとり組みなさい。いちばんいいのは、一枚の紙と一本の鉛筆だけで挑戦できる数学の難問だ。そうだな――たとえばゴールドバッハの予想とかフェルマーの最終定理とか。あるいは、紙も鉛筆も必要ない、純粋な自然哲学の難問でもいい。たとえば宇宙の起源とか。全身全霊で研究に打ち込むんだ。成果を得ることなど考えず、ひたすら励め。研究に専念していれば、知らず知らずのうちに一生が終わる。〝腰を据える〟というのは、つまりそういうことだ。

あるいはその反対に、金儲けを唯一の目標として、どうやって稼ぐかだけを一心不乱に考えるのでもいい。その場合も、稼いだ金をどう使うかなんか考えちゃだめだ。そして死ぬ間際、枕元に山積みになった金貨を見ながら、グランデ（一八三三年に刊行されたバルザックの長篇小説『ウジェニー・グランデ』の登場人物）みたいにこう言うのさ。『ああ、これで体が温まる』ってね……。だから、すばらしい人生を送る鍵は、なにかひとつのものに夢中になることにある。たとえば父さんの場合は……」

そう言いながら、父は部屋のいたるところに置かれている小さな水彩画を指さした。どれもしごくオーソドックスな、ありきたりとさえ言えるような技法で描かれたもので、なんのオーラも感じられなかった。それらの絵の表面に窓の外の稲妻が反射して、まるでスクリーンのように見えた。

「……絵を描くことに魅せられた。ゴッホになれないことぐらいわかっていたが」

「そうね。夢想家と冷笑家はたがいに相手のことを憐れんでいるけれど、実際のところ、どっちも幸運なのよ」母は母で、なにか思うところがあるようだった。

いつもはそれぞれの仕事で一日じゅう忙しくしているのに、父も母も、このときばかりは自分が誕生日を迎えたかのように、みずからをかえりみて哲学的な考えにふけっていた。

「ママ、じっとしてて！」ぼくはそう言いながら、黒々とした豊かな母の髪から半分だけ白くなった一本の髪の毛を抜いた。根本側の半分は黒いままだ。

父は電灯にかざしてその髪の毛をためつすがめつした。稲光に照らされて、白い部分が電球のフィラメントのように光っている。「父さんが知るかぎり、これはママにとって生まれてはじめての白髪《しらが》だな。少なくとも、見つけたのはこれがはじめてだ」

「なんてことするの！　白髪は一本抜くと七本生えてくるのよ！」母は怒ったように言うと、その髪の毛を投げ捨てた。

「ああ、これこそが人生だ」父はケーキの上のろうそくを指さした。「おまえが砂漠でこの小さなろうそくに火を点けたとしよう。運よく風がなくて、無事に火を灯せたとして、おまえがその場を離れ、遠くからその炎を眺めたら、いったいどんなふうに見える？　息子よ、それこそが生命であり人生なんだ。ゆらゆらとゆらめきつづけて、そよ風にも耐えられない、はかないもの」

　会話が途絶え、ぼくたちはその小さな炎を黙って見つめた。ろうそくの炎は、窓から射し込む氷のように冷たく青い稲光に照らされて震えている。たしかにそれは、ぼくらが丹精込めて育て上げた小さな命のようだった。

　窓の外では、強烈な稲妻がまだひっきりなしに閃きつづけていた。

　それが現れたのはこのときだった。それは壁を通り抜けて家の中に入ってきた。壁に掛かっている油彩画――ギリシャの神々がお祭り騒ぎをしている絵――の横から出現したそれは、さながら絵から抜け出した亡霊のようだった。バスケットボールくらいの大きさで、ぼんやり赤い光を放ち、赤暗い航跡をたなびかせて、ぼくたちの頭上をすいすい漂っている。動く軌道は定まらず、頭上の航跡は複雑怪奇な曲線を描く。しかも、移動しながらノイズを発していた。耳障りなほど鋭いと同時に低く沈んだその音は、太古の荒地で亡霊が吹く塤《シュン》（中国の伝統的な管楽器。土笛の一種）の音色を思わせた。

恐怖のあまり動けなくなった母は、父にぎゅっとしがみついている。母のこの行動を、ぼくはそれから終生恨みつづけることになる。もし母がこんなふうにしがみついていなければ、ぼくは少なくとも天涯孤独になることはなかったのだから。

なにかを探しているかのように漂いつづけていたそれは、やっと標的を見つけたらしく、父の頭上約五十センチメートルの空中で、ひっかかったように静止した。途切れ途切れになった低いビープ音は、あざ笑っているかのようだ。

ぼくにはそれの内側を見通すことができた。どこまでも深い、半透明の赤い輝き。その底知れない光の靄から、青い小さな星々が群れをなしてたえず流れ出てくる。まるで、超光速で宇宙を疾駆する亡霊の目に映る星野のようだ。

あとになってわかったことだが、それの内部の体積エネルギー密度（単位体積あたりのエネルギー量）は、一立方センチメートルあたり二万から三万ジュールに達していた。ＴＮＴ火薬ですら、一立方センチあたりの体積エネルギー密度は二千ジュールしかないというのに。しかも、内部温度が摂氏一万度以上に達するにもかかわらず、表面は冷たいままだった。

父は上に手を伸ばした。もちろん、それに触れようとしたわけではなく、とっさに自分の頭を守ろうとしただけだった。しかし、父の手がある一定の高さまで上がったとき、吸引力らしきものが働いたのか、雨露が葉っぱの先端の尖ったところに集まるような動きで、それが父の手に吸いついた。

とつぜんぼくの視界が真っ白になって目が眩み、同時に巨大な爆発音が轟いた。すぐ近くで世界が爆発したかのようだった。

強い光のせいで、一瞬、目の前が真っ暗になった。視力をとり戻したとき、眼前に現れた光景は、一生忘れられない。画像処理ソフトの色彩モードでグレースケールを選択したみたいに、父と母の体が一瞬のうちに白黒に変わっていた。もっと正確に言うと、白と灰色——大理石の色だ。黒く見えるのは、体のしわや服の折り目など、照明の光が当たらない影の部分だった。父は片手を上げたままだったし、母は父のもう片方の手を両手でつかんでいる。二体の彫像のように凍りついた二人の瞳には、しかし、まだ生命の輝きが宿っているように見えた。

あたりは嗅ぎ慣れない異臭が漂っていた。あとになってわかったが、それはオゾンのにおいだった。

「パパ！」大声で呼びかけたが、返事はなかった。

「ママ！」さらに叫んでみたが、やはり返事がない。

二体の彫像に歩み寄ったぼくは、その瞬間、生涯最大の恐怖に襲われた。それ以前から、怖い夢を見たことは何度もあったけれど、どうにか耐えられたのは、悪夢の最中も潜在意識は目覚めていて、意識の底から「これは夢だ」と呼びかけてくれていたからだと思う。いまもまた、潜在意識が声をかぎりに「これは夢だ！」と叫んでいる。それを心の支えに、震える手を伸ばして父の体にさわろうとした。父の白い肩の表面に指先が触れると、もろく薄い殻を突き破ったような感触があった。間髪容《い》れず、ピキッと小さな音がした。冬場に冷たいコップに熱湯を注いだとき、ガラスにひびが入る音のようだった。その音とともに、目の前の二体の彫像が小さな雪崩を起こした。

絨毯の上には白い灰の山が二つ残されているだけで、それ以外なにもなかった。

だが、二人が座っていた木製の椅子はそのまま残り、その上にも灰が積もっている。ぼくはその灰を払い落とした。傷ひとつない椅子の座面が現れた。さわってみると氷のように冷たかった。人間の体を完全に灰にするには、火葬場の炉でも二千度の高温で三十分間焼きつづけなければならないはずだ。だからこれは夢に違いない。

茫然とあたりを見まわすと、ガラス扉つきの書棚の中にも煙が立ち込めていた。扉の内側に白い煙が充満している。ガラス扉を開くと、まわりに白煙が広がった。棚に収められた書物の三分の一がすでに灰と化している。その灰の色も、絨毯の上の二つの山の色と同じだった。なのに書棚には焼け焦げた痕跡がまったくない。やっぱりこれは夢だ。

　ドアが半開きになった冷蔵庫からも湯気が立ち昇っていた。フリーザーを開けてみると、冷凍の鶏肉に火が通って、美味しそうなにおいを漂わせていた。生の海老や魚もすっかり茹で上がっている。だが、冷蔵庫自体は見たところどこも壊れていない。コンプレッサーが作動する音も聞こえる。これは夢だ。

　体に違和感を覚えて、パーカーのファスナーを下ろした。すると、パーカーの内側から灰がぱらぱら落ちてきた。よく見ると、中に着ていたランニングシャツが灰になっている。でも、上に着ているパーカーにはどこも異状がないし、ぼく自身、さっきまでなにも感じていなかった。パーカーのポケットに手を入れると、火傷しそうなほど熱かった。中のものをとりだしてみると、それはポケットに入れっ放しにしていた携帯ゲーム機だった。どろどろに溶けたプラスチックの塊に変貌している。これはたしかに夢だ。まったく、なんて夢だ！

　茫然としたまま、さっきまで座っていた椅子に戻った。その席からは、テーブルの向こうにある絨毯の二つの灰の山は見えない。だが、そこにあることはわかっていた。外の雷鳴は弱まってきたし、稲妻も間遠になり、やがて雨もやんだ。しばらくして雲間から月が顔を出し、神秘的な銀色の光が窓から射し込んできた。それでもぼくは、微動だにせずただじっと座っていた。このとき、頭の中では世界が存在をやめてしまい、ぼくは果てしない虚空に浮かんでいた。

どのくらい時間が過ぎただろう。窓から入る朝陽で目を覚ましたぼくは、ぼんやりしたまま立ち上がり、学校へ行こうとした。手探りで通学鞄を見つけ出し、手探りで玄関のドアを開ける。というのも、ぼくの目はいまもまだ、あの果てしない虚空を見つめていたからだ……。

一週間後、精神状態がほとんどもとに戻ったとき、最初に思い出したのは、誕生日のあの夜の出来事だった。バースデーケーキのろうそくの数は一本だけでよかった。いや、一本も必要なかった。なぜならあの夜、ぼくの人生は新たにはじまったからだ。あの夜以降のぼくは、それまでのぼくとはまったくの別人になった。

父が人生の最期にアドバイスしてくれたとおり、ぼくはいま、ひとつのものに夢中になっている。父が語ったようなすばらしい人生を体験するために——。

第一部

大学

必修科目：高等数学、理論力学、流体力学、計算機原理及び応用、計算機言語及びプログラミング、気象力学、気象学原理、中国の天候、統計的予報、中長期的気候予測、数値予報など。
選択科目：大気循環、気象学診断解析、豪雨とメソ気象学、雷を伴う豪雨の予測と避難、熱帯気象、気候変動と短期的気象予測、気象レーダーと気象衛星、大気汚染と都市の気候、高原の気候、大気と海洋の相互作用など。

五日前、家にあったすべての荷物を整理してから、遠く離れたこの南方の都市に、大学進学のためにやってきた。からっぽになった実家の玄関ドアを最後に閉めたときは、自分の少年時代と青春を永遠にそこに残していくのだと思った。これからの自分は、シンプルにひとつの目標だけを追求する機械になる。

これから四年間の大学生活を埋めつくすはずのシラバスを見て、ぼくはがっかりしていた。ほとんどの科目がぼくにとって必要ないものだったし、いちばん必要としていた学科は——たとえば電磁気学やプラズマ物理は——ひとつもない。このときようやく、自分が専攻をまちがえていたことに気づいた。専攻すべきだったのは物理学で、大気科学ではなかった。

それ以降、図書館に入り浸って、ほとんどすべての時間を数学、電磁気学、流体力学、プラズマ物理の勉強に費やした。これらに関係する科目だけ講義に出て、それ以外の科目は出席すらしないのが当たり前になった。華やかで充実したキャンパスライフなどとはまったく無縁だった。もっとも、ぼくのほうもそんなものには関心すらなかった。毎晩、深夜一時か二時にやっと寮に戻り、ルームメイトがガールフレンドの名前を寝言でブツブツ言っているところに出くわして、そのときようやく、いまの自分とはべつの種類のライフスタイルもあるんだなと気がつく——そんな日々を送っていた。

ある日、深夜零時を過ぎたころ、ぼくは分厚い『偏微分方程式』のページから顔を上げた。夜間に勉強する学生のためだけに開放されている閲覧室に残っているのは、どうせまた自分だけだろうと思っていたが、机をはさんだ向かい側の席に、美人のクラスメイト、戴琳《ダイ・リン》が座っていた。彼女の前には本は置かれていない。両手で頬杖をついて、ただじっとぼくを眺めているだけだ。おおぜいいる戴琳のファンでも、そんな目で見つめられて陶然となる者はいないだろう。というのもその目は、みずからの陣営に潜んでいたスパイを見つけたときの目、もしくは異物を見るような目だったのだから。いったいどのくらいのあいだ、戴琳はその目でぼくを見つめていたのだろう。

「あなたって特別ね。見てるとわかるけど、あなたは本の虫なんかじゃない。目的に対する執念がずば抜けて強いんだと思う」

「えっ？　きみたちには目的がないってこと？」たいして考えもせずに訊き返した。ぼくはクラスで唯一、彼女と話したことがない男子学生だったかもしれない。

「わたしたちの目的なんて漠然としたものよ。でも、あなたが追求しているのって、すごく具体的なものでしょ」

「人を見る目があるんだね」ぼくはそっけなくそう言うと、本を手にして立ち上がった。戴琳の前でいい格好をしようとしない男はぼくくらいだろうと思って、ちょっとした優越感に浸った。

「あなたはなにを求めているの？」閲覧室の戸口までたどりついたとき、背後から彼女がたずねた。

「きみにとっては面白くもなんともないものだよ」ぼくは振り向きもせず、そのまま閲覧室を出た。

外は静寂に包まれた秋の夜だった。満天の星空を眺めていると、不意に父の声が脳裏に甦った。「すばらしい人生を送る鍵は、なにかひとつのものに夢中になることにある」ぼくはいまになって、その言葉が正しかったことを悟った。ぼくのいまの人生は、さながらまっしぐらに撃ち出された砲弾のようなものだ。目標を達成したときに爆発音を轟かせたいという渇望以外、ぼくにはなにもない。この目標に私利私欲はまったくなかった。目標が達成されることは、人生そのものが終わることを意味する。なぜその目標に向かって走っているのか、自分でもわからない。でも、ただ達成したい、それだけでじゅうぶんだった。なぜならこれこそが、人類のもっとも根源的な衝動なのだから。奇妙に思うかもしれないが、いままでぼくはそれに関する資料を調べたことがなかった。ぼくとそれとは、たった一度の決闘の準備に人生のすべてを費やす二人の騎士のようなものだ。まだ準備が整っていないうちにそれを見たり、それについて考えたりするつもりはなかった。

あっという間に三つの学期が過ぎていった。実感としては、三つの学期は休暇で中断されることもなく、ひとつにつながっていた。帰る家がどこにもないので、休暇のすべてを学校で過ごしていたからだ。だだっ広い寮の建物にひとりで暮らしていても、孤独を感じることはまったくなかった。唯一、大晦日《おおみそか》（旧暦）の夜に外から聞こえてきた爆竹の音は、それが出現する以前の暮らしを多少なりとも思い出させた。しかし、あの頃の人生はもう、ひとむかし前のものとしか思えなくなっていた。最近は、休み中、寮の暖房が止められて寒さが身にこたえるせいか、見る夢もとりわけ生々しくなっていた。大晦日の夜くらいは父と母が夢に出てくるんじゃないかと期待していたが、結局、予想は外れた。インドにはこんな伝説がある。ある日、国王が寵愛していた王妃が亡くなってしまった。そこで国王は、王妃のために、かつてないほど豪華な陵墓を建造することにした。国王はそのためにあらんかぎりの力を注いだ。だが、陵墓が完成すると、国王は真ん中に置かれた王妃の棺を見てこう言ったという。「この棺は、ここにまるで似合わない。棺をどこかへ移せ」

　ぼくの心もそれと同じだった。父と母はすでにぼくの心を離れ、はるか遠くへ去ってしまっている。かわりにぼくの心を占拠しているのはそれだった。

　だが、次に起こった出来事によって、こんなにシンプルだったぼくの世界は、またしても複雑なものに変わってしまった。

奇現象（一）

大学二年の夏休み、ぼくは学費や生活費の足しにするため、かつての我が家を賃貸に出そうと、実家に戻った。

実家に着いたとき、空はもう暗くなっていた。手探りでドアの鍵を開けて中へ入り、電気を点けると、懐かしい光景が目の前に現れた。あの雷雨の夜、バースデーケーキが置かれていたテーブルもそのまま部屋の真ん中にあったし、三脚の椅子も同じようにテーブルを囲んでいる。そのようすはまるで、きのう家を出たばかりのようだった。疲れていたぼくはソファに座り込んで家の中を見渡した。なにかがおかしい。はじめのうち、その違和感はぼんやりしていたが、だんだんはっきりしてきた。濃霧の中を航海しているときに見え隠れする暗礁さながら、それに意識を集中することを強いられた。そしてついに違和感の正体をつきとめた。

〈まるで、きのう家を出たばかりのよう――〉

テーブルをよくよく見ると、埃が薄く積もっている。とはいえ、ぼくが家を出てからもう二年の月日が経っている。二年間という時間からすると、積もっている埃の量は明らかに少なすぎる。

汗と埃にまみれた顔を洗いに洗面所へ行った。電気を点けてみると、鏡には自分の顔がはっきりと映っている。そう、あまりにもはっきりと。こんなにきれいに映るなんてありえない。いまもまざまざと覚えている。小学校の夏休み、両親と一週間の小旅行に出かけたときのことだ。家に帰ってきたぼくは、鏡に積もった埃の上に、指で小人の絵を描いた。だが、いまはどうだろう。指で鏡に絵を描こうとしてみたが、何度やっても、指の跡は残らない。

水道の蛇口をまわしてみた。二年も使っていなかった水道管の蛇口から出てくるのは、赤錆だらけの濁り水のはずだ。だが、いま流れている水はきれいに澄んでいる。

洗顔のあとリビングに戻り、またべつの変化に気づいた。二年前、最後にここを離れるとき、ドアを閉める前に室内全体をさっと見渡して、忘れものがないかたしかめた。テーブルの上にガラスのコップがあるのに気づき、埃が入らないようにひっくり返しておいたほうがいいだろうかと考えた。でも、もう荷物を背負っていたから、わざわざまた部屋に戻るのが億劫で、コップはそのままにしてドアを閉めた。そのときの状況は、こと細かに覚えている。

なのに、いま見ると、テーブルの上のコップは上下逆さまになっている。

そのとき、ぼくの部屋に明かりが点いていることに気づいて、ご近所さんたちが訪ねてきた。大学に入学した孤児のぼくを、みんな口々にあたたかく歓迎し、親切な言葉をかけてくれた。家を賃貸に出したいと相談すると、そのための手続きを喜んで引き受けてくれたばかりか、将来、ぼくが大学を卒業したあともここに戻らないなら、この家を高く売ってあげようとまで約束してくれた。

「このあたりの空気って、ぼくが住んでたころよりずっときれいになったんですね」この二年間の変化が話題にのぼったとき、ぼくは迂闊《うかつ》にそう口にした。

「きれいになったって？　おまえさんの目は節穴か！　酒造所近くの火力発電所が去年から稼働してるんだ。そのせいで、空気に含まれる粉塵の量は二年前の倍になってるぞ！くそっ、このご時世に、むかしより環境がよくなった場所なんかどこにある？」

うっすら埃をかぶっているテーブルを見やったものの、ぼくはなにも言わなかった。それでも、近所の人たちが帰るとき、我慢できずに、うちの親から玄関の鍵を預かっている人がいないかどうかたずねてみた。彼らはびっくりしたように顔を見合わせ、きっぱり否定した。嘘ではないだろう。ぜんぶで五つあった玄関の鍵のうち、いまも使えるものは三つだけだが、二年前に家を離れたとき、ぼくは三つとも持って出た。さっきドアを開けた鍵がそのうちのひとつで、残りの二つは大学の寮に置いてある。

ご近所さんたちが帰ったあと、すべての窓を点検してみた。どれもしっかり施錠されていたし、壊された形跡もない。五つの鍵のうち、残る二つは父と母がそれぞれひとつずつ持っていたが、あの夜の火災ですっかり溶けてしまった。変形した二つの金属塊――溶けたあとまた固まった鍵――を遺体の灰の中から見つけ出したときのことは忘れられない。その二つの金属塊は、いまも遠く離れた寮の部屋に、あの不思議なエネルギーの痕跡として保管している。

椅子に座って少しだけ休んでから、家にあるものの整理にとりかかった。処分するものと、残しておくものとを仕分けする必要がある。残すものについては、家に借り手がついたあと、他の場所で保管するか、寮に持っていくかしなければならない。最初に手をつけたのは、父が描いた水彩画の数々だった。この家にあるものの中で、ぜひ残しておきたいと思う数少ないもののひとつだ。まず壁に掛かっている数点をとりはずし、次にキャビネットに収められていた絵を出した。見つかるかぎりの絵を探し出して、まとめて段ボール箱に入れた。最後に見つけたのは、書棚のいちばん下に置いてあった一枚だった。裏返しにしてあったせいで、さっきは気づかなかった。その絵を箱にしまおうと何気なく表に向けた瞬間、目が釘づけになった。

それは、一枚の風景画だった。わが家の玄関から見た景色が描かれている。周囲に広がるのは平凡で味気ない風景だった。四階建てのくすんだ数棟の建物とポプラ並木。埃が降り積もったようなその景色にはまったく生気がない。アマチュアの三流画家だった父は怠惰な性格で、屋外に写生に出かけることはほとんどなかった。どんよりした周囲の景色ばかりを飽きもせず描きつづけ、「平凡な景色などない、あるのは平凡な画家だけだ」と口癖のように言っていた。そういう画家だったから、死んだような筆づかいで平凡な風景を描くことで、よりいっそう味気なさが増す結果になる。しかし、ある意味それは、どんよりした北方の町の日常をかえってリアルに見せていたとも言える。いまぼくが手にしているのもちょうどそんな絵で、段ボール箱に収まった多くの似たような絵と同じく、とりたててどこに魅力があるというわけでもない。

それでもぼくの目は、あるひとつのもの——給水塔——に吸い寄せられた。周囲の古い建物とくらべて少しだけ色合いが鮮やかで、背の高い大きな朝顔の花にも似ている。家の外には実際にその給水塔が存在しているのだから、べつだん特別なことではない。頭を上げて窓の外に目をやれば、高くそびえつ立つ給水塔の塔屋が、町の灯を背景に漆黒のシルエットを浮かび上がらせている。

ただし、その給水塔が完成したのは、ぼくが大学に入ったあとだった。二年前、ぼくがこの家を離れたとき、足場の中に見える塔は、まだ半分の高さしかなかった。

全身にぶるぶると震えが走り、手にしていた絵が床に落ちた。真夏の夜だというのに、肌が粟立つような冷気が家じゅうに満ち満ちている。

その絵を箱に押し込むと、しっかりと蓋を閉め、ほかのものの整理にとりかかり、できるだけ作業に集中しようとした。だが、ぼくの思考は、さながら細い糸の先にぶら下がった一本の金属針のようだった。段ボール箱という強力な磁石に、つねに吸い寄せられている。その針が箱以外の方向を向くようにけんめいに努力したが、ちょっとでも気をゆるめると針はすぐまた段ボール箱のほうを向いてしまう。外は雨が降っていて、雨だれが窓のガラスを叩く音が響く。その音さえも、まるで箱の中から聞こえるような気がする。結局、耐えられなくなって足早に段ボール箱に歩み寄り、中から絵をとりだした。絵が描かれている側を用心深く下に向けると、それを持って洗面所に行き、絵の隅にライターで火を点けた。絵が三分の一まで燃えたあたりで、我慢しきれず表に向けた。描かれている給水塔は生き生きとしたものに変貌し、いまにも紙の中から飛び出してきそうだ。炎はすでに給水塔を呑み込み、それを描いていた水彩塗料が焼け焦げていく。踊る炎は異常なまでに妖艶な色合いを帯びていた。絵を洗面台のボウルに放り込んで、完全に燃えつきるまでじっと見守ってから、水道の蛇口をひねり、残った灰を水で洗い流した。蛇口を閉めたあと、洗面台のふちに目がとまった。さっき顔を洗ったときには気づかなかったもの――。

数本の毛髪。それもかなり長い髪の毛だ。

白髪だった。真っ白な毛髪は、洗面台の表面とほとんど同化している。しかし、半分だけ白く、まだ黒い部分が残る毛髪も何本かあった。そのおかげで、かろうじて気づくことができたのだ。この髪の毛は、二年前にぼくが残していったものであるはずがない。ぼくの髪がこんなに長かったことはないし、白髪はもっとありえない。半分黒くて半分白い長い髪の毛の一本を手にとってみた。

……白髪は一本抜くと七本生えてくる……。

うっかり熱いものに触れたときのように、髪の毛をぱっと投げ捨てた。ゆっくり宙を漂うその一本の髪の毛が残像のような軌跡を空中に描き、たくさんの髪の毛がはかなく移ろっていくように見えた。髪の毛は洗面ボウルの中に着地することなく、半分ほど落ちたところで消えてしまった。洗面台に残ったほかの髪の毛に目を向けたが、あとかたもなくすべて消え失せていた。

頭を蛇口の下に突っ込んで、しばらくずっと冷水を浴びつづけた。茫然としたままリビングルームに戻ってソファに座り、外の雨音に耳を傾けた。そのころには雨足がだいぶ強まって、すっかり豪雨になっていたが、まだ雷鳴も稲光もなかった。雨粒が窓を打つ音は、ひとりもしくは複数の人間がぼくになにかを伝えようとささやくひそひそ声のようだった。しばらく音を聞くうち、ひそひそ話の内容までだんだん想像できるようになってきた。何度も何度もくり返されることで、それはどんどん真実のように思えてきた。

「あの日は雷だった、あの日は雷だった、あの日は雷だった、あの日は雷だった……」

豪雨の夜、ぼくはまたこの家で、空が明るくなるまでじっと座っていた。それから、茫然としたまま家をあとにした。自分がなにかを永遠にここに残していくことはわかっていた。それに、自分が永遠にここに戻らないことも。

球電

新学期になって、新たに大気電気学の専門課程がはじまり、ぼくはついにそれと向き合うことになった。

大気電気学は張彬《ジャン・ビン》という副教授（日本の大学の准教授にあたる）が担当していた。年齢は五十歳ぐらいで、身長は高くも低くもなく、眼鏡は厚くも薄くもなく、声のトーンは高くも低くもなく、授業はいいとも悪いともいえない。とどのつまり、もっとも平凡な人物だった。唯一ほかの人と違うのは少しだけ足を引きずっていることだが、それさえも、注意して見ないとわからないくらいだった。

その日、午後の講義が終わって、階段教室に残っているのはぼくと張彬先生の二人だけだった。副教授は教壇の上の講義資料をかたづけていて、ぼくの存在に気づいていなかった。時はまさに秋の盛り、夕陽の金色の光が窓から射し込んでいた。窓枠の下に山吹色の枯れ葉が舞い落ちてきて、心が冷たいままだったぼくは、いまは詩作にふける季節なのだとふいに気づかされた。

　ぼくは立ち上がって教壇の前に歩み寄り、副教授に話しかけた。

「張《ジャン》先生、きょうの授業の内容とは関係ないんですが、ちょっとおうかがいしたいことが――」

　張彬は顔を上げてぼくを見るとうなずいたが、また下を向いて資料をかたづけはじめた。

「球電について、先生はなにかご存じでしょうか？」ぼくは心の奥底にずっと秘めたままで、これまで一度も口にしたことのなかった質問を発した。

　張彬の手の動きが止まった。顔を上げたが、ぼくのことは見ておらず、ただ窓の外の夕陽を見ている。その夕陽はまるで、ぼくがたったいま口にした球電のようだった。

「なにを知りたいんだね？」数秒経って、張彬はようやくたずねた。

「それに関するすべてを」

　張彬は陽射しが顔にあたるのにもかかわらず、夕陽をじっと見つめていた。このとき、陽射しはかなり強かったが、まぶしくなかったのだろうか。

「――たとえば、それの歴史とか」ぼくはもっとくわしいことを質問せざるをえなかった。

「ヨーロッパでは、古くは中世から記録がある。中国だと、比較的くわしい記録は、明代に張居正《ちょうきょせい》が記したものだね。だが、科学的な議論がなされるようになったのは一八三七年からだ。それが自然現象だと科学界に認められたのは、ここ四十年のことだよ」

「では、それを科学的に説明する説は？」

「たくさんある」張　彬《ジャン・ビン》はそれだけ言うと、また黙り込んだ。夕陽から教卓に視線を戻したものの、手はとまったままで、なにごとか考えているようだ。

「もっともオーソドックスな説は、どんなものですか？」

「渦状の高温プラズマだという説だ。内部が高速回転することで生じる遠心力が外部の大気圧と釣り合っているおかげで、比較的長い時間、安定していられる」

「ほかには？」

「高温の混合気体同士が化学反応を起こし、それによってエネルギーの平衡状態が保たれているという説もあるね」

「もっと教えていただけませんか？」ぼくは言った。先生に質問するのは、重たい石臼を長時間けんめいに押しつづけて、やっと少しだけ動くような感じだった。

「ほかには、マイクロ波ソリトン説もある。体積わずか数立方メートルの空気がメーザーの役割を果たし、マイクロ波を増幅しているという説だ。メーザーというのは出力の低いレーザーのようなものだね。大量の空気の中では、それが局所的な磁場とともにソリトンを発生させ、そこから肉眼で見える球電が生じる」

「では、最新の説は?」

「それもたくさんある。中でもかなり注目されているのが、ニュージーランドのカンタベリー大学のエイブラハムスンとディニスの説だ。彼らの説によれば、球電は基本的に、ケイ素のナノ粒子がつくる網状の球体が燃焼することで生まれる。ほかにもさまざまな説がある。空気中の常温核融合だと主張する研究者までいるくらいだ」

張彬はいったん口をつぐんだが、しばらくしてまた話しはじめた。

「国内では、だれか中国科学院大気物理研究所の人間が、空中プラズマ説を提唱している。磁気流体力学の方程式からはじまって、ベクトル・ソリトン空洞共振モデルを導入し、適切な境界温度のもとでは大気中にプラズマの渦——つまり火球——が生じることは理論的にありうると述べたうえで、数値分析によって、それが存在するための必要十分条件を示している」

「それらの説について、先生はどうお考えですか?」

張彬はゆっくりかぶりを振った。

「仮説を証明するには、ラボで球電を発生させるしかない。だが、現時点ではだれもそれに成功していない」

「球電の目撃例は国内でどのぐらいあるんでしょうか」

「かなりある。千件は下らない。中でもいちばん有名なのが、一九九八年に中央電視台《テレビ》が制作したドキュメンタリーだね。長江の洪水対策を追ったテレビ番組の中に、たまたまはっきり球電が映り込んでいる」

「張《ジャン》先生、最後にもうひとつ質問です。国内の大気物理学界で、実際にそれを目撃された方はいますか？」

張《ジャン》　彬《ビン》はまた顔を上げて窓の外の夕陽を見た。「いるよ」

「いつですか？」

「一九六二年七月」

「場所は？」

「泰山《たいざん》の玉　皇　頂《ぎょくこうちょう》（山東省泰安市にある世界遺産、泰山の最高峰。標高一五四五メートル）だ」

「その人がいまどこにいるかご存じですか？」

張彬は首を振り、腕時計に目をやった。「食事の時間だ。カフェテリアへ行きたまえ」

そう言って自分の荷物を抱えると、いきなり階段教室から出ていった。

ぼくは先生に追いつくと、長いあいだ心の中にしまっていた考えをいっぺんに吐き出した。

「張先生、こういうものは想像できるでしょうか。火の玉のようなかたちで、いとも簡単に壁をすり抜ける。空気中を飛行するさい、それの熱量を感じることは一切ない。にもかかわらず、一瞬で人を灰にしてしまう。文書に記録されていることですが——それは、部屋で寝ていたひと組の夫婦を灰に変えてしまった。でも、布団のどこにも焦げ跡が残ってなかったんです！　それは冷蔵庫の中へと進入し、すべての冷蔵食品を一瞬にして熱々の食べものに変えた。なのに冷蔵庫はなにごともなく稼働していた。そんなこと、想像できますか？　着ている人間がなにも感じないのに、シャツだけがちりちりに焼け焦げてしまうとか。先生がいま挙げた仮説の中に、この現象を説明できるものがありますか？」

「言ったはずだ。いま挙げた説にはなんの証拠もない」張彬は立ち止まることなく答えた。

「では、大気物理学という領域を超えて、いまの物理学全体、ひいては科学全体で、ぼくがいま言った現象を説明できるでしょうか？　先生はほんの少しも興味を惹かれないんですか？　先生のその反応のほうが、球電よりよっぽどショッキングですよ！」

張彬はそこで足を止めてふりかえり、ぼくの目をはじめてまっすぐ見た。「きみは球電を見たことがあるんだね？」

「……仮定の話です」

目の前にいるこの反応の薄い人物に、心のいちばん深いところにある秘密を話すわけにはいかなかった。深遠な自然の神秘に対して、この社会はあまりにも無関心だ。それの存在は、いまの科学にとって災厄の種でしかない。こういうタイプの科学者がもっと少数だったら、人類はいまごろアルファ・ケンタウリに到達していたかもしれない——。「大気物理学というのはたいへん実用的な学問だ」張彬《ジャン・ビン》が言った。「その一方、球電という現象はきわめて珍しい。それゆえ、雷対策の国際的な建築基準であるIEC／TC－81においても、また、わが国で一九九三年に公布された『建築物雷保護設計基準』のいずれにおいても、球電の存在は考慮されていない。したがって、球電について研究する意味はない」

こんな男とまともに議論しても無駄だ。ぼくは先生に一礼してその場を去った。この先生が球電の存在を認めたことだけでも大きな一歩だ！ こういう雷が実在することを科学界が公式に認めたのは、ようやく一九六三年になってからのことだ。それまでの目撃情報は、すべて幻覚だと断定されてきた。しかし、一九六三年のある日、のちに英国ケント大学電磁気学教授となるロジャー・ジェニソン氏が、ニューヨークのある空港で球電を目撃した。それは直径約二十センチメートルの火の玉で、壁を通過して格納庫に入り、庫内にあった航空機の機体を通過し、さらにまた壁を抜けて格納庫を出ると、消えてしまった。

その日の夜、ぼくはgoogleの検索窓にはじめて“ball lightning”と入力して検索してみた。さほど期待はしていなかったが、検索結果に表示されたページは、なんと四万件を超えていた。そのときようやく、自分が人生のすべてをかけて探求しようとしていたものは、全人類も注目していたのだと気づかされた。

＊＊＊

　また新学期がはじまり、灼熱の夏がやってきた。夏はぼくにとってとりわけ深い意味をもつ。雷雨が発生するからだ。雷雨は、さらにそれに近づいている気分にさせてくれる。その日、張彬副教授がとつぜんぼくの部屋を訪ねてきた。先生の授業は前の学期で終わっていたから、彼のことなどほとんど忘れていた。先生は言った。

「陳《チェン》くん、きみはご両親を亡くされて経済的に困窮しているそうだね。今年の夏休み、あるプロジェクトを予定しているんだが、助手がひとり足りない。きみ、来られるかね？」

　どんなプロジェクトですかとぼくはたずねた。

「雲南省でいま建設中の鉄道沿線に出張して、避雷設備のパラメーターを決定する。それと、付随的な目的がもうひとつ。国はいま、新たな防雷設計基準を策定中だ。落雷密度の係数はこれまで全国共通で０・０１５だった。それを地区ごとの状況に応じて改定しようというプランがあってね。そこでわれわれが雲南地区に赴いて、測定作業を実施することになった」

ぼくは応じることにした。経済的に豊かと言えないのはたしかだが、それはどうとでもなる。応じた理由は、はじめて実際に雷の研究に触れられるからだった。

研究グループは十数名いて、五つのチームに分かれていた。各チームは、たがいに数百キロメートルの間隔を空けて、広い範囲に配置された。ぼくのチームのメンバーは、ドライバーと現場作業員をべつにすると、ぼくと張彬《ジャン・ビン》、それに張彬の研究室の趙雨《ジャオ・ユー》という修士課程の院生を加えた三人だけだった。目的地に到着したあと、ぼくらは県の気象観測所に滞在することになっていた。

翌朝は好天だった。フィールドワーク第一日のはじまりだ。倉庫がわりに使っていた小部屋から計器や設備を車に運んでいるとき、張彬にたずねた。

「先生、雷の内部構造を調査するのに、現時点でなにかいい方法はありますか？」

ぼくの考えを見透かしたように、張彬の目が鋭く光った。

「国内における建設工事の需要に鑑みて、雷の構造の研究は優先順位が低い。目下の急務は、雷に関する大規模な統計調査だ」

ほんのわずかでも球電に関係する質問をすると、先生はいまのように答えをはぐらかす。先生は、実用性のない研究を心から嫌っているらしい。

かわりに趙雨が質問に答えてくれた。

「方法はそう多くないよ。いまは雷の電圧だって直接は測定できない。電流を測定することで間接的に推計するしかない。雷の物理的構造の研究にいちばんよく使われる計器は、そうそう、まさにあれだ」彼は倉庫の一角に置きっ放しにされているチューブ状の機材を指した。「磁鋼片型サージ電流計と言って、雷の電流の振幅と極性を記録するのに使う。磁性の残留度合いが比較的高い物質で製造されていて、中央にある導線が雷に接触すると、雷の電流で生じた磁場が電流計の中に残る。その磁気から、雷の電流の大きさと極性が計算できる。これは60ｓｉ２ｍｎ型だけど、ほかにもいろいろある。プラスチック・チューブ型とか、ブレード型とか、鉄粉型とか」

「今回はその電流計を使いますか？」

「もちろん。でなきゃわざわざ持ってこないよ。でも、これを使うのはまだ先の話だ」

第一段階の任務は、観測エリア内に落雷位置特定システムを設置することだった。このシステムは、大量に配置された雷検知器を介して信号をコンピュータに集めることで、特定エリアにおける落雷の数、頻度および分布について自動的に統計がとれる。もっとも、数を記録し位置を特定するだけなので、雷の物理的な特性とはなんの関係もない。だから、ぼくとしては興味が持てなかった。ぼくらの主な仕事は野外に検知器を据えつけることで、骨の折れる作業だった。電柱か高圧線の鉄塔にとりつけられたら運がいいほうで、たいていの場合は自分たちで柱を立てるところからはじめて、検知器を設置しなければならない。数日が過ぎ、現場作業員たちはみんな悲鳴をあげていた。

趙雨《ジャオ・ユー》は、なんに対しても興味を持てない性質《たち》で、とりわけ自分の専攻分野には無関心だった。仕事についても、先送りできるものはなんでも先送りにしたし、手を抜けるものは手を抜いた。最初のうち、趙雨はこのあたりの熱帯雨林の風景を褒めそやしていたが、新鮮味が薄れるとすっかり興味をなくした。それでも、つきあいやすい先輩だったから、趙雨とはよく話し込んだ。

毎晩、町に戻るたび、張彬《ジャン・ビン》は部屋でその日の資料整理に没頭したが、趙雨はチャンスを見つけては部屋を抜け出し、場末のうらぶれた通りにぼくを連れていって酒を飲んだ。その界隈はよく停電になるため、古めかしい木造の店はろうそくの光だけに照らされることが多かった。大気物理学どころか科学そのものが存在しなかった時代へとぼくらを連れ戻し、現実を忘れさせてくれるひとときだった。その晩、ある飲み屋のろうそくの光のもとで機嫌よく酔っ払っていたとき、趙雨がぼくに言った。

「もしこの土地の人たちが、おまえの言う球電を見たことがあったら、きっとすばらしく完璧な説明を考えていることだろうね」

「訊いてみましたよ。球電のことはむかしから知っていて、解釈もあるそうです。亡霊の提灯だと言ってました」

「それでいいじゃないか」趙雨はぼくのことが理解できないというふうに手を広げた。「パーフェクトだ。プラズマだの、ソリトン空洞共振モデルだのという説明が、土地の人たちの説明より優れているとはかならずしも言えない。現代化というのは、つまり複雑化だ。おれは複雑なのは苦手でね」

「先輩みたいな仕事ぶりの人を、張《ジャン》先生がよく受け入れてくれましたね」ぼくは鼻を鳴らした。

「先生のことは言うな」趙雨は手を振った。かなり酔っているようだ。「あの人は——もし鍵を床に落としても、音がしたほうに行って探したりしない。巻き尺とチョークを持ってきて、部屋の床全体に升目を書き、それからひと升ずつ順番に探しはじめる……そういう人種だよ」

ぼくらはいっしょになって大笑いした。

「ああいうタイプの人間にできるのは、いずれ機械が代行できるようになることばかりだ。創造性とか想像力は、彼らにとってなんの意味もない。専門分野における学術的厳密性とか学問的訓練とかいう言葉で、自分の弱さや凡庸さに蓋をしている。おまえだって見たただろ。大学はそういうやつらばっかりだ。ところが、時間が経てば、いつかはどれかの升の中で探しものが見つかる。だからそういう連中も、専門家の世界にうまくまぎれこんでいられるというわけだ」

「じゃあ、張《ジャン》先生はなにを見つけたんですか？」

「たしか、高圧線に使う避雷用塗料の開発で研究代表者だったことがある。避雷っていう点だけに絞れば、悪くない効果があった。その塗料を使った高圧線なら、最上部に高圧線に沿って避雷導線を設置せずに済む。ただ、その塗料はコストが高すぎた。大規模に使う場合の費用を計算したら、従来の避雷導線よりも高くついた。だから最終的には実用価値がないと判断された。先生は論文を何本か発表し、省レベルの科学技術表彰で二位に入ったことが一度あるくらいで、ほかに目立った業績はとくにないんじゃないかな」

＊＊＊

プロジェクトはいよいよ、待ちに待った最後の段階——雷の物理的データの測定——に入った。多数の磁鋼片型サージ電流計と受雷用アンテナを野外に設置し、雷雨が発生するたび、受雷した電流計を回収してデータを記録する。このときじゅうぶん気をつけなければばならないのは、振動を与えないことと、送電線などの磁力源に接近させないこと。うかつに磁場に近づけると、電流計に残留する磁気が干渉を受けて、精度に影響が出てしまう。磁気測定器（ざっくり言うと、針のずれる角度によって磁場の強度と極性を測定するコンパス）でデータを読みとったあとは、電流計を消磁器で消磁し、もとの場所に戻して次の受雷に備える。

この段階の実作業は、やってみると前の段階と同じくらい無味乾燥でくたびれる仕事だった。それでも、強い興味を惹かれた。なんといっても、雷の定量測定はこれが初体験なのだ。趙雨《ジャオ・ユー》はぼくの入れ込みようを見てますますサボりがちになり、張彬《ジャン・ビン》が現場にいないときは作業をぜんぶぼくに押しつけて、自分はとっとと近くの川へ釣りに出かけるようになった。

磁鋼片型サージ電流計が測定した雷の電流は、通常は一万アンペア前後で、最大では十万アンペアに達する。そこから雷の電圧を推算すると、十億ボルトにものぼる。

「こんなすごい電圧があったら、いったいなにを生み出せるでしょうね」ぼくは趙雨にたずねた。

「なにを生み出せるかって？」趙雨は一顧だにしない口調で言った。「核爆発とか高エネルギー加速器のエネルギーはそれよりずっと大きいんだぞ。それでも、おまえが想像してるようなものなんか生み出せやしない。大気物理学はごく平凡な学問だ。おまえはそこに神秘を見たがっている。おれは正反対だ。神秘のベールを剝がして、日常的で平凡なものにすることが習い性になっている」趙《ジャオ・ユー》雨はそう言いながら、気象観測所のまわりに広がる濃い緑の熱帯雨林を感慨深げに眺めた。「おまえは例の神秘的な火の玉を追いかけるがいい。おれは平凡な人生を送るから」

趙雨の大学院生活は終わりに近づいていた。趙雨は博士課程に進む気などまったくなかったのである。

＊＊＊

大学に戻ってからも張彬《ジャン・ビン》副教授の授業に出席し、授業以外の時間や長期休暇中には張彬が担当しているいくつかのプロジェクトに参加した。彼の生真面目さには時にうんざりさせられたが、それをべつにすれば、人格は円満だし、実務経験も豊富だし、なにより重要なことに、彼の専門は、ぼくが追求しているものといちばん近い分野だった。

そんなわけで、ぼくは大学を卒業したあと、大学院に進学し、張彬の研究室に入った。

予想どおり、張彬はぼくが球電を修士論文のテーマとすることに断固として反対した。

趙雨みたいな不真面目な学生ですら許容するぐらい度量が広いのに、この件についてだけはまるで融通がきかなかった。

「若いうちは雲をつかむようなものごとに熱をあげるべきじゃない」と張彬は言った。

「球電は科学界で公認されている客観的な存在です。なぜ雲をつかむようなものだと?」

「ならばもういちど同じことを言おう。国際基準にも国の法規にも定められていないものになんの意味がある? 学部生のうちは、基礎科学の方法論で自分の専門を研究するのもいいだろう。だが、大学院での研究は、そうはいかない」

「ですが先生、大気物理学はすでに基礎的な学問分野です。エンジニアリングの道具というだけでなく、世界を知るという役目を担っています」

「しかしこの国では、経済発展に寄与することが科学の最重要課題だ」

「だとしても、もし黄島《こうとう》区（山東省青島市）の石油タンクの避雷手順に球電が考慮されていたら、一九八九年の災害は起きなかったかもしれません」

「一九八九年に黄島で起きた山火事の原因は特定されていない。きみの考えはただの推測にすぎない。球電の研究自体、推測の部分が多すぎる。今後、研究にあたっては、そういう有害な分野に近づかないようにしたまえ」

この問題に関するかぎり、議論の余地はなかった。ぼくはそれの追究に一生を捧げると決めていたから、二年間の修士課程でなにを研究課題とするかはたいして重要ではなかった。そこでぼくは、張彬《ジャン・ビン》の意向に沿って、計算機センターにおける避雷システムのプロジェクトを手がけた。

二年後、ぼくの修士課程の研究は、順調かつ平凡に終わった。

公平に見れば、この二年間で張彬から多くを学んだ。彼の技術面での厳密さ、卓越した実験の腕と豊富な経験は、勉強になることばかりだった。しかし、ぼくが必要とする核心の部分は、彼のもとでは得られなかった。それは二年前からわかっていたことだった。

ぼくは張彬のプライベートについてほとんど知らなかった。知っていることと言えば、妻を早くに亡くしたこと、子どもがいないこと、長くひとり暮らしをしていること、ふだんから人との交流が少ないこと——せいぜいそれぐらいだった。単調な暮らしぶりは、ぼくといくらか似たところがある。でもぼくは、そういう生活の前提に、三度の飯よりも大切な、どうしても追究したいことがあると思っていた。父が言った〝夢中になる〟ものとか、六年前に閲覧室であの美人のクラスメイトに訊かれた〝求めているもの〟とか。張彬には、夢中になっているものも、必死に求めているものもない。楽しみではなく、ただの仕事として、なんの面白味もない応用研究プロジェクトを機械的にこなしている。名誉や利益に対しても、彼は同じように機械的に接していた。それが見せかけではなく本心だとしたら、彼にとって生活はある意味で苦行だと思う。それでぼくは、張彬に対していくらか同情の気持ちも抱いていた。

しかし、ぼく自身、例の謎を探索する準備ができているとはちっとも思っていなかった。それどころか、これまでの六年間で学んだことすべてのおかげで、それの前では自分がいかに軟弱で無力であるかをよりいっそう痛感していた。はじめのうち、ぼくは主に物理学に力を入れていたが、あとになって、物理学こそがひとつの大きな謎だと気づいた。物理学をつきつめると、世界の存在そのものについて疑問が生じる。仮に球電が超自然現象ではないと認めたとしたら、球電を理解するのに関連する物理学のレベルはかなり低い。電磁気学のマクスウェル方程式や、流体力学のナビエ・ストークス方程式くらいでいいだろう（当時のぼくの考えがいかにあさはかで幼稚だったか、のちに思い知らされることとなる）。しかし、球電にくらべると、電磁気学と流体力学における既知の構造すべてはどれもシンプルだ。もし球電が、電磁気学や流体力学の基本法則を遵守しながら、バランスのとれた安定的で複雑な構造を保っているとしたら、その数学的記述はまちがいなくきわめて複雑なものになるだろう。白と黒の二色と単純きわまるルールから世界一複雑なパターンをつくりだす囲碁のように。

ということは、いまのぼくに必要なのは一に数学、二に数学、三にやっぱり数学だ。球電の謎を解くには複雑な数学のツールが必要不可欠だ。しかし、数学的なツールは、暴れ馬のように御しがたい。ぼくの数学の能力は大気物理学の研究で必要とされる基本的なレベルをはるかに超えていると張彬《ジャン・ビン》から太鼓判を捺されたが、それでも球電の研究にはまだまだ足りないという気がしていた。複雑な電磁構造や流体構造が関わってきたとたん、数学的な記述は凶悪で恐ろしいものに変貌する。そこに含まれる奇妙な偏微分方程式は縛り首のロープのように首を締め上げるし、密行列は鋭い刃がびっしり生えた罠をいくつも隠している。

実際に探究にとりかかる前に学ばなければならないことがまだまだたくさんある。大学というこの環境からすぐに立ち去るわけにはいかない。そう考えて、博士課程に進むことにした。

博士課程の指導教官は高波《ガオ・ボー》といった。学歴は超優秀で、マサチューセッツ工科大学で博士号を取得している。彼は張彬と正反対の性格だ。最初に興味を惹かれたのは、〝火の玉〟という彼のあだ名だった。もっとも、そのあだ名は球電となんの関係もないことがのちに判明した。たぶん、高波の活発な思考やバイタリティあふれる性格からついたニックネームだろう。球電を博士論文のテーマにしたいと相談したときも、すぐにOKを出してくれた。だから、かえって心配になった。この研究には実験のための大型の雷シミュレータが必要だが、そんな装置は国内にはたった一台しかない。もちろんぼくなんかにそれを使う順番が回ってくるわけがない。しかし、高波はぼくの言葉に異を唱えた。

「いいか、必要なのは一枚の紙と一本の鉛筆、ただそれだけだ。おまえがこれからつくるのは球電の数理モデルだ。そのモデルは、矛盾なく整合性が保たれ、独創的でありながら数学的な欠陥がなく、コンピュータ上で実行できる必要がある。理論で芸術作品をつくるつもりでがんばれ」

そう言われても、まだ心配だった。

「完全に実験を省いた研究なんて、学界で受け入れてもらえるんでしょうか？」

高波は、問題にならないというように手を振った。

「ブラックホールは受け入れられているだろ？　ブラックホールの存在を示す直接的な証拠はまだ見つかっていない。それなのに、天体物理学界はブラックホール理論をどれだけ発展させた？　いったいどれだけの人間がブラックホールで飯を食ってる？　球電は少なくともたしかに存在する！　不安になることはない。もしいま言った条件をクリアしてるのに論文が通らなかったら、おれはここを辞める。おまえといっしょにこの大学からとっととおさらばしてやるさ！」

高波は、張彬とは反対の方向に極端なタイプだが――ぼくが追い求めているのは理論的な芸術作品なんかじゃない——高波《ガオ・ボー》の学生になればきっと楽しいだろう。

ぼくは新学期前の長期休暇に、いちど帰省することにした。ずっとぼくを応援してくれている古くからのご近所さんたちに会っておこうと思ったのだ。この先はたぶん、帰れる機会はそう多くないだろう。そんな気がしていた。

列車が泰安《たいあん》駅まで来たとき、とつぜん胸が高鳴った。大気物理学に携わる人間が玉皇頂で球電を目撃したという、張彬《ジャン・ビン》の話を思い出したからだ。ぼくは途中下車し、泰山に登ることにした。

林雲《リン・ユン》（一）

中天門《ちゅうてんもん》（泰山の中腹）まではタクシーを使った。ほんとうはそこからロープウェイで山頂まで登りたかったが、長い行列ができているのを見て、並ぶよりは歩くことにした。このとき、山の上には濃い霧がかかっていた。両側の林はぼんやりした黒い影となり、斜面の少し上ではもう白い霧に包まれて消えてしまう。ときおり、古い時代の石碑が見え隠れする。

張彬のスタッフとして雲南へ赴いて以来、自然の中に身を置くたびに、ある種の挫折感を味わっていた。眺めていると、生き生きとした自然界は想像もつかないほど複雑で変幻自在な姿を見せてくれる。方程式という細く頼りない縄でそれを縛れるなんて想像もつかない。そんなときはいつも、「窓の外の木の葉の一枚一枚によって、人類の科学がいかに幼稚で無力であるかを思い知らされる」というアインシュタインの晩年の言葉（同様の格言がしばしばアインシュタインの言葉として引用されるが、出典不明）を思い出してしまう。

だが、そうした挫折感はすぐに肉体の疲労感にとってかわられた。前方には、霧の中、えんえんとつづく石段がある。南天門ははるか遠くの空の上にあるように見える。

ぼくがはじめて彼女に出会ったのはまさにこのときだった。彼女の存在に注意を惹かれたのは、周囲の人たちと違っていたからだ。道すがら見かけるのはカップルばかりだった。どのカップルも、女性のほうがぐったり疲れて石段に座り込み、息を切らした男性がかたわらに立って、さあ、元気を出してまた登ろうと励ましていた。だれかを追い越したり、だれかに追い越されたりするたびに、ぜいぜい息を切らす声を耳にした。ぼくは荷運びのポーターにできるだけくっついて歩いた。真っ黒に日焼けしたポーターの広々とした背中は、登りつづけるための力を与えてくれる。ところがそのとき、白い影が颯爽とぼくたちを追い抜いていった。白のシャツに白のジーンズ姿のその女性は、まるで白い霧を濃縮したように見えた。ゆっくり移動する人の流れの中、彼女の登るスピードの速さは目立った。軽やかに飛び跳ねるような足どりはまったく重力を感じさせない。彼女がそばを通り過ぎたとき、呼吸音はまったく聞こえなかった。すると、彼女がふりかえった。ぼくを見たのではない。ポーターを見ていた。その表情はおだやかで、疲労感はみじんもない。すらりとした体はほとんど重量がないように見える。林の中を優雅に散策しているかのように険しい山道を登っていく。ほどなく、その姿は白い霧の中へと消えた。

やっと南天門までたどりつくと、すでに雲海を見下ろす高さだった。ちょうど太陽が西の空に沈みはじめ、雲海があたりを赤々と染めた。

重い足をひきずって、玉皇頂気象観測所にたどりついた。観測所の人たちは、ぼくの身元や素性を知ってもごくふつうの対応だった。この有名な気象観測所には、さまざまな観測のために大気科学の関係者がひっきりなしにやってくる。所長は用があって下山しているからと、スタッフが副所長を紹介してくれた。顔を合わせたとき、ぼくたちは二人とも、驚きのあまり声をあげた。副所長とは、なんと趙雨《ジャオ・ユー》だったのである。

あの雲南出張からすでに三年あまりが経っていた。なぜまたこんなところで働いているのかとたずねると、趙雨が言った。

「ここへ来たのは、わずらわしくないからさ。下界は面倒なことばっかりだからな！」

「それなら岱廟《たいびょう》（泰山を祀る道教寺院。泰山の南側に位置する）で道士にでもなったほうがいいのでは」

「あそこはそんなにのどかな場所じゃないよ。おまえは？　まだあの幽霊を追っかけてるのか？」

ぼくはここへ来た目的を説明した。

趙雨はかぶりを振った。

「一九六二年か。古すぎる。その当時からすると、所員は何回も入れ替わってる。たぶん、そのことを知ってる人間はだれもいない」

「それはいいんです。興味を持ったのは、大気物理学の研究者が球電を目撃した国内ではじめての例だからだけど、でも、実はそれも大した意味はなくて……この山に来たのは半分は気晴らしです。それにほら、たまたま雷雨に出くわさないともかぎらないし。武当山《ぶとうさん》の金頂《きんちょう》をべつにすれば、稲妻観賞にはここがベストポジションですからね」

「稲妻観賞？　まだ飽きないのか。ほんとに雷にとり憑かれてるな。ここじゃ、雷雨はいやでも避けられない。もし本気で見てみたいんなら、何日か滞在するといい。ひょっとしたら遭遇するかもしれない」

趙雨《ジャオ・ユー》はぼくを宿舎に案内した。すでに夕食の時間になっていたので、食堂のおやじさんに電話して食事を用意してもらった。おやじさんは、薄くてサクサクした泰山煎餅《タイシャンジェンビン》（薄いクレープのような生地に野菜を巻いて食べるスナック）、コップほどの大きさのニンニク、泰山大曲《タイシャンダーチュー》（コーリャンを原料とする白酒の銘柄）などを運んできてくれた。

趙雨はおやじさんに礼を言ったが、彼が部屋を出ようとしたところで、ふと思いついたようにたずねた。

「王《ワン》さんはいつからここで働いてるんだっけ？」

「一九六〇年にはもうこの食堂で働いてたよ。あの頃は、そらもうたいへんだったな。まだ生まれてないだろ、趙《ジャオ》副所長」

趙雨とぼくはこの大当たりに興奮した。

「だったら、球電は見たことありますか？」ぼくはあわててたずねた。

「それって……滾地雷《グウンディーレイ》のことだろ？」

「そう！　俗にそう呼ばれています」

「もちろん見たさ。この四十年に三、四回は見てるよ」

趙雨はもうひとつグラスを出した。王さんに椅子に座ってもらい、ぼくは酒を注ぎながらたずねた。

「一九六二年の滾地雷は覚えてますか？」

「もちろん。怪我人まで出たから、はっきり覚えてるとも！」

そう言って、王さんが話しはじめた。

「あれは七月の末のことだった。たしか夜の七時過ぎだったかな。いつもなら、夏のその時刻、空はまだ明るいんだが、あの日は雲がかなり厚くてな。ランタンの光がないとなにも見えないくらいだった。打ち水みたいな土砂降りで、雨の下では立っているのもやっとだった。雷が休む間もなく次から次へと鳴り響いて……」

「おそらく、通過する前線の先頭に発生した雷雨だろうな」趙雨がぼくに向かって言った。

「おれは雷の音を聞いた。その稲妻はものすごく明るくて、部屋の中でも目が眩んだよ。

そのとき、だれかが怪我をしたって叫ぶ声が外から聞こえてきたんで、すぐに助けに出ていった。当時、この観測所には、四人が観測のために滞在していたが、そのひとりが落雷で負傷した。大雨の中、おれはその人を部屋まで引きずっていった。怪我人は片足から煙が上がり、その上に雨がかかってジュージュー音をたててるのに、意識はしっかりしてた。まさにそのとき、滾地雷が来た。西側の窓から入ってきた。窓は閉まってたのに！　あれは……この煎餅《ジェンビン》ぐらいの大きさだったな。血みたいに真っ赤で、部屋じゅうが赤い光に照らされた。そいつは部屋の中を漂ってきた。こんなふうにすーっと……」

王《ワン》さんは手でグラスを持ち上げると、身振りをしながら言った。

「……空中を移動してきた。幽霊かと思ったよ。あんまり驚いたもんで、なにも言えなかった。けど、怪我をした人は科学者だから、あわてふためくこともなく、それにさわっちゃダメだと言ったんだ。滾地雷はしばらくふわふわ漂ってた。高いときは天井まで、低いときは床のすぐ上に浮いていた。さいわい、さわった人間はいなかった。最終的に、それは煙突の中に入っていった。そのあとすぐ、ゴーッっていう爆発音がした。長いことこの山頂にいるが、あとにも先にも、あんな雷の音は聞いたことがない。そのあと何日も、揺れるような音が耳の中でわんわん鳴りつづけていた。左耳はあれ以来ずっと調子が悪くて、いまも聴こえにくい。あのときの揺れで、部屋の中のランタンはぜんぶ消えた。ランタンのほやも魔法瓶の内側のガラスも割れて、シーツには焼け焦げた跡が残った。あとで外に出てみたら、屋根の煙突は爆発で吹き飛んでた」

「どこの人ですか？　その日、観測に来ていた四人は？」

「さあなあ」

「その人たちの名前はまだ覚えてますか？」

「うーん、もうずいぶん前のことだからなあ……怪我をした人のことだけは覚えてる。おれと観測所のスタッフと二人がかりでそいつを担いで下山して、病院に連れていったんだ。まだ若かった——たぶん、当時まだ大学生だったんじゃないかな。片足は火傷で使いものにならなくなった。あのころは泰安病院も設備が貧弱だったから、そのあと済南《さいなん》の病院に移されたんだ。ああ……きっと障碍が残ってるはずだ。たしか、張《ジャン》という名字だったなあ。張なんとか……夫《フー》だったような……」

趙雨《ジャオ・ユー》はグラスを勢いよくテーブルに置いた。「張赫夫《ジャン・ハーフー》じゃ？」

「ああ、そうだ。そんな名前だった。泰安病院でおれが二日くらい面倒をみたんだ。退院してから、その人からお礼の手紙が届いたよ。たしか、北京からだったな。その後は連絡が途絶えて、いまはどこにいるやらさっぱりわからん」

「南京にいるよ」趙雨が王さんに言った。「おれの母校で教授をやってる。おれたちが修士のとき指導教官だった」

「なんだって？」ぼくは手にしたグラスをとり落としそうになった。

「張 彬《ジャン・ビン》先生は、もともとその名前だったんだよ」趙 雨《ジャオ・ユー》がぼくに説明した。「文革のあいだに改名したんだ。フルシチョフを連想させるからな」（フルシチョフの中国語簡体字表記は〝赫鲁晓夫〟。フルシチョフのスターリン批判以降、中ソ関係は悪化した）

ぼくも趙雨も長いこと黙り込んでいたが、王《ワン》さんが沈黙を破った。

「考えてみりゃ、そうすごい偶然というわけでもないな。あんたらはみんな同じ研究者だろ。あいつはかなり優秀な若者だった。足が痛くてもそれに耐えて、唇から血を流しながらベッドの上で勉強していたんだからな。おれが面倒をみてたとき、その張《ジャン》なんとかって人は、自分はいまから時間を大切にするって言ってた。一生の目標がいま見つかったとか。あれを研究して、自分でつくりたいと言ってた」

「つくるって、なにを？」ぼくはたずねた。

「滾地雷だよ！　つまり、あんたらの言う球電だ」

ぼくと趙雨はぽかんとして顔を見合わせた。

王さんはぼくらの動揺には気づかず先をつづけた。

「一生かけて研究したいと言ってた。山頂で滾地雷を見て、とり憑かれたんだろ。人間ってのはそういうもんだよ。どういうわけか知らないが、なにかひとつのものにとり憑かれて夢中になったら、一生それを捨てられなくなる。おれなんか、二十年前のある日、メシをつくるのに焚きつけを拾いにいったとき、木の根っこを引っこ抜いてきたんだが、火にくべようとしたら急に虎みたいに見えてきてな。しっかり磨いてみたら、とんでもなくきれいになった。それから根彫刻にとり憑かれて、いまもここにいる。定年退職したあとも、山に残ったのさ」

たしかに、趙雨の部屋には大小さまざまな根彫刻が飾ってあり、それらはすべて王さんの作品なのだという。

そのあとはもう、張彬の話をすることはなかった。二人とも気になっていたものの、気軽に口にするのははばかられた。

食事のあと、趙雨に連れられて夜の気象観測所の中を散策した。小さな宿泊所で唯一、窓から灯りが洩れる部屋の前を通りかかったとき、びっくりして思わず足を止めた。部屋の中に、あの白い服の女性の姿が見えたのだ。中にいたのは彼女ひとりで、二つのベッドとテーブルの上は開いたままの本や図面でいっぱいだった。しかし彼女は、なにか考えごとをするように、部屋の中を行ったり来たりしている。

「おい、君子たるものマナーを守れよ。他人の部屋を覗き見するもんじゃない」趙《ジャオ》・雨《ユー》がうしろからぼくを押した。

「登ってくるときに見かけた人だったから」ぼくは弁解するように言った。

「彼女は雷の観測計画の打ち合わせに来てる。あらかじめ、省の気象局から連絡があったよ。だが、どこの所属かは聞いてない。かなり大きな組織がからんでることはたしかだ。設備をこの山頂までヘリで運んでくるつもりらしい」

＊＊＊

翌日の午後、はからずも雷雨に遭遇した。山頂で経験する雷の震動は、平地でのそれとはくらべものにならない。このときの泰山はまるで地球の避雷針のようだった。空に閃く稲妻という稲妻すべてを吸い寄せている。屋根から火花が散り、全身に痺れが走る。ここでは稲妻と雷鳴のあいだにほとんど間隔がない。巨大な音に細胞のひとつひとつが震え、足もとの泰山が爆発で粉々になりそうな気がした。魂さえも震えながら肉体から跳び出し、真っ白に光る稲妻のあいだを逃げ場もなくこわごわ漂いつづけている……。

あの女性が廊下の外に立っていた。吹きすさぶ風に身をまかせ、ショートヘアは乱れたまま。すらりとしたその体は弱々しくも見えるが、どす黒い雲の中で光る巨大な稲妻の網の目に立ち向かい、雷の轟音の中でじっと動かずにいる。その姿は、一生忘れられないものになった。

「立って見るなら、こっちに来たほうがいい。そこは危ないし、びしょ濡れになる！」ぼくは彼女に向かって叫んだ。

雷鳴の中でもの思いにふけっていた彼女は、ふとわれに返ったように、わずかにあとずさりした。

「ありがとう」そう言ってこちらをふりむいた顔には小さな笑みが浮かんでいた。「信じられないでしょうけど、このときだけがわたしにとって安らぎの時間なの」

不思議だ。雷鳴が轟く中では、大声で叫ばなければ相手に声が届かないはずなのに、この女性がべつだん声を張ることもなく発するやわらかな言葉は、奇跡的にはっきり聞きとれる。いまは雷のことより、この謎めいた女性に対する興味のほうが強くなっていた。

「きみは特別なんだね」思ったままのことを口にした。

「あなた、大気電気学が専門って聞いたけど？」こちらの質問には答えてくれないらしい。

このときには雷鳴がおさまってきたので、前より話がしやすくなった。

「きみは雷の観測にきたんだって？」とぼくはたずねた。趙雨の話を聞くかぎり、所属を訊いても無駄だろう。

「そうよ」

「どこに注目してるんだい？」

「雷の生成過程。あなたの専門分野を貶めるつもりはないけど、いまの大気物理学界は雷雲から電気が生まれる程度の基本的な現象でさえその原理は諸説紛々だし、避雷針の作用についての見解さえかたまっていない」

彼女は大気物理学の専門家でこそないものの、多少の心得があるらしいことはすぐにわかった。雷雲が電気を生成する原理は、彼女が指摘したとおり、だれもが納得できる定説は存在しない。避雷針が雷から守ってくれることは小学生でも知っているが、その原理もじゅうぶんに解明されていない。近年の研究によると、避雷針の金属部先端の放電容量を精確に計算した結果、その容量は雷雲内に蓄積された電荷を中和するにはほど遠いことが明らかになっている。

「じゃあ、基礎研究をやってるわけか」

「最終的な目的は応用だけど」

「雷の生成過程の研究に基づく応用？　消雷装置とか？」

「その反対。人工的に雷をつくる」

「雷を……つくる？　つくってどうする？」

彼女はにっこりした。「当ててみて」

「落雷を利用して窒素肥料をつくるとか？」

彼女はかぶりを振った。

「稲妻でオゾンホールを修復する？」

またかぶりを振った。

「雷撃電流を新エネルギーにする？」

それも違うらしい。

「まあ、エネルギーになるわけないか。雷をつくるのに、もっと大きなエネルギーを消費するからね。だったらこれしかないね——」ぼくは冗談のつもりで言った。「雷で人を殺す」

彼女がうなずいた。

ぼくは笑った。「じゃあ、どうやって狙いを定める《ターゲティングす》るか、その問題を解決しなきゃね。稲妻の軌跡はかなりランダムな折れ線だから」

彼女は軽くため息をついた。

「それはこれから考えればいいこと。いまはまだ、雷の生成問題だって解決にほど遠いんだから。でもわたしたちは、雷雲の中でどうやって雷が生じるかには興味がない。わたしたちが求めているのは、晴れの日に出現する珍しい雷。でも、それを観測するのはもっとむずかしくて……どうかした？」

「本気なんだね」ぼくは茫然として言った。

「もちろん！　この研究のもっとも有益な応用は、高効率の防空システム構築だと予測してる。都市その他の防衛目標の上空に、広大な雷撃電流場を生成するの。敵軍機がその電流場に進入すれば、ただちに放電される。そういう状況でなら、あなたがさっき言ったターゲティングの問題はもう関係なくなる。地面を雷撃電流場のもう一方の極にすれば、地上の標的も攻撃できる。ただそうなるとまたべつの問題が出てくるけど……わたしたちはいま、実行可能性調査《フィージビリティスタディ》をやってるだけなの。アイデアを練るために基礎的な研究からインスピレーションを得るの。もしほんとうに可能性があるなら、具体的に実現させるためには、あなたたち専門機関に頼らないと」

　ぼくはほうっと息を吐き出した。

「きみは軍人なのか？」

　彼女は自己紹介した。名前は林雲《リン・ユン》。国防科技大学の博士課程に通う学生で、専門は防空兵器システムとのことだった。雷雨はやんで、雲の隙間からいくすじも夕陽の金色の光が射している。

「わぁーっ。新鮮な感じがしない？　さっきの雷雨で、世界が新しく生まれ変わったみたい！」林雲がうれしそうに叫んだ。

さっきの雷雨のせいなのか、目の前にいる女性のせいなのかわからないが、ぼくも林雲と同じく、世界が生まれ変わったような気がした。

＊＊＊

夜になって、ぼくと林雲、そして趙雨《ジャオ・ユー》の三人で散歩に出た。趙雨はほどなく観測所からの電話で呼び戻され、ぼくは林雲と二人だけで山の小道を天街（南天門からつづく泰山の商店街）まで歩いた。夜はすっかり更けていた。薄霧に包まれた天街の街灯がぼんやりかすかな光を放っている。山の夜はひっそりと静まり返り、ふもとの喧騒がはるか遠い記憶のように感じられた。

霧もいくらか霽《は》れ、夜空に星々がぽつぽつ瞬きはじめた。星の光が林雲の澄んだ瞳に反射し、ぼくはうっとりそれを眺めたが、すぐまた星空に視線を向けた。ぼくの人生を映画にたとえるなら、前半はずっとモノクロで上映されてきた。それがきょう、この泰山の頂から、とつぜんカラーに変わった。

夜霧に包まれた天街で、ぼくはずっと隠していた秘密を林雲《リン・ユン》に告げた。何年も前のあの悪夢のような誕生日の夜のこと、一生かけてそれを追求したいという思い。だれかに話すのははじめてだった。

「球電のこと、恨んでる？」林雲がたずねた。

「人類が解明できない予測不能な神秘に対しては、それがどんなに大きな災害をもたらすものだったとしても、恨むっていう感情は抱きにくいね。はじめはただの好奇心だった。でも、だんだん知識が増えるにつれて、完全にとりこになってしまった。いまは、もうひとつの世界に通じる扉のようなものだと思ってる。そのもうひとつの世界でなら、ぼくが夢に見たすばらしい神秘を現実に見られるんだってね」

そのとき、心地よいそよ風が吹いてきて、すっかり霧が霽れた。夏の夜空にはきらめく星の海が果てしなく広がり、遠くのふもとでは泰安の家々の灯りが小さな星の海をつくっている。まるで、夜空の星の海が小さな湖の水面に映っているみたいだった。

林雲はそのやわらかな声で詩を暗唱しはじめた。

「遠くに輝く街灯りは
無数の星々の輝きのよう。

雲の上に現れた空は
無数の街灯の輝きのよう」
ぼくもそのつづきを暗唱した。
「あの縹渺《ひょうびょう》たる空には、
きっと美しい街がある。
街に並んだ数々の品々は
きっと世にも珍しいもの（一九二一年に書かれた郭沫若の詩「天上的街市」より）」

頬を涙が伝った。美しい夜の世界が涙の中でゆらめき、さっきよりさらに澄んだものへと変化している。ぼくは自分が夢追い人だと自覚していたし、この世ではそういう人生がいかに困難なものなのかもわかっていた。霧の中に南天門が永遠に現れなかったとしても、ぼくは永遠に登りつづける——。

選択の余地はなかった。

張彬《ジャン・ビン》

博士課程の二年めはあっという間に過ぎ去った。この二年間で、ぼくははじめて球電の数理モデルをつくりあげた。

高波《ガオ・ボー》は学生の創造力を引き出してくれることに長けた、すばらしい指導教官だった。彼は理論に対する傾倒ぶりと同じくらい極端に実験を軽視していたから、ぼくの数理モデルは実験の裏づけがない、きわめて抽象的なものとなった。それでも、博士論文の口頭試問には合格した。論点が斬新で、数学の高い基礎力と洗練された技術があるという評価だった。実験の裏づけがないという致命的な欠陥は、当然のことながら議論の的になった。口頭試問が終わるころ、ある審査官が莫迦にしたような口調でたずねた。

「最後の質問だが、針の先で天使は何人踊れるかね？」（中世ヨーロッパの神学者が熱中したと言われる神学上の難題。観念的な議論の象徴として揶揄的に使われる）これには審査官全員が笑い声をあげた。

張彬は論文の学位審査会のメンバーだったが、枝葉末節の質問をいくつか発しただけで、ほとんど意見も述べなかった。この二年、ぼくは泰山での出来事について、張彬に直接たずねることがずっとできずにいた。どうしてなのか、自分でもわからない。深い傷を負っているに違いない事件について無理やり話させることになるのが予想できたからかもしれない。でも、ぼくはもう大学院を離れる。そろそろこの件についてはっきりさせなければ。

ぼくは張彬の自宅を訪ね、泰山で聞いたことを打ち明けた。張彬はそれを聞いてもなにも言わず、じっと床を見つめたまま、しばらく煙草をくゆらしていた。吸い終えると、ゆっくり立ち上がって言った。

「ついて来なさい」それから、張彬はしっかり閉じたドアのほうへぼくを導いた。

張彬は二部屋ある家でひとり暮らしをしていた。起居寝食は片方の部屋だけにかぎり、もうひとつの部屋はつねにドアが閉じられていた。以前、趙雨《ジャオ・ユー》に聞いた話だと、他省出身のクラスメイトが遊びにきたとき、張彬の家のことを思い出し、ひと晩泊めてやってくれませんかとたずねたところ、部屋がないと断られたそうだ。張彬はふだんから人づきあいがよくないが、薄情というわけでもない。だからぼくも趙雨も、あの部屋にはなにか秘密があるのだろうと思っていた。

いま、その部屋のドアを張彬が開けた。最初に見えたのは、うずたかく積まれた段ボール箱の壁だった。その向こうの床にはさらにたくさん段ボール箱が積んである。だが、それをべつにすると、部屋の中に特別なものはなにも見当たらない。正面の壁には、眼鏡をかけた女性のモノクロ写真が掛かっていた。女性の髪はかつて流行したショートヘアで、レンズの奥の目は力強く生き生きしている。

「妻だ。一九七一年に死んだ」張彬《ジャン・ビン》が写真を指して言った。

妙なことに気づいた。この部屋の主は、写真のまわりをきちんとかたづけておくことに精力を傾けているようだ。写真の前だけ、段ボール箱が床からどかされて、床に半円形のスペースができている。写真のすぐ横の壁には釘が打ってあり、レインコートが掛けてあった。この部屋にはおよそ不似合いな、古めかしいダークグリーンのゴム引きレインコートだった。

「きみがつきとめたとおり、あのとき泰山で球電を見て以来、わたしは球電のとりこになってしまった。当時のわたしはまだ学部生で、いまのきみとまるきり同じ気持ちだったから、言わなくてもわかるだろう。わたしはまず、自然の雷雨の中に球電を探そうと、いろいろな場所に出かけた。のちに妻と出会うきっかけになったのも球電だった。彼女も球電に入れ込んでいる研究者でね。あるとき、ひどい雷雨の中で知り合って、それ以来、いっしょに探索することになった。当時の野外調査は悪条件が当たり前で、道のりの大半は徒歩移動だった。夜は地元の人の家に泊めてもらった。古い寺や洞穴の中で夜を明かすこともざらだったし、野宿も経験した。ある秋の日など、雷雨を観測していたとき、二人とも肺炎にかかったが、辺鄙《へんぴ》な土地で、医者もいないし薬も手に入らなくてね。彼女のほうは病状が悪化して、もう少しで命を落とすところだった。それ以外にも、狼の群れに遭遇したこともあれば、毒蛇に咬まれたこともある。腹ぺこなんて日常茶飯事だった。すぐそばに雷が落ちたことも数え切れない。野外でのそういう観測調査を十年間つづけた。その十年のあいだ、わたしたちはあらゆる道を歩き、いくつもの苦難をくぐり抜け、何度も危険な目に遭った。その観測調査のために、子どもを持つことをあきらめたぐらいだ。

たいていは二人で観測旅行に出かけたが、教員の仕事や研究で彼女が忙しいときは、わたしひとりで行くこともあった。ひとりで南方へ出かけたとき、うっかり軍事基地へ足を踏み入れて、携行しているカメラや観測機器を見とがめられた。文革のさなかだったし、両親はソ連に留学経験があったから、情報収集中のスパイだと疑われて、起訴もされないまま二年ほど拘留された。その二年のあいだ、妻は休むことなく調査旅行に出て、雷雨の中で観測をつづけていた。

妻の死を知らせてくれたのは現地の年寄りだった。ある激しい雷雨の中、妻はついに球電に遭遇した。火の玉を追いかけて、急流が荒れ狂う川の岸までやってきた。このままでは川の向こうに逃げられると焦った妻は、磁鋼片型サージ電流計の受雷器を持ち上げて球電に向け、捕獲しようとした。無謀すぎる行動だったとあとからみんなに言われたが、彼らにはまるでわかっていない。十年ものあいだ追い求めてきた球電をついにこの目で見られたのに、一瞬後には観測のチャンスを失ってしまうかもしれないという、そのときの妻の気持ちが」

「ぼくにはわかります」

「遠くから目撃した人の話では、火の玉は受雷器に接触してすぐに消えたらしい。そして導線に沿って電流計を通り抜け、反対の端にまた現れた。その時点で妻はまだ無傷だったが、最終的には逃れられなかった。火の玉は彼女のまわりを何周かしたあと、頭上で爆発した。閃光が消えたあと、彼女の姿はどこにもなかった。見えたのは、最後に妻が立っていた場所に傷ひとつなく残されていたこのレインコートだけだった。レインコートの下は真っ白な灰で、かなりの部分は雨水に流され、地面に白いすじが何本も残っていた……」

ぼくはそのレインコートを見た。それを着ていた若くひたむきな女性を思い浮かべながら、声を低くして言った。

「船乗りが海の藻屑となり、宇宙飛行士が宇宙の塵となるように、奥さんはふさわしい死に場所を得たんですね」

張彬《ジャン・ビン》はゆっくりうなずいた。

「わたしもそう思っている」

「その磁鋼片型サージ電流計は？」

「まったく無傷だった。しかも、すぐにラボに運ばれて、残留磁気を測定された」

「どのくらいだったんですか？」ぼくは緊張していた。球電研究史上きわめて貴重な、はじめての定量的な観測データだ。

「ゼロだ」

「ええっ？」

「残留磁気はまったくなかった」

「つまり、電流がないのに導線の中を通っていったってことですか？　じゃあ、どうやって移動したんですか？」

　張彬は手を振った。

「球電の謎はあまりにも多いから、いまその問題に立ち入るつもりはない。他の謎とくらべれば、謎のうちに入らないからね。それに——もっと信じられないものを見せておこう」

　そう言いながら、張彬はレインコートのポケットの中から、合成皮革のカバーがついたノートをとりだした。こわれものを扱うように、用心深く段ボール箱の上に置く。

「妻が死んだとき、レインコートのポケットの中にあったものだ。そっとめくってくれ」

見たところ、ごくありふれたノートだった。カバーに印刷された天安門広場の写真が擦れてぼやけていた。慎重に表紙をめくると、黄ばんだタイトルページにきれいな文字でこう書かれていた。

科学への入口は地獄への入口である。

――カール・マルクス

顔を上げて張彬《ジャン・ビン》を見ると、ページをめくるよう目で合図してきた。タイトルページをめくる。どうしてそっとめくれと言ったのか、その意味がやっとわかった。一ページめは焼け焦げて、一部が灰になっていた。焦げたページをそっとめくると、二ページめは傷ひとつなかった。びっしりと書かれたデータの記録は、まるできのう書き写したみたいに鮮明だ。

「次のページ」張彬が言った。

三ページめはまた焼け焦げている。

四ページめは無傷。

五ページめは焼け焦げている。

六ページめは無傷。

七ページめは焼け焦げている。

八ページめは無傷。

めくってもめくっても同じだった。二ページ連続で焼け焦げていたり、二ページ連続で無傷だったりすることはない。焦げたページは、のどの近くまで燃え尽きているが、その次のページには焦げ跡がまったく見当たらない。ぼくは顔を上げ、茫然と張彬を見つめた。

「信じられるか？　いままでだれにも見せたことがない。捏造したと思われるに決まっているからね」

ぼくは張彬を見つめたまま言った。

「いいえ、張先生。ぼくは信じます！」

それから、あの誕生日の夜のことを打ち明けた。他人に話すのは、張彬で二人めだった。

話を聞いて、張彬は言った。

「きみがそういう経験の持ち主だろうということは想像がついていた。しかし、そこまで恐ろしいものだとは思いもしなかった。きみはその目で一部始終を見たのだから、球電の研究が愚かなことだとわかるはずだ」

「なぜですか？　ぼくにはわかりません」

「実のところ、わたしもその点に気づいたのはかなりあとになってからのことだ。この三十年あまり、自然の雷雨の中から球電を探すこと以外にもっと力を入れていたのは、球電の原理に関する研究だった。三十年だぞ。その過程についてくだくだ説明する気はない。自分の目で見てくれ」張彬《ジャン・ビン》は近くにある大きな段ボール箱の山を指さした。

重たい箱をひとつ開けてみると――計算用紙を綴じた冊子がぎっしり詰まっていた。二冊とりだして、びっしり書かれた微分方程式と行列に目を走らせた。顔を上げ、低い壁のように周囲に積み上げられている十数個の段ボール箱を見た。この三十年あまりのあいだに張彬がやりとげた作業量を思って気が遠くなる。

「実験については――どんなことを？」

「たいしてやっていない。手段がかぎられているからね。このプロジェクトにはろくに研究費が下りない。もっと重要なのは、こういう数理モデルのどれひとつとして、実験する段階までたどりついていないということだ。基礎がしっかりしていないし、そこから先に進めると、一歩めからまちがっていたことに気づく。百歩譲って理論的に矛盾のない数理モデルができたとしても、実験室で球電を発生させるにはまだまだほど遠い」

「いまもこの研究をつづけてるんですか？」

張彬はかぶりを振った。

「数年前にやめたよ。ちょうど、きみがはじめて球電の質問をしたあの年のことだ。あの年の元日の夜、希望の見えない計算の泥沼にはまっていたとき、外では新年を伝える鐘の音が響いていた。学生たちの歓声も聞こえた。そのとき、ふと思った。わたしの一生はもう終わったようなものだと。これまで感じたことのない深い悲しみに押し潰されそうになった。そして、ここに来て、いままで何度もやっていたように、レインコートの中からこのノートをとりだし、そっとめくってみた。真理を悟ったのは、まさにそのときだ」

「というと？」

張彬はノートを手にとって、注意深く胸の前にかざした。

「これを見て、そして十四歳の誕生日の雷雨の夜を思い出してくれ。その夜に起きたことすべてが、物理学の枠組みで説明できると思うかね？」

ぼくは答えられなかった。

「わたしもきみも、ただの凡人だ。常人以上の努力で探究をつづけたところで、凡人であることにかわりはない。ニュートンやアインシュタインやマクスウェルみたいな天才が発見した基礎理論の枠の中で推論を重ねていくしかない。その枠を外れることはできない。もし外れたら、空気のない真空に足を踏み入れることになる。だが、その枠の中にいるかぎり、わたしたちにはどんな推論もできない」

そこまで聞いて、泰山の霧の中、山道を歩いている途中に感じたあの挫折感が甦ってきた。

「きみの姿に、若い頃の自分を見るような気がした。だから、無駄だとわかっていながら、きみがこんな危険な道を歩むのを阻止するため、せいいっぱい努力してきた。だが、それでもやはり、きみはこの道を歩みつづけるだろう。きみに言っておきたいのは、やれるかぎりのことはわたしがもうやりつくしているということだけだ」張彬《ジャン・ビン》はうなだれて、段ボール箱に腰を下ろした。

「張《ジャン》先生、ご自分の仕事を正しく評価すべきです。先生はひとつのものにとり憑かれ、それを求めて最大限の努力をした。それだけでじゅうぶんじゃないですか。ある意味、先生は成功したんですよ」

「慰めの言葉をありがとう」張彬は力なく言った。

「自分自身に言ってるんです。先生の年齢になったとき、ぼくも同じ言葉で自分を慰めますから」

張彬は周囲の段ボール箱をまた指さした。

「この箱と、それにあと何枚かディスクがあるから、ぜんぶ持っていってくれ。興味があれば見てみるといい。興味がないなら忘れてくれ。なんの意味もないものだからね……それと、このノートも持って行ってくれ。見るだけでぞっとする」

「ありがとうございます」声がつまる。ぼくは壁に掛けてある額入りの写真を指さした。

「こちらをスキャンさせていただけませんか」

「そりゃかまわないが、いったいなんのために？」

「球電をじかに計測した史上はじめての研究者として、奥さんの名が全世界に知れわたる日が来るかもしれませんから」

張彬はそっと壁から写真を外してぼくにさしだした。

「名前は鄭敏《ジェン・ミン》。北京大学物理学部の、一九六三年の卒業生だ」

＊＊＊

翌日、ぼくは張彬の家にあった段ボール箱をすべて自分の寮に運んだ。おかげで寮の自室は倉庫のようになり、ここ数日は日夜それればかり読み漁っていた。未経験の登山者が、くたくたになりながら山に登り、だれも到達したことのない高さまでたどりついたと思ったそのとき、前の登山者が残していったテントと、彼らがさらに上に進んだ足跡を見つけた――そんな気分だった。いままでに、張彬《ジャン・ビン》が構築した三つの数理モデルを読み終えていた。どれもこのうえない細やかさで、そのうちひとつはぼくの博士論文と同じ思考回路をたどっていたが、先生の数理モデルが完成したのは十数年も前のことだ。さらに冷や汗をかいたのは、その手書き原稿の最後の数ページに、このモデルの欠陥が指摘されていたことだ。ぼくや高波《ガオ・ボー》、論文の口頭試問の他の審査官たちも含め、だれひとり気づいていない欠陥だった。あと二つのモデルでも、張彬は同様に誤りを指摘している。ぼくが不完全な数理モデルだと思ったものに関しては、張彬はモデルを構築する過程で誤りに気づいていた。

その日の夜、ぼくが原稿の山に埋もれているところに、高波がたずねて来た。高波は計算メモの山を見て、やれやれと首を振った。

「あいつみたいに一生を過ごすなんて想像できるか？」

ぼくは笑って、「高《ガオ》先生……」

彼は手を振った。

「やめてくれ。おれはもう、おまえの先生じゃない。これからは同僚になるかもしれないんだからな」

「それならちょうどよかった。正直な話、高副教授のように才気あふれる方に会ったのは人生ではじめてです。絶対にお世辞なんかじゃありません。ただ、失礼ながら言わせていただくと、副教授はいつも忍耐が足りないんです。たとえばこの前のプロジェクト。建築物の雷保護システムのCADは、すばらしい仕事でした。ちょっと力を入れればすぐに完成したのに、先生は最初の作業が終わると、面倒だからと言って他の人にまわしてしまった」

「おお、忍耐か。ひとつのことに一生を費やすなんて、もう流行らないんだよ。いまの時代、基礎科学はべつにして、他の研究はどれも手際よくぱぱっと済ませるべきだ。きょう訪ねてきたのも、おれにどれだけ忍耐力がないかを伝えるためだ。前に言ったことを覚えてるか？　もしおまえの論文が通らなければ、おれは辞めるって」

「でも、論文は通りましたよ」

「それでもおれは辞める。これでわかっただろ。あの約束はいかさまだったんだよ！」

「どこに移るんですか？」

「大気科学研究院の雷研究所から所長のポストを提示されてる。大学なんかもううんざりだ。で、これからどうする？　いっしょに雷研究所に来ないか？」

ぼくは、しばらく考えさせてくださいと答えた。二日後、高波にイエスと返事をした。

大気科学研究院の雷研究所についてはくわしく知らなかったが、国内最大の雷の研究機関であることはまちがいない。

＊＊＊

大学を離れる二日前の夜、ぼくはまだ計算用紙の冊子を読んでいた。そのとき、部屋のドアにノックの音がした。張　彬《ジャン・ビン》だった。

「もうすぐ出発か？」荷造りが終わったようすを見て、張彬が言った。

「はい。あさって発ちます。先生は定年退職されると聞きましたが？」

張彬はうなずいた。

「きのう手続きが終わったところだ。いい歳だからね。ゆっくり休みたいものだよ。現世は疲れた」

張彬が腰を下ろし、ぼくは先生の煙草に火を点けた。しばらく沈黙が流れ、ようやく張彬が口を開いた。

「もうひとつ、きみに訊きたいことがあってね。たぶんこれは、きみにしか理解できないだろう。わたしの人生でいちばんの苦しみがなにかわかるかね？」

「よくわかりますよ、張《ジャン》先生。心の中の執着から自由になるのは簡単じゃない。なんといっても三十年ですからね。ですが、この三十年に先生がしてきた仕事は、それひとつだけというわけじゃありません。それに、この百年間、球電の研究に一生を捧げた人はほかにも何人かいたでしょうが、先生ほど幸運ではなかったはずです」

張彬は笑いながらかぶりを振った。

「きみは完全に誤解している。わたしはきみよりもずっと多くを経験してきた。科学についても、人生についても、きみよりもずっと深く理解しているつもりだ。この三十年間の研究生活に、思い残すことはない。つらいと感じたこともない。きみがいみじくも言ったとおり、わたしは自分なりに最大限の努力をしてきたからね。踏ん切りがつかないわけがない」

だったらなんだろう？　妻を亡くしたあとの張彬が、こんなに長いあいだひとり暮らしをつづけてきたことを思い返した。

ぼくの心の内を見透かしたように、張彬が言った。

「鄭敏《ジェン・ミン》の死はわたしにとって大きなダメージだった。だが、きみやわたしのような人間は、あるひとつのことにとり憑かれてしまうと、その強迫観念自体が自分の一部になる。それ以外のことはすべて二番めだ」

「じゃあ、ほかになにが？」途方に暮れて、ぼくはたずねた。

張《ジャン・》彬《ビン》はまた苦笑してかぶりを振った。

「なかなか素直に認められないことなんだが」と言いながら、煙草を吸う。頭が混乱した。なにか言いにくいことなのか？　しかし、同じものを追求する人間として、張彬とは以心伝心の間柄になっていたから、すぐに悟った。

「たしか先生は、この三十年ずっと野外調査で球電を探しつづけているとおっしゃいましたね？」

「そのとおり」張彬は長々と煙を吐き出してから答えた。「鄭《ジェン・》敏《ミン》の死後、体の具合が悪くなってね。足の状態が悪化して、調査旅行に出かけることも少なくなった。それでも、ずっと探しつづけてきた。少なくとも、近場で雷雨があれば、いつも探しにいった」

「じゃあ……」ぼくは言いよどんだ。その瞬間、彼の苦しみがなんなのか悟った。

「そう、察しのとおりだ。この三十年あまり、わたしは一度も球電を見ていない」

他の神秘的な自然現象にくらべれば、球電はそれほど珍しいとは言えない。調査によれば、少なくとも回答者の一パーセントは見たことがあると言う。だが、球電の出現にはなんの規則性もない。まったくランダムで、偶然に支配されている。先生は三十年あまりのあいだ、雷雨の中で球電を苦労して探し求めたが、一度も出会えなかった。運命の残酷さを呪うしかない。

「昔、ロシアのこんな小説を読んだことがある」張彬はつづけた。「あるところに裕福な領主がいた。日々の暮らしの中で、彼の唯一の愉しみは、美味い酒を飲むことだった。あるとき彼は、古代の沈没船から引き揚げられたという酒瓶を謎の旅人から買った。瓶の底にいくらか残っていた酒を飲んだあと、領主は身も心もそれに魅了された。旅人の話によれば、同じ沈没船から引き揚げられた酒はもう一本あるが、どこへ行ったかわからないという。領主ははじめのうち、そのことを気にも留めていなかったが、飲んだ酒の味が忘れられず、夜も眠れなくなり、しまいには領地と全財産を売り払って、そのもう一本の酒を探す旅に出た。出発した頃はまだ若かったが、世界を渡り歩いて辛酸を舐めるうち、ずいぶん年老いてしまった。最終的に探し求めた酒は見つかったが、彼はそのときすでに病魔におかされ、物乞いに身を落としていた。彼はその酒を飲み干すと、幸福に死んでいった」

「その人はしあわせでしたね」

「ある意味、鄭敏もしあわせだった」

ぼくはうなずき、しばし考え込んだ。しばらくして張彬が口を開いた。

「どうだ、わたしの言う苦しみについて、きみはまださっきのように、他人事みたいな態度をとっていられるか？」

ぼくは立ち上がり、窓の前まで行くと、夜の校舎を眺めた。

「いいえ。張《ジャン》先生、とても他人事じゃありません。先生の気持ちはぼくにとって苦しみどころじゃない、恐怖そのものです！　ぼくらがたどることになる道がどれほどの悪路なのか教えてくださるつもりなら、その目的はもうじゅうぶん果たされています」

そう、張彬《ジャン・ビン》はたしかに目的を果たした。心血を注いで生涯努力しつづけてもなんの成功も収められないとか、人生をなげうって孤独のまま一生を終えるとか、そんなことだったらぼくは受け入れられる。必要とあらば命を捨ててもいい。でも、生きているうちにもう二度とあれを見られないとしたら耐えられない！　はじめてあれを目撃したそのとき、ぼくの一生は決まったのだ。二度と見られないなんて、受け入れられない。他人には理解してもらえないだろうが、想像はできるはずだ。船乗りが一生のあいだ海を見られないことに耐えられるか？　登山家が一生のあいだ雪山を見られないことに耐えられるか？　パイロットが青い空を見られないことに耐えられるか？

「もしかしたら、きみなら――」張彬が立ち上がって言った。「またあれを見ることを可能にしてくれるかもしれない」

ぼくはぼんやりと窓の外を見ていた。

「張先生、それはどうだか……」

「しかしそれが、わたしにとっては生涯最後の願いだ。そろそろ行くよ。そういえばあの写真、スキャンは終わったかね？」

ぼくはわれに返った。

「あ、ええ、終わりました。すみません、もっと早くお返ししなければいけなかったのに、写真を外すときに額を壊してしまって。新しいものを買って入れ換えようと思っていたんですが、このところ外出する時間がなくて」

「いいよ。壊れた額のままでかまわない」写真を受けとり、張彬はつづけた。「ここ数日、部屋になにか欠けている気がしてしようがなくてね」

ぼくはまた窓の前へ戻り、指導教官の影が夜の闇に消えていくのを見送った。前よりも大きく足を引きずるようになっていて、歩くのもかなりたいへんそうだった。

奇現象（二）

張彬《ジャン・ビン》が帰ったあと、明かりを消して眠ろうとしたが、どうしても寝つけなかった。だから、あの事件が起こったとき、ぼくの意識はまちがいなくはっきりしていた。ベッドに横たわっているぼくの耳に、軽いため息が聞こえてきた。その音がどこから伝わってきているのか判別できず、この真っ暗な空間全体に充満しているように感じた。少しだけ体を起こし、用心深くまわりのようすをうかがった。

ふたたびため息が聞こえた。ごく小さい音だが、かろうじて聞きとれる。

このとき、大学はすでに休みに入り、寮にはほとんどだれも残っていなかった。勢いをつけて起き上がると、真っ暗な部屋を見渡してみた。だが、目に入るのは、石材のかたまりのような、ぞんざいに積んだ段ボール箱だけ。電灯を点けてみた。蛍光灯が完全に点灯する前のチカチカした瞬きのなか、段ボール箱の上のほうにぼうっと白いものが見えた。一瞬で消えたので、形状まではわからなかったし、もしかしたら目の錯覚かもしれない。

だが、消え去るとき、それは窓のほうに移動したらしく、空中に残像のような軌跡を残していた。瞬間瞬間のイメージがいくつも連なっている。

ぼくは、実家で見たあの髪の毛を思い出した。

電灯を点けたままにしてベッドに戻り、横になってみたものの、さっきよりも目が冴えている。長すぎる夜は耐えがたい。思い切って起き上がり、箱のひとつを開けると、張彬の計算用紙の続きを読むことにした。すでに読んだページから新たに十数ページ読み進んだところで、ふとあることに目が留まった。そのページに記された論証過程の半分に、上から大きく×印が書かれている。その×印のインクの色は、原稿本文のそれと明らかに違う。ページの余白には、×印と同じ色のインクで、簡潔な式が書き込まれていた。それは明らかに、×で消された部分にかわる新しい計算式だった。さらに目を惹いたのは、余白に書かれた計算式の繊細で美しい筆跡だった。張彬の筆跡とはまったく違う。ぼくは張彬にもらった、一ページおきに焼け焦げた例のノートをとりだし、慎重に開いた。ノートの筆跡と、余白の計算式の筆跡を比較してみると、信じられないことがわかった――といっても、実のところは予想どおりだったが。張彬は几帳面な性格で、計算用紙の一枚一枚に日付を記していた。問題のページに記された日付は一九八三年四月七日。彼の妻の死からゆうに十二年の歳月が過ぎている。

なのに、余白の式の筆跡は、鄭《ジェン・ミン》敏のものと一致している。

余白に書き込まれた式と×で消された部分をよく見ると、どちらも低散逸状態におけるプラズマ流体の境界条件に関するものだった。余白の式はいたってシンプルだが、消された部分の煩雑な論証をエレガントに記述し直している。その式は、既知のパラメーター——三菱電機の研究所で一九八五年に得られたもの——を使用していた。当時、そのラボで研究していたのは、プラズマの流束を回転子のかわりに利用する高性能発電機だった。そのプロジェクトは結果的に失敗に終わったが、副産物として得られたプラズマ流体のパラメーターが広く活用されている。だがそれは、一九八五年以降のことだ。

まだ開けていなかった段ボール箱を急いでぜんぶ開けて、中の冊子にざっと目を通した。すると、計算用紙の中に、計五ページにわたって、同じ筆跡の修正が加えられているのが見つかった。もっと細かく探せば、さらに多くの修正箇所があるかもしれない。しかし、いずれの場合も、修正された原稿を張《ジャン・ビン》彬が書いたのは八〇年代以降だった。

長いあいだ、ベッドにぼんやり腰を下ろしていた。静まりかえった部屋で、自分の心臓の鼓動がはっきり聞こえてくる。テーブルに置いたノートPCが目に留まり、ぼくはそれを起動させた。昼間のうちにスキャンしてハードディスクに保存してあった鄭敏の写真を開く。解像度の高いスキャナーでとりこんだので、写真の細部まではっきり見えたが、写真に写る人物の生き生きした眼差しだけはなるべく見ないようにした。そのとき、あることに気づいて、ぼくはそそくさと画像処理ソフトを立ち上げた——大量の稲妻の写真を処理するために、PCにはこの種のソフトがいくつか入っている。いま立ち上げたプログラムは、モノクロ写真を自動的にカラーに変換するものだ。プログラムはあっという間に処理を終えた。色使いこそやや不自然だが、目的は果たせていた。一般的に、モノクロ写真の人物は実際より若く見える。写真は、カラー写真になると、白と黒の二色のときには隠れていた事実がさらけだされる。写真は、鄭敏が事故で死亡する一年前、一九七〇年に撮影されたものだが、写真の鄭敏は、実年齢よりもかなり老けているように見えた。

写真の鄭敏は実験用の白衣姿だった。白衣の左胸のポケットになにか入っている。ポケットの布地は薄く、中のものの形状が透けて見える。細部をさらに鮮明にするため、写真のその部分を切りとって、べつの画像処理ソフトにかけてみた。日頃からぼやけた稲妻の写真を処理しているから、鮮明化の作業は慣れたものだった。おかげで、ポケットに入っているものの輪郭と細部がはっきり判別できるようになった。まちがいない。それは、3・5インチのフロッピーディスクだった。

5・25インチのフロッピーは、中国国内では一九八〇年代初頭になってからようやく一般的に使われるようになったが、3・5インチが普及したのはそれよりずっとあとのことだ。一九七〇年に撮影された写真なら、鄭敏《ジェン・ミン》のポケットに入っているのは、パンチ穴が開いた黒い紙テープのロールでなければならない。

ぼくはPCの電源コードを乱暴に引っこ抜いた。だが、ノートPCはバッテリーでも駆動することを忘れていた。震える手でマウスを動かし、PCを終了させようとした。〈シャットダウン〉ボタンをクリックし、すぐにノートPCを閉じた。それでもなお、鄭敏の視線がノートPCの筐体《きょうたい》を貫いてこちらを見つめ、死んだような夜の静寂が冷たい巨大な手でぼくを握り潰そうとしている気がした。

青天の霹靂

雷研究所に行くことにしましたと伝えたとき、高波《ガオ・ボー》は言った。

「最終的な決断をくだす前に、ひとつはっきりさせておきたいことがある。おまえの頭が球電でいっぱいなのはわかっている。動機は違うにしろ、おれもそのプロジェクトを進めたいと思っている。しかし当面、そのプロジェクトに研究所の大きなリソースを割くわけにはいかない。張彬《ジャン・ビン》がどうして失敗したかわかるか？　彼は理論に埋もれて抜け出せなくなったんだ。だが、研究環境を考えれば、そのことで彼を責めるのは不公平だ。おまえはこの二年間、おれが実験を軽視していると思っていただろうが、それは大きなまちがいだ。博士論文に関しておれが実験を指示しなかったのは、コストがかかりすぎてまともな実験ができないからだ。実験データが不正確だったり不充分だったりすれば、理論に傷がつく。最終的に、実験も理論も失敗ということになっただろう。雷研究所に誘ったのは、そうすればおまえが球電を研究できるからだが――その点についてはなんの疑問もない――本格的に研究をはじめるには、まず実験に必要な環境を整えなきゃいけない。いまのおれたちに必要なのは一に金、二に金、三に金だ。だから、その資金集めに協力してもらう。いいか？」

この話を聞いて、高波《ガオ・ボー》という人間に対する認識を新たにした。こんなに現実的な考えかたと、きわめて柔軟な学術的思考を併せ持つ人物は珍しい。もしかしたらこれは、マサチューセッツ工科大学出身者の特徴かもしれない。実際、ぼくの考えも彼と同じだった。実験設備をそろえることが球電の研究に不可欠だとわかっていた。なぜなら、球電研究の成否は、球電を人工的に発生させられるかどうかにかかっているからだ。そのための実験設備には、なによりもまず大型の人工雷発生装置が欠かせないし、複雑な磁場発生装置やさらに複雑なセンサー・システムも必要になる。そんなシステムのための予算が莫大な金額になるのはまちがいない。ぼくだって、世間知らずの本の虫じゃない。理想を現実にするためには、一歩ずつ地道に進んでいくしかないことぐらいは理解していた。

列車の中で、高波が不意に林雲《リン・ユン》のことを質問してきた。泰山で別れてからもう二年が経っていたけれど、林雲の姿が脳裏から消えたことは一度もなかった。ただ、球電のことを一心に考えつづけてきたから、林雲の記憶が抑えられない感情へと発展することはなかった。彼女と泰山で過ごしたあのわずかな時間は、いちばん美しく大切な記憶として残っている。疲労が頂点に達したときには、しばしばその美しい記憶が甦った。その思い出はやわらかく美しい調べを聞いているようで、すばらしい癒やし効果があった。高波は、そんなぼくの状態がうらやましいと言ったことがある。感情に溺れないために必要な冷静さを保ちながら感情豊かな人生を送っているからだという。

「林雲から雷撃兵器の話を聞いたんだろ」高波は言った。「それにはおれも、大いに関心がある」

「国防プロジェクトに加わりたいと？」

「悪いか？　軍が総合的な雷研究機関を持っているはずもないから、結局はおれたちに頼るしかない。それに、この種のプロジェクトは安定した資金援助が見込めるし、潜在的マーケットもかなり大きい」

あの日以来、林雲には一度も連絡したことがなかったが、携帯電話の番号は交換していた。北京に着いたら真っ先に彼女に連絡しろと、高波が言った。

「軍の雷撃兵器研究の現状を探るんだ。ただ、注意してくれ。いきなり正面からたずねたりするなよ。まずは彼女をディナーとかコンサートに誘って、たがいの仲が深まってから……」このときの高波は、老獪《ろうかい》でずるがしこいスパイのボスそのものだった。

北京に着いて、まだろくに腰が落ち着かないうちに、さっそく林雲に電話してみた。回線の向こうから伝わってくる懐かしい声に、ぼくは言い知れないあたたかさを感じた。電話の主がぼくだとわかり、向こうもびっくりしている。驚き喜ぶ気持ちも、その声から伝わってきた。高波《ガオ・ボー》に指示されたように、彼女の職場を訪ねたいと切り出すべきだったが、躊躇しているうちに、林雲《リン・ユン》のほうからぼくを招待してくれた。

「〈新概念《ニュー・コンセプト》〉を訪ねてきて。わたしもあなたと話したいことがある」と言って、北京近郊のある住所を教えてくれた。

「ニュー・コンセプト?」ぱっと思い浮かんだのは、アレクサンダーの英語の教科書だった（L. G. Alexander 編集の *New Concept English* は英語教材として中国でよく知られている）。

「中の人間はそう呼んでる。国防大学の新概念兵器開発センターのこと。卒業してから、そこで働いているの」

＊＊＊

新しい職場にまだ着任のあいさつもしていないのに、高波は待ちきれないとばかりに、林雲のもとへ行くようぼくをせっついた。

車が四環路（北京中心部を囲むように走る環状道路のひとつ）を出て、さらに三十分ほど走りつづけると、道路脇にはもう麦畑が広がっている。このあたりには軍の研究機関が多く集まっているが、ほとんどの建物が高い塀に囲まれた、派手さとは無縁の簡素なもので、正門にも看板の類は出ていない。だが、新概念兵器開発センターは人目を惹く二十階建ての高層ビルで、多国籍企業のオフィスビルかと思うような、たいへんモダンな外観だった。付近にある他の研究機関とはまるで趣きが違う。正面玄関に歩哨の姿はなく、人の出入りも自由だ。

自動ドアを通過し、広々とした明るいロビーに足を踏み入れ、エレベーターに乗って、林雲のオフィスがあるフロアまで昇った。降りた階は、民間企業の管理部門のような雰囲気で、廊下の両側に半開きのドアが並んでいる。中を覗くと、パーティションで仕切られたモダンなオフィスで、パソコンと書類の山に囲まれたスタッフが忙しく働いていた。彼らの着ているのが軍服でなかったら、大企業のオフィスに迷い込んだと勘違いしてしまいそうだ。外国人も数名いて、そのうち二人は本国の軍服のまま、中国の軍人たちに混じって談笑している。

林雲は、『システム評価二部』というプレートが出ているオフィスにいた。少佐の軍装の林雲が、輝くような笑みを浮かべて歩いてくる。ファッション性を超越したその美しさに激しく心が乱れ、同時に彼女が軍人だという事実を一瞬で理解した。

「想像してたのと違うでしょ、ここ？」挨拶を済ませると、林雲がたずねた。

「だいぶね。なにをするところなんだい？」

「名前のとおりよ」

「新概念兵器って？」

「そうね、たとえば第二次世界大戦中、ソ連軍は訓練された軍用犬に爆弾を縛りつけて、ドイツ軍の戦車の下に潜り込ませた。これが新概念兵器のひとつ。いまでも新概念に分類できるアイデアね。でも、新概念にはいろんなバリエーションがある。爆発物をイルカに縛りつけて敵の潜水艦を攻撃するとか、鳥の群れに小型爆弾を装着して訓練するとか。たとえばこれも、最新の技術なんだけど——」林雲《リン・ユン》はデスクトップ・コンピュータのキーボードに身をかがめ、昆虫学のウェブサイトさながらの画像や文章が並ぶ資料をモニターに呼び出した。「ごく小さな強腐食性液体カプセルをゴキブリなどの昆虫に仕込み、敵の兵器システムの半導体を虫たちに破壊させる」

「面白いね」そう言いながら、ぼくはかすかに漂う爽やかな香りを嗅いでいた。モニターの画面を見るとき、ぼくと林雲の距離はかなり近づいていたから、彼女の匂いが漂ってきたのだ。甘い成分の一切ないその香りは、さわやかながらもわずかにぴりっとした刺激がある。嵐のあと、澄み切った陽光に照らされている青々とした草原のように……。

「これを見て。この液体を噴霧すると、路面がつるつるになって通行不能に陥る。それにこっちは、車両や戦車のエンジンをストップさせるガス。これはそんなに面白くないかもしれないけど――ブラウン管の電子銃みたいに特定のエリアを走査して、そこにいる人間全員を一時的にもしくは永久に失明させるレーザー」

　軍の情報システムから勝手に情報をとりだして他人に見せることが許されているとは。ぼくは林雲のふるまいにちょっと驚いた。

「ここでは概念《コンセプト》を練っているの。大部分は役に立たない。ひどいのになると、ジョークとしか思えないくらい。ただ、その中の百にひとつ、千にひとつが現実の兵器になる。だとしたら、まあ、意義はあるでしょ」

「じゃあ、シンクタンクってこと？」

「そうとも言える。わたしの部署の仕事は、そういうアイデアの中から現実に実行可能なものを見つけ出し、さらに一歩踏み込んだ研究に着手すること。ときにはかなり深いレベルまで研究を進める場合もある。いまから話す雷撃兵器システムもそのひとつ」

　高波《ガオ・ボー》が知りたがっていることを、林雲がこんなに早く話してくれるなんて幸先がいい。ただ、最初にたずねたのは、ぼく自身が別件でとても気になっていたことだった。

「ここに欧米系の軍人がいるのはどういうこと？」

「彼らは客員研究員。兵器の研究開発だって科学でしょ。だから当然、国外の研究者とも交流する必要がある。新概念兵器は、実現までに長い時間がかかる。だって、もとはただの概念に過ぎないんだから。この分野でいちばん必要なのは柔軟な思考。それには大量の情報が必要だし、いろんな考えかたを突き合わせることも必要。だから、相互交流は双方にとって有益だってこと」

「ってことは、きみたちも相手国に客員研究員を派遣しているわけか」

「二年前に泰山から戻ってから、わたしもヨーロッパと北米に赴いた。客員研究員として、向こうバージョンの新概念兵器開発機関に三カ月くらい滞在していた。彼らの機関は兵器システム先行評価委員会っていうんだけど、ケネディの時代にはもう設立されていたみたい……あなたはこの二年間どうしてたの？　やっぱり毎日、球電を追いかけてた？」

「もちろん。それしか能がないからね。ただ、いままでは紙の上だけで追いかけていた」

「だったら、あなたにプレゼント」そう言いながら林雲《リン・ユン》はマウスを動かし、ＰＣの中にあるなにかを探している。「これ、球電の目撃者の調書」

それにはさほど興味をそそられなかった。

「そういう調書なら、もう千件以上も見てきたよ」

「でも、これはべつ」林雲はモニターに映像を呼び出し、再生した。林の中の空き地に一機の軍用ヘリコプターが駐まっている。ヘリの前には二人の人間が立っていた。ひとりは陸軍の作戦服姿の林雲。簡易飛行服を着たもうひとりは明らかにヘリのパイロットとわかる。二人のうしろの空には、数個の気球が小さく映り込んでいる。

「映ってるのは王松林《ワン・ソンリン》大尉、陸軍航空兵のヘリコプター・パイロット」と林雲が紹介する。

『もういちど話していただけますか。録画して友人に見せたいので』と映像の中の林雲が言った。

『わかりました』パイロットが答える。『あのとき目撃したのは、まちがいなく、あなたが言うとおりのものですよ。一九九八年の長江で、洪水対策に出動したときのことです。わたしはヘリコプターで災害地区の上空から支援物資を投下する任務に当たっていました。ところが、高度七百メートルの上空で、うかつにも雷雲に入ってしまったんです。もちろん飛行禁止エリアですが、すぐに脱け出すことはできなかった。当時、雲の中は強い乱気流が発生していて、強風にあおられた木の葉みたいに機体が上下に激しく揺れ、頭がひっきりなしにハッチにぶつかるくらいでした。計器のほとんどがめちゃくちゃに振れ、無線もろくに聞こえなかった。外は真っ暗でしたが、とつぜん稲妻が走ったかと思うと、それが見えたんです。バスケットボールくらいの大きさで、オレンジ色の光を発していました。それが出現したとたん、無線のノイズがさらに大きくなって……』

「次をよく聞いて！」林雲がぼくに注意を促した。

『……光の球は、機体のまわりを周回するように飛んでいました。スピードはそれほど速くなかったですね。まず機首の近くから尾翼のほうへ向かい、それから垂直に上昇してメインローターを通り抜けた。次にまたメインローターを突き抜けて、キャビンに現れた。光の球は三十秒ほど空中を漂って、それから急に消えました』

「ちょっと待って。さっきのところに戻してくれ！」思わずそう叫んでいた。林雲《リン・ユン》が言ったとおりだ。この目撃談はたしかにふつうじゃない。

映像が戻され、同じ目撃談が再生されたあと、録画の中の林雲が、ぼくが質問したかったことを大尉にたずねた。

『そのときヘリは空中に静止していたんですか、それとも飛んでいたんですか？』

『雷雲の中でホバリングしていられるとでも？　もちろん飛んでましたよ。速度は最低でも時速二百キロは出てました。雷雲の出口を必死に探してたんですから』

『記憶違いということはありませんか？　当時、ヘリはホバリングしていたはずです。そうじゃないとすじが通りません』

『そう考えるのはよくわかります。不思議なのはそこだ。それはまったく気流の影響を受けていなかった。もし万一、記憶違いや錯覚があったとしても、メインローターはずっと旋回していたし、気流はかなり強かった。そもそも空中に風がないなんてことがありますか？　ところがあの火の玉は、あんなにゆっくりと機体のまわりを回っていった。相対速度を計算に入れれば、あれの速度はかなり速い。だけど、ぜったいに気流の影響を受けていなかった！』

「これはたしかに有力な情報だ！」ぼくはつづけた。「これまでに読んだ多くの文献にも同じような現象が書かれていた。たとえば、球電がドアや窓から室外へ出ていったとき、風は外から中へ吹き込んでいたとか。ほかにも、球電が逆風をついて飛んでいったと直接的に証言している目撃談もある。でも、真実性が高くて信頼に足るのは、今回の目撃談ぐらいだ。球電の運動がほんとうに気流の影響を受けないのだとしたら、球電がプラズマだという説は成り立たない。プラズマ説はいまのところほとんどの球電理論の基盤になっているけどね。ところで、そのパイロットには会えるかな？」

「もう会えない」林雲はかぶりを振った。「さあ、そろそろ仕事の話をしましょう。まず最初に、わたしたちがこの二年間なにをしてきたかを見てもらわないと」

そう言って林雲は電話をとった。見学の件で連絡しているようだ。どうやら、高波《ガオ・ボー》に与えられた任務は簡単に果たせそうだ。そう思いながら、ぼくは林雲のデスクを眺めた。

真っ先に目に入ったのは集合写真だった。林雲が数人の海兵隊員といっしょに写っている。全員、陸戦隊の青と白のまだらの迷彩服姿だ。写真に映る中では林雲が唯一の女性で、見たところ年齢もいちばん下のようだ。顔にあどけなさを残したまま、子犬を抱くみたいにして胸の前で小銃を抱きかかえている。背後の海には上陸用舟艇が数隻。その近くには爆発後の煙がまだ残っていた。

次に、若い海軍大尉の写真に目を惹かれた。ハンサムな顔立ちで、気品もある。彼の背後にはメディアでもよく紹介される航空母艦〈珠峰《チョモランマ》〉の大きな艦橋が写っていた。この人物がだれなのか、林雲《リン・ユン》に訊いてみたい強烈な衝動にかられたが、なんとかこらえた。

林雲の電話が終わった。

「さあ、行きましょう。この二年間の、成果とも呼べないような成果を見てちょうだい」

エレベーターで下に降りる途中、林雲が言った。

「この二年間、わたしたちは雷撃兵器にかなり力を入れてきた。プロジェクトを二つに分けて進めていたけど、結局どちらも成功しなかった。いまはもうこのプロジェクト自体、ストップしている。この兵器システムの開発には、〈新概念〉のプロジェクトとしては膨大な時間と予算が投入されたんだけど、結果は惨憺たるものだった」

ロビーではたくさんの人々が林雲ににこやかに挨拶してきた。林雲の実際の地位は少佐のレベルを軽く超えているんじゃないか。直感がそう告げていた。

正面玄関から外に出ると、林雲はぼくを一台の乗用車の助手席に乗せた。となりの運転席に彼女が腰を下ろしたとき、雨後の若草にも似たさわやかな香りがまたかすかに感じられて、心地よい気分になった。しかし、今回の香りは、快晴の空に最後に残るうっすらした一片の雲のように、奥深く寂しい谷で一瞬だけ鳴って消えていく鈴の音のように、前よりさらにほのかだった。ぼくは無意識のうちに鼻翼を動かしていた。

「この香水が好きなの？」林雲はにこやかにこちらを見つめてたずねた。

「あっ……ええっと、軍では香水は禁止じゃなかった？」と、つい莫迦な質問をした。

「たまにはいいのよ」

林雲はぼくの心をくすぐるあの笑みを浮かべ、車を発進させた。車の窓から吊り下げられた小さな飾りに目がとまった。手の指くらいの太さの小さな竹の切れっ端だ。節が二つ、葉っぱが一枚ついていて、なんとも味わい深いかたちをしている。竹も葉もとっくに枯れて黄色くなり、北方の乾燥した空気にさらされて、細かなひび割れができている。そうやって、明らかに古いものだとわかる点も興味深い。こんなに目立つ場所に吊るしているということは、この竹にはなにかいわくがあるのかもしれない。手にとってよく眺めてみようとしたが、林雲にその手をつかまれた。細くて色の白い林雲の手には、意外なほど力があった。ぼくが手を引くと、さっきの万力のような力はたちまち彼女の手から抜けて、あとに残るのは、心をときめかせるあたたかくてやわらかな感触だけだった。

「それ、地雷」林雲《リン・ユン》は平然とした口調で言った。

胆が冷えた。林雲の顔を見やり、それから、どう見ても無害そうな竹にもういちど目をやった。とても信じられない。

「対人地雷よ。構造はいたって単純。下の節に爆薬が詰めてあって、上の節には着発信管が入ってる。信管は柔軟性のある小さな撃針と輪ゴムでできてて、竹を踏むと撃針が作動する仕組み」

「いったい——どこからこれを？」

「一九八〇年代のはじめ、広西省（中国南方の省。ベトナムと国境を接する）の前線での戦利品。昔ながらの仕掛けで、二踢脚《エァティージャオ》（中国の爆竹の一種で、二度爆発する）くらいのコストしかかからないけど、殺傷力はかなり高い。それに、金属部品が少ないから、ふつうの地雷探知機にはひっかからない。地雷除去を担当する工兵からすれば困った兵器ね。見た目もまぎらわしいから、敷設するときも、埋める必要さえない。地面に撒くだけでだいじょうぶ。当時のベトナム軍は、これを一度に何万個もばら撒いたんだって」

「信じられないな。こんなに小さなものでほんとに人間を爆殺できる？」

「まあ、ふつう、死ぬことはないわね。でも、脚の一本とか、その半分とかなら問題なく吹っ飛ばせる。敵の戦闘力を低下させることにかけては、相手を負傷させるこういう兵器のほうが、死に至らしめる兵器より効率的なの」

ぼくの心をかき乱す女性が、同年代の女の子とメイクの話でもするみたいに、こんなに平然と流血や死について語るなんて。なんとも言えない気分になった。でも、もしかしたらこんなところが、ぼくの心を捉えて離さない彼女の魅力の源泉なのかもしれない。

「これって、いまでも爆発する？」ぼくは竹を指さしてこわごわたずねた。

「ええ。でも、だいぶ時間が経ってるから、撃針を動かすゴムが劣化してるかも」

ぼくは真っ青になった。「なんだって！　いまも……まだ……」

「そう。まだ撃発可能状態にある。撃針はひっぱられたままだから、さわっちゃダメ」

「それって……それって危なすぎるだろ！」目の前の車窓のガラスの前で、小さな竹はゆらゆら揺れている。恐怖を感じないわけにはいかない。

だが、林雲の澄みきった二つの瞳は平然と前を見ている。だいぶ時間が経ってから、小さな声でつぶやいた。

「わたしはそんな感覚が好き」それから、車内に漂う気まずい沈黙を破ろうとしたのか、ぼくにたずねた。「兵器には興味ない？」

「子どものころは興味があったよ。兵器を見るたび、目を輝かせた。まあ、たいていの男の子はそうだと思うけど……やっぱりこの話はやめよう。女性から兵器について教えてもらうのが男にとってどんなに情けないことか知らないだろ？」

「兵器に、現実を超越する美を感じない？」林雲《リン・ユン》は竹製の地雷を指さした。「なんて繊細なアート」

「それは認めるよ。兵器にはたしかに言葉では言い表せない美しさが備わってる。でも、その美は、人間を殺傷することが前提だろ。もしこの竹がただの竹だったら、そんな美はすっかり消えてしまう」

「考えたことある？　殺傷っていうもっとも残酷な行為が、なぜ美しさを備えているのか」

「ぼくには深遠すぎる問題だね。そっち方面はくわしくないし」

車はせまい道に入った。

「ものごとの美しさって、実際の機能とは完全に分離したものなんだと思う。たとえば、郵便切手。切手のコレクターにとって、切手の持つ実際の機能なんてぜんぜん関係ないでしょ」

「じゃあ、きみが兵器の研究開発に携わっているのは美しさのため？　それとも機能のため？」

たずねたとたん後悔した。唐突過ぎる質問だった。林雲は答えるかわり、口もとにうっすら笑みを浮かべた。ぼくにとっては、彼女のあらゆるところがミステリアスだ。

「あなたって、全人生がひとつのものに占領されているタイプね」

「きみは違うのかい？」

「いえ、わたしもそう」

それから、ぼくらは二人とも黙り込んだ。

＊＊＊

車は果樹園を通過した先で停車した。遠くに見えていた山脈が、いまはもう目の前だ。山のふもとには鉄柵で囲まれたエリアがある。敷地の大部分は草が残る空き地で、その端のほうに建築物が見えた。大型倉庫のような、平らな広い屋根をいただく一階建ての建物一棟と、四階建ての建物三棟が連なっている。建物群の前には軍用ヘリコプターが二機。あの球電の目撃者の映像は、ここで撮影されたものだと気がついた。ここは雷撃兵器の実験基地だ。〈新概念〉のオフィスビルとは反対に、きわめて厳重な警備がなされているらしい。そうした建物の一棟で、ぼくたちは基地の責任者と対面した。許文《シュー・ウェンチェン》誠という空軍准将で、見たところ実直そうな人物だった。林雲が彼の名前を口にしたとき、雷を専門に研究している中国人科学者だとすぐにわかった。国内外の学術誌で何度も彼の論文を読んだことがあり、名前はよく知っていた。もっとも、実際に会うのはこれがはじめてで、軍人だということさえ初耳だった。

准将は林雲《リン・ユン》に向かって言った。

「もう店仕舞いにしろと強い圧力がかかってるんだよ、林《リン》くん。上のほうに掛け合って、なんとかしてもらえないかね」林雲に対する准将の態度からすると、とても上司と部下の関係には見えない。准将の口調には、慎重さや丁寧さがにじんでいる。

林雲はかぶりを振った。

「いまの状況じゃとても無理ですよ。不退転の決意でがんばるしか！」その口ぶりも、上司に対する部下の受け答えとはまるでかけ離れている。

「がんばってどうなるってものでもない。いまは総装備部（中国人民解放軍の装備を管理する部門）がサポートしてくれているが、そう長くはつづかないだろう」

「わたしたち〈新概念〉としても、できるかぎり早くなんらかの成果を出します——なんらかの理論を。ところで、こちらは雷研究所の陳《チェン》博士です」

准将は熱を込めてぼくの手を握った。

「われわれがもっと早くから協力し合っていれば、こんな状況にはなっていなかっただろう。きょうお見せするのは、雷研究者にとって驚くべきものだよ！」

ちょうどそのとき、いままで電力を大量に消費していた巨大機械のスイッチがとつぜん切られたみたいに、部屋の電灯が急に明るさを増した。准将もそのことに気づいたらしく、「充電が終わったようだな」と言った。「林くん、陳博士を見学にお連れしてくれ。残念ながら、わたしはつきあえない。きみが言ったとおり、ここががんばりどころだからな。見学が終わったら、きみから雷研究所に連絡して、なんとかうまく関係を構築してくれ。雷研究所の前所長の薛《シュエ》博士とは知り合いだったが、彼はもう引退してしまった。われわれと同じく、実験の成果を応用した技術をひとつも開発できないままに」

見学に向かう途中、設備の整ったラボと作業室を見かけた。この場所は、さっきの〈新概念〉と明らかに違う。こちらは実際に兵器を開発するための場所ということだ。

「わたしたちの雷撃兵器研究は大きく二つに分かれるの」林雲が説明した。「これから見学するひとつめは、航空機からの対地攻撃システム」

建物を出ると、パイロットとオペレーターがひとりずつ、ヘリコプターに向かって歩いていくのが見えた。それとはべつの二人組が、飛行機のどこかから抜き出したらしい太い電源ケーブルをとりまわしている。そのケーブルはべつの一棟へとつながっていた。さらに数名の兵士たちがおびただしい数のドラム缶をトラックに積み込んでいる。ここの人員はかなり長い期間なにもすることがなくてずっと退屈していたのか、いまは見るからに生き生きして精力的に作業していた。

林雲《リン・ユン》は土嚢を重ねてつくった掩体のうしろにぼくを導いた。前方にあるサッカー・フィールドほどの空き地では、兵士たちが数人がかりでトラックからドラム缶を下ろし、地面の中央に描かれた赤い四角の中にピラミッドのように積み上げている。

遠くのほうからエンジン音が響きはじめ、やがてローターの旋回に巻き上げられた砂埃のなか、さっき見たヘリコプターがゆっくり上昇していくのが見えた。ローターの角度がわずかに傾き、ヘリコプターは積み上げたドラム缶の上まで飛んでくる。ヘリはそこで数秒のあいだ滞空していたが、次にその胴体部から真っ白な稲妻が閃き、ドラム缶の山を直撃した。間髪容れず、すさまじい雷鳴が鳴り響いた。まったくの不意打ちだった。なんの心の準備もなかったぼくは、完全に虚を突かれた。雷鳴のあとに重く沈んだ巨大な爆発音がつづく。ガソリンが残っていたドラム缶が爆発し、炎上している。あかね色の炎を包むように黒煙がもくもくと立ち昇る。ショックに茫然としたまま無言でそれを見ていたぼくは、しばらく経ってようやく口を開いた。

「いったいなんのエネルギーを使って雷を発生させたんだ?」

「実のところ、エネルギーは借りもの。中国科学院超伝導研究所が室温超伝導材料を使った高エネルギー密度蓄電池を開発したのよ。超伝導銅線の大きな輪の中にたえず電流を流しつづけるだけで、大量の電気を蓄えられる」

そのとき、ヘリがふたたび地面に向かって放電しはじめた。今回は放電時間が長いものの、強度は低い。ヘリと大地を結ぶ長く伸びたアーク放電の細いすじが、ねじれるように空中で動いている。ダンサーのように優美な曲線を描くその光は、紫色に輝きながら風にたなびく蜘蛛の糸のようだ。

「いまは超伝導電池が余剰の電気エネルギーを低強度で連続放出しているところ。この電池は安定性に問題があって、使わないときは電気を蓄えておけなくて。ちょっとだけ待ってて。この作業には少なくとも十分間は必要だから。でもこの音、耳障りでしょ？」

放電音はさほど大きくはないが、爪でガラスをひっかくような音で、聞いていると神経に障る。

「さっきみたいな瞬間的な高強度放電は何回くらいできる？」

「超伝導電池の容量と数量しだい。このヘリコプターに搭載している量だと、八回から十回ってところかしら。だけど、余剰電気を放出させるときは、高強度で放電するわけにはいかなくて」

「どうして？」

「反対派がいるの」林雲《リン・ユン》は北のほうを指さした。基地からそう遠くないところに豪華な別荘群が見える。「そもそも基地は市街地から遠いところにつくる計画だったんだけど、諸事情あってここに落ち着いた。そのうちわかるけど、この過ちの代償は騒音だけじゃない」

余剰電気の放電が完了し、林雲はぼくをヘリコプター搭載設備の見学に連れていってくれた。機械や電子機器にくわしくないので見てもさっぱりだったが、それでも円柱状の超伝導電池はなかなかのインパクトがあった。

「このシステムのどこが失敗だって？」内心の驚きを隠してぼくはたずねた。

「それについて話す資格がいちばんあるのがこちらの楊《ヤン》大尉。38軍陸航団（陸上航空兵の部隊のひとつ）の攻撃ヘリのパイロットよ」

あの球電の目撃者なのかと思ったが、目の前に立っているこのパイロットは明らかに若すぎる。

「わたしもはじめて見たときにはすごく興奮しました」パイロットは言った。「当時から、武装ヘリコプターの対地上攻撃能力を大幅に向上させる、評価のしようもないほどすばらしい兵器だと思っていましたから。それはもう、第一次世界大戦の頃のパイロットが現代のミサイルを目の前にしたくらいの興奮ですよ。でもすぐに、これはただのおもちゃだとわかったんです」

「どうして？」

「まずは射程。百メートルを超えるともう放電できません。百メートルって、手榴弾でも届くくらいの距離ですよ」

「わたしたちも最大限努力したの」林雲が口をはさんだ。「でもどうしても、これが射程の限界らしくて」

その理由はたやすく理解できる。自然界で発生する稲妻のように、数千メートルにも達するアーク放電を人工的に発生させるとしたら、超伝導電池で蓄えられる程度のエネルギー容量ではとても足りない。たとえ核反応かなにかの手段でそれだけのエネルギーをつくりだせたとしても、既存の兵器発射母体《プラットフォーム》では——武装ヘリコプターだろうが、駆逐艦だろうが——それほど巨大なエネルギー発射に耐えられない。もしそんな稲妻を発射したら、真っ先に破壊されるのはプラットフォームのほうだろう。

「さらにもう一点、もっと致命的な問題があります——これは林《リン》博士から話してもらったほうがいいかもしれません」大尉が言った。

「たぶんあなたも、うすうす気づいているかも」と林雲。

たしかに、それについては思い当たることがあった。

「きみが言うのは、放電時のもうひとつの電極のことだろ？」

「そう」林雲《リン・ユン》は遠くでまだ燃えている場所――ドラム缶が置かれた赤い正方形のエリアを指さした。「わたしたちは前もって、あの赤いエリアに1・5クーロンの負の電荷を与えた」

ぼくは少し考えた。

「べつの手が使えるんじゃないかな。放射ビームかなにかで遠距離から目標エリアに帯電させるとか」

「最初はわたしたちもそんなふうに考えた。だから、この放電設備といっしょに、遠距離静電帯電設備の研究開発をはじめたのよ。でも、実戦環境では、技術的な障害がとにかく大きかった。移動目標に対して効果的にダメージを与えるには、だいたい一秒以内に目標エリアの帯電を完了しなければならない。既存の技術ではほとんど不可能」林雲はここでため息をついた。「さっき大尉が言ったように、わたしたちがつくったのはただのおもちゃ。アトラクションでギャラリーを怖がらせるならいいけど、実戦には使えない」

それから林雲は、次のプロジェクトの現場にぼくを案内した。

「これはたぶん、あなたにとっていちばん関心があるプロジェクトだと思う。大気中に稲妻をつくりだすこと」

次にぼくたちが向かったのは、あの広い屋根の一階建ての建物だった。倉庫を改装したものだと林雲が教えてくれた。高い丸天井に並ぶ投光照明が広大な空間を煌々と照らしている。足音が周囲に反響する。林雲の声にも耳に心地いいエコーがかかっていた。

「稲妻って、ふつうは雷雲から発生するでしょ。だけど大きな雷雲を人工的に発生させるのは相当むずかしくて、軍事的価値は低い。わたしたちの研究目標は、雷雲を伴わない稲妻をつくりだすこと。つまり、雷雲と関係なく、帯電した空気の中にできる電場からの放電で生じる稲妻」

「泰山でもそう言ってたね」

林雲は壁ぎわに設置されている二台の装置を見せてくれた。どちらもトラック一台分くらいの大きさがある。メイン部分は大型の空気圧縮機のようにも見える高圧気体タンクだった。

「これが帯電空気ジェネレータ。大量の空気を吸い込んで、帯電させてから排出する。二台それぞれで、プラスとマイナスに帯電させた空気を生成することができる」

どちらのジェネレータからも太いパイプが出て、床の壁ぎわに沿って延び、そのパイプから垂直に、無数の細い管が出ている。一定の間隔を置いて並ぶ管の先は壁にとりつけられた二列のノズルにつながっている。高いほうのノズルはプラスに、低いほうのノズルはマイナスに帯電した空気を噴出し、それによって放電のための電場が形成される――と林雲が説明した。

スタッフのひとりが、高低二列のノズルの中間の高さに、滑車を使って小型模型飛行機を吊るしているのが見えた。

「あれが撃墜目標。いちばん安いものを使っているから、まっすぐにしか飛べないんだけど」

一巡したあと、林雲《リン・ユン》は建物の一角にある小さな部屋へとぼくを引き入れた。鉄の檻にガラスをはめ込んだような部屋で、中には計器盤が置かれている。

「雷はふつうここには落ちないけど、一応、安全のためにシェルターの役割を兼ねた管制室を設けたの。実際は、ただのファラデーケージ（導体に囲まれて、外部の電場が遮断された空間）なんだけど」林雲はそう言いながら、小さなビニール袋を渡してきた。中には耳栓がひと組入っていた。

「音。すごいから、耳栓してないと聴覚がおかしくなる」

ぼくが耳栓をしたのを確認して、林雲はコンソールの赤いボタンを押した。するとあの二台の装置が轟音をあげはじめ、壁に設置されている二列に並んだノズルから赤と青の気体が噴射されてきた。ドーム型天井の投光照明のまばゆい光の下、異様な光景がつくりだされた。

「帯電した空気はそもそも無色透明なんだけど、こうするとはっきり目に見えるでしょ。空気を帯電させるとき、着色したエアロゾル粒子を大量に混入させているのよ」

赤色と青色の空気がどんどん増えてきて、頭上にむらのない二つの色の層が現れた。計器盤には赤く光る数字が点滅している。この数字こそ、いま形成されつつある電場の強さを示すものだと林雲が解説した。

数分後、けたたましいブザー音が鳴り響き、電場の強度が予定値に到達したことを告げた。林雲がまたボタンを押すと、今度はあの吊るされた小型飛行機が飛んできた。機体が赤と青の二つの空気層のあいだに入ったとたん、目が眩むほど明るい稲妻が一閃し、それと同時に激しい雷鳴が響き渡った。耳栓をしていたにもかかわらず、その轟音はすさまじい衝撃を与えた。視力の回復を待ってあたりを見てみると、標的の小型飛行機はバラバラの小さなかけらに砕かれ、見えない手で宙に撒かれた紙吹雪が散り散りに落ちてきたかのようなありさまだった。小型飛行機が最後に到達した位置からは黄色い煙が立ち上り、それがじょじょに拡散していた。

ぽかんと口を開けて見ているしかなかった。

「あの小型飛行機が稲妻を触発したってこと？」とようやく質問した。

「そう。空気中の電場を臨界点に到達させたの。ある一定の大きさの電気伝導体が電場の範囲に進入すると洩れなく稲妻が発生するから、言ってみれば空中の地雷原ってとこかしら」

「野外実験も済んでるのか？」

「何度もやった。でも、今回は見せられない。そういう実験は一度やるだけでも大掛かりな準備が必要なのよ。野外だと、帯電空気を大気中に噴射する管は気球で吊り下げる必要がある。二つの気球に一本ずつ管を吊るし、片方は高いところ、もう一方は低いところにノズルをセットして、プラスとマイナスに帯電した空気をそれぞれが噴射する。空気中に電場を形成するときは、数十から百以上の気球を一列に並べ、それらに高低二列のノズルをセットすることで、プラスに帯電した空気層とマイナスに帯電した空気層をつくりだす。もちろんこれは、ただの実験目的に過ぎないけどね。実戦で使用するときはほかの放出方法を採用すると思う。飛行機からの放出とか、地面から発射したミサイルによる放出とか」

「野外の空気は静止していないから、気流が帯電空気層を吹き飛ばしちゃうんじゃないか」と、ぼくは考えながら言った。

「たしかにそれは大きな問題。最初に考え出した対策は風上から間を置かずに放出しつづけること。敵が防御しようとする目標上空の空気中に、安定的な電場を形成しようとしたの」

「実験の結果は？」

「基本的には成功だった。だけど、成功したからこそあの事故が起こったのかもしれない」

「どういうこと？」

「空気中で稲妻を生成する実験をする前、安全面についてはじゅうぶんに検討した。だから、風向きが安全なときだけ実験を行った。ただ、実験で形成された電場については、予想をはるかに超えて安定性が維持される場合があって。風で遠くまで飛ばされた例もある。実験の最中、基地の風下の地区から、晴天下で発生した雷の情報が次々と報告されてきた。いちばん遠くでは張家口《ちょうかこう》（北京に隣接する、河北省北西部の省直轄市）からの報告もあったくらい。だけど、そういう雷ではなんの被害もなかった。まあ、それでなにか起こるとしても、小規模の雷雨くらいだし。風向きもほとんど危険がなくて、市街地に向かって吹く風も、とりわけ危険だとは認識していなかった。唯一の例外は、首都空港に向かって吹く風。空中に発生した電場は飛行機にとってきわめて危険だから。雷雲と違って、パイロットと地上レーダーはどちらも電場を発見できない。視認性を高めるために、さっき見学した室内での実験と同様に、帯電した空気に着色してみた。これはあとになってわかったことだけど、漂う距離が長くなるにつれて、着色された空気と帯電された空気はだんだん分かれていってしまう。さらに、エアロゾル重粒子を多く含んだ着色済みの空気は、帯電空気と違って、消散するスピードが速く、その色もすぐに消えてしまう。

いつも実験の前には空軍と地方の気象台に問い合わせて風向きのデータを何度も確認していたし、うちの内部でも専門の気象チームをつくったくらい。そこまでしても、突発的な風向きの変化は予測不可能だった。十二回めの実験のとき、電場形成後に風向きが急変して、大気中の電場が首都空港の方角に漂っていった。そのときは空港を緊急閉鎖させて、こちらからもヘリを五機飛ばし、空中を移動しつづける電場を追跡させた。この任務の遂行は困難をきわめたし、とても危険だった。着色された空気はとっくに消散していたから、ヘリコプターの無線に交じる干渉音の大きさの変化で電場の位置を推定するしかなかったのよ。一機のヘリが誤って電場に進入して雷を誘電し、その雷が命中してヘリは空中で爆発してしまった。それで亡くなった大尉というのが、あなたが会いたがっていた球電の目撃者その人」

動画で見たあの若いパイロットの姿が、脳裏にまざまざと甦った。この数年、落雷で命を落とした話を聞くと、なんとも言えない恐怖心が湧き上がるのがつねだったが、今回の恐怖はさらに強烈だった。いまこの空中に浮かんでいる赤色の気体と青色の気体が、ますますぼくに緊張を強いる。

「ここの電場をいま消し去ることはできないのか？」ぼくはそう質問してみた。

「それは簡単」林雲《リン・ユン》はそう言いながら、緑色のボタンを押した。二列に並んだノズルから、無色のガスがすぐに噴出されたらしい。「いま電荷を中和させているところ」林雲は電場の強度を示す赤い数字を指さした。数値が急激に減少している。

それでもぼくの緊張はゆるまなかった。見えない電場があちこちに存在しているような気がした。張りつめた空気は限界までひっぱった輪ゴムのようで、いまにもパチンと切れてしまいそうだ。呼吸も苦しくなってきた。

「外に出よう」ぼくは林雲に提案した。外に出てみると、いくらか楽になった。「ほんとうに恐ろしいものだね」

林雲はぼくの異変にまるで気づいていないようだ。

「恐ろしい？　こんなのはただの失敗作。わたしたちは、ひとつとても重要な点を見過ごしていた。帯電空気の量と、電場の強さと大きさとのあいだの関係をグラフにした曲線は、たしかに何度もくりかえし測定していた。当時の測定結果にはなんの問題もなく、有望そうだった。だけど、その曲線は室内の小さな範囲で測定したものに過ぎなくて、野外のような広い空間ではまったく参考にならなかった。野外では実戦に即した広範囲の電場が求められる。加えて、帯電空気の必要量も幾何級数的に増大する。間断なく帯電空気を放出して電場を長時間維持するには、膨大なシステムを構築する必要があった。経済的な要素を度外視するとしても、戦時下にこんな巨大設備をつくったら、それこそ絶好の攻撃目標になるだけ。だから、さっき見学してもらった二つの実験的システムはどちらも失敗。もしくは、技術的には一部成功したけど、実用上は価値がないっていうことになった。失敗の原因について、あなたならもっと深く理解できる」

「えっ……なんだって?」ぼくはぼんやりしていて、彼女がいまさっき話していた内容がまったく耳に入っていなかった。

「あなただって気づいたはず。この二つのシステムの失敗の原因は根本的な問題。システムの技術的基礎に由来するから、いくら改良を加えても問題を解決するのは無理。だから、もう結論を出したの。この二つのシステムには見込みなしってね」

「ああ……かもしれないね……」心ここにあらずの状態で、適当に返事をした。目に浮かぶのはあの赤と青の電場、白い稲妻、小型飛行機の破片、燃え上がるドラム缶。

「だから、まったく新しい雷撃兵器を考案しなきゃいけない。それがなんなのか、あなたにはもうわかっているでしょ……」

……風に漂う電場、パイロットの大尉の顔、爆発するヘリコプターの姿……。

「球電！」林雲《リン・ユン》が大声を上げた。

驚きのあまりわれに返ると、すでにあの空き地をあとにして、実験基地の正門まで来ていることに気づいた。ぼくは歩みを止め、ぼんやり林雲を眺めた。

「もしほんとうに球電を人工的に生成できるのなら、その潜在力はさっきの二つのシステムとはくらべものにならない。目標に対して恐ろしいほどの正確性と選択性を備えている。正確さに関しては、一冊の本のどこか一ページに的を絞れるくらい。これは他のどんな兵器も絶対にかなわない特徴。さらに重要なのは、球電が気流の影響を受けないこと——」

「大尉の操縦するヘリを球電がどんなふうに直撃し破壊したのか、きみは見たのか？」話をさえぎってたずねた。林雲は一瞬わけがわからないという表情を浮かべ、かぶりを振った。

「だれも見てない。機体は爆発して木っ端みじんになった。わたしたちは散らばった残骸の一部を探し当てただけ」

「じゃあ、だれかが雷に撃たれて死んだのを見たことはある？」

林雲はまたかぶりを振った。

「それなら、球電がどんなふうに人を殺すかなんて、もちろん見たことないだろ！」

彼女は心配そうにぼくを眺めて言った。

「あなた、具合が悪そうよ」

「だけどぼくは見たんだ！」胃の痛みを必死にこらえて言った。「球電がどうやって人を殺すか、この目で見たことがある。しかも、殺されたのはぼくの両親だ！　一瞬にして灰になり、二人のかたちのまま残った灰は、指でそっと触れただけで床に崩れ落ちた。当時、ぼくはそのことを警察にも言わなかった。警察は、ぼくの両親は〝失踪〟したと調書に書いた。それから何年も、ぼくは事件のことを心の奥底に隠して、だれにも話したことがなかった。ただ、二年前に泰山に行ったとき、深夜の天街ではじめてきみに話した。その話から、まさかきみがこんな着想を得ていたなんて！」

林雲《リン・ユン》は見るからにあわてている。

「ねえ、あなたが傷つくなんて思ってもいなかったの。ほんとうにごめんなさい」

「そんなのどうでもいいよ。戻ったら、きょう知り得たことと、きみたちの意向を上司に報告する。ただぼく個人としては、雷撃兵器にはなんの関心もない」

市街へ戻るあいだ、ぼくと林雲はひとことも話さなかった。

＊＊＊

「おまえがそんなに傷つきやすいタイプだとはな！」

研究所に戻ると、高波《ガオ・ボー》はぼくの林雲への対応に不満たらたらだった。彼はぼくの過去を知らないし、ぼくだって話したいとも思わない。

「だが、おまえが持ってきた情報は、やっぱり価値がある。おれも別のルートから情報を得たが、軍はたしかに雷撃兵器の研究を中止したらしい。だが、暫定的な措置みたいだぞ。これまでの二つの実験システムへの入れ込みようからして、この研究がかなり注目されているのはまちがいない。いままさに突破口を探している最中だろうが、球電ってのはたしかにいいアイデアだ。ただ、この研究を行うには、さらに大きな資金が必要になる。軍もわれわれも、短期間に予算を増やすのは無理だ。それでも、先に理論研究を進めておくことはできる。このプロジェクトに関して、おれから金銭面の支援はできない。だが、時間と労力は融通できるだろう。さらにいくつか数理モデルを考えておいてくれ。複数の理論と境界条件をもとに、数理モデルの構築を進めるんだ。そうすれば、条件が整ったとき、可能性のあるすべての数理モデルを一斉に実験で検証できる。もちろん、最初にやる必要があるのは、軍との協力関係の構築だが」

　ぼくは首を振った。

「兵器なんかつくりたくない」

「まさか、平和主義者だったのか？」

「そういうことじゃない。そんな複雑な話じゃなくて、ただたんに、球電が人間を燃やして灰にするのをもう見たくないだけです」

「じゃあ、いつかだれかが球電を使ってわれわれを灰にするのを見たいってことか？」

「言ったでしょう、そんな複雑な話じゃないんですよ！　だれしも心の中に触れたくない禁忌の領分がある。ぼくはそれに触れたくない。ただそれだけです」

　高波《ガオ・ボー》は不敵な笑みを浮かべた。

「球電の性質から考えて、それに関する研究は、最終的に兵器につながるに決まってる。自分が一生かけて追求してきたものをこんなふうに投げ出すのか？」

　ぼくはようやくそのことに思い当たり、二の句が継げなかった。

　退勤後、宿舎のベッドに横になっていたが、頭の中は真っ白だった。そのとき、ドアにノックの音がした。開けてみると、林雲《リン・ユン》だった。大学生のような格好で、軍服のときよりもだいぶ若く見える。

「きのうはほんとにごめんなさい」その口調には誠実さがこもっていた。

「謝るのはこっちのほうだよ」ぼくはまごつきながら言った。

「あんなに恐ろしい体験をしたんだもの、わたしの考えに反感を持つのはあたりまえよね。

でも、責任を果たすためには、強くならなくちゃ」

「林雲、きみとぼくとでは、歩むべき責任の道が違うみたいだね」

「そんなこと言わないで。今世紀になされた重大な科学的進歩はどれもすべて――ロケットも、核エネルギーも、コンピュータも――科学者と軍人、べつべつの道を歩む二種類の人間がいっしょになしとげたのよ。共通の目的を目指して力を合わせた結果。わたしたちの共通の目的って、かなりはっきりしてると思うけどな。人工的に球電を発生させることは、あなたにとってはゴールかもしれないけど、わたしにとってはスタートに過ぎない。きょうここに来たのは、わたしの目的を説明するためじゃない。その点について理解し合うのはむずかしいでしょうからね。わたしはただ、雷撃兵器に対する嫌悪感を軽くしたいだけ」

「どうぞ。試してみたら」

「わかった。雷撃兵器と聞いてまず思い浮かべるのは殺傷能力よね。わたしたちの言葉で言えば、敵の攻撃能力を無効化するってこと。でも、よく考えてみて。もし雷撃兵器が製造できたとしても、その殺傷能力は通常兵器ほど強いものじゃない。もし体積の大きな金属製の目標を攻撃したら、ファラデーケージ効果に阻まれる。雷に対する防御作用があるから、目標内部の人間に対する殺傷能力は限定的か、もしくはゼロになる。だから、生命体に対する雷撃兵器の使用は、見た目ほど残酷じゃないってこと。逆に雷撃兵器は、敵側の生命の犠牲を必要最小限にしながら勝利を得ることができる」

「それってどういうこと？」

「雷撃兵器が最大の破壊力を発揮できる目標ってなんだと思う？　そう、電子系統。雷が引き起こす電磁パルスの強度が2・4ガウスを超えると集積回路は完全に破壊されるし、0・07ガウスを超えただけでもコンピュータのオペレーションに支障が出る。雷が引き起こす瞬間的な電磁パルスはどこにでも進入するし、もし直撃しなくても、デリケートなマイクロ電子機器に対して壊滅的なダメージを与える。これこそ、雷撃兵器が重要視される理由。この点に関しては、球電の潜在力は相当なものよ。攻撃目標に対する雷撃兵器の正確な選択性を利用すれば、ほかのどこにも触れずに敵の兵器システム内の集積回路だけを破壊することも可能かもしれない。現代の戦争では、敵側の兵器内部の集積回路がすべて溶けてしまったら、戦闘はそこでおしまいになる」

ぼくは黙って、彼女の話の意味するところを考えていた。

「どう？　多少は嫌悪感がやわらいだでしょ。次はあなたの目標と、あなたがなすべきことをはっきりわからせてあげる。球電の研究は基礎研究じゃない。そして兵器システムだけが、いまのところ唯一の応用研究。もし兵器研究から外れたら、このプロジェクトに投資する人間がいると思う？　あなただって、紙と鉛筆だけで球電をつくりだせるなんて信じてないでしょ？」

「だけどいまのところ、ぼくたちは紙と鉛筆に頼るしかない」ぼくは高波《ガオ・ボー》の考えを林雲《リン・ユン》にも告げた。

「だったら、わたしたち、協力し合えるってことね」林雲は大喜びで椅子から立ち上がった。

「きみの説得力はすごいね。尊敬するよ」

「仕事で必要に迫られてるから。〈新概念〉じゃ、わたしたちの突拍子もないアイデアを受け入れてもらうために、毎日毎日、説得のくりかえし。雷撃兵器については、総装備部の説得にも成功した。ただ、これまでのところ、失望させっぱなしだけど」

「きみがむずかしい立場にいることはよくわかるよ」

「いまはもう、むずかしいなんてもんじゃない。雷撃兵器プロジェクトは中止されて、わたしたちだけで孤軍奮闘するしかないんだから。あなたと高《ガオ》所長の言葉を借りれば、理論武装の準備をしてるってわけ。だけどいつか、きっとまたチャンスが巡ってくる。この兵器は魅力たっぷりでしょ。彼らだって、ここでストップさせるはずはない。ええっと……食事まだよね？　行きましょ、わたしがおごるから」

＊＊＊

ぼくたちはほのかに明かりが灯るレストランに入った。客は少なく、ピアノの音が小さく流れている。

「軍の環境が肌に合ってるみたいだね」席についてから、ぼくは言った。

「そうかもね。基地育ちだから」

ほの暗い明かりのもと、ぼくは彼女をじっくりと観察した。胸元のブローチが気になる。彼女が身に着けているアクセサリーはそれだけだった。マッチ棒くらいの長さで、剣のかたちをしている。剣の柄には小さな一対の翼がついていて、全体が銀色に光っている。明かりのもとで銀色に輝くそれは、服に縫いつけられた星のようだ。

「このブローチ、気に入った？」林雲《リン・ユン》はブローチを見ながらぼくにたずねた。

うなずいて、きれいだねと答えたが、内心、恥ずかしくてたまらなかった。きのうの香水の件にしても、ぼくが彼女に関心を寄せていることはあっさり見破られている。それもこれも、ぼくの人生経験の幅がせますぎるからだろう。とりわけ、異性とふたりきりになることや、細やかで繊細な女性らしい雰囲気にはまったく慣れていない。でも、地雷のアクセサリーを飾った車を運転するような女性が、そういう繊細な雰囲気を醸し出しているなんて、なんとも不思議な気がした。

しかし、ぼくはこのあとすぐ、その優雅なブローチの正体を知ることになる。

林雲はブローチの剣を鞘から外し、柄の部分を片手に持つと、もう片方の手でテーブルの上のフォークとスプーンを重ねて縦に持ち、ブローチの剣で軽くこすった。次の瞬間、ぼくは啞然とした。金属製のフォークとスプーンが、まるで蠟燭でできていたみたいに、真ん中からきれいに切断されている!

「この剣の刃は分子配列制御テクノロジーでつくりだした一種のシリコン素材。分子数個くらいの厚さしかない、世界でいちばん鋭利な剣なの」

彼女がブローチを手渡してきたので、おそるおそる受けとって、明かりの下でじっくり観察してみた。剣の刃はほとんど透明に近いことがわかった。

「こんなものを身に着けるなんて。危ないだろ!」

「わたし、そういう感覚が大好きなの。イヌイットが寒い場所を好むようなものかしら。寒さって、人間の思考を高速回転させて、インスピレーションを誘発するっていうじゃない」

「イヌイットはべつだん寒いのが好きなわけじゃない。寒い場所で暮らすしかないだけだ。

きみって、ほんとに変わってるね」

「自分でもそう思う」林雲《リン・ユン》がうなずいた。

「きみは兵器が好きで、スリルも好きときた。じゃあ、戦争は？　やっぱり好き？」

「いまの状況では、戦争はもう、わたしたちが好きとか嫌いとか言える問題じゃなくなってる」林雲はそうやってまたうまく質問をはぐらかした。ぼくにはわかっていた。彼女の心の扉はまったく開かれていない。もしかすると、扉が開かれる日は永遠に来ないかもしれない。

それでも、彼女と話をするのは楽しかったし、話題もたくさんあった。そして、あの剣のように鋭い林雲の考えを聞き、ぼくは何度もさむけを覚えた。彼女の冷静で理知的なところは、他の女性にないものだった。

彼女はぼくに、家庭環境を明かすことはなかった。ちょっとでもそういう話題になりかけると、注意深く話の方向を変える。ぼくが知っていることといったら、林雲の両親はともに軍人だということくらいだ。

いつの間にか午前二時をまわっていた。ぼくたちのテーブルに置かれた枝を模した燭台の蠟燭も、火が消えかかっている。そこへウェイターがやってきて、聴きたい曲はあるかとたずねた。早く帰ってくれとでも言いたげな態度だ。

　ぼくは、だれも知らないような曲をわざと考えてみた。もしその曲を弾けないなら、ぼくたちはもう少しだけここにいられるかもしれないからだ。

「『シェヘラザード』の組曲の中で、シンドバッドの航海をテーマにした曲を。タイトルは忘れちゃったけど」

　ウェイターは困ったようすでかぶりを振り、他の曲を選んでくださいと言った。

「『四季』をお願いします」林雲がウェイターにそう言ってから、ぼくのほうを向いた。「あなたは『四季』の『夏』が好きなはずよ。なんといっても雷の季節なんだから」

　ぼくたちは『四季』の旋律に包まれて話をつづけた。話題も、さっきよりだいぶくだけたものに変わった。

「わかった。あなたって、クラス一の美人と話をしたことないでしょ」

「あるよ」ぼくはあの夜、大学図書館の閲覧室で、あなたはなにを求めているのかとたずねてきたあの〝クラスのマドンナ〟のことを思い出しながら答えた。でも、いくら考えても、あの子の名前が思い出せない。

『四季』の演奏も終わり、もう帰らなければならない時刻になってしまった。林雲はにっこり笑って、ぼくに少し待つように言った。

「わたしが『シェヘラザード』を弾いてあげる」

林雲《リン・ユン》がピアノの前に座ると、かつていくつもの孤独な夜をぼくとともに過ごしてくれたリムスキー＝コルサコフの楽曲が、春の夜のそよ風となって漂い出した。鍵盤の上で踊る彼女の細長くしなやかな指を見ていて、ふいに合点がいった。さっきぼくがこの曲を頼んだのは、ここが港に似ているからだ。美しい少佐が、音楽でぼくにシンドバッドの航海を物語ってくれている。ここにはそのすべてがあった。暴風雨に荒れ狂う海や鏡のように凪いだ海、お姫さまと魔法使い、怪物と宝石、それに夕陽に照らされた椰子の木と砂浜の物語。

そして目の前のテーブルには、燃え尽きようとする蠟燭の光に照らされて、世界一鋭利な剣が静かに横たわっている。

SETI@home

針の先で天使は何人踊れるのかと揶揄された、抽象的な数理モデルの構築にふたたびとりかかった。ただし今回は、林雲がいっしょに天使の数を数えてくれる。

数理モデルをつくるうち、林雲の数学の能力はぼくに及ばないことがわかった。だが、彼女は幅広い知識を持ち、あらゆる学問に造詣が深い。彼女の専門分野ではそれが必要なのだ。とりわけコンピュータ関係の能力は高く、数理モデルはどれも彼女の手によってプログラム化された。林雲が書いたコードには、結果を視覚的に示す機能が実装されていた。数理モデルが数学的に正しく機能すれば、モニター上に球電のスローモーション映像が3Dで表示される。ディテールもきちんと描画されて、球電が消えると同時にエネルギーが放出される過程もはっきり見ることができる。球電が描く軌跡は、サブ画面の三次元座標軸に表示されている。いままでにぼくが書いてきたプログラムが出力する無味乾燥なデータやグラフにくらべると格段に質が高い。よくなったのは、見た目や美的センスだけではない。従来は、データが出たあと、時間のかかる面倒な分析を経て、シミュレーションが成功したかどうかがようやく判明したが、いまはその過程すべてがコンピュータで自動的に処理される。林雲のプログラムは、球電の理論研究に質的な変化をもたらしてくれた。

球電の数理モデルは無数につくりだせる。テーマを与えられて、それに関するエッセイを書くようなものだ。物理法則に反せず、数学的に矛盾のないシステムなら、残る条件は、電磁場を使ってエネルギーを球状に保つことと、既知の球電の特徴すべてを満たすことだけだった。しかし、言うは易く行うは難し。ある天文学者は、かつてこんなことを言った。「たとえば恒星。もし恒星が現実に存在しなければ、そんなものは絶対に存在しえないと簡単に証明できるだろう」

球電についてもそれと同じことが言える。光速で進む電磁波をそんな小さな球のかたちに封じ込める手段を考え出すのは、頭がおかしくなるくらいむずかしい。

じゅうぶんな忍耐力と、絶望的な目標に向かって努力する情熱を兼ね備えている人間なら、そういう数理モデルを構築することはできるだろう。しかし、それを実験で検証できるかどうかは別問題だ。実験は成功しないだろうとぼくはほぼ確信していた。ぼくらがつくった数理モデルはどれも、球電の特徴の一部を数学的に表現したにすぎない。あるひとつの特徴は、あるモデルでは表現できないが、べつのモデルでは簡単に表現できる。しかし、だからと言って既知のすべての特徴がひとつのモデルで表せるわけではない。電磁波を球状に閉じ込める以外にもうひとつ、もっとも謎めいた特徴がある。それは、球電がエネルギーを放出する際の選択性だ。数理モデルによってコンピュータの中につくられる仮想の球電は、言ってみれば爆弾みたいなもので、物体に接触したり、みずからエネルギーを放出したりすると、周囲すべてが灰と化してしまう。それを見るたび、前となんのかわりもないあの本棚の中で焼け焦げていた本、やはりなんの損傷もない冷蔵庫の中で茹だっていたシーフード、傷ひとつないジャケットの下で焼け落ちた下着、ぼくの両親が灰と化したときに座っていたあの冷たい木製の椅子が頭に浮かぶ。だが、もっとも深く記憶に刻まれているのは、張彬《ジャン・ビン》が見せてくれた、一ページおきに焼け焦げているあのノートだった。それは、ぼくの信念を無情に踏みにじった神秘的な力の傲岸不遜なデモンストレーションだった。

＊＊＊

ほとんどの時間は雷研究所で過ごしたが、ときには新概念兵器開発センターにも顔を出した。

林雲《リン・ユン》の同僚や友人の大多数は男性の軍人だった（もっとも、非番のときでも林雲が女性の友だちと会っているところはめったに見かけない）。彼らは、近年増加しているインテリ層の若手軍人で、現代社会ではわりあい珍しくなった男らしさを備えていた。そんな彼らの中にいて、ぼくはいつも劣等感にさいなまれていた。ぼくがまったく知らない専門的な軍事の話題で林雲が彼らと盛り上がっているときはとくに強くそれを感じた。林雲のオフィスのデスクに飾られている写真の大尉は、彼ら若手軍人の中でも突出した人物だった。

ぼくが彼と実際に対面したとき、江星辰《ジャン・シンチェン》の階級は大佐だった。それは、林雲が彼と知り合ってかなりの年月が経つことを意味している。しかし、実物の彼は写真よりもさらに若く見えた。三十歳ちょっとだろうか。こんなに若い大佐はほかにほとんどいないだろう。

「江星辰。航空母艦〈チョモランマ〉の艦長」と、林雲がぼくに紹介した。林雲が彼の名を呼び捨てにしたことと、そして二人がたがいに目を見交わすようすから、ぼくは二人の関係を確信した。

「陳《チェン》博士、林雲からお噂はかねがねうかがっていますよ。それに、博士の球電のことも——」江星辰の柔和なまなざしが、ぼくをじっと見つめている。その視線には真心がこもっていて、なんとも気持ちがいい。ぼくが抱いていた空母の艦長のイメージとはまるきり違っていた。

江星辰にはじめて会ったとき、この人物と争うことはなんの意味もないとすぐに悟った。潜在的なライバルの前で自分の力をひけらかすことに慣れた現代の都会の男とは正反対に、どんなときも努めて自分の力を隠そうとしている。それは善意ゆえだった。ぼくのような人間を力で傷つけるのを怖れているのだ。彼はずっとこう言っているように見えた。〝彼女の前で引け目を感じさせてもうしわけない。でも、わざとそうしたわけじゃない。ともにこの状況を変えていきましょう〟と。

「あなたの空母のために、ぼくら庶民は税金をひとりあたり十元は払ってますよ」軽い冗談で気分をほぐそうとそう言ってみたが、すぐに莫迦な発言を後悔した。

「十元では、艦載機と護衛の巡洋艦の費用にもなりませんよ。ですから、港を離れるときはいつも、背中に重い荷物を背負っているような気持ちになります」江星辰はまじめな口調で言った。これでまた緊張がほぐれた。

江星辰に会ったあと、思っていたほど暗い気分にはならなかった。それどころか、逆に胸のつかえが下りたような気がした。ぼくの心の中で、林雲はすでに美しい小世界をつくりあげている。その小世界を鑑賞して楽しみ、心身ともに疲れたときはそこに行って休むこともある。でも、その中に溺れてしまうことだけは避けてきた。ぼくの心と彼女の心は、あるものに隔てられている。それがなんなのか、言葉では説明できないが、ぼくはその壁をはっきり意識していた。ぼくにとっての林雲《リン・ユン》は、彼女が身につけている小さな剣のように、きらきらして美しいけれど鋭利で危険な存在なのだ。

＊＊＊

いくつかの数理モデルを構築したあと、解が見つかりそうな感触がしだいに芽生えてきた。モデルが新しくなるたび、それが満たしている球電の既知の特徴の数が増え、同時にモデルの計算量もますます増えていった。Pentium4 の 3GHz マシンを何日もぶっつづけでまわして、やっとひとつモデルが完成するというレベルだった。林雲は、〈新概念〉のオフィスで十八台のマシンから成る小さなネットワークを構築すると、数理モデルを十八のパーツに分割し、それぞれのマシンで個別にプログラムを実行できるようにした。十八台を可能なかぎり同時に走らせたあと、結果を結合することで、大幅に効率が上がった。

球電の既知の特徴すべてを持つ数理モデルがとうとう完成したとき、林雲が前々から心配していた事態が起きた。林雲は今回、数理モデルを渡されても、すぐにプログラムをはじめることはせず、数日かけてそのモデルの計算複雑性評価を実施した。結果が出ると、林雲は長いため息をついた。

「問題ね」林雲が言った。「このモデルの計算を一回終えるのに、コンピュータ一台で五十万時間かかる」

ぼくはあっけにとられた。

「それって、つまり……五十年ちょっとってこと？」

「そう。これまでの経験からすると、どのモデルも、何度かデバッグしてやっと動かせるようになる。このモデルの複雑さから言って、デバッグの回数はたぶんもっと多くなる。シミュレーション一回にかかる時間として許容できるのは十日まで」

ぼくは暗算してみた。

「それだと、二千台のコンピュータを同時に動かさなきゃいけない」

ぼくらはかわりに、メインフレームの汎用大型コンピュータを使うことを考えはじめた。だが、ことはそう簡単に運ばなかった。雷研究所にも〈新概念〉にもメインフレームはない。最大のマシンはAlphaサーバだ。軍のメインフレームはつねに稼働中だし、使用制限もきびしい。ぼくらの研究は軍が関わるプロジェクトではないから、林雲が何度となく使用申請を出しても、許可が下りなかった。商用メインフレームに期待するしかないが、ぼくも林雲もそちら方面には伝手《つて》がなかったから、高波《ガオ・ボー》に力を借りようとした。

このとき、高波《ガオ・ボー》はきびしい立場に置かれていた。所長に着任すると、高波は雷研究所を事業単位ごとの企業に再編して、市場に打って出た。さらに、能力主義による大幅な人員削減も行った。いずれもやりかたが性急すぎたうえ、国情や人情への配慮が足りなかったので、上との関係も下との関係も緊張状態がつづいていた。

経営上の失敗はさらに惨憺たるものだった。高波が着任してから、研究所は新型の避雷・消雷装置の研究開発に力を入れるようになったが、それらの装置は一般的な防雷システムと大きく異なり、半導体を用いた消雷器、最適化された避雷針、レーザー誘雷装置、ロケット誘雷装置や水柱誘雷装置などが含まれていた。

おりしも、中国電機工程学会の高電圧専門委員会過電圧・絶縁調整分科会が主催する学術会議が開かれ、まさにこの新型避雷・消雷装置が議題にのぼった。会議の最後に発表された提言にはこう記されていた。このような新型装置が従来の標準的防雷装置より優れた性能を持つとは、理論のうえでも実験のうえでもいまだじゅうぶんに証明されていない。なお多くの課題があり、その研究と解決が待たれる。ゆえに、このような非標準的装置を土木建築工学プロジェクトに採用してはならない——。

この組織は権威も影響力もあり、その見解は、いままさに策定が進んでいる国家防雷設計基準にかならず採用される。そのため、研究開発の最中だった新型装置は完全に市場を失い、投入された巨額の資金は水の泡となった。メインフレームのことでぼくが高波に相談にいったのはまさにそういうタイミングで、実は高波のほうもぼくを探していた。球電の研究をしばらく棚上げにして、電力供給システムで使用する新型落雷位置特定システムの研究開発に集中しないかと持ちかけるのが目的だった。それに、首都の大劇場の防雷設計を早く完成させるようにとも催促された。そんなわけで、メインフレームの件を切り出すどころではなく、球電の研究そのものも、今後は余暇にしか時間を割けなくなった。

ぼくと林雲《リン・ユン》はほかのルートをあたったが、PCが一般化したこの時代、メインフレームは稀少な存在になっていた。

「実際は、まだラッキーだったのよ」林雲が言った。「世界レベルのスーパーコンピュータ・プロジェクトにくらべたら、わたしたちの計算量なんて大したことはないもの。さっき、米国エネルギー省の核実験シミュレーションの資料を読んだけど、12テラフロップスっていう彼らの演算能力は必要な水準にぜんぜん届いてない。現在、一万二千個のAlphaプロセッサでクラスタを組んで、100テラフロップスまで出す計画を進めている。それにくらべれば、わたしたちに必要な計算量はまだ常識的な範囲。解決方法はきっと見つかる」

林雲はつねに軍人の流儀で問題に対処していた。どれだけ大きな壁にぶつかっても断固として突き進み、目の前の困難について淡々と語ることで、ぼくの精神的ストレスをできるだけ軽減しようとしてくれる。本来なら、ぼくが彼女のためにやるべきことなのに――。

「あるエネルギー変化の過程をシミュレートするという点では、球電の数学的シミュレーションと核実験のシミュレーションには似たところがあるね。ある面では、球電のほうがさらに複雑だから、計算量は遅かれ早かれ、核実験シミュレーションのレベルまで到達してしまう。でも、いまの計算量でさえ、どんな解決策があるのかさっぱりわからない」

それからの数日、ぼくは高波《ガオ・ボー》から頼まれた落雷位置特定システムに集中していたので、林雲《リン・ユン》と連絡をとることはなかった。ある日、彼女から電話がかかってきた。興奮した口ぶりで、あるウェブサイトを見てくれと言うのだ。

ぼくはそのサイトを開いてみた。背景は宇宙の漆黒。トップページは紫色の電波の中に浮かんでいる地球で、サイト名は「SETI@home」。Search for Extraterrestrial Intelligence at home（地球外知性を自宅で探索）の略だ（一九九九年に一般公開された実在のプロジェクト。二〇二〇年に休止した）。

じつのところ、このサイトのことならとっくに知っていた。これは、インターネットにつながった何千万台にものぼるコンピュータが待機《アイドル》状態にある時間を利用して、地球外知的生命の宇宙文明を探査するという壮大な実験だ。SETI@homeプログラムは特殊なスクリーンセーバーで、このプログラムを個人のPCにインストールすると、ユーザーが使っていない時間に、世界最大の電波望遠鏡アレシボが取得したデータをPCが分析し、宇宙文明の探査をサポートすることができる。洪水のように押し寄せてくる大量のデータをふるいにかけて必要な情報を見つけるには超巨大スーパーコンピュータが必要になるが、それには莫大なコストがかかる。そこで、限られた研究費しかない科学者たちは、うまい解決策を考え出した。一台の巨大コンピュータを使うかわり、多数の小型コンピュータで作業を分担すればいい。毎日アレシボが受信するデータは高密度のデジタルテープに記録され、カリフォルニア州立大学バークレー校にある研究基地に転送される。それらの巨大データは0・25メガバイトずつの作業単位《ワークユニット》に分割され、SETI@homeのホストサーバを経由して、それぞれ個人のPCに転送される。世界各地のユーザーは、このプロジェクトのサイトから特殊なスクリーンセーバーをダウンロードし、インストールするだけでいい。そうすると、仕事を終えて休んでいるとき、このスクリーンセーバー・プログラムがPCの中で勝手に動きはじめる。アイドリング中のように見えるPCは、実際はすでに異星人探査活動の一翼を担い、SETI@homeからワークユニットを受信して解析しているのだ。解析が終わると、PCは自動的にインターネットに接続して解析結果をホストサーバに転送し、また新たなワークユニットを受信する。

ぼくはこのウェブサイトからスクリーンセーバーをダウンロードし、起動してみた。背景は黒で、下半分には電波望遠鏡が受信した信号が三次元座標で表示されている。無数の摩天楼が林立するメガシティを俯瞰しているような眺めだ。左上の隅には、高速で変形する波形。これはいま解析中の信号で、解析が終わった部分はパーセンテージで表示されている。演算をはじめてから五分間で、解析は〇・〇一パーセント進んでいる。

「これはすごい！」思わず叫び声を上げ、同僚たちから奇異の目で見られてしまった。ぼくらよりずっと潤沢な予算に恵まれているはずの科学者たちが、ぼくらと同じような難題に直面して、こんなにクリエイティヴな倹約の方法を考えつくなんて。自分が恥ずかしくなり、すぐに〈新概念〉へと向かった。ＰＣの前に座った林雲《リン・ユン》は、思ったとおり、トップページを作成しているところだった。

次にやるべきことは、計算が必要な数理モデルを二千の並列計算用ユニットに分割することだった。これはやっかいな作業で、半月を費やした。それからそのユニットと例のスクリーンセーバー・プログラムをリンクさせてトップページに置いた。プログラミングはSETI@homeよりも複雑だった。なぜなら計算ユニット間でもさらにデータを伝達する必要があったからだ。ようやくウェブサイトを公開するところまで漕ぎ着けて、ぼくらは期待を胸に結果を待った。

三日後、自分たちがなんとおめでたい人間だったのかを思い知らされることになった。

このホームページにアクセスしたのは五十人にも満たず、スクリーンセーバーをダウンロードしたのはたったの四人だった。コメントは二つあり、どちらも疑似科学に関わるなという真面目くさった警告だった。

「こうなったらもう、方法はひとつしかない」林雲が言った。「計算したいデータをSETI@homeのサーバ上にこっそりアップロードするのよ。ハックするのは簡単。そうすれば、彼らのスクリーンセーバーをダウンロードした大量のPCが、わたしたちのために働いてくれる。しかも、プログラムに設定されているとおり、わたしたちに結果を伝えてくれる」

ぼくは反対しなかった。なにかを欲しているとき、倫理という足かせがいかに無力であるかの証拠だった。それでもぼくの良心には気休めの理屈が必要だった。〝いまは十万台以上のPCがSETI@homeに参加している。そのうちの二千台だけあれば、ぼくらにはじゅうぶんだ。計算が終わったらさっさとやめよう。そうすれば向こうにはなんの影響もない〟。

林雲のほうは、そもそもぼくのような気休めなど必要としていなかった。コンピュータをインターネットに接続し、あっという間にハッキングを成功させた。その慣れた手つきから、これまでにも似たような経験があることは容易に想像がついた。二日後、林雲はほぼくらのデータとプログラムをSETI@homeのサーバ上に首尾よく保存した（のちに、このサーバはカリフォルニア大学バークレー校にあることがわかった）。

この一件から、ぼくは林雲《リン・ユン》の倫理的な束縛はぼくよりずっと小さいことを学んだ。目的のためなら、手段を選ばないタイプの人間なのだ。

二日が経ち、ぼくらがSETI@homeサーバ上にアップロードしたスクリーンセーバーは二千台のPCにダウンロードされ、計算結果がこちらのサーバ上に途切れることなく表示されるようになった。数日来、ぼくと林雲はつねにいっしょにいて、コンピュータ上で増えつづけるデータを何時間も眺めていた。地球上にある二千台のPCがぼくらのために働いてくれている光景を想像し、胸を打たれた。

しかし八日目、雷研究所でPCを起動し、〈新概念〉のサーバにログインすると、計算結果の転送がストップしていた。最後に転送されてきたテキストファイルには、こう書かれていた。

われわれはきわめて乏しい予算で、人類史上もっとも大きな事業を進めている。にもかかわらず、このような図々しい侵入を受けた。恥を知れ！

——SETI@homeプロジェクト主管ノートン・パーカー

底なしの穴に突き落とされたような絶望に襲われた。林雲に電話する気力もなかった。だが、林雲のほうから電話してきた。

「わかってる。でも、そのために連絡したんじゃないの──」ぼくの質問に、彼女はそう答えた。「うちのホームページのコメントを読んで！」

ぼくは例のトップページを開いた。コメントには、さらに新しい英文のメッセージが追加されていた。

なにを計算しているのかわかっている。ＢＬ。人生を無駄にするな。おれのところに来い！

──ロシア連邦ノヴォシビルスク州ノヴォシビルスク市24番街106棟561号

ＢＬとは、球電を意味する英語（ball lightning）の略称だった。

シベリア

「ほら、松風の音よ！」

林雲《リン・ユン》が興奮気味に言ったが、ぼくにそんな風流な趣味はない。ただコートをしっかり体に巻きつけるだけだった。降りしきる霧雪の中、遠くの山々のぼんやりとした影だけが見える。

飛行機はモスクワから四時間で、ノヴォシビルスク州のトルマチョーヴォ空港に到着した。見知らぬ異国にいるという感覚は、一週間前、モスクワの空港に着陸したときよりもさらに強くなっている。ただ、モスクワよりここのほうが中国に近いのだと思うと、少しは心の慰めになる。

例のメッセージを受けとったとき、ぼくらはその裏になにかがあると本能的に感じた。そしてその一週間後、夢にも思わなかったシベリア行きのチャンスが巡ってきた。技術顧問団に加わってロシアに行こうと林雲が誘ってきたのである。中国国内でスホーイ30戦闘機を製造することについて、中国とロシアが基本合意に達したため、詳細をつめるべく、軍代表の若手らに随行して技術顧問団がロシアに赴くことになったという。ぼくは顧問団の中で、雷撃電流の唯一の専門家だった。こんな偶然はありえない。そう思って林雲にたずねると、どうやってこのチャンスをつかんだのか、こっそり教えてくれた。

「特権を行使したの。メインフレーム探しのときは使わなかったけど、今回はほかに方法がなかったから」

彼女の言う〝特権〟がなにを指しているのかさっぱりわからなかったが、訊き返すことはしなかった。

モスクワに到着してから、顧問団とともにスホーイ設計局や軍のいくつかの組み立て工場を訪問したが、ぼくも林雲も、顧問団の活動で果たすべき役割がまったくないことに気づいた。

モスクワでのある晩、林雲は団長に休暇を申し出て外出し、深夜になってようやくホテルに戻ってきた。ぼくが林雲の部屋を訪ねると、林雲はひとりでぼんやりと座っていた。目は真っ赤で、頰に涙の跡があり、ぼくはひどく狼狽した。ぼくのイメージの中の林雲は、涙とは無縁だったからだ。林雲はなにも言わなかったし、ぼくもなにも訊かなかった。モスクワでのそれからの三日間、彼女はずっと沈んだ表情のままだった。この件から、林雲の人生はぼくが思っているよりも複雑なのだと悟った。

代表団が飛行機に搭乗して帰国するとき、ぼくと林雲《リン・ユン》は方向こそ同じだが、もう少し手前の空港を目的地とするべつの飛行機に乗った。実のところ、モスクワからシベリアに行くのは、北京から行くよりいくらか近いという程度だった。

ぼくらは空港でタクシーに乗り、ノヴォシビルスクの南に位置する研究学園都市《アカデムゴロドク》を目指した。六十キロはありますよと運転手が告げた。氷雪に覆われた幹線道路の両脇は、果てしなく降りつづける霧雪と真っ暗な林だ。林雲は達者とは言えないもののロシア語がしゃべれたので、運転手と話がはずんだ。運転手がうしろを向いて、凍えるぼくを見やった。会話に加われないぼくに同情してくれたようだ。とつぜん流暢な英語に切り替えて、林雲に話しつづけた。

「……アカデムゴロドクは一九五〇年代のロマンティックな計画だった。当時の科学研究都市プロジェクトは、単純で無邪気な、新世界を創造しようという理想主義の表れだった。でも実際のところ、宣伝されているほどうまくはいかなかった。大都市圏から遠く離れ、交通の便が悪かったせいで、科学技術の広がりが制約された。人口が少なすぎて都市文化が花開くことはなく、都市集中を促すこともなかった。他の大都市との不毛な争いの結果、科学者や研究者たちがもっと魅力的な環境を求めて離れていくのを座視するしかなかった

「タクシーの運転手さんの発言とは思えないな」ぼくが言った。

「彼、ロシア科学アカデミー・シベリア支部の研究員なんだって」と林雲が説明した。

「専門は……ええと、なんでしたっけ？」

「極東経済特区の未開発エリアのリソースに関する総合研究。結果を早く求められることのご時世には、だれからも必要とされないプロジェクトだけど」

「失職したんですか？」

「いや、まだ。きょうは日曜だからね。一週間の給料以上の収入を週末のタクシー仕事で稼いでるんだ」

＊＊＊

タクシーはアカデムゴロドクに入った。道路の両側に建ち並ぶ一九五〇〜六〇年代の建築物が霧雪の中をうしろに去っていく。一度、レーニン像を見かけた。ここは郷愁を誘う都市だ。何千年もの歴史ある古都では、そうはいかない。古すぎて、自分との関係を感じられず、感情を刺激されることがない。それに対して、こういう近代的な都市は、少し前に過ぎ去った時代を思い出させてくれる。失われた過去、自分が過ごした幼いころ、少年の日々。それは自分にとっての古代、自分にとっての先史時代なのだ。

五階建てのビルの前でタクシーが停まった。たぶん住宅街だろう。一列に並ぶ家屋はまったく同じように見える。運転手はその場を去るとき、車窓ごしに意味深長な言葉を残した。

「ここはこのあたりでも土地がいちばん安いエリアだが、住人は安くない」

中に入ると、真っ暗だった。天井がかなり高い一九五〇年代の集合住宅で、エントランスの壁には各政党の地方選挙ポスターが数枚貼られている。さらに先に行くと、暗すぎて手探りで進むしかなくなった。五階まで上がってから、ライターの光を頼りに部屋番号を確認しながら廊下を歩いた。階段の降り口をぐるっと迂回し、ライターの火で火傷しそうな手を上げて561号室を探していると、どこからか、英語で叫ぶ、深い男の声が聞こえてきた。

「きみらか？　BLの件で来た人？　向かって左側、三つめのドアだ」

ドアを開けて中に入った。二つの相反する印象を与える部屋だった。ひとつは暗すぎるということ。もうひとつは天井の照明がまぶしすぎること。部屋の中は強烈に酒臭い。本があちこちに乱雑に積んであるが、散らかり放題というほどでもない。デスクトップPC

のモニターが一瞬光ってすぐに消えた。背の高い男がモニターの前から立ち上がった。長い髭を生やし、顔色はやや青白い。年齢は五十歳を少し過ぎているようだ。

「ここには長く住んでいるから、階段を上がってくる足音を聞けば、知らない人間が来たってすぐにわかる。それに、ここに来るような人間はきみたちくらいだからな。来てくれると思っていたよ」男はぼくらのことをしげしげと見た。「若いなあ。残念な人生がはじまったころのおれぐらいだ。中国人か？」

ぼくらはうなずいた。

「おれの父親は一九五〇年代に中国にいた。水力発電のエンジニアとして、きみたち中国人のために三門峡ダムの水力発電所の建設を手がけたんだ。ありがた迷惑だったか？」

「そうですね」林雲《リン・ユン》が考えながら言った。「黄河の土砂堆積が考慮されていなかったので、ダムの上流で洪水が起きました。いまも貯水できていません」

「ああ、また失敗か。あのロマンティックな時代は、失敗の記憶しか残してくれなかった……。アレクサンドル・ゲーモフだ」男が自己紹介したので、ぼくらも名を名乗った。男はまたしげしげとぼくらを眺めた。今度はさらに意味ありげな視線だった。それからひとりごとのように言った。「若すぎる。きみらにはまだ救う価値がある」

ぼくと林雲は狐につままれたように顔を見合わせ、言葉の意味を想像した。ゲーモフは酒瓶とグラスをテーブルに置き、なにやら探しまわっている。その隙に部屋のあちこちを眺めた。ＰＣモニターの左右に林立する空の酒瓶に目が留まる。それと、部屋に入ったときに抱いた違和感の理由がやっとわかった。壁紙がすべて黒で、まるで暗室のようだ。しかし、壁は長年ずっと修繕された形跡がなく、壁から浸み出した水で部分的に壁紙の黒が褪せ、白い線や白い染みがいくつも浮き出している。

「あったあった。まったく、客なんかめったに来ないからな」ゲーモフはさらに二つ、大きな空のグラスをテーブルの上に置き、三つのグラスに酒をなみなみと注いだ。自家製のウォッカで、白濁している。ぼくは、そんなにたくさん飲めませんと断った。

「じゃあ、こちらのお嬢さんに飲んでもらおうか」ゲーモフはそっけなく言うと、自分のグラスに残った酒を飲み干し、またグラスをいっぱいにした。

林雲《リン・ユン》のほうは断らなかった。ぼくがあっけにとられているうちに、林雲は一杯飲み干し、ぼくのグラスをとってさらに半分飲んだ。

「用件はごぞんじでしょう」ぼくはゲーモフに言った。

ゲーモフはなにも言わず、自分と林雲に酒を注いだ。二人はそうやって、一杯また一杯としばらく無言で飲みつづけた。口火を切ってくれないかと林雲に目配せしたが、彼女はゲーモフの酒好きが乗り移ったかのようにまたすぐグラスを空にすると、ゲーモフをまっすぐ正面から見つめている。心配になって、ぼくは空のグラスをテーブルの上にどんと置いた。林雲はぼくに目をやり、壁のほうにあごをしゃくった。

ぼくはまた、あの奇妙な黒壁に注意を向けた。すると、黒の壁紙にはぼんやりした図が描かれていることに気づいた。近寄ってじっくり見ると、それらは、建物が並び草木が生えた地面を描いたものだった。どうやら夜らしく、輪郭がひどくぼやけて、ほとんどシルエットしか見えない。

白い染みと白い線をもう一度じっくり眺めていたとき、ぼくの血は一瞬で凍りついた。この大きな部屋の、天井を含めたすべての面は、球電の無数のモノクロ写真でびっしり覆われていたのである。

写真の大きさに統一性はないが、ほとんどがL版ぐらいだった。その数たるや想像を絶する。ぼくは一枚ずつ見ていった。どれひとつとして同じものはなかった。

「そこを見てみろ」ゲーモフはそう言って、ドアのほうを指し示した。顔を上げてそちらを見ると、さっき入ってきたドアに一枚の大きな写真が貼られていた。日の出の写真のようにも見える。太陽がちょうど地平線に昇ってきて、白い光球の中に林のシルエットがある。

「これは一九七五年にコンゴで撮られたものだ。直径は――」ゲーモフはまた一杯飲みほした。「百五メートルはあるな。爆発後に二つの森が焼けて灰と化し、小さな湖は沸騰した。もっと奇妙なことに、このスーパー球電が現れた日は晴れだった」

ぼくは林雲《リン・ユン》からグラスを奪い、自分で酒を注いで一杯飲み干した。ぼくも林雲も口を開かず、そうやって、このいかれた世界がぐるぐるまわりはじめるのにまかせた。ぼくはなんとかショックを鎮めようとしていた。うずたかく積み上げられた本に目をやり、いちばん近くにあった一冊を手にとった。今度はがっかりした。ロシア語にはあまりくわしくないが、頭に世界地図のようなあざがある著者近影を見て、なんの本かすぐにわかった。林雲は本を手にとり、またもとに戻して言った。

「『ペレストロイカ』」

ぼくは、さっきこの部屋に入った時、なぜ部屋が散らかっていると感じなかったのかに気づいた。乱雑に積まれた本の装丁は美しく、しかもすべて『ペレストロイカ』だったからだ。

「きみたちが探しているような資料なら、むかしはおれも持っていたよ」ゲーモフが言った。「多すぎてこの部屋に入り切らないくらいだった。だが、十年前にすべて焼き払った。それからこの本を大量に買って、それを食いぶちにしている」

ぼくらは困惑してゲーモフを見た。ゲーモフは中の一冊を手にとって言った。

「この表紙を見てくれ。タイトルはすべて金の箔押しだ。酸性の液体を使って、表面の金粉をこそげとるのさ。本は卸値で大量に買えばいい。売れなければ出版社に返品できる。そのとき表紙のタイトルを偽物の金箔で塗り直す。しばらくすると、塗り直しもしなくなった。どのみち版元は気づかなかったからな。これはかなり儲かったよ。作者に対して唯一不満があるとしたら、それはタイトルをなぜもっと長くしなかったのかってことだな。たとえば『ソビエト社会主義共和国連邦新民主体制のための建設及び民主社会への融合とその親密な成員となる可能性のためのペレストロイカ』とかいうタイトルならよかったんだ。だが、これもそう長くは儲けられなかった。ソ連は崩壊し、本のカバーには金が使われなくなった。のちに、本すらなくなったよ。ここにあるのはおれが最後に買ったもので、地下室に保管して十年になる。いまは薪の値段が上がってるから、これをペチカに入れるのも悪くない。ああ、まったく。客が来たんだから、ペチカに火を入れないとな……」

ゲーモフは本を一冊とると、ライターで火を点け、本をじっと見つめた。

「紙質がいいから、十年経っても黄ばまない。シベリアの白樺の木でできてるのかもしれん」と言いながら本をペチカに投げ入れた。さらにもう二冊投げ入れると、火がごうごうと燃えあがった。赤々と燃える光が無数の球電の写真の上を揺れ動き、寒い部屋の中がいくらかあたたかくなった。

ゲーモフはまばたきもせずに炎をじっと見つめながら、いまのぼくらの状況についていくつか質問したが、球電のことにはまったく触れなかった。最後に古風な電話機をとりだして受話器をとり、ダイヤルをまわすと、手短になにか言い、それから立ち上がった。

「行こうか」

ぼくらは三人で下に降り、また外の寒い雪風にさらされることになった。そのとき、一台のジープが目の前で停車した。ゲーモフは車に乗るよう、ぼくらに合図した。運転手はゲーモフと同じぐらいの年齢だが、水夫のようにがっしりとした体つきだった。ゲーモフが紹介した。

「レワレンコフ小父《おじ》さんだ。毛皮のビジネスをやってる。運転手をしてくれる」

ジープは大通りを走った。交通量は少なく、車はほどなく市街地に入ったが、また広い雪原に出た。車は大通りから折れて未舗装道路を進み、さらに一時間ほど行くと、前方に広がる雪原の中に倉庫のような建物がぼんやり見えてきた。その入口でジープが停車すると、レワレンコフが車を降りて、ガラガラ音を立てながら門を動かして開けた。中に入ると、倉庫の両側には動物の毛皮がうずたかく積み上がり、獣の臭いが鼻をついた。床の真ん中にぽっかりと空きスペースがあり、そこに飛行機が駐まっていた。旧式の複葉機で、機体はだいぶ古く、アルミ合金に亀裂が入っている箇所もある。

レワレンコフがロシア語でしゃべり、林雲《リン・ユン》が通訳した。

「この飛行機はかつて、森林に薬剤を散布するために使われていたそうよ。森が私有化されたときに彼が買った。外見は古いけど、まだちゃんと飛べる。まずは積み荷を下ろしてしまおう、だって」

そこで、ぼくらはせまい機内から、毛皮を搬出した。なんの動物の皮なのかはわからないが、かなりの上物であることは見ただけで見当がつく。積み荷をすべて下ろすと、レワレンコフは飛行機を降り、機体の下側にオイルをたっぷり垂らしてから、それに火を点けた。気温が低すぎるとエンジンパイプが凍りついてしまうから、炎の熱で溶かすのだという。火が燃えているあいだに、レワレンコフがウォッカをとりだし、ぼくら四人でまわし飲みをした。ぼくは二口飲んだだけでギブアップしたが、林雲はロシア人二人といっしょに飲みつづけた。彼女の飲みっぷりには呆れるしかない。酒が底をついたとき、レワレンコフがいまだと手を振り、年齢に似合わない敏捷さで操縦席に飛び乗った。さっきまでそんな機敏なところはみじんも見せなかったのに、シベリア人にとっては酒が潤滑油なのだろう。ぼくら三人は機体中央にある小さなドアからキャビンに入った。ゲーモフはどこからか厚手の重たい革のコートをとりだし、ぼくらにさしだした。

「着ろ。じゃなきゃ凍死するぞ」

飛行機のエンジンが苦しげな音をたてはじめ、プロペラがまわりだした。複葉機がゆっくり倉庫を出て、吹きすさぶ風雪にさらされた。レワレンコフは操縦席を飛び降りてゲートの鎖を締めてから、また操縦席に戻った。飛行機は雪原を走行しながらスピードを上げたが、まもなくエンジン音が停止した。外の雪が窓ガラスにぶつかる音だけが聞こえる。レワレンコフがなにやら怒鳴り声をあげ、操縦席から飛び降りたりよじのぼったりを何度もくりかえし、ようやくエンジンが再始動した。飛行機がふたたび滑走状態に入ったとき、ぼくは操縦席のうしろからレワレンコフにたずねた。

「もし空中でエンジンが停まってたらどうするんですか？」

林雲《リン・ユン》の通訳を聞くと、彼は無造作に肩をすくめた。

「墜落する」

レワレンコフがまたなにか言い、林雲が通訳した。

「シベリアでは、一〇〇パーセント安全だという保証がかならずしもいいとは限らない。つつがなく飛んで目的地にたどり着いたとき、途中で落ちていたほうがよかったと気づくこともある。それはゲーモフ博士が一生をかけて経験済みだ。ですよね、博士？」

「もういい、キャプテン！　とっとと飛ばせ！」この話題はゲーモフの急所らしい。

「元空軍パイロットなんですか？」林雲がレワレンコフにたずねた。

「もちろん違う。例の基地で最後の衛兵司令だったというだけのことさ」

体がぐっと沈み、窓に見える雪原が下に後退していく。飛行機が離陸した。エンジン音とべつに、雪が機体を打つ音がけたたましく響く。飛行機は悪天候の中を飛行しているようだ。窓に積もっていた雪を風が吹き飛ばしていく。外を見ると、霧雪の中、果てしない樹海がゆっくり下方を移動している。真っ暗な樹海のあいだに、ときおり白い円盤のような、氷の張った湖が見える。ゲーモフの部屋の壁に貼ってあった写真を思い出した。シベリアの大地を見下ろしながら、ぼくは感慨にふけった。まさか、球電がこんなところまで連れてきてくれるなんて、夢にも思わなかった。

「シベリア——苦難、ロマン、理想、献身……」林雲は窓にひたいをくっつけ、興奮した表情で異国の大地を眺めながらつぶやいた。

「きみが言ってるのは、昔の小説の中のシベリアだね」ゲーモフが言った。「いまのシベリアには失落と貪婪《どんらん》しかない。足もとの土地は、どこも節操なく伐採され狩猟され、油田から漏れ出た真っ黒な原油があちこち流れている……」

「中国人——」レワレンコフが前の操縦席から言った。「ここにも中国人どもがわんさかいる。やつらは飲むと目がつぶれる安酒と交換に、毛皮や木材をかっぱらっていった。やつらが売るダウンジャケットの中身はニワトリの羽毛だ……しかし、おまえさんたちはゲーモフ博士の友だちだからな。信用してるぞ」

ぼくらは黙り込んだ。飛行機は吹きすさぶ風に翻弄される小さな木の葉のように上下に激しく揺れる。ぼくらはコートをぎゅっとかき寄せて寒さに耐えた。

だいたい二十分ぐらい飛んでから、着陸態勢に入った。林のあいだに大きな空き地が見えてくる。飛行機は最終的にその空き地に着陸した。飛行機を降りる前にゲーモフが言った。

「コートは置いていっていいぞ。必要ないからな」

これには面食らった。開いたドアからは冷たい風が吹き込んでくる。吹雪が渦を巻く外の世界は機内よりはるかに寒そうだった。レワレンコフを留守番役に残し、ゲーモフは飛行機を降りてまっすぐ歩き出した。ぼくと林雲《リン・ユン》はぴったりそのうしろについて歩いた。ガーゼの服を着ているみたいにやすやすと布地を寒風が貫く。雪は深いが、足もとの感覚からすると、鉄道線路の上を歩いているらしい。前方のそう遠くないところに、トンネルの地上出入口が見えた。しかし、ここから見ても、そのトンネルが途中でコンクリートの壁にふさがれているのがわかった。ぼくらはそのコンクリート壁の手前にある、短いトンネル部分に足を踏み入れた。トンネルが多少は風よけになってくれる。ゲーモフが手で積雪をどかし、雪の下にある大きな石を動かした。するとそこに、直径一メートルほどの真っ暗な穴が出現した。

「これはおれが掘った支洞だ」ゲーモフが言った。「十メートルちょっとある。トンネルをふさいでいるこのコンクリート壁を迂回して、向こう側に出られる」

ゲーモフは袋から大きな充電式の懐中電灯を三本とりだして、林雲とぼくに一本ずつ手渡し、自分も一本持った。あとについてこいという意味らしい。

ぼくはゲーモフのうしろにぴったりつづいた。林雲はしんがりだ。ぼくらは天井の低いその洞穴をほとんど匍匐前進するようにして進んだ。こんなにせまい空間では窒息してしまうのではないかと心配で、深く入っていくにつれて不安が強まった。ところが、ふいにゲーモフが立ち上がった。ぼくも立ち上がると、手にした懐中電灯の光で、前方に広々としたトンネルが見えた。トンネルはゆるやかな下り坂になって、地下深くまでつづいている。さっき外で靴の下に感じた鉄道のレールがトンネルに沿って延び、闇の奥に消えていた。懐中電灯でトンネルの壁を照らすと、平らでつるつるの壁面に、金属製のペグや鉄輪が無数に埋め込まれているのが見えた。電源ケーブルを吊るして通していた名残りだろう。トンネルを下るにつれ、寒さが少しずつやわらいでいくような気がした。やがて湿ったにおいが漂いはじめ、水の滴る音が聞こえてきた。ここの気温は、もう氷点下より高くなっている。

目の前の空間が急に広がり、手にしていた懐中電灯の光は目標を失った。あたかも、トンネルを抜けて漆黒の夜空の下に出たかのようだった。だが、じっと目を凝らすと、懐中電灯の光が頭上で輪をつくっているのが見えた。ただ、天井がかなり高いぶん、光の輪が大きく広がって暗くなり、あまりはっきりとは見えない。足音が何重にもこだまするので、この地下空間がどれほどの大きさなのか測りかねた。ゲーモフは立ち止まり、煙草を吸いながら話しはじめた。

「四十年あまり前のことだ。おれはモスクワ大学で物理学を専攻する博士課程の学生だった。あの日のことは、いまもはっきりと覚えている。宇宙から戻ってきたばかりのガガーリンが、オープントップのジープに乗って赤の広場を通過するのを、おおぜいの見物人といっしょに見ていた。ガガーリンは花束を抱え、胸に勲章をつけていた。血が騒ぎ、自分も新しい世界に出て偉大な業績を残そうとおれは心に誓った。それで、組織されたばかりだったソビエト社会主義共和国連邦科学アカデミーのシベリア支部行きを志願したんだ。

シベリアに来てから、おれはリーダーに言った。まだなんの土台もない、まったくのゼロからスタートする仕事がやりたい。どれだけきつくてもかまわない、と。するとリーダーは、それはよかった、だったら3141プロジェクトに参加しろと答えた。あとで知ったことだが、そのコードネームは円周率にちなんで命名されたものだった。

プロジェクトの責任者は科学アカデミー会員のニコライ・ネルノフだったが、彼と最初に面談してから何日ものあいだ、これがなんのプロジェクトなのか知らされなかった。ネルノフはものすごく変わった男で、当時の政治状況に照らしてもファナティックな性格だった。トロツキーの著作をこっそり読んで、世界革命という思想に傾倒していた。『３１４１プロジェクトとはなんですか？』と質問すると、彼はこう答えた。『ゲーモフ同志、きみは最近の宇宙飛行の成功に刺激されているようだが、あんなものがなんになる？　ガガーリンが軌道上からウォール街の資本家の頭めがけて石ころをぶつけられるかね？　だが、われわれのプロジェクトは違うぞ。これが成功すれば、帝国主義のすべての戦車がおもちゃ同然になる。やつらの戦闘機など蝶も同然。やつらの艦隊は水面に浮かぶ段ボール箱みたいに簡単に沈められる！』

そのあとおれは、科学者グループの第一陣のひとりとしてここにやってきた。そのときの外の景色はきみたちがさっき地上で見たものと同じだ。あの日も大雪が降っていた。この空き地は整地されたばかりで、地面にはまだ切り株が残っていた。

それからのことは、くわしく語るつもりはない。時間があったとしても、おれの精神が耐えられるかどうか疑わしいしな。きみたちが知る必要があるのは、この場所はかつて世界最大の球電研究基地だったということだ。三十年ものあいだ、ここで球電の研究がなされてきた。いちばん多いときは、およそ五千人がこの場所で業務にあたっていた。ソビエトでもっとも優秀な物理学者や数学者も、多かれ少なかれこの研究に関わっていた。このプロジェクトにどれほどの巨費が投じられていたことか。それを説明するために、ひとつ例を挙げよう。見ろ——」

ゲーモフが懐中電灯で後方を照らした。ぼくらがさっき入って来たトンネルの穴の横に、もうひとつの大きなトンネルの入口が見えた。

「あのトンネルは全長およそ二十キロメートルある。当時は秘密保持のため、基地に必要な物資はすべて二十キロ先で荷下ろしされて、その後、あのトンネルを使って運搬されてきた。つまり、トンネルの入口では、大量の物資が煙のように忽然と消えてしまうことになる。偵察衛星に撮影されて不審に思われたり、疑念を抱かれたりしないように、そこに小さな町が建設された。同じく秘密保持のため、その町に住人はいなかった。なんにもない、空っぽの町だ。

人工雷撃の実験で生じる放射線が探知されないように、基地全体が地下に建設された。われわれがいまいるこの場所は、かつて中規模のラボだった。基地のほかの場所は、すでにふさがれるか爆破されるかして、いまはもう立ち入ることができない。

ここはかつて、世界最大の人工雷発生機《ジェネレータ》や、複雑な磁場をつくる装置、航空機用の風洞など、各種の大型実験設備を擁し、球電が発生する環境をさまざまな観点からテストしていた。そしてこれは――」

ゲーモフは、台形の巨大なコンクリート基礎の前にぼくらを導いた。

「ビル何階分もの高さがあるプラチナ電極を想像できるか？　当時、この台の上にそれが据えつけられていた」ゲーモフが腰をかがめて地面からなにかを拾い上げ、ぼくに手渡した。ずっしり重い金属球だ。

「粉砕機《ボールミル》の中に入っている鉄球みたいですね」

ゲーモフがかぶりを振った。

「雷発生実験を行ったさい、トンネルの天井の金属材が稲妻で溶けてしまった。それが滴り落ち、冷えてかたまった結果、これができた」

懐中電灯で周囲の地面を照らすと、多数の小さな金属球が散らばっていた。

「メインラボにあった人工雷発生機がつくる巨大雷撃電流の威力は、自然の稲妻よりも桁がひとつ大きかった。ＮＡＴＯの核兵器監視システムがその振動を検知して、地下核実験だと誤認したくらいだった。だが、ソビエト政府は秘密を守るために西側のまちがった主張を受け入れ、その結果、核軍縮交渉でずいぶん割を食うことになった。人工雷実験では、地面も山も大きく揺れるし、稲妻によって地下で発生したオゾンが地上に排出されると、この周囲百キロメートルの空気が異様にすがすがしくなる。

実験中は、磁場発生装置やマイクロ波投射装置や大型風洞を駆使してありとあらゆる状況下で雷を人工的につくりだし、さらにその結果を巨大コンピュータ・システムに入力して分析させる。いくつかの実験では、自然界における雷のもっとも大きな数値をはるかに超えていた。複雑な電場の迷路の中や、小さな湖を短時間で沸騰させられるくらい強いマイクロ波放射の中で、超強力な雷をつくりだした……。三十年にわたって、ここでそういう研究がつづけられた」

ぼくは、かつて巨大電極があった台を見上げた。漆黒を背景に、三人の懐中電灯の光に浮かび上がるそれは、ジャングルに囲まれたアステカの祭壇のようなおごそかさが感じられた。あさましい球電探求者たるぼくらは、最高位の神殿にやってきた巡礼のごとく、恐怖と畏敬の念に満たされていた。過去三十年あまりの月日で、ぼくらのような人物がどれだけこの祭壇の生贄となったのだろうか。コンクリートのピラミッドを見ながら、そんなことを考えていた。

「で、最後はどうなったんですか？」辛抱しきれず、ぼくはとうとう、決定的な質問を口にした。

ゲーモフはまた煙を吐き出すと、深く息を吸い込んだが、なにも言わなかった。懐中電灯の光のもとでは、その表情は細部まではっきりとは見えないが、どことなく張彬《ジャン・ビン》先生を——球電研究者としての最大の苦しみについて話していたときの彼を——思わせた。そこでぼくは、ゲーモフのかわりに答えを口にした。

「結局、なにひとつ成功しなかったんですね」

すぐに、自分が思い違いをしていたことに気づいた。ゲーモフは笑いながら言った。

「まだまだ若いな。ことを単純に考えすぎだよ。シャーロック・ホームズも言ってるだろ、もっとも平凡なものがしばしばもっとも奇異に見えるって。三十年も研究して、なにひとつ成功しなかったら、それこそ奇異な話だ。そんなに奇異なことがあったら、むしろ先をつづけようということになる。実際は、残念ながら、そんな奇異さえ起こらなかった。得られたのは、腹が立つほど平凡な結果ばかりだ。おれたちは成功したとも。三十年間で二十七回、球電を生成した」

ぼくも林雲《リン・ユン》もショックのあまり、しばらく茫然としてなにも言えずにいた。

ゲーモフはまた笑った。

「察しはつくよ。きみら二人は、それぞれまったくべつのことを考えている。林《リン》少佐はまちがいなく喜んでいる。軍人は、あれを兵器に応用する可能性しか考えてないからな。しかし」

ゲーモフはぼくのほうを向いた。

「きみのほうは悲しんでいる。南極点に到達したロバート・スコットが、アムンセンの残したノルウェーの国旗を見つけてしまったときみたいにな。だが、どちらの反応もまちがいだ。球電は、あいかわらず神秘のままなんだからな。三十年以上前におれたちがはじめてここにやってきたときと同じく、球電は謎だらけだ。なにもわかっていない」

「どういう意味ですか？」林雲《リン・ユン》が不思議そうにたずねた。

ゲーモフはゆっくりと煙を吐き出した。目を細くして、光の中で変幻する煙を見つめながら追憶に浸っている。

「球電の生成にはじめて成功したのは一九六二年だった。つまり、研究開始から三年めだ。おれはこの目で見たんだが、雷発生機の初回放電のあと、空中に出現した。淡い黄色だった。尾を引いた状態で飛行し、二十秒もしたところで音もなく空中に消えた」

「大興奮だったでしょうね」林雲が言った。

ゲーモフはかぶりを振った。

「それも違う。球電というのは、当時のおれたちにとって、ありふれた電磁現象のひとつだった。３１４１プロジェクトは、スタート当初、こんなに大がかりなものになるはずじゃなかった。上は科学アカデミーや赤軍の最高指導者から、下はプロジェクトに従事する科学者や技術者にいたるまで、だれもがこう信じていた。人類を宇宙に送った国家であるわれらソビエト連邦の科学力をもってすれば、球電を人工的に生成するのは時間の問題でしかない、と。事実、三年遅れでようやく研究の成果が出た。予想以上に時間がかかったから、ようやく球電が出現したときは、やっと重責から解放されたという安堵しかなかった。まさか、さらに二十七年もの歳月ののちに、究極の挫折が待ち受けていようとは思いもよらなかった。

当時われわれが抱いていた自信には、じゅうぶん根拠があるように見えた。自然界での雷と違って、ここで人工的に生成された雷は、発生条件と各パラメーターがこと細かに記録されていたからな。当時のパラメーターは、いまも一字一句違わず言えるぞ。雷の電流は1万2000アンペア、電圧は8000万ボルト、放電時間は119マイクロセカンドだ。つまり、その雷はごくありきたりのものだった。放電時に生じる空気流は秒速2・4メートル。マイクロ波は550ワット、それに外部の磁場……。ほかにも大量のパラメーターがあった。気温、気圧など一般的なデータに加えて、ウルトラハイスピードカメラで撮影した稲妻の軌跡、各計器で記録した現場の磁場の強度や形状、放射線指数……当時の記録をすべて合わせた機密資料は、『戦争と平和』ぐらいの分厚さだった。ちょうどキューバ危機のころだったが、ネルノフがその分厚い資料を抱えて、『わが国がキューバから弾道ミサイルを撤去したとしても、なんの問題もない。帝国主義を震え上がらせられるものはほかにもある！』と吠えていたのをよく覚えてる。当時、おれたちはみんな、これからはこのパラメーターをもとにくりかえし稲妻を発生させるだけで大量に球電をつくれると考えていた」

「だめだったんですか？」ぼくがたずねた。

「言っただろう、ことを単純に考えすぎだと。想定外のことが起こった。同じパラメーターでくりかえし実験をしたが、なにも生成できなかった。ネルノフは血相を変えて同じように実験をやらせた。それから一年間、記録されたパラメーターどおりに人工的な雷を五万回発生させたが、球電は一度も出現しなかった。

当時のソビエト科学界は、決定論と機械論が支配的で、自然界は因果関係という鉄の掟で動いていると研究者たちは考えていた。こうした思想は政治的風潮の産物だ。当時はルイセンコ（旧ソ連の生物学者。遺伝学を排斥し、政治的手段を駆使して反対派の科学者たちを迫害した）の影響がまだ学界に残っていたから、主流から逸脱した研究をしていたら、逮捕されないまでも、研究者生命は絶たれただろう。ガモフ（ロシア帝国出身の理論物理学者で、のちに米国へ亡命した）のような背教者はまだ少数派だった。基礎科学や純粋な理論研究の分野でも、事情は変わらない。球電研究は当時、応用プロジェクトに分類されていたから、研究者たちは従来の垂直思考に凝り固まっていた。だから、実験結果を受け入れられなかったんだ。彼らは一度の実験で球電を生成できたのなら、同じパラメーターで行った実験でもかならず成功するはずだと考えていた。そこでネルノフは、五万回の実験をくりかえしたのち、しごくあたりまえの解釈を導き出した。すなわち、最初に球電が発生したときの実験パラメーターの記録に誤りがあった、というわけだ。

これはべつだん大騒ぎするようなことではなく、純粋に業務の範疇で処理できることだった。もしだれかがその件の責任を押しつけられて処分されたとしても、担当をはずされるぐらいで済んだだろう。だが、ネルノフはすべてを政治的に見ていたから、これこそ、自分に敵対する者を徹底的に排除する好機だと考えた。そこで、最高指導者クラスが読む報告書の中に、故意に過激な見解を書き加え、３１４１プロジェクトのメンバーに帝国主義者のスパイがいて破壊活動をしていると述べた。３１４１プロジェクトは国の重点兵器研究開発プロジェクトに入っていたから、この報告は注目を浴び、大規模な調査が行われることとなった。

調査チームは主にＧＲＵ（原注　旧ソ連時代からの軍事情報機関）のメンバーを中心に構成され、ネルノフもその主要メンバーのひとりだった。あとから行った実験の失敗に対して、彼は〈ジキルとハイド〉仮説を立てた。これはロバート・ルイス・スティーヴンスンの小説『ジキル博士とハイド氏』に着想を得たものだ。小説では、主人公は人間の精神を善と悪に分けられる薬品を調合することに成功する。だがあるとき、同じ配合で薬品を調合したのに、効果がなかった。それで、新たに買ってきた原料の成分に不純物が混じっていたのだと考えた。しかしのちに、主人公が最初に調合に成功した原料にこそ不純物が混じっていて、まさにその不純物のおかげで実験が成功したことが判明する。

ネルノフの考えはこうだ。破壊工作を行ったスパイは、最初の実験にさいし、本来予定されていたパラメーターのひとつを操作し、数値を変更した。偶然にも、それによって球電が生成されたが、この操作されたパラメーターは、当然ながら記録されていない。残されているのはもともと予定されていたパラメーターだけ――。

いささか無理のある解釈だが、調査チームはこの仮説を受け入れた。それで、どのパラメーターの数値が操作されたのかが問題になったわけだ。当時の実験は、雷発生機、外部磁場システム、マイクロ波システム、空気動力システムという四つのシステムを組み合わせて実施されていた。各システムのスタッフに重複はなく、それぞれの部署が独立して動いていたから、スパイが複数のシステムに同時に入り込む可能性は低い。だから、まず考えられたのは、そのうちひとつのシステムのパラメーターが操作された可能性についてだった。もっとも重要なパラメーターが、雷発生機の放電パラメーターだということはほぼ全員の見解が一致していた。そのシステムを設計し、実行の責任を担っていたのがこのおれだった。

　このころはもう戦前の大粛清時代じゃなかったから、ありえない推測だけで個人に罪を着せることはできなかった。だが、折悪しく、ちょうどこの時期、おれの父親が東ドイツで開かれた学会に参加しているとき、西ドイツに亡命した。父は生物学者で、遺伝学を強く支持していた。しかし、当時のソ連では、遺伝学はまだ異端とされていたから、父は研究に圧力をかけられ、精神的に参っていた。父が亡命したのは、それが主な理由だったと思う。ともあれ、父の亡命はおれに災厄をもたらした。調査はおれに集中し、おれがリーダーをしていたチームの中には、保身のためにネルノフに忖度してありもしない罪をおれになすりつけるメンバーもいた。最終的におれはスパイ容疑で有罪を宣告され、二十年の刑に処された。

　だがネルノフは、おれ抜きでは技術的な問題に対処できなかった。彼は上にかけ合って、服役中のおれを基地に戻し、もとの業務に従事させた。基地に戻ってから、おれは人並み以下の生活を強いられた。肉体的な自由は制約され、行動できるのは基地の中だけだったし、作業着の色すら、ほかの連中と違うものを着せられた。いちばんつらかったのは、やっぱり孤独だ。業務以外でおれに近づこうとする人間はゼロだった。しかし、チームには配属されたばかりの大学院生がいて、彼女だけは平等に接してくれたから、いくらか心が慰められた。その大学院生が、のちにおれの妻になった。

逃避のようなつもりで、おれは身も心もすべて研究に捧げた。ネルノフに対する恨みは、言葉ではどうにも言い表せないものがある。だが不思議なことに、やつの言う〈ジキルとハイド〉仮説は、おれも基本的に同意できた。何者かが故意に操作したという点は信じられなかったがな。未知のパラメーターが改変されたことで実験が成功した、ほんとうにそう思っていた。その結論はおれを失望させた。なぜなら、改変されたパラメーターをひとつあるいは複数見つけ出したとしても、身の潔白を証明するのはさらにむずかしくなるからだ。だがおれは、そんなことはつゆほども考えなかった。最大限の努力を尽くして、また球電の生成に成功したいと思っていたからな。

この先の研究の方向性ははっきりしていた。もしパラメーターが大きく狂っていたとしたら、放電のさいに、さまざまなモニター機器のみならず、肉眼ですら異常が確認できたはずだ。ということは、各パラメーターについて、あらかじめ設定されている数値をごくわずかに変動させながら連続してテストする必要がある。

複数のパラメーターが同時に変動している可能性まで考慮すれば、その組み合わせの数は大きくなり、必要なテストの量も膨大になる。作業を進める過程で、ネルノフが故意におれをはめたという確信がますます深まった。数値を改竄《かいざん》したのがおれだとほんとうに信じているなら、どのパラメーターをいじったのか、なんとかしておれに白状させようとするはずだ。だがネルノフは、一度もそれを訊かなかった。他のメンバーは、休むひまなく実験をくりかえすことを強いられ、おれへの恨みを募らせていた。とはいえこの時点では、ふたたび球電の生成に成功するのは時間の問題だと、おれを含めて全員が信じていた。

その後、事態は予想もしない方向に進んだ。パラメーターの変動について、可能性のあるものはすべて実験したが、やはり球電の生成には成功しなかった。その結果、意外にもおれの潔白が証明されることになった。おりしも、ブレジネフが指導者の座についたころだった（一九六四年十月にニキータ・フルシチョフが失脚し、レオニード・ブレジネフがソ連共産党中央委員会第一書記に就任した）。前任者と違って、ブレジネフは自分がさも教養のある人間だというふりをして、知識階層に対して温和的な政策をとった。その影響で、おれの裁判は再審理になった。無罪を言い渡されたわけではないが、刑期を終える前に仮釈放され、しかもモスクワ大学で教員になる機会まで提示された。こんな僻地の基地で働いている人間からすれば願ってもないチャンスだが、それでもおれはここに残った。球電が生活の一部になり、離れられなかったんだ。

厄介な立場に置かれたのはネルノフだ。彼は、研究の失敗に責任があることを認め、おれほど悲惨ではなかったにしろ、学問的にも政治的にも前途を断たれることになった。それでもまだ、ネルノフは〈ジキルとハイド〉仮説に固執し、最後のあがきをつづけた。ただし、それまでと違って、パラメーターの変動は他の三つのシステムにあった可能性を主張し、そしてまた膨大な量の実験を行った。この実験計画はさらに大規模なもので、もしある意外な発見によって中断されなかったら、ずっとつづいていただろう。

3141基地には世界最大の人工雷発生機があり、球電の研究と同時に、他の軍事用あるいは民間用の実験プロジェクトも進められていた。そしてあるとき、防雷工程のための実験中に、思いがけずまた球電が生成されたんだ！　今回の人工雷発生のパラメーターは、最初に実験に成功したときのパラメーターと大きな差があった。というか、共通点はどこにもなかった。しかも、磁場とかマイクロ波とか、さまざまな付加要素はそのときの実験にはなにひとつなかった。純粋な稲妻だ！

それで、また新たな悪夢のようなループがはじまった。同一パラメーターのもとで同じ実験を何万回もくりかえした。結果ははじめての実験のときと同じで、球電は二度と出現することがなかった。今回の実験では、破壊工作者がパラメーターを操作することは不可能だった。ネルノフも自分の〈ジキルとハイド〉仮説が誤っていたことを認め、シベリア支部に異動になって、重要な行政職務とは関係のない仕事を定年までつづけることになった。

この時点で、3141プロジェクトは開始からもう十五年が経っていた。ネルノフが去ったあと、基地は実験の方向性を転換した。さまざまなパラメーターの組み合わせによる実験をはじめたんだ。それからの十年間で九回、球電の生成に成功した。一回の球電生成に必要な落雷の回数は最少で七千回、最多で数十万回に達した。成功した実験のパラメーターは毎回異なり、ほとんどのケースで大きく違っていた。

一九八〇年代の中ごろ、アメリカのスター・ウォーズ計画に刺激されて、ソビエト連邦はハイテクノロジーや新概念兵器に対する予算を増やしていた。球電研究もそれに含まれる。基地の規模が急激に拡大し、実験回数も倍になった。目的は、大量の実験によって、球電が発生する条件になんらかの規則性を見出すことだ。最後の五年間で、基地は十六個の球電を生成した。だが、これまでと同じく、その発生条件について、どんな規則性も見出せなかった」

ゲーモフは長い話をそう締めくくると、あの台形のコンクリート基礎を懐中電灯で照らしながら言った。

「おれはこれを記念碑にしている。過去を思い出して苦しみにさいなまれたときは、ここへ来て銘を刻みつけるんだ」

ぼくはコンクリート基礎のひとつの面に目を向けた。懐中電灯の光を絞ると、いくつもの曲線が見えた。ゆっくり動く蛇の群れのように見える。

「この三十年間の実験で、合計二十七個の球電を生成した。これらの曲線は、その二十七回の実験の主要なパラメーターを表している。たとえばこの線は、雷の電流の閾値《いきち》だし、これは外部磁場の強度で……」

ぼくは顔を近づけてじっくりと見てみた。それぞれの曲線が、二十七個の点で描かれている。ホワイトノイズの一部のようでもあり、ある生きものが死ぬときの断末魔のけいれんのようでもあり、なんの規則性も見出せない。

ぼくらはゲーモフのあとについて、コンクリート基礎の反対側にまわった。そちらの面にはたくさんの人名が刻まれていた。

「これは三十年のあいだに3141プロジェクトのために命を捧げた人たちだ。劣悪な環境のせいで彼らの尊い人命が奪われた。これは妻だ。放電時の放射線に長期にわたって被曝したため、特異な病気にかかり、全身の皮膚に潰瘍が生じて、極度の痛みと苦しみの中で死んでいった。ここに名を刻まれた人々の多くは、同じような病で命を落としている。これは息子だ。基地で発生した最後の球電で死んだ。この三十年間の実験で発生した二十七個の球電により、三人が命を落とした。球電はほぼすべての物質を通過できるし、そのエネルギーがいつどこで放出されるのか、だれにも予想できない。しかしわれわれは、この実験がきわめて危険なものだとはまったく思っていなかった。球電の生成に成功する確率はあまりに低かったから、最初のうちは警戒していたものの、しだいに気がゆるんできた。だが、球電はたいていそういうときを見すましたように現れて、災害を起こす。最後に球電が出現したとき、実験現場にいたスタッフは無傷だった。だが、球電は分厚い岩石層をやすやすと通り抜けて、中央制御室にいたおれの息子を丸焼きにした。当時、息子は基地でコンピュータエンジニアの業務にあたっていた」

ゲーモフは懐中電灯を消して、トンネルの中の真っ暗で広々とした空間のほうに向き直り、長いため息をついた。

「おれが中央制御室に入ったとき、中はまだ、いつもと同じく静かだった。天井の照明灯のやわらかな光のもとで、すべてがはっきりと見えた。すべてのコンピュータ機器は音もなく正常に作動していた。ただ、真っ白な静電気防止床のど真ん中に、すっかり灰と化した息子の遺体だけが残っていた。どこかから床に投射された幻影のように……。その瞬間、おれは屈服した。この自然の力を――あるいは超自然の力を――向こうにまわして三十年戦いつづけた挙げ句、完全に打ちのめされた。おれの人生はこのとき終わったんだ。それからはこうやってただ生きているだけ……」

＊＊＊

地上に戻ったとき、雪はもうやんでいた。西の方角では、木々の梢に残映が輝き、雪原を血のように赤く染めている。ぼくは重い足どりで飛行機のほうへ向かった。自分の人生も終わったような気がしていた。

ゲーモフの住まいに戻ってから、ぼくら三人はひと晩じゅう酒を飲みまくった。吹きすさぶシベリアの風が窓の外でうなりをあげている。一冊また一冊と『ペレストロイカ』がペチカの中で灰になっていく。壁や天井にある無数の球電がぼくを囲んでぐるぐるまわっていた。どんどん回転が速くなり、ぼくは白い光球の渦に呑みこまれそうになった。

酔っぱらったゲーモフが言った。

「若者たち、ほかにやることを探すんだ。この世にはおもしろいことがたくさんあるぞ……人生は一度きりだ。雲をつかむようなことに時間を無駄にするな」

それから、ぼくは本の山の中で眠った。夢の中で、ぼくはまた十四歳の誕生日の夜に戻っていた。雷雨の中、小さな家でひとりきり、ろうそくの点いたバースデーケーキと向き合っていた。父も母もいない。球電もない。彼らにまつわるぼくの夢はもう終わったのだ。

翌朝、ゲーモフが空港まで送ってくれた。別れぎわ、林雲《リン・ユン》が言った。

「本来話すべきではないことをたくさん話してくれたことはわかっています。安心してください。ここであったことはすべて、ぜったいに口外しないと約束しますから……」

ゲーモフは片手を振って林雲の言葉をさえぎった。

「いや、少佐、違うんだ。そうじゃない。きみたちにここに来てもらったのは、すべてを公にしてほしかったからだ。だれかに知ってもらいたいんだよ。悲しい理想主義の時代に、共産主義青年団の若者たちがシベリアの奥深くにやってきて、亡霊を追いかけた。そしてそれに一生を捧げたと……」

ぼくらは涙を浮かべ、ゲーモフとしっかり抱擁を交わした。

＊＊＊

飛行機が離陸してから、疲れていたぼくは、目を閉じて座席にもたれていた。頭の中はからっぽだった。すると、となりに座っていた乗客がひじでつついてきた。

「中国人かい？」

ぼくがうなずくと、中国人なのにどうしてテレビを見ていないのか不思議がるように、男は前の座席の背もたれについている液晶画面を指さした。画面にはちょうどニュースが流れているところだった。中国と対立国とのあいだの緊張がふたたび高まり、戦争の暗雲がますます濃くなっているという内容だった。疲労のあまり、戦争だろうがなんだろうが、いまはどうでもよかった。首を伸ばして林雲《リン・ユン》のほうを見ると、彼女はテレビにかじりついていた。うらやましい。林雲にとって、球電は、人生のある段階の一部を占めているにすぎない。失ったところで、命を奪われるほどのダメージにはならない。

まもなくぼくは眠りについた。目が覚めると、飛行機が着陸するところだった。

夕暮れの北京。春の風に顔を撫でられ、そのやさしい風に酔いしれていると、一時的に戦争の影が見えなくなる。氷雪の中のシベリアは、ぼくにとってはすでにはるか遠くの、夢の中だけに存在する世界になっていた。それどころか、これまでの人生もすべて夢のようで、いま、やっとその夢から覚めた——そんな気がする。

煌々と明かりの灯るにぎやかな長安街（北京中心部を東西に走る片側五車線の目抜き通り）に佇み、ぼくと林雲は無言で見つめ合っていた。本来なら、同じ道を歩むはずの人間ではなかった。それぞれの世界には天と地ほどの開きがあるのに、球電がぼくらを引き合わせてくれた。だがいま、ぼくらをつなぎとめるものはもうなくなった。張彬《ジャン・ビン》、鄭敏《ジェン・ミン》、ゲーモフ……あの祭壇に、あまりにも多くの人たちがわれとわが身を捧げた。いまさらそこにぼくが加わったとしても、たいした意味はない。自分の中ではもう消えていたはずの希望の灯に、さらに冷水を浴びせられたような気分だった。そこにはいま、氷水に浸かった灰だけが残されている。

さよなら、麗しの少佐さん。

「あきらめないで」林雲がぼくのことをじっと見つめて言った。

「林雲、ぼくは凡人なんだよ」

「わたしもね。でも、あきらめないで」

「じゃあ、また」

ぼくは林雲に片手をさしだした。街灯のもと、林雲の目にうっすらと涙が光っている。ぼくは心を鬼にして、あたたかくやわらかなその手を振りほどくと、きびすを返し、大きく一歩を踏み出した。一度もふりかえることはなかった。

第二部

灯台の啓示

新しい生活になじもうと努力した。オンライン・ゲームに課金し、サッカーを観戦し、バスケットボールをプレイし、徹夜で麻雀をやった。専門書はすべて図書館に返却し、かわりに大量のＤＶＤをレンタルした。株もはじめたし、小犬を飼おうともした。シベリアで手ほどきされた飲酒の習慣が尾を引いて、ひとりで飲むこともあったし、知り合ったばかりのいろんな友だちとも飲みにいった。恋人を見つけて家庭を築こうとも考えた……が、まだそのチャンスに恵まれていない。午前二時まで偏微分方程式を見つめたままぼんやりすることも、十数時間コンピュータを見守りつづけて最終的に失望の憂き目に遭うことも、もうなかった。以前のぼくにとって時間は貴重なものだったが、いまはも無尽蔵にあった。リラックスするとか休むとかいうことをはじめて知り、生活とはそもそもこんなに豊かなものだったのだとはじめて実感して、自分がいままで見下していた人たち、もっと言えば憐れんでいた人たちが、みんなぼくよりずっと充実した生活を送っていたのだとはじめて悟った。

一カ月ほど経ち、体重が増えはじめた。少し薄くなっていた頭髪がまた生えてきた。ぼくは何度となく幸福を噛みしめた――手遅れにならないうちに目が覚めてよかった。

だがときどき、ほんの数秒間だが、過去の自分が亡霊のように甦ることがある。たいていは、深夜にふと眠りから覚めたときだ。そういうときのぼくは、いつもあのはるか遠い地下のトンネルにいる。その闇の中には、蛇のような曲線が何本も刻まれた台形の祭壇がそびえている……。だがすぐに、街灯に照らされた木の影がカーテンに映って、自分の居場所がわかり、すぐまた眠りにつく。いまのぼくは、裏庭に深い穴を掘って死体を埋め、もう安心だと思っている殺人犯のようなものだ。だが、その安心感は錯覚にすぎない。死体がどこにあるのか知っているし、なお悪いことに、自分が知っているということをどうやっても忘れられない。ほんとうに逃れたいと思うなら、裏庭に行って死体を掘り返し、遠くに運んで焼き捨てるべきだった。しかし、それを実行する気力はもうなくなっている。埋めた穴が深ければ深いほど、掘り起こすのはむずかしい。そして、地中深くで死体がどうなっているのかなど、ますます考えたくなくなる。

しかし、わずかひと月あまりのち、そういう感覚は急速に薄れてきた。それは、ある女性に好意を持ったからだった。研究所に来たばかりの大学生で、ぼくはすぐ、彼女のほうもこっちに気があると気づいた。五月の大型連休初日の朝、ぼくは寮にいた。数分のあいだ逡巡していたが、ついに彼女を食事に誘う決心をした。立ち上がって彼女に会いにいこうとして、電話のほうがいいと考え直し、受話器に手を伸ばした……。

なにもなければ、こういう新生活がそのまま順調に進んでいたはずだった。恋愛し、家庭を持ち、子どもをもうけ、仕事のうえでも他人がうらやむような成功を収める――つまり、ほかの多くの人たちと同じく、平凡でしあわせな人生を送れたはずだった。もしかしたら、晩年、夕陽に照らされた砂浜で、記憶のいちばん奥深くにあるものを思い出すことになったかもしれない。雲南省の片田舎、雷雨の中の泰山、北京近郊の雷兵器研究基地、風雪の中のシベリア、軍服を着た女性とその胸に下がる鋭利な刃……それらは、どこか遠くの、もうひとつの時空で起きたことのように感じられたことだろう。

だが、ぼくの手が受話器に触れかけたそのとき、電話が鳴った。

江《ジャン・》星辰《シンチェン》大佐からだった。この連休をどう過ごすのかと問われて、ぼくはまだなんの予定もないと答えた。

「帆船に乗って海に出てみませんか？」

「ええ、もちろん。でも、いいんですか？」

「じゃあ、ぜひいらしてください」

電話を切ってから、ぼくは少し驚いていた。艦長とはたった一度、林雲《リン・ユン》のところで会ったことがあるだけだ。それ以降、連絡をとりあうことは一切なかった。この誘いにはどんな思惑があるのだろう。ぼくはすぐに荷物をまとめると、広州行きの便に搭乗するため空港に急いだ。例の彼女を食事に誘うことなど、とっくに頭から消し飛んでいた。

その日のうちに広州に着いた。この地では戦争間近の気配が内陸部よりずっと濃厚だった。移動の途中、多くの軍用車が目に留まったし、防空に関する標語やポスターがあちこちに貼られている。こんな情勢なのに、南海艦隊（中国人民解放軍海軍三大艦隊のひとつ）の空母艦長ともあろう者がどうしてそんなにのんびりしていられるのか理解できなかった。翌日、ぼくはほんとうに小さなスループ船に乗って、蛇口港《じゃこう》（広東省深圳市の港）から航海に出た。船にはぼくと江《ジャン》大佐のほかに、海軍の軍人がひとりと、海軍航空兵のパイロットがひとり乗っていた。

江星辰《ジャン・シンチェン》は、航海のイロハを熱心に教えてくれた。海図の見方や六分儀の使い方を教わったが、帆船を操縦するのはなんて骨が折れることなんだろうと思うだけだった。帆綱でてのひらがこすれるばかりでなんの役にも立てず、ほとんどの時間をひとりで船首に座って青い空と青い海を眺めた。陽射しが海面を飛び跳ね、空の果てできらきら光る白い雲が波打つ海面に映す影を見ていると、人生はすばらしいと思えてきた。

「みなさんはふだん海の上で暮らしているわけでしょう。休みの日にセーリングなんかして、レジャーになるんですか？」ぼくは江星辰にたずねた。

「もちろんなりませんよ。今回の帆走は、陳《チェン》博士、あなたのためです」江星辰は意味ありげに言った。

黄昏時になって、船は小さな無人島にたどりついた。サッカー・フィールド二つ分ほどの広さの島で、無人の灯台がひとつ立っている以外、なにもなかった。ぼくらはこの島で夜を明かすことになった。テントなどのキャンプ用品を島に運ぼうとしたとき、遠くに不思議な光景が現れた。

西のほうで、海と空が一本の帯でつながっている。下半分は白、上半分は夕陽の暗赤色に染まった帯が、海と空のあいだで生きもののようにゆっくり身をくねらせている。おだやかな海と空のもとに突如こんな巨大な異物が出現するとは。ピクニックの最中、色鮮やかな大蛇がいきなり芝生に現れたようなものだった。慣れ親しんだ世界が一瞬にして見知らぬ凶悪なものに変貌する。

「どうです、陳博士。わたしたちのあいだにも共通の話題が現れましたよ！　あれはどのクラスだと思います？」江星辰はそちらの方向を指しながら言った。

「なんとも言えませんね。竜巻の実物を見るのははじめてなので。だいたい……F2スケールでしょうか」

「ここは危険なのでは？」パイロットがやや緊張した口調でたずねた。

「移動方向から見て、危険はないはずだ」江　星　辰《ジャン・シンチェン》は平然と答えた。

「ですが、あれが方向転換しないとなぜわかるのですか？」

「竜巻はふつう、直線上を移動する」

彼方の竜巻は、東へ向かって移動している。竜巻が無人島に最接近したとき、空が暗くなり、ゴーッという低く沈んだ音が響いた。全身に冷や汗をかきながら江星辰のほうをふりむくと、彼はおちついて竜巻を観賞しているようだった。竜巻が消えたあと、ようやく名残惜しそうに視線をこちらに戻した。

「気象学界では、竜巻予報技術になにか進展は？」江星辰がたずねた。

「とくにないようですね。竜巻と地震はもっとも予測しにくい自然災害ですから」

「世界的な気候変動にともない、南シナ海もだんだん竜巻が頻発するエリアになってきた。われわれにとっては大きな脅威です」

「どうしてです？　空母が竜巻を恐れるんですか？　たしかに、甲板の飛行機がまるごとさらわれる可能性はあるでしょうが――」

「単純に考えすぎですよ、陳《チェン》博士」同行している海軍中佐が言った。「空母の構造上の強度は、一般に、F2スケールの竜巻までしか耐えられません。それ以上の規模の竜巻とも し接触でもしようものなら、主甲板をへし折られます。竜巻の威力はそれほど脅威なのです」

竜巻によって空高く吸い上げられていた海水が落下しはじめ、激しいスコールになった。雨といっしょに魚が何匹も降ってきて、ぼくらの晩飯になった。

夜、江星辰大佐といっしょに海辺を散歩した。星空は澄みわたり、あの泰山の夜を思い出させた。

「あなたが球電の研究プロジェクトから手を引いたことで、林雲《リン・ユン》は悲しんでいます。あなたなしでは、あのプロジェクトはあり得ない。だから思い切って、戻るよう説得しにきたんです。きっと説き伏せてみせると林雲にも約束してきました」江星辰が言った。

夜の海は真っ黒に沈んでいる。だが、大佐の微笑んでいる顔は想像できた。恋人のためにこういう任務を引き受けるのは、たしかにありあまるほどの自信が必要だ。しかし、べつの面から言えば、林雲はぼくのことなど歯牙にもかけていないという自信が透けて見えることに、まるで気づいていないとも言える。

「江《ジャン》大佐、あの研究に未来はありませんよ」ぼくは夜の大海に向かって長いため息をついた。

「例のロシア行きでは、あなたは心に深い傷を負ったと、林雲《リン・ユン》から聞きました。じつのところ、ソ連が長期にわたって球電研究に巨額の資金を投入し無駄にしてきたことにそれほどショックを受ける必要はありません。ソ連の人間は、自然科学の基礎研究に硬直した兵器研究システムをあてはめていますよ。林雲が戻ってから話を聞きましたが、すぐ納得しました。そのプロセスには新しい思考に欠け、想像力や創造性が乏しい」

江 星 辰《ジャン・シンチェン》の批判は、言葉数は少ないものの正鵠を射ていた。しかも、球電の研究を基礎科学に分類しているが、これはかなりの先見性があると言ってもいい。

「もっと言えば、球電はかつて、あなたが一生をかけて追求しようとしていたものだったと聞いています。それがほんとうなら、簡単にあきらめてはいけない。たとえばわたしは――わたしの理想は軍事戦略の研究者になることでした。いろいろあって、いまはこの道を選び、この地位にいますが、やっぱり悔やんでいます」

「少し考えさせてください」ぼくはあいまいに答えた。だが、つづく話から、自分が思うより、ことは複雑なのだと悟った。

「長くいっしょに研究してきたのですから、林雲のことはかなり理解しているでしょう。彼女の思想はときに……危険な要素をはらんでいます。ですから、彼女のそういう危ういところを支えてやってほしいのです」

「危険というのは——彼女自身が、ということでしょうか。それとも……ほかのことに対して？」ぼくは困惑していた。

「どちらもです。ひとつ例を挙げましょう。中国が対人地雷禁止条約に加入したころ、修士課程の大学院生だった林雲は、その選択が誤りだと声高に言ったんです。地雷というのは侵略のための武器ではない、貧しい者のための武器だ、と。その後、博士課程の一年めには、二人の同級生といっしょに、自分たちのナノラボを使って、みずから新型地雷の研究開発を行いました。目標は、工兵による従来の除去作業では探知できない地雷をつくることでした。対人地雷禁止条約で厳格に禁じられているタイプです。しかし彼女はそれに成功しました。林雲の地雷は、一見してかなり単純なものに見えますが——」

「彼女の車に、竹の爆弾が吊るしてあるのを見ました」ぼくは口をはさんだ。

　大佐はとんでもないというように手を振った。

「いや、彼女の作品にくらべたら、あんなもの、ただのおもちゃですよ。林雲が発明したのは液体地雷です。見た目はただの無色透明の液体ですが、実はナノテクで改造したニトログリセリンです。振動に対する感度を下げ、圧力に対する感度を上げてあります。したがって、この液体を貯蔵するさいには、深さに厳しい制限があります。底のほうの液体にかかる圧力が大きくなりすぎると爆発するので、容器は何層にも分かれています。この液体を地面に垂らすだけで地雷の敷設は完了。液体が撒かれた地面を人間が歩くと、とたんに爆発が起こります。殺傷力はかなりの大きさで、従来の工兵にはそもそも探知できません。彼女は上層部にその地雷の使用を推薦し、部隊への配備を申請しましたが、当然ながらきびしい批判を受けました。そこで彼女は、この地雷の力を戦場で実証すると誓ったわけです。

「想像がつきますね。兵器に対する――とりわけ新概《ニュー・コンセプト》念兵器に対する――彼女の入れ込みようを見ていると」

「ですが、これから申し上げることは、想像もつかないでしょう――去年の前半、チリとボリビアの国境で武力衝突がありましたが、そのときこの液体地雷が使用されました。かなりの殺傷力でしたね」

ぼくはことの重大さを悟り、びっくりして江　星　辰《ジャン・シンチェン》を見た。

「さらに信じがたいのは、敵対する双方――チリ軍もボリビア軍も、この地雷を使っていたということです」

「まさか!」ぼくは足を止めた。あまりの恐怖にガタガタ震えていた。「でも、彼女は……彼女はただの少佐――軍人ですよね。そんなルートがどこにあるんです?」

「どうやら彼女は、あなたに自分の話をあまりしていないようですね。林雲《リン・ユン》はこのことをあまり話したがらないのです」江星辰はぼくを見つめた。暗闇の中で、ぼくは彼がどんな目をしているのかわからない。だが絶対に意味ありげな目をしているはずだ。「そう、彼女にはそういうルートがあります」

＊＊＊

テントに戻ってからも、ぼくは眠れなかった。ライトの規則的な点滅が睡魔を誘うことに期待して、テントの入口を開き、外の灯台を眺めた。うまくいった――意識が少しずつ遠のき、灯台が少しずつ夜の闇に消えていく。明滅する光だけが空にかかっていた。明かりが灯っているときはそれが見えるが、消えると果てしない夜だけが残る。どことなく懐かしさを感じる。深海から浮かび上がってくる泡のように、小さな声が頭の中でこうささやく。〈灯台はいつもそこにある。ただ、明かりが灯っているときにしか見えない〉

頭の中で火花が散り、ものすごい勢いではね起きた。そして荒々しい波の音の中、長いあいだただじっと座っていたが、やがて江星辰を揺り起こした。

「大佐、すぐに戻れますか？」

「戻ってなにをするんです？」

「球電の研究ですよ、もちろん！」

林《リン》・峰《フォン》将軍

　飛行機が北京に着陸してから、ぼくはようやく林雲《リン・ユン》に電話をかけた。江《ジャン》・星辰《シンチェン》大佐の話に、なんとも言えない危惧を覚えていたものの、林雲の軽やかでやわらかな声を聞いて、心の中にあったものが一気に溶けだした。彼女に会いたい。そう強く思った。

「びっくり。星辰《シンチェン》が成功したのね！」林雲が興奮気味に言った。

「急に新しいアイデアを思いついたんだ」

「そうなんだ。じゃあ、うちにごはんでも食べにきて」

　この誘いに、ぼくはかなり驚いた。林雲は自分の家族の話題にならないようういつも気をつけていたし、江星辰もぼくに対してはいっさいその話に触れなかったのだから。

　空港を出るとき、なんと趙《ジャオ》・雨《ユー》にばったり出くわした。趙雨は泰山の気象観測所を辞めていた。いまは民間で働くことを考えているらしい。趙雨は別れぎわ、急に思い出したように言った。

「しばらく前に大学に行ったとき、張 彬《ジャン・ビン》先生に会ったぞ」

「えっ？」

「先生はおれの顔を見るなり、おまえのことを訊いてきた。先生は血液のがんで、治る見込みがないらしい。長いこと精神的に抑圧されてきた結果じゃないかな」

趙 雨《ジャオ・ユー》のうしろ姿を見送りながら、元共産主義青年団員だったレワレンコフの言葉が、またぼくの脳裏で響いていた。

「……つつがなく飛んで目的地にたどり着いたとき、途中で落ちていたほうがよかったと気づくこともある」

これまでにない恐怖に、ぼくはまた心をがっちりつかまれようとしていた。

＊＊＊

空港に迎えにきたのは林雲《リン・ユン》ではなく、はじめて会う陸軍の少尉だった。

「陳《チェン》博士、林《リン》少佐の命令でお迎えにあがりました」少尉は敬礼してからそう言った。それからひどく礼儀正しく紅旗《ホンチー》（中国の高級車）に乗るよう促した。道中、少尉はただ黙々と運転した。車は最終的に、入口に歩哨のいる軍のエリアへと入っていった。エリア内には住居が整然と建ち並んでいる。どれも一九五〇年代風の大きな邸宅だ。車はポプラ並木を通り過ぎて、二階建ての一軒家の前で停車した。その建物もやはり先ほど見たのと同じ一九五〇年代風の建築だった。

少尉が先に降りて、ぼくのために車のドアを開けてくれた。

「お二人ともご在宅です。どうぞ、お入りください」それからまた敬礼をして、ぼくが玄関ステップを上がっていくところまで見送ってくれた。

林雲が玄関ドアを開けて、ぼくを迎え入れた。最後に別れたときよりすこしやつれたようすで、仕事の疲れが溜まっているように見えた。その変化が突然すぎる気がして、そのときようやく思い当たった。最後に別れてから、ぼくの心の中にはずっと小さな林雲がいて、その彼女は前と変わらない姿のままだったのだと。

家に入ると、林雲の父親がソファに座って新聞を読んでいた。父親はぼくが入ってきたのを見ると、立ち上がって握手の手をさしだした。痩せているが、その力はかなり強かった。

「雷の研究をされている陳博士ですね？　こんにちは。小雲《シャオユン》からよく話を聞いていますよ。いままで娘の友だちはほとんど部隊の人間だった。そんなことではだめだとつねづね言っていたのです。軍人たる者、小さな世界だけに閉じこもっていてはいけない。時代が時代だけに、そんなことではものの見かたが一面的になってしまう」

　父親は、林雲《リン・ユン》のほうをふりかえって言った。

「お手伝いの張《ジャン》さんはほかの用事で忙しいみたいだから、わたしが料理をつくって陳《チェン》博士にごちそうしよう」それから、ぼくに向かって言った。「きょう博士をお招きしたのは、小雲《シャオユン》だけではなく、わたしの希望でもありましてね。あとで話を聞いてください」

「パパ、唐辛子は少なめにしてね！」林雲は父親の背中に向かって叫んだ。

　ぼくも林雲の父が部屋を出ていくまでうしろ姿を見送った。ものの一分も話していないのに、なんとも言えない威厳を感じた。だがその威厳は、親しみやすい性格とも相まって、彼に独特の雰囲気を与えていた。

　林雲の父親については、軍人とだけしか知らなかったが、もしかしたら将官クラスかもしれない。彼女の周囲の人たちの言葉の端々からそういう印象を受けたが、軍人の階級にはまったく不案内なので、まるで見当がつかず、いまにいたるまで、どのくらいの地位なのか知らなかった。しかし、実に気さくに話してくれたので、ぼくはすっかりくつろいだ気分でソファに腰を下ろし、林雲が持ってきてくれた煙草を吸いながら、しげしげと客間を見まわした。調度は簡素で、基本的になんの装飾品もない。壁には大きな中国の地図と世界地図が貼ってあり、それが壁の大部分を覆っている。大きなデスクにも目が留まった。

まちがいなく、仕事用のデスクだろう。白と赤の電話が置いてあり、資料らしきものも散らばっている。客間全体が大きなオフィスになっているようだ。最後に、ドア付近のポールハンガーで視線が止まった。軍服が掛けてあり、肩章が見える。それを眺めて、手にしていた煙草を思わずとり落とした。

肩章に三つ星——!

あわてて煙草を拾って灰皿でもみ消すと、両手を膝の上に置き、小学生のようにぴしっと背すじを伸ばして座り直した。林雲はそんなぼくを見て笑い出した。

「緊張しないで。父は理工系の出身だから、技術がわかる人とは話が合うの。もともと雷兵器の開発には反対で、いまとなっては父が正しかったみたいだけど、でも球電の話をしたら、すごく興味を持ってくれて」

そのとき、壁に掛けてある額入りのモノクロ写真に目が留まった。写真に映っているのは若い女性で、林雲そっくりだが、往年の質素な軍服を着ている。

林雲は立ち上がって写真に歩み寄り、短く説明した。

「母よ。一九八一年の国境戦争のときに亡くなった……ねえ、やっぱり球電の話をしましょう。あなたの興味が冷めないうちに」

「きみはあれからなにを?」

「最後にいっしょにつくった数理モデルのための計算。二炮《アールパオ》（中国人民解放軍ロケット軍）の研究所にあるメインフレームを使って、微調整しながら三十回以上走らせた」林雲《リン・ユン》が軽くかぶりを振ってみせたので、結果は失敗だったことがわかった。「それが、こっちに戻って最初にやったこと。正直言うと、あなたの努力を無にするのが忍びなかっただけ」

「そうだったのか。ほんとにありがとう。でも、これからはもう数理モデルをつくるのはやめにしよう。意味がない」

「わたしもそう思ってる。こっちに戻ってから、別ルートでもっといろいろ調べたの。これまで数十年間、旧ソ連だけじゃなく、西側のさまざまな勢力も球電の研究に莫大な費用を投じてきた。そのどれかひとつでもいいから、なにか情報をもらえないかしら」

「彼らは――ゲーモフも含めて――なんの技術資料もくれなかった」

林雲が笑い出した。

「あなたって、ほんとに象牙の塔にこもりっきりなのね」

「度を越した研究オタクだからね」

「いいえ。もしほんとにそうなら、研究を放り出したりしないでしょ。でも、ということは、あなたはいちばん重要な事実をすでに知ってるわけね。本来なら、わたしたちはそこから新たなスタートが切れるはずだった。でもあなたは、それをゴールにしてしまった」

「ぼくがなにを知ってるって？」

「これまでどおりの考えかたじゃ、球電の謎を解き明かすのは不可能だってこと。その結論、何百億元もの値打ちがある！」

「たしかにそうだね。たとえ方程式をいじって無理やり数理モデルをつくりだしたとしても、それが実際に現実を記述したものにはならないと直感でわかる。球電は、エネルギー放出の選択性と貫通性という、まったくありえないような特徴を持っている。いままでの科学の常識では説明できない」

「だからわたしたち、もっと頭をやわらかくするべきなのよ。あなたが言ったとおり、わたしたちは超人じゃない。でも、これから先は、超人になったつもりで考えなきゃ」

「もうそうやって考えてるよ」ぼくは興奮していた。「球電は雷によって生じるものじゃない。自然界にとっくに存在している構造なんだ」

「つまり……雷はたんに球電に点火するとか、ひきがねを引くだけってこと？」林雲が間髪容れずにたずねた。

「そのとおり。電流は電球を明るくするけど、電流が電球をつくるわけじゃない。電球自体はもともと存在している。それと同じなんだ！」

「なるほど。じゃあ、頭の中を整理し直さないと……すごい。その考えかたなら、シベリアの基地で起きたことも説明がつく！」

「うん。３１４１基地で発生した二十七個の球電と、それを人工的に生じさせた雷のパラメーターとのあいだには、そもそもなんの関係もない。そういう構造がたまたまそこにあったから、雷がそのトリガーになっただけなんだ！」

「その構造は地層を通り抜けることもできる？……もちろんね。地震が起こる前に、球電が地面の割れ目から飛び出してきたという目撃例がいくつもある」

二人とも興奮を抑えきれず、あたりをうろうろ歩きながら話した。

「じゃあ、これまでの研究のどこがまちがっていたのかも明らかね。球電を〝発生〟させようとしてはだめ。〝探し出す〟べきなのよ！　つまり、人工的に稲妻を起こすためのポイントは、雷の性質や構造じゃない。磁場とかマイクロ波とかの付随要素でもない。稲妻ができるだけ広い空間をカバーすることが重要になる」

「そのとおり！」

「じゃあ、次はどうしたらいい？」

そのとき、食事の支度ができたと呼ぶ林《リン》将軍の声がした。リビングルームの中央のテーブルに、豪華に盛りつけられた料理が並んでいる。

「小雲《シャオユン》、気をつけなさい。陳《チェン》博士は夕食にお招きしたんだよ。食事の席で仕事の話は禁物だ」林将軍はぼくに酒を注ぎながら言った。

「仕事の話なんかしてない。ただの趣味の話よ」

それから、もっとカジュアルな話題に移った。会話を通じてわかったのは、林将軍が中国人民解放軍軍事工程学院（現ハルビン工程大学）を出たエリートで、専門は電子工学だが、卒業後は技術的な業務に携わることはなく、純粋に軍事指揮の分野を担当し、人民解放軍でも珍しい理工系出身の高級将官になったということだ。

「学校で習ったことでパパがまだ覚えているのは、オームの法則ぐらいじゃないの」林雲《リン・ユン》が言った。

「見くびってもらっては困るね」将軍は笑いながら言った。「といっても、記憶に強く残っているのは電子工学よりもコンピュータだ。当時、はじめて見たコンピュータはソ連製だった。クロック数は覚えてないが、メモリは4Kだった。4Kの磁気コアメモリが、この部屋の本棚よりも背の高い筐体に入っていた。だが、いまといちばん違うのは、ソフトウェアだね。小雲は自分がプログラミングの達人だといつも自慢しているが、あのコンピュータが相手だと、3＋2を計算するプログラムを書くのも無理だろう」

「当時はアセンブリ言語だけを使ってたんですか？」

「いや、0と1だけだ。コンパイラがなかったから、プログラムを紙に書いてから、命令をひとつひとつ機械語に――0と1の列に――手作業で翻訳した。ハンドコーディングと呼ばれるプロセスだ」

将軍はそう言いながら、うしろのデスクに歩み寄って鉛筆と一枚の紙を持ってくると、0と1の長い列を書いて見せてくれた。

「ほら、この命令は、二つのレジスタの数値をアキュムレータに入れて、演算結果をもうひとつのレジスタに転送しろという意味だ。小雲《シャオユン》、疑ってるのか？ ぜったいまちがいないぞ。当時、一カ月もかけて円周率を計算するプログラムをつくったんだからな。あれ以来、各命令を表す機械語は、九九よりもしっかり覚えている」

「いまのコンピュータも当時と本質的に違いはありません。最終的に処理されるのはやはり0と1の連なりです」とぼく。

「そのとおり。おもしろいね。一八世紀以前の世界なら、コンピュータの発明に苦労している科学者は、失敗したのは思考に複雑さが足りないせいだと考えるだろう。だが、いまのわれわれは知っている。失敗の原因は、彼らの思考に単純さが足りないせいだった」

「球電もそう」林雲《リン・ユン》が意味ありげに言った。「さっき、陳《チェン》博士のすばらしい発想で目が覚めたの。わたしたちのこれまでの失敗の原因は、まさにそれ。思考に単純さが足りなかったのよ」そう言って、林雲はぼくの最新のアイデアを父親に話した。

「おもしろい。しかも、可能性はかなり高い」林《リン》将軍はうなずいた。「とっくにそれに気づいていてしかるべきだったのかもしれんな。ところで、次はどうする？」

林雲は考えながら言った。

「雷で隊列をつくる。短時間でデータをとるなら、面積は——えっと、ちょっと待って……二十平方キロメートル以上は必要。そこに千以上の人工雷発生装置を据えつけるの」

「それだ！」ぼくは興奮していた。「雷発生装置なら、きみたちが研究開発した雷兵器がある！」

「予算が問題ね」林雲はうなだれた。「超伝導電池一台で三十万元以上かかる。千台必要なのに」

「スホーイ30の飛行中隊をまるまるひとつ装備できる額だな」林将軍が言った。

「だけど、もしこれが成功したら？　スホーイ30の中隊なんかとはくらべものにならない」

「わたしが言いたいのは、この先、〝もし〟とか〝仮に〟とか、そういう仮定の話はするなということだ。雷兵器のとき、おまえは〝仮に〟と何回言った？　いまはどうだ？　このプロジェクトについて、わたしから少々つけ加えておこう。総装備部はこのプロジェクトの遂行に強くこだわっている。わたしにも干渉する権利はない。だが、おまえに訊こう。

この件は少佐の職権におさまるのか？」

林雲《リン・ユン》はなにも言えなかった。

「球電については、もう二度と勝手な真似は許さん。この研究プロジェクトに着手することには同意はするが、一銭も出せんぞ」

林雲は気色ばんだ。

「それってなにもするなと言ってるのと同じでしょ！　一銭もなくて、どうやって実現するのよ。海外メディアはパパのことを中国でもっとも技術に通じた軍幹部だともてはやしてるけど、勘違いだったみたいね」

「わたしには技術に通じた娘がいる。しかしその娘ときたら、無駄遣いしか能がない。おまえたちは北京郊外のあそこに——雷兵器の研究基地に——まだ所属しているんだろう？そこでやればいいじゃないか」

「それとこれとは話がべつよ！」

「なぜだ？　どちらも稲妻の話だ。つねに共通点があるはずだろ？　あんなにたくさん実験設備があるのに、利用できないなど信じられん」

「パパ、わたしたちは大面積の稲妻の隊列をつくりたいの！」

林《リン》将軍は笑いながらかぶりを振った。

「世界でもっとも愚かな方法があるとしたら、まさにおまえの言うそのやりかただ。さっぱり理解できんな。博士が二人がかりで考え出したアイデアがそれか？」

ぼくも林雲もわけがわからず、顔を見合わせた。

「陳《チェン》博士は、たしか海から戻ってきたばかりのはずだが――漁師が漁をするとき、広い海域にたくさんの網を張り巡らせているのを見たことがあるかな？」

「パパ、それってつまり……稲妻を動かすってことね！　ああ――さっきの陳博士の発想に興奮しすぎて、そこまで頭が回ってなかった！」

「どうやって移動させるんだい？」ぼくにはまだ理解できなかった。

「雷兵器が放電するターゲットを地上からヘリコプターに移すだけで、水平方向に伸びた放電アークを空中につくれる。二機のヘリが同じ速度で飛行すれば、このアークは広大な空間をスキャンできる。効果は稲妻の隊列と同じ！　そうすれば超伝導電池は一台で足りる！」

「空中で引き網漁をするみたいに――」そのアイデアにわくわくしながら言った。

「空の引き網！」林雲が興奮気味に叫んだ。

「だが、この計画を実現させるのは、思うほど簡単ではない。どういう点がむずかしいか、わたしの口から言うまでもあるまい」

「まずはどれぐらい危険かってことね」林雲《リン・ユン》が言った。

「飛行機が空中で遭遇する最大の敵のひとつはまさに雷。人工雷の発生エリアは絶対に飛行禁止空域になる。でもこの計画は、雷をひっぱりながら飛行することになるわけだから」

「いかにも」将軍はいかめしい口調で言った。「おまえたちはいま、ほんとうの戦いのさなかにいる」

攻撃蜂

食事のあと、林《リン》将軍はぼくと二人だけで話したいと言った。林雲はかなり警戒しているような視線をぼくらに投げ、それから二階に上がっていった。

林将軍は煙草に火を点け、語りはじめた。

「娘のことできみと少し話がしたい。林雲が子どものころ、わたしは軍の第一線で任務を担っていた。だから、家のことは妻に任せきりだった。娘は妻に育てられたようなものだ。その分、母親に対する愛情がとりわけ強い」

将軍は立ち上がると、妻の遺影に歩み寄った。

「雲南の前線で、妻は通信中隊の中隊長だった。当時の通信設備は遅れていたから、前線での通信はまだまだ大量の電話線に頼るしかなかった。だがそれは、戦線の前方にも後方にも自由に出没する無数のベトナム軍分隊にとって格好の標的になる。ベトナム兵がよく使う戦術は、まず通信ケーブルを切断し、その地点の近くで待ち伏せするか、地雷を敷設するというものだ。妻が犠牲になったその日、両軍の師団同士が戦端を開き、戦闘状態に突入した。そのとき、重要な通信ケーブルの一本が切断された。先遣隊の三名が修復任務を命じられ、切断地点へと急行したが、そのあと連絡を絶った。そこで妻は四名の通信兵を連れ、みずから通信ケーブルの調査に赴いた。だが、切断地点付近の竹林の中で奇襲に遭い、銃撃された。切断地点の周囲は、敵軍によってそこだけ竹林が切り倒され、小さな空き地になっていた。妻たちが空き地に入ると、竹林で待ち伏せていた敵の攻撃にさらされ、最初の銃撃で三名の通信兵が殺された。ただ、その場所が戦線のこちら側にあったため、銃撃してきたベトナム兵たちもそれ以上は長居せず、すぐに撤退した。そのため、妻と生き残った女性通信兵ひとりとで、地雷を避けながら切断地点に近づいた。女性兵士が切断箇所二箇所の片方に歩み寄ったとき、ケーブルに長さ三センチほどの小さな竹が縛りつけてあるのに気づいた。彼女がケーブルを持ち上げ、竹を外そうとしたその瞬間、それが爆発し、女性兵士は変わり果てた姿になった……。妻がケーブルを修復しはじめたとき、近くでブンブンという音がした。顔を上げると、ベトナム軍が残していった小さな紙箱から蜂の大群が飛び出し、まっすぐ飛んでくるところだった。何箇所も刺されたが、妻は迷彩服で頭を隠し、竹林を走って逃げた。それでも蜂はぴったりついてきて刺しつづける。しかたなく池の中に飛び込み、水中に潜って難を逃れた。三十秒ごとに水面に浮き上がって呼吸することをくりかえしたが、その間、蜂たちはずっと頭上で旋回しつづけていた。妻は焦った。戦闘が激しさを増している前線では、一分間でも通信が中断されたら、味方の損害は甚大なものになりかねない。意を決して、身の安全をかえりみず池から這い上がり、蜂に追われながら切断地点まで引き返すと、ケーブルの修復を終えた。妻は無数の蜂に刺されていて、味方のパトロール隊に発見されたときはすでに意識不明だった。一週間後、妻は蜂の毒がまわって息をひきとった。全身の皮膚は真っ黒に変色し、化膿してただれ、顔は目鼻が判別できないほど腫れ上がっていた。死に至るまでの痛みは想像を絶する。当時五歳だった林雲《リン・ユン》は、昆明の病院で母親の最期を看取った。……それから一年間、あの子はひとこともしゃべらなかった。そしてまた口を開いたときには、もう言葉を自由に操れなくなっていた」

林《リン》将軍の話はぼくの心を揺さぶるものだった。その苦痛と犠牲は自分のことのようにさえ感じられる。馴染み深い感情だと言ってもよい。将軍は言葉をつづけた。

「こういう体験から受ける影響は、子どもによって違う。戦争とそれに関する一切を生涯ずっと嫌悪するようになる子もいれば、逆に戦争に深い関心を抱き、とり憑かれてしまう子もいる。不幸なことに、わたしの娘は後者だった」

「林雲は兵器、とりわけ新概念の兵器に夢中のようですが、それも関係があるのでしょうか？」とおそるおそる質問してみた。

将軍は答えない。いったいなぜ彼がこんなことを打ち明けたのか、ぼくにはさっぱりわからなかった。将軍はそんなぼくの気持ちを察したように言った。

「研究に携わる者なら、きみにもわかるだろう。研究対象に夢中になるのは、しごくノーマルなことだ。だが、兵器の研究には特殊な面がある。研究者が度を越して兵器にのめりこむと、その研究には危険な要素が混じる。研究が成功すれば、巨大な破壊力を備えた兵器ができるかもしれない。球電のような兵器の場合はとくにそうだ。林雲《リン・ユン》のように兵器に夢中になっている場合や、同じく彼女のように目的のためなら手段を選ばない性格の場合、危険はよりはっきりしたかたちとなって現れる……言いたいことがわかるかな？」

ぼくはうなずいた。

「理解しています。林将軍、実は江《ジャン》大佐からも同じような話を聞きました」

「ほう、そうなのか？」

将軍が液体地雷のことを知っているかわからなかったので、そのことにはあえて触れなかった。このようすでは、どうやら将軍は知らないらしい。

「江星辰《ジャン・シンチェン》は、この件に関してはそれほど大きな役割は期待できないだろう。彼と林雲は仕事上の距離が遠すぎる。それに――」

将軍は沈黙していたが、結局、意味深長なひとことを絞りだした。

「彼はわたしが林雲のために選んだ男だからね」

「じゃあぼくは、なにをすればいいのでしょう?」

「陳《チェン》博士、球電兵器の研究開発を進めるあいだ、どうか林雲を見守っていてくれ。なにか想定外のことが起こらないように」

ぼくは数秒ほど考えてうなずいた。

「わかりました。ベストをつくします」

「ありがとう」そう言うと将軍はデスクまで行って鉛筆をとり、紙に電話番号を書いてぼくにさしだした。「なにかあったら直接わたしに連絡してくれ。博士、頼んだよ。娘のことはよくわかっている。だから、ほんとうに心配なんだ」

将軍の最後の言葉には真剣そのものの響きがあった。

天網

ぼくと林雲《リン・ユン》は、また雷兵器研究基地に戻ってきた。歩哨に身分証明書を見せるため、基地の正門で数秒間停車した。半年前の初春の黄昏時、球電を兵器にする計画のことを林雲がはじめて打ち明けたのも、やはりこの場所だった。いまのぼくは、あのときとはまったくべつの人間になっている。それを思うと、ほんとうに感慨深かった。

ぼくたちはまた許《シュー・》文誠《ウェンチェン》准将に会った。准将は基地の存続を許されたばかりか、新たな研究プロジェクトまでも獲得できたと知ると、ことのほか喜んでくれた。だが、新プロジェクトの詳細を告げると、またもや渋い表情を浮かべた。

「まずすべきことは、いまある設備で球電を発見し、上層部に兵器としての潜在力を知らしめることだと思います」と林雲が言った。

「球電の威力に関しては、上層部はとっくにわかっているはずだ。知っているか？　中国でいちばん重要な場所が、かつて球電に襲われたことを」准将は含みのある笑みを浮かべた。

ぼくも林雲も驚いて顔を見合わせた。林雲がその場所をたずねた。

「釣魚台国賓館《ちょうぎょだい》（北京にある迎賓館）だ」

ここ何年ものあいだ、明朝末から清朝初期までさかのぼって、ぼくは国内外の球電の目撃例を大量に収集してきた。そのため、球電の発生事例はほぼすべて把握しているとうぬぼれていたが、許准将《シュー》の話は初耳だった。

「一九八二年八月十六日のことだ。釣魚台国賓館の敷地の二箇所に球電が同時に落下した。どちらも大木から転がり落ちてきたという。一箇所は迎賓館の東の塀のあたり。警備兵ひとりがその場にばったり倒れた。その兵士は、落雷した大木から二、三メートル離れたところにある、高さ二メートルちょっとの警備室の前に立っていた。球電が落ちた瞬間、この兵士は火の玉が近くに来たことしか感じなかったが、すぐに目の前が真っ暗になり、ばったり倒れてしまった。目覚めると、耳が聞こえなくなっていたが、それ以外、どこにも外傷はなかった。ただし——警備室のコンクリート造りの軒先部分と煉瓦の壁にいくつか穴が空き、室内の電球は破裂し、電灯のスイッチは壊れ、電話線が切れていた。

球電が落下したもう一箇所は、迎賓館の庭園の南東部だ。警備室から約百メートルの地点で、そこでもやはり木から球電が落ちてきた。その木から二メートル離れたところに木造の倉庫があり、その倉庫を囲むように、三本の背の高い槐《えんじゅ》の大木が立っていた。球電は東側の大木から転がり落ちてきて、倉庫の中に進入した。そのとき、窓ガラスに二つ穴が空いたようだ。球電は木造倉庫の東側の壁と南東の一角を焼き焦がしたうえ、壁に掛けてあった自転車のタイヤチューブを燃やし、電源スイッチのプラスチック板を溶かし、電灯のケーブルを焼き切った……」

「どうしてそんなにくわしいのですか？」林雲《リン・ユン》がたずねた。

「事件後、専門家として現場調査を担当し、防護措置も提案したからだよ。当時のわたしの提案は、ファラデーケージにすること――つまり、建築物のドアと窓にアースした金属メッシュを設置すること――と、壁面の不要な穴をふさぐこと、煙突と排気口にはかならずアースしたワイヤーメッシュを張ることだった」

「そういう対策って、効果があるんですか？」

許《シュー》准将はかぶりを振った。

「球電が通り抜けた窓には、もともと金属メッシュがとりつけてあったが、それには八つも穴が開いていた。しかしその時点では、ごく当たり前の防雷措置を提案するしかなかった。もし球電がほんとうに実戦に使えたら、まちがいなくとてつもない威力の兵器になるだろう。海外の球電研究の現状は知っているが、きみたちの説はそれらとくらべても理にかなっているとは思う。だが、研究をもう一歩先に進めるとなると……」准将はまた首を振った。「雷は自然界でもっとも制御がむずかしいとされている。球電は言わずもがなだ。たしかに球電にはおそろしい破壊力があるが、幽霊のような不可思議さも兼ね備えている。その巨大なエネルギーが、いつ、なんに対して放出されるのかすら、いまだに解明されていない。したがって、球電の制御は、口で言うほど簡単ではない」

「一歩ずつ進んでいくしかないでしょうね」林雲が言った。

「そうだ。その方法でもしほんとうに球電を見つけ出すことができたら、科学的に大きな発見になることはまちがいない。われわれの基地も、大きな成果を挙げたことになるだろう。ただ、どうしても安全面の不安が残る。こんな方法はどうかな。アーク放電発生装置を車に搭載して、アーク放電しながら平原を走らせる。こうすれば、広範囲をアーク放電で走査できるんじゃないか」

林雲は首を振った。

「その方法はわたしたちも考えました。船でアークをひっぱりながら海面を移動する方法も。しかし、それらの方法を実際に採用することは不可能です」

許准将も少し考えてうなずいた。

「そうだな。地面も海面も電気の導体だから、その誘起効果のせいでアーク放電が長く伸びない」

「固定翼機を使用することも考えました。固定翼機なら、事故が発生したとしても、パラシュートでの脱出がヘリコプターより容易ですから。ですが、やはり不可能ですね。固定翼機だと速度が速すぎて、アークが風に吹き飛ばされてしまう。結局、可能なかぎりの防護措置をとるしかないでしょう。たとえば、本番の実験の前に、緊急時のパラシュート脱出をヘリコプターのパイロットにくりかえし訓練させるとか。あるいは、海軍航空兵がいま導入しようとしているヘリコプター用の緊急射出装置を使うとか。これは戦闘機の射出装置と似ていますが、垂直ではなく水平に座席が射出されます。すでに数機分、総装備部から調達してあります」

許《シュー》准将は首を振りながら言った。

「そんな措置は実質的な意味を持たない。やはり冒険であることにかわりはないよ」

「たしかにそのとおりかもしれませんが、現在は全軍が二級戦争準備状態（国家が直接的に軍事的脅威にさらされている際に軍部が戦争に備える状態）にあります。この状況下では、われわれも安全面にそれほど固執すべきではないと思われます」と林雲《リン・ユン》が反論した。

この言葉はぼくにとっては驚きだった。しかし、許准将は林雲の意見を黙認した。許准将はやっぱりお人好しのじいさんで、林雲の勝手なやり口に打つ手がないのだろう。それに、現状に鑑みれば、たしかに軍人が危険をおかそうとするのもいたしかたないところかもしれない。

＊＊＊

現在、基地には国産のWZ－9攻撃ヘリが二機配備されている。正式に実験をはじめる前に、二名のパイロットが一週間のパラシュート訓練を受けた。パイロットの片方が墜落時の模擬飛行を担当し、もう片方が後部ドアから脱出するというものだ。二人はさらに緊急射出装置も試した。これは操縦席にとりつける小型ロケットとも言える。装置が起動すると、ヘリコプターから白い煙が立ち上り、まるでなにかが命中したように見えた。パイロットは後部ドアから小石のように投げ飛ばされ、遠くまで飛んでからパラシュートを開く。見ているほうがはらはらする訓練だった。

休憩中に一度、パイロットのひとりが林雲に質問してきた。

「少佐、わたしたちはなにかに撃墜されるんですか？　王《ワン》大尉みたいな目に遭うのなら、こんな演習をしても意味がないのでは――」

「今度の稲妻の強度はもっと弱いの。だから、もしまんいち機体に命中してもあれほど大きな破壊力はないはず。本番の実験は高度五千メートル以上で実施するから、時間的な余裕もじゅうぶんあるし、問題なくパラシュートで脱出できる」

もうひとりのパイロットも質問した。

「わたしが僚機に向かって稲妻を発射すると聞いたんですが、そうなんですか？」

「そのとおり。でも、稲妻の強度は、以前、超伝導電池から余剰電力を抜いたときと同程度」

「ということは、この兵器を将来的に空戦で使用する計画なんですか？　射程がたった百メートルしかない兵器を？」

「もちろん違う。あなたたちのヘリコプター二機は空中でアーク放電しながら飛行するだけ。アークは一種の網みたいなもので、空中に存在するかもしれないなんらかの構造物を捕捉するか、あるいはそれに刺激を与える。もしなんらかの構造物を発見できたら、そのときはその構造物が最高の兵器になるかもしれない。威力抜群のね」

「少佐、どんどん怪しげな話になっていませんか？　実を言うと、もうほとんど信用できなくなっています。こんな実験はとっとと終わらせて、部隊に戻りたいんです」

パイロットたちが王松林《ワン・ソンリン》大尉の名に触れたときは、激しく胸を締めつけられる気がした。王《ワン》大尉は、人工的に帯電した雲がつくる雷に撃たれて死亡した。もしも自分がこんな危険なフライトを命じられたら、いったいどんな気分になるだろう。きっと恐怖で心が押しつぶされてしまうだろう。そして、もしぼくが林雲《リン・ユン》の立場だったら、彼らとこんなふうに冷静に話をするなんて不可能だ。しかし、いま目の前にいる若者たちに、動じるようすはまったくない。まるで郊外へドライブに出かける相談でもしているみたいな態度だった。

一回めの実験の日が来た。天候は上々だった。夜明けの地表にはほとんど風もない。プロジェクトのメンバー全員が現場に集まっていたが、エンジニア、作業員、地上業務員をすべて合わせても二十数名で、それほど多くはなかった。ヘリコプターの離陸地点からそう遠くないところに救急車が一台駐まっている。救急救命士の純白の制服が、夜明けの光を浴びて朝露のようにまばゆく輝いていた。こんな光景を前にすると、妙な気分だった。草の上に置かれた二台の担架に、そこはかとない恐れを感じる。しかも、信じられないことに、このあとその担架で運ばれていくかもしれない人間が担架のかたわらに立ち、いまさっき知り合った美人看護師と楽しげに談笑している。劣等感がまた頭をもたげた。それもこれも、思い起こせば、ぼくの未来を決定したあの雷雨の夜のせいだ。あの夜から、ぼくの中で死への恐怖が尋常ではないほど大きく深くなってしまったのだ。

林雲は黄色の作業用つなぎを持ってきて、パイロットに着せた。

「市の電気供給局から借りてきた高圧線作業用の防護服。ファラデーケージの原理を利用して外部の電界を遮断するから、稲妻に対しても一定の防護効果があるはず」

パイロットのひとりが防護服を受けとりながら林雲《リン・ユン》に笑顔を向けた。

「少佐、心配しないでください。こんなちっぽけなアーク放電がスティンガーミサイルより怖いなんてありえませんから」

林雲は実験の流れを二人に説明した。

「最初に高度五千メートルまで上昇して。次に、両機が安全距離ぎりぎりのところまで接近する。限界まで近づいたら、アーク放電を開始する。そこから両機の距離をじょじょに広げて、アーク放電が届くぎりぎりまで離れたら、その距離を保ったまま前進して。飛行速度は地表からの指揮にしたがうこと。とくに注意を要するのは、アークが途中で消えてしまった場合。そうなったら最速でおたがいから離れて、同時にアーク放電も停止すること。アーク放電を再開しようとは絶対しないで。長距離でそんなことをしたら、稲妻が機体を直撃する可能性がある。それだけは忘れないで。でないと、二人とも烈士に名を連ねることになる」

計画では、二機のヘリコプターが予定高度まで上昇したのち、追い風を受けて飛行をつづけ、相対的気流速度を最小まで減らす。そののちアーク放電を開始し、そのまま追い風で飛行をつづける。次にアーク放電を停止。このフローを何度もくりかえすことになっていた。

実験がはじまると、二機のヘリコプターはすぐに予定の高度まで上昇した。地上から双眼鏡を使ってやっとシルエットが確認できるくらいの距離だった。二機は、追い風を受けて飛行しながら、少しずつたがいに接近していった。地上からだと、旋回する二つのメインローターの先端がほとんど接触しかけているように見える。それから、鮮烈に輝くアークが二機のあいだに出現した。アークが発するパチパチという音まではっきり聞こえる。

やがて二機はじょじょに離れはじめ、それとともにアークも長く伸びていく。最初のうち、アークは一直線だったが、距離が開くにつれて揺れ幅がだんだん大きくなり、二機の距離が限界まで離れるころには、風に舞い踊る薄絹のように見えた。両端の束縛から離れて、いまにも大空へ飛んでいきそうだ。この時点で、太陽はまだ地平線の下にあった。白々と明けはじめた朝がたの青空を背景に、ヘリコプター二機の黒いシルエットが移動していく——そんな光景の中で、青紫色に輝くアークは現実味がなく、銀幕に映し出されたフィルムのひっかき傷のようだった。

そのときとつぜん、さむけに襲われた。胃のあたりがぎゅっと締めつけられ、全身の震えが止まらなくなり、双眼鏡を目から離した。肉眼だと、アークは上空に輝く青い光の点にしか見えない。すぐ近くにある明けの明星のようだ。

もういちど双眼鏡を覗くと、二機のヘリはすでに放電の限界距離まで離れ、百メートル近く伸びた揺れ動くアークをともなって前方へ飛行しているところだった。二機の速度はひどく遅い。地平線の下にある朝陽に照らされた薄雲がそばにかかっているが、その雲を基準にすることで二機が移動しているのがかろうじてわかるくらいの速度だった。東に向かって飛ぶ二機は、朝の光を浴び、オレンジ色の二つの点になっていた。空が明るくなるにつれて、アーク放電の光はいくらか弱くなっているように見えた。

それを見て、ぼくは安堵の息を吐き出した。が、そのとき、近くで双眼鏡を覗いている人々のあいだから驚き叫ぶ声が上がった。あわててまた双眼鏡を覗いたとたん、衝撃的な光景が目に入った。放電を受けとる側の機体の側面で、アークが二股に分かれている。大きなほうのアークはあいかわらず電極につながっているが、分かれたほうは電極から離れてゆらゆら動きながら、機体に沿って細い後尾のほうへと伸びていく。あたかもそれは、尾部をまさぐる細い腕のようだった。三、四秒それがつづいたあと、すべてのアークがいっぺんに消えた。

一見したところ、べつだんおそろしい光景ではなかった。ヘリコプターに重大な災厄を引き起こしたようにはとても見えない。しかし、その考えはまちがっていた。アークが消えた直後、ヘリのテールローターに光が閃いた。その光はすぐに消えたが、今度はそこから白い煙が立ち昇った。そしてすぐに機体が回転しはじめた。回転速度がどんどん速くなる。あとで知ったことだが、アークが制御回線を焼き切り、テールローターの回転を止めてしまったということだった。ヘリのテールローターは、メインローターが発生させるトルクを打ち消すためのものだ。もしテールローターが回転しなくなれば、機体はメインローターの回転と逆方向に回転してしまう。実際、双眼鏡の中でも機体が回転し、回転速度が速くなるにつれてヘリが揚力を失い、揺れながら落下しはじめるのが見えた。

「脱出しろ！」許《シュー》准将が無線機に向かって大声で叫ぶ。

数秒後、パイロットはテールローターの再起動に成功したらしい。機体の回転はゆっくりになり、落下速度も落ちてきた。やがて機体は、空中でなにかにひっかかったみたいに静止した。だが、それも一瞬のことだった。次の瞬間にはまたぜんまい仕掛けのおもちゃみたいにくるくるまわりながら落下しはじめた。

「早く脱出しろ！」許准将がまた大声をあげた。

落ちてゆく途中で機体はまた回転を止め、落下速度を下げ、また空中で静止することに成功した。だが、やはりそれも束の間で、また回転と落下をはじめ……何度かそれをくりかえすうち、パラシュートを安全に使用できる限界よりも高度が下がってしまった。こうなれば、地面にぶつかる瞬間が周期的に訪れる静止のタイミングとうまく一致することを祈るしかない。やがてヘリコプターははるか東のほうの林に墜落した。その瞬間、機体の落下スピードが少し減速したように見えた。それでも、通常の着陸時の速度にくらべるとかなり速い。ぼくはなすすべもなく、凍りついたようにただじっとそちらの方角を恐怖の目で見つめた。しかし、林のほうからは煙も炎も上がらない。ということは、最悪の事態は免れたらしい。

　地上のスタッフが車で墜落現場に急行したときには、もう一機のヘリがすでに近くに着陸していた。墜落地点は果樹園のど真ん中で、機体は斜めに傾いていた。機体の下では果樹が何本も倒れ、周囲の幹はローターのブレードできれいに切断されている。操縦席のガラスも砕け散っていたが、機体にはさほど大きな損傷がなさそうに見える。操縦していた中尉は腕の出血を反対の手で押さえ、果樹にもたれて地面に立っていた。看護スタッフや担架を運んできた作業員をいらだたしげに押しのけようとしているが、林雲《リン・ユン》の顔を見ると、負傷していないほうの手で彼女に向かって親指を立てて見せた。

「少佐、あんたの雷兵器がついに戦果を挙げたぞ！　ヘリを撃墜した！」

「なぜ脱出しなかった？」あとから到着した許《シュー》准将が血相を変えて詰問した。

「准将、いつ機体を捨てるかに関しては、われわれ陸軍航空兵には航空兵のルールがあります」

ひとつ気になったことがあり、基地に戻る車の中で林雲に直接たずねてみた。

「今回の実験では、きみが地上の指揮官だ。しかし、実際に緊急脱出を命じたのは許准将だった」

「パイロットの腕しだいでヘリコプターを救える可能性も高かったから」林雲の声はいたって冷静だった。

「助かる確率はせいぜい五〇パーセントだろう。助からなかったらどうした？」

「そうなったら、この実験はかなり長い期間、中断を余儀なくされたでしょうね。運が悪ければプロジェクト自体が中止に追い込まれる」

また胃を締めつけられるような感覚に襲われた。

「きみが攻撃部隊の指揮を執ったとして、もし進撃方向に地雷原が存在したら、兵士たちに歩いてそこを越えろと命令するのか？」

「新しい軍規によれば、女性士官は前線の戦闘指揮をとることができない」

いつものように、林雲はぼくの質問をはぐらかした。自分でもそれがそっけなさすぎたと思ったのか、埋め合わせのようにこうつけ加えた。

「軍には軍の行動様式があるの。一般人の行動様式とはちょっと違うかもしれないけど」

「じゃあ、許准将は軍に属していないのか？」

「もちろん軍の所属よ」林雲《リン・ユン》は淡々と言った。だが、その口調には、わずかながら許《シュー》准将を侮蔑する響きがあった。もっとも実際には、研究基地のほかのリーダーたちのことも、彼女は同じように見下している。

その日の午後、応急修理を終えたヘリコプターは墜落地点を飛び立ち、基地へと帰還した。

＊＊＊

「安全を確保する効果的な手段が講じられるまで、実験は停止するほかない！」その日の夜、基地で開かれた会議の席上、許准将は断固たる決意を込めた口調で言った。

「あと二、三回飛んだら、アークの動きについてパターンを把握できるかもしれません。そうすれば、アークが機体に触れないような飛行方法を考え出すことも可能です」負傷したパイロットが包帯を巻いた腕を振ってそう訴えた。動作と表情から、腕にまだ痛みがあることがわかる。だが彼は、三角巾で腕を吊ることもせず、あえて大きく腕を動かしている。腕の負傷は軽く、ヘリの操縦が可能だと示したいのだろう。

「二度とこんな事故を起こすわけにはいきません」と林雲が言った。「信頼性の高い安全対策が必要です」

「ひとつだけ言わせてください」もうひとりのパイロットが発言した。「われわれは、みなさんのために危険を冒そうとしているわけではありません。自分たちのためです。陸軍航空兵がいまほど新兵器を必要としているときはありません！」

「実験を停止する理由を誤解しているようですね」林雲が言った。「わたしたちが実験を停止するのは、プロジェクトの未来を考えてのこと。王松林《ワン・ソンリン》大尉のときのような重大な墜落事故があと一度でも起きれば、このプロジェクトは命運を絶たれる」

「みんなで頭を働かせて、実行可能性の高い安全措置を考え出してくれ」と許准将が言った。

「遠隔操縦の無人機を使って実験するのはどうですか？」あるエンジニアが提案した。

「いまのところ、滞空もしくは低速飛行が可能で、なおかつ重い設備を載せて遠隔操縦できる無人機は、北京航空航天大学（北京市海淀区にある国家重点大学）で研究開発されたヘリウム飛行船だけでしょう」パイロットのひとりが言った。「しかし、飛行船を遠隔操縦しながら放電の照準まで正確に合わせられるかどうかは保証できません」

「それに、もし可能だったとしても、死亡事故のリスクが回避できるというだけのことで、実験の役には立たない」林雲が言った。「稲妻の被害に遭うリスクは変わらないから」

ぼくはそのとき、ふとあることを思い出した。

「修士課程のときの指導教官が、一時期ですが、避雷用塗料の研究開発に携わっていたことがあります。その塗料は高圧線上で使用するものでした。ただ、人伝てに聞いただけなので、詳細はよく知らないんですが」

「その指導教官というのは張《ジャン》彬《ビン》かね？」許《シュー》准将がたずねた。

ぼくはうなずいた。「張《ジャン》先生をごぞんじなんですか？」

「わたしもかつて張先生の指導を受けたことがある。当時、先生はまだ講師だったし、きみの大学に移る前のことだが」許准将の顔に一瞬、悲しげな表情が浮かんだ。「じつは、つい数日前、張先生に電話したんだ。ほんとうは見舞いに行くつもりだったが、どうしても時間がとれなくてね。先生はたぶんもう長くない。病気のことはきみも知っているだろう」

ぼくはまたうなずいた。

「彼は研究に対する態度がきわめて厳格で、人生を捧げてひたすら勤勉に……」

「そんなことより、その避雷用塗料の話に戻りましょう！」林雲《リン・ユン》が許准将の話を途中でさえぎり、じれったげに言った。

「その発明のことは知っている。当時、わたしも評価会議に出席していたからね。あの塗料の避雷効果は抜群に高かった」

「問題は、その塗料がアースを必要とするかどうかです。もしアースが必要なら役に立ちません」前々から思っていたことだが、林雲は技術に対するセンスがずば抜けている。避雷用塗料のほとんどはたしかにアースを必要とするが、専門家でないかぎり、ふつう、そくざにそこが問題になるとは考えつかない。

許准将は頭を撫でながら考え込んだ。

「ううむ……ずいぶんむかしのことだから、はっきり思い出せないな。具体的なことは発明した本人に訊いてみるしかないだろう」

林雲は電話の受話器をとってぼくのほうに突き出した。

「早く電話して訊いてみて。もし使えそうなら、その先生に北京まで来てもらえばいい。できるだけ早くその塗料をつくらなきゃいけないんだから！」

「先生はがんを患ってるんだよ」ぼくは林雲に困惑の目を向けた。

「ひとまずたずねてみたらいいじゃないか。そのくらいなら問題ないだろう」許准将も言った。

ぼくは林雲から受話器を受けとった。

「張先生が自宅にいるのか、入院しているのかもわからないのに……」

そうつぶやきながらアドレス帳をとりだした。最初のページに先生の自宅の電話番号が書いてある。電話をかけてみると、回線がつながり、受話器から弱々しい声が聞こえてきた。

「もしもし。どなたですか?」

ぼくが名前を告げると、遠くから伝わってくるようだった小さな声がにわかに熱を帯び、力強く弾んだ口調になった。

「おう、きみか。元気だったか? いまどこでなにをしている?」

「張《ジャン》教授、ぼくはいま国防プロジェクトに参加しています。ところでお体のほうは――」

「ということは、なにか進展があったのかね?」先生はぼくの質問には答えず、単刀直入にたずねてきた。

「電話で話すのはむずかしいですね。それで、お体の具合は?」

「日々悪くなっているよ。趙雨《ジャオ・ユー》が見舞いにきてくれたから、たぶん彼から聞いていると思うが」

「はい。治療の進展は――」

まだ話している最中だというのに、林雲《リン・ユン》がじれったげに、「そんなことより塗料の――」と横から小声で口をはさんできた。ぼくは受話器の送話口を手で押さえて、「黙って！」と林雲を叱りつけた。受話器をまた耳にあてると、張　彬《ジャン・ビン》の声が話していた。

「……研究資料をもうワンセットまとめて、きみに送ろうとしていたところでね」

「先生、それとはべつに、ひとつおうかがいしたいことがあるんです。先生が研究開発したあの高圧線用避雷塗料ですが――」

「ああ、あれか。経済的に価値がないとわかって、とうの昔に棚上げになった過去の遺物だ。あれのなにが知りたい？」

「あの塗料はアースが必要ですか？」

「いや、必要ない。塗料そのものが避雷効果を発揮する」

「あの塗料を飛行機に使いたいんですが」

「たぶんむずかしいだろうね。塗装がかなり分厚くなるから、機体表面に求められる航空力学的基準を満たさないだろう。それに機体の表面は、高圧線とはまったく材質が違う。あの塗料を使うと、長期的には腐食作用を引き起こすおそれがある」

「いま言われた点はどれも問題ありません。その塗料が飛行機にも避雷効果を与えられるか、それだけが知りたいんです」

「その点はだいじょうぶだ。まちがいなく避雷効果がある。塗装を一定以上の厚さにすれば、雷雲の中も安全に飛行できるよ。実際、飛行機じゃないが、そういう用途で使われた実績もある。かつて、うちの大学の大気電気学研究室で気象観測用の気球を使って雷雲の構造を探査するプロジェクトがあった。しかし、なんど試しても、ラジオゾンデを吊るした気球が雷雲に入ると、たちまち落雷で破壊されてしまう。なんとかできないかと、わたしの研究室を訪ねてきた。それで、ラジオゾンデと気球にあの避雷塗料を塗ってみた。その後、雷雲への進入と回収を何十回も実施したが、雷撃の被害に遭うことは一度もなかった。あの避雷塗料の唯一の実用例だよ」

「すばらしい！　その塗料は、まだ残っていたりしますか？」

「残っているとも。いまは大気電気学研究室の倉庫に保管されているが、まだ使えるはずだ。小型飛行機一機分くらいなら間に合うだろう。倉庫の管理人は、密封したドラム缶が場所をとるといって何度も捨てようとしたが、わたしが許さなかった。もしほんとうに役立つのなら、ぜんぶ持っていってくれてかまわんよ。資料はわたしのところに一式ぜんぶそろっているから、新たに調合するとしてもそう手間はかからんだろう。ところでひとつ聞かせてほしい……もし都合が悪ければもちろん答えなくてもいいが……これは球電の研究となにか関係があるのか？」

「はい」

「ということは、ほんとうになにか進展があったんだね？」

「張《ジャン》教授、いまはもう、ぼくひとりの研究じゃないんです。おおぜいの人たちがこのプロジェクトに関わっています。進展に関しては、いままさに可能性が見えてきたところです」

「よし、わかった。わたしもすぐに行こう。少なくとも塗料に関しては、なにか役に立つだろう」

ぼくが返答する前に、受話口から洩れる張彬《ジャン・ビン》の話を聞いていた林雲《リン・ユン》が、送話口をすばやく手で覆った。北京に来るという先生の申し出にぼくが反対すると思ったに違いない。林雲はぼくの耳元でささやいた。

「張先生が来てくれるなら、３０１病院（中国人民解放軍総病院）に入院してもらえばいい。治療環境はいまよりずっとよくなる。それに、資料がぜんぶそろっているのなら、張先生がそれほど体力を使う必要もないでしょ」

許《シュー》准将に目を向けると、彼はぼくから受話器を受けとった。張先生とはつねづね連絡をとっていたらしく、余計なあいさつ抜きでいきなり質問した。

「許です。その塗料は全部でどのくらいありますか？ 二トン？ わかりました。先生はご自宅で待っていてください。こちらからお迎えにあがりますから」

＊＊＊

翌日の午後、ぼくと林雲《リン・ユン》は南苑《なんえん》空港（北京にあった軍民共用の空港。二〇一九年に閉鎖された）まで張彬《ジャン・ビン》を迎えにいった。

ぼくらは空港のエプロンで飛行機を待っていた。盛夏の時期だが、豪雨が去ったばかりなので、長くつづいていた猛暑が嘘のように空気はすがすがしく、さわやかだった。緊張と多忙の日々にあって、このときだけは珍しくリラックスした時間が流れていた。

「いっしょに仕事をすればするほど、わたしが嫌いになってきたんじゃない？」林雲がたずねた。

「きみがなんに似てるかわかる？」

「言ってみて」

「きみはまるで、遠くの灯台をめざして夜の大洋を航海する船みたいだ。全世界の中で唯一、点滅する光を放つ灯台だけがきみにとって意味のあるもので、ほかはなにひとつ目に入らない」

「ずいぶん詩的なたとえね。でも、それってあなた自身のことでもある。そう思わない？」

たしかにそのとおりだ。人間はときに、他人の言動に自分の影が見えるのが許せないことがある。こんなとき、ぼくはいつも、大学一年の、深夜の閲覧室での出来事を思い出す。あの美人女子学生は、なにを求めているのかとぼくにたずねた。彼女のまなざしはいまも鮮やかに脳裏に刻まれている。あれは異種属を見るまなざしだった。きっと林雲も、他人から同じような視線で見られてきただろう。……ぼくたち二人はどちらもこの時代と結ばれていない人間であり、おたがい同士とも結ばれていない。ひとつになることはけっしてない。

小型の軍用輸送機が着陸し、張彬と、彼を迎えにいった二人の基地兵士が後部のドアからいっしょに出てきた。張彬は、想像していたよりもずっと元気そうだった。一年前に大学で別れたときよりも元気なくらいだ。末期がんに侵されているなんてまったく見えない。ぼくがそのことを張彬に話すと、彼はこう答えた。

「二日前まではこんなふうじゃなかった。きみの電話を受けてから、病気が半分くらい治ってしまったよ」彼は機体の貨物ベイから下ろした四つの鉄製ドラム缶を指さした。「きみたちが必要としてる塗料だ」

「こちらの見積もりでは、ヘリコプター一機の塗装は一・五缶で間に合うそうです」許准《シュー》将が言った。「これだけあれば、二機を塗装できるでしょう」

車に乗る前、張彬がぼくに言った。

「きみたちの仮説は、許《シュー》准将から聞いたよ。いまはなんとも言えない。だが、わたしの直感によれば、今度こそ、きみもわたしもほんとうに球電と出会えるかもしれない」雨後の晴れ渡った大空を仰ぎながら、先生は長いため息をついた。「もしそうならどんなにいいだろうか」

＊＊＊

基地に戻ってから、いくつかの簡単な予備実験を夜を徹して行った結果、張《ジャン》先生の塗料が稲妻に対してじゅうぶんな避雷効果を持つことが判明した。その後わずか二時間ほどで二機のヘリコプターにこの黒い塗料を塗り終えた。

翌日の夜明け前、二回めの飛行放電実験が実施された。離陸前、腕に包帯を巻いたパイロットに向かって張彬《ジャン・ビン》は言った。

「安心してくれ、青年。ぜったい安全だからな！」

すべては順調に進んだ。二機のヘリコプターは高度五千メートルで放電し、アークとともに十分間の飛行をつつがなく終えると、人々の拍手に迎えられて着陸した。

今回の飛行で、アーク放電がカバーした空間は３１４１基地のときの百倍にもおよぶが、それでもこれから走査する広大な空域にくらべれば、まだゼロにひとしい。

ぼくは張彬に、次の大規模走査は二日後に行いますと告げた。

「そのときはかならず呼んでくれよ！」と張彬は言った。

張彬を乗せた車を見送りながら、いままで感じたことのない虚脱感を抱いた。ローターがまだ完全に停止していないヘリコプター二機を前に、ぼくはかたわらの林雲《リン・ユン》に話しかけた。

「自然を向こうにまわして、ぼくらはもう賭け金をベットしてしまった。あり金残らず失うことになるのかな？　この網で空中のなにかを励起できるなんて、ほんとに信じてる？」

「あれこれ考えすぎないこと。とにかく、結果を待ちましょう」

球電

二日後の夜、一回めの走査がスタートした。空中で横並びに飛行する二機のヘリの片方にぼくと張彬《ジャン・ビン》が、もう片方に林雲《リン・ユン》が乗った。天候はすこぶる良好、夜空には星の海がきらめき、首都のネオンが遠い地平線に見え隠れしている。

二機のヘリがゆっくりたがいに近づいていく。最初のうち、林雲が乗るヘリは航空灯でしか判別できなかったが、距離が縮まるにつれ、夜空をバックに、その輪郭が浮かび上がってきた。航空灯に照らされた機体番号と『八一』のマーク（星の中に漢字で「八一」と書かれた中国人民解放軍の徽章）もはっきり識別できたし、最後は、計器盤の赤いライトに照らされた林雲と相手のパイロットの顔まで鮮明に見えるようになった。

パーンという乾いた爆発音のあとに、向こうのヘリがとつぜん鮮やかなまぶしい青色の光を放ち、こちらの機内もそのブルーの電光に染まった。二機の距離が近く、電極が機体の下方にあるため、アークの一部しか見えない。それでも、射すような青い光は強烈すぎて直視できなかった。アークの光の中、ぼくと林雲はたがいに手を振り合った。

「ゴーグルを装着してください！」パイロットが声を荒らげて指示した。振り向くと、張彬はゴーグルをつけておらず、アークも見ていない。彼はアークの光に照らされた機内の前方を見ていた。その姿はなにかを待つようでもあり、物思いにふけるようでもあった。

ぼくはゴーグルを装着した。すぐにアーク以外はなにも見えなくなった。ヘリの間隔が少しずつ広がるにつれ、アークも長くなっていく。このとき、ゴーグルの中の宇宙はいたってシンプルで、無限の真っ黒な虚空と長く伸びるアークしかなかった。実際、この宇宙こそぼくらの探求の舞台だった。このかたちのない電磁波の宇宙に、物質は存在しない。目に見えない場と波だけ……。その光景は、ぼくの中に最後に残った自信を奪い去った。こうして見ると、この漆黒の宇宙にアーク以外のなにかが存在するなんてとても信じられない。その感覚から逃れるため、ぼくはゴーグルを外し、張彬と同じように視線をできるだけ機内に向けた。電光に照らされた物質世界を見ていると、少しだけ気分がよくなった。

長さ百メートルほどのアークの帯がついに完成した。その帯は二機の編隊とともにしだいに速度を上げ、西へ飛行していく。だしぬけに夜空に現れた長い光の帯が星々を背景にゆっくり移動していくところを地上で見ている人がいたら、いったいなんだと思うだろうか。ぼくはそんなことを考えていた。

三十分ほどのフライト中、パイロットたちが無線電話で短いやりとりをする以外、みんな一様に押し黙っていた。いま、このアークが走査している空間の大きさは、有史以来、人工的な稲妻が走査した空間の数千倍にものぼる。なのに、なにも起こらない。

アークの輝きが少しずつ弱まってきた。超伝導電池の電力がそろそろ尽きようとしている。そのとき、ヘッドフォンから林雲《リン・ユン》の声がした。

「注意。まもなくアークが消失する。二機はたがいに離れて、基地へ帰投して」その声には、ねぎらいの気持ちがこもっていた。

ぼくには、人生の中で、ぜったいにこうだと信じている鉄の法則がある。それは、どんなことであれ、失敗だと予感したら必ず失敗するということだ。もちろん、こういう空中走査は、まだあと一カ月近い時間をかけて行う。だが、その結末はもうほとんど決まっているような予感がしていた。

「張《ジャン》教授、やっぱりまちがいだったかもしれません」ぼくは張《ジャン・》彬《ビン》に言った。フライトのあいだ、張彬は窓の外を見ず、静かに考えごとをしていた。

「いや――」張彬が口を開いた。「わたしはいま、きみたちの仮説が正しいと、これまで以上に強く思っているよ」

ぼくは軽くため息をついた。

「このあとまだひと月ほど調査をしますが、もうなんの希望も持てていません」

「ひと月も必要ない」張彬はぼくを見ながら言った。「わたしの直感では、今夜にも出現するだろう。基地に戻って充電したあと、もう一度フライトできるか？」

ぼくはかぶりを振った。

「先生はお休みになられたほうがいい。あしたにしましょう」

「おかしいなあ。出てもいいはずなんだが……」張彬はひとりごとのようにぶつぶつ言った。

「直感なんか頼りになりませんよ」

「いや、三十年やってきて、こういう直感ははじめてだ。信じてくれ！」

このとき、ヘッドフォンからとつぜんパイロットの声がした。

「ターゲット発見！　アーク1から約三分の一のところ！」

ぼくも張彬もすぐに伏せ、おそるおそる舷窓から外を見た。こうして、張彬にとっては三十年ぶり、ぼくにとっては十三年ぶりに、それぞれの人生を決定づけた球電をふたたび目にすることができた。

その球電は赤みを帯びたオレンジ色で、さほど長くない軌跡を残していた。くねくねと変幻自在に動く一本の曲線が夜空を漂っている。その軌跡からして、上空の強風の影響をまったく受けておらず、ぼくらの物質世界とはなんの関係もないように見える。

「注意！　ターゲットと距離をとれ！　危険だ！」林雲《リン・ユン》が叫んだ。彼女の冷静さにはほんとうに脱帽する。このとき、ぼくと張彬《ジャン・ビン》は心ここにあらずの状態で、ほかのことなど考えられなくなっていた。

二機のヘリがそれぞれべつべつの方向に飛行しはじめた。距離が広がると、すぐにアークが消失した。アークの輝きがなくなったことで、球電はさらに鮮明に夜空に浮かび上がった。周囲の薄雲がその光を赤く映し、ミニチュア版の日の出のように見える。ぼくらがはじめて励起したこの球電は、空中でゆっくりと一分間ほど漂い、突如として消えた。

基地に戻ると、すぐに超伝導電池を充電し、それからまた離陸した。今回のフライトでは、十五分ほど経過したところで二つめの球電が生成された。その五十分後には三つめ。この三つめの球電は変わった色合いで、不思議な紫色をしていた。出現時間もかなり長く、六分間はあっただろう。そのおかげで、ぼくも張彬も、おぼろげな幻が現実へと変わっていく感覚を味わうことができた。

基地に戻ったときには、もう夜になっていた。ぼくと張彬と林雲は基地の芝生に立っていた。ヘリのローターが完全に止まり、四方から聞こえてくる夏虫の声が夜の静けさをいっそう際立たせる。夏の夜空に輝く星々は、ぼくら三人のためだけに全宇宙が灯してくれる無数の明かりのようだった。

「ようやくあの酒が飲めたぞ！　もうこれでいつ人生が終わってもいい！」張彬が言った。

林雲はけげんな表情を浮かべたが、ぼくはすぐに、張彬が前に話してくれたロシアの領主の物語のことだと思い当たった。「しかしいまは、大気物理学が球電の研究から脱落する段階だ。われわれ応用科学の人間では、もう役に立たない。きみたちは本物の超人《スーパーマン》を呼んでこなければならないね」

雷球《サンダーボール》

　はじめての球電励起実験が成功してから、ぼくはこれまでにない喜びに浸っていた。新しい人生がはじまったみたいに、目の前の世界が新鮮で美しいものに変わった。しかし、許《シュー》准将と林雲《リン・ユン》の場合は、その興奮にとまどいが水を差していた。彼らの目標からすれば、この成功は、長征の第一歩を踏み出したにすぎない。林雲はかつて、「あなたのゴールこそが、わたしたちのスタートなの」と言ったことがある。この言葉は、ある程度まで事実を言い当てているが、正しいとは言えない。ぼくのゴールは、いまもはるか遠くにあるのだから。

　パイロットたちは球電を語るとき、みんな〝雷球《サンダーボール》〟と呼んだ。ひょっとしたら映画『007』シリーズのタイトルの影響かもしれない（『007／サンダーボール作戦』〔1965年〕のこと。中国語タイトルは《007之雷球》）。従来、国内の雷研究では〝球雷〟と呼ぶことはあったが、研究者が〝雷球〟と呼んだのはこのときがはじめてだろう。〝球状閃電《ボール・ライトニング》〟という以前の呼び名よりシンプルでキャッチーというだけではない。もっと重要なのは、ぼくらの研究が示すとおり、あれを〝閃電《ライトニング》（稲妻）〟と呼ぶのは不正確だということだ。だから、たちまちみんなが〝雷球〟と呼ぶようになった。

最初のブレイクスルーのあと、研究の進展はぴたっと止まってしまった。ぼくらは空中で稲妻を使って、ノンストップで雷球を励起しつづけた。いちばん多いときは、雷球の数は一日に十個を超えた。しかし、それを研究するための手段は乏しかった。さまざまな波長のレーダー、赤外線スキャナー、ソーナー、スペクトラムアナライザーなど、遠隔観測用の機器に頼るしかない。接触して観測することはそもそも不可能だし、雷球に触れた空気を採取することさえ不可能だった。上空では風が強く、接触によって空気がなんらかの影響を受けたとしても、一瞬で吹き散らされてしまう。半月が経過したが、結果として、雷球に対する理解が深まったとはまったく言えなかった。

だが、林雲が失望しているのはまたべつの理由だった。基地で開かれた会議の席上、林雲はぼくに向かって言った。

「球電はあなたが言うほど危険なものではないみたい。殺傷力があるようには見えないけど」

「たしかに」ヘリのパイロットが言った。「あのふわふわした火の玉が兵器になるんですか？」

「人が灰になる瞬間を見るまで納得できないのか？」ぼくはけんか腰で訊き返した。

「まあ、そう言わないで。最終目標は、兵器を製造することなんだから」と林雲《リン・ユン》。

「球電についてなにを疑ってくれてもいいが、殺傷力だけは疑うな。少しでも注意を怠れば、球電はすぐにその願いをかなえてくれるよ！」

許文誠《シュー・ウェンチェン》准将はぼくの意見を支持した。

「いまの業務は、ある意味で危険な傾向にある――安全面が軽視されている。ヘリとターゲットとの距離が規定の五十メートルを下回るケースが何度となくあった。三十メートルまで接近したことさえある！　こんなことはぜったいに許されない！　乗務員――とくにパイロットにはあらためて注意を促しておきたい。今後また規定の接近限界距離よりも近づくことを命じられたら、任務の遂行を拒否するように！」

だれも予想さえしていなかったが、ぼくの不吉な予言は、その日の夜、すぐに現実のものとなった。日中でも夜でも雷球の発生率は変わらないが、夜空のほうが雷球を視認しやすいため、ほとんどの実験が夜間に行われた。この日の夜は六つの雷球が励起された。それより前の五つについても、観測に成功していた。主な観測内容は、雷球の軌跡、輻射の強さ、スペクトルの特徴、消失点の磁場強度などだ。

事故は六つめの雷球に接近して観測する際に起こった。この雷球が励起されたとき、観測ヘリは慎重に近づいて、五十メートル程度の距離を保ちながら、その軌跡に沿って飛行した。ぼくの乗るヘリは、さらに離れて追尾していた。そうやって四分ほど飛行したところで、雷球がとつぜん消えた。が、今回の消失は、いままでと違って軽い爆発音をともなっていた。機内は防音効果が高い。外でこの爆発音を聞いていたら、きっと耳をつんざくほどの轟音だっただろう。

つづいて前方の観測ヘリから白煙が上がるのが見えた。同時に機体はコントロールを失って回転しながら落下しはじめ、すぐに視界から消えてしまった。だが、月の光のもと、白いパラシュートが下方に開くのが見え、ちょっと安心した。ほどなく、大地に炎が出現し、周囲一帯を赤々と照らし出した。深夜の漆黒の大地にあって、じゅうぶんに目を惹く輝きだった。背すじに緊張が走り、胸が苦しくなってきた。無人の山にヘリが墜落したという報告が入ったが、怪我人はいないとのことで、ぼくらは安堵のため息をついた。

基地に戻ると、ショックで気分が高ぶったパイロットが、なにがあったのか思い出すままに報告した。雷球がヘリの前方で爆発し、機内のどこかに稲妻が入り込むとすぐに濃煙が湧き起こり、機体が制御できなくなったということだった。墜落したヘリのブラックボックスは原型をとどめておらず、機体のどの部分が破壊されたのか判断できなかった。

「なにを根拠にこの事故が雷球と関係していると考えたのですか？」事故調査会の席上で、林雲《リン・ユン》はパイロットにたずねた。「たんに雷球の爆発のタイミングと重なっただけで、機体の不具合が原因だったのかもしれません」

パイロットは悪夢から目覚めたばかりのように、林雲を茫然と見つめていた。

「林《リン》少佐、わたしもその考えに賛同したいところですが、これを見てください――」彼は両手を挙げた。「これも偶然のなせる業《わざ》だと？」

よく見ると、指の爪のほとんどが消えていた。右手の親指と左手の中指の爪の上半分だけが、焼け焦げて黒ずんだ状態で残っている。パイロットは飛行靴を脱ぎ、素足の先を見せた。足の爪もすべて消えている！

「雷球が爆発したとき、指先に妙な感じがしたので手袋を外してみると、爪から赤い光が出ていました。その光は一瞬で消えましたが、十枚の爪はすべて白く変色していました。やけどしたのかと思って片手を上げ、息を吹きかけました。するとそのひと吹きで、爪は白い灰になって吹き飛んでしまったんです」

「やけどはしていないの？」林雲は彼の手をつかんでじっくり指先を眺めた。

「信じようが信じまいが、わたしは熱をいっさい感じませんでした。しかも、そのときしていた分厚い手袋と飛行靴はまったく無傷です」

今回の事故で、プロジェクトチームのメンバーは球電の威力をはじめて思い知り、二度と〝ふわふわ〟とは呼ばなくなった。もっとも、全員を震え上がらせたのは、雷球が放出するエネルギーが五十メートル以上離れた物体にも作用するという事実だった。実のところ、ぼくらが集めた一万点にものぼる球電目撃資料に、そうした現象は数多く記載されていた。

ここに来て、研究は袋小路に入り込んだ。これまでに励起した雷球は四十八個にのぼる。しかし、大きな事故を起こしてしまった以上、このままのかたちで実験と観測を継続することは不可能だ。さらに重要な問題は、内心ではみんな、リスクを冒す意味がないと思っていることだった。ぼくたちが怯えているのは雷球の威力に対してではない。雷球が持つ、ほとんど超自然的な不可解さに対してだった。ヘリのパイロットの消えた爪が示すとおり、ふつうの科学的な方法では、雷球の謎を解くことはできない。

ぼくは張彬《ジャン・ビン》の話を思い出していた。

〝わたしもきみも、ただの凡人だ。常人以上の努力で探究をつづけたところで、凡人であることにかわりはない。……基礎理論の枠の中で推論を重ねていくしかない。その枠を外れることはできない。もし外れたら、空気のない真空に足を踏み入れることになる。だが、その枠の中にいるかぎり、わたしたちにはどんな推論もできない〟

総装備部指導部への報告会で、ぼくはこの言葉を引用した。

「球電研究のアプローチを現代物理学の最前線に移すべきです」林雲《リン・ユン》が言った。

「そのとおり」許《シュー》准将が言った。「超人を呼ぶ必要があります」

丁儀《ディン・イー》

総装備部は、球電プロジェクトチームを拡充するための会議を招集した。主な参加者は、軍以外の研究機構の代表者だった。ほとんどは物理の専門家で、国家物理研究院のトップや、著名な高等教育機関の物理学部の学部長もいた。会議の代表者は、それぞれがまとめた候補者リストを提供してくれた。そこには、候補者の専門や研究成果など、簡単なプロフィールが記載されていた。

ぼくと許准将はその資料に目を通したが、これはという候補は見当たらなかった。

「彼らは国内の関連学科でもっとも優秀な学者たちです」物理研究院のトップが言った。

「それはもちろんですが、もっと基礎理論に通じた人材が必要でしてね」許准将が言った。

「基礎理論？　これは稲妻の研究プロジェクトですよね？　基礎理論というのはどのレベルのものですか？　まさかホーキング博士を呼べと言ってるわけじゃないでしょうね」

「ホーキング博士を呼べたら最高です！」林雲が言った。

何人かが顔を見合わせた。物理研究院のトップが、ある大学の物理学部長に向かって言った。「だったら、丁儀《ディン・イー》を呼びましょう」

「その人の専門は、基礎分野ですか？」

「基礎の基礎です」

「学術的な水準は？」

「国内最高です」

「所属は？」

「どこにも所属していません」

「在野のマッドサイエンティストを探しているわけじゃないんですよ」

「丁儀は哲学と量子物理学の博士号を取得しています。数学の修士号もありますが——専門はなんだったかな。ともあれ彼は、大学の主任教授をつとめ、最年少の科学アカデミー会員であり、中性子崩壊に関する国の研究プロジェクトで首席科学者をつとめたこともあります。去年はその研究でノーベル物理学賞にノミネートされていたという噂です。これでも在野のマッドサイエンティストだと？」

「ではなぜどこにも所属していないのですか？」

物理研究院のトップと物理学部長はどちらも鼻を鳴らした。

「それは本人に訊いてください」

＊＊＊

ぼくと林雲《リン・ユン》は海淀区《かいでん》（北京市内の、多くの大学や科学技術系の企業が密集するエリア。大学区とも呼ばれる）の新興住宅地にある丁儀の住まいにやってきた。ドアは細く開いたままだったが、何度ベルを鳴らしてもだれも出てこないので、そのままドアを押し開けて中に入った。３ＬＤＫの広々とした住居の大部分はからっぽで、なんの内装も施されておらず、床と窓台にはＡ４サイズの紙が大量に散乱していた。なにも書かれていない白紙、びっしりと数式が書かれた紙、奇妙な図形が描かれている紙……。鉛筆もあちこちに落ちている。ある部屋にだけは、本棚と一台のコンピュータが置かれていた。本棚の本はまばらだが、散らばった紙の量はいちばん多く、床がほぼ埋めつくされている。床の中央にぽっかり空いたスペースがあり、そこに置かれたリクライニングチェアの上で、丁儀が大いびきをかいて眠っていた。年齢は三十歳はじめ、すらりとした長身、袖なしのＴシャツと短パン姿で、口元から出たよだれが床まで垂れている――。リクライニングチェアの横にはサイドテーブルがあり、その上に大きなパイプが置いてあった。封を切った石林《シーリン》（雲南省曲靖市産の煙草の銘柄）のパックもひとつあり、そのうちの何本かがばらばらにほぐされて、中の刻み煙草がグラスに詰めてある。その作業の途中で眠ってしまったらしい。何度か声をかけてみたが、まるで起きる気配がない。しかたなく、紙の山をかきわけてリクライニングチェアまで歩き、彼を揺り起こした。

「んん？　ああ、けさの電話の」丁　儀《ディン・イー》はよだれをツーッと垂らしながら言った。「本棚にお茶があるから、飲むなら自分で淹れて……」

起き上がったとたん、丁儀は大声でぼくらを怒鳴りつけた。

「計算メモをなんで勝手にいじったんだ？　順番どおりきちんと並べてたのに、ばらばらになってるじゃないか！」

立ち上がると、ぼくたちがかたづけた紙の山をせわしなくまた床に広げて、こちらの退路をふさいでしまった。

「丁《ディン》教授ですか？」林雲《リン・ユン》がたずねた。明らかに、この人物の第一印象に失望している口調だった。

「丁儀だ」丁儀は二脚の折り畳み椅子を開いて、ぼくらに座るよう手で促して、自分はリクライニングチェアにまた腰を下ろした。「来意を聞く前にまず、ぼくがさっき見ていた夢の話をしよう。……いや、聞いてもらうよ。すばらしい夢だったのに、きみらが邪魔したんだからな。夢の中で、ぼくはここに座っていた。手にナイフを持って——こんな長さの、西瓜を切る用のナイフだ。となりにはこのサイドテーブル。ただし、パイプも煙草もなくて、二つの丸いものが置いてあった。このくらいの大きさの球だ。なんだと思う？」

「西瓜ですか？」

「いや、違う。ひとつは陽子、もうひとつは中性子だ。西瓜くらいのサイズの陽子と中性子。ぼくはまず陽子を切った。陽子の電荷がサイドテーブルに流れ出した。ねばねばで、いい香りがした。中性子のほうは、二つに割ると、中からクォークがころころ転がり出た。どれも胡桃ぐらいのサイズで、色とりどりだった。サイドテーブルの上を転がって、いくつかは床に落ちた。白いのをひとつ拾ってみたら、硬かった。でも、力を込めてガリッと噛んでみたら割れた。葡萄みたいに美味しくて……そんなとき、きみたちに起こされた」

林雲は呆れた顔で笑いながら言った。

「なんだか小学生の作文みたいですね、丁教授。陽子、中性子、クォークはどれも量子効果の表れであって、そんなふうに見えるわけがないことはごぞんじだと思いますが――」

丁儀は林雲を数秒間眺めた。

「ああ、たしかにきみの言うとおりだ。ぼくはものごとを単純化しすぎるきらいがあってね。もし陽子と中性子がほんとうにこのくらいの大きさだったら、ぼくの人生はどんなにすばらしかったことか。しかし現実にはそれらはものすごく小さくて、それを二つに割るナイフをつくるには何十億ドルもかかる。だからこれは、貧しい子どもが見る、キャンディを食べる夢みたいなものなんだよ。呆れたりしないでくれ」

「国の新たな科学技術五ヵ年計画に、超大型加速器と衝突型加速器が入っていないと聞いたことがあります」とぼくは言った。

「人材と資源を無駄に浪費するものだとだれも彼もが言ってるからね。だからぼくら物理学者はジュネーヴ（原注　欧州原子核研究機構の所在地）で物乞いをするしかないのさ。頭を下げて頼み込んで、ほんのちょっとだけ実験時間の施しをもらう」

「ですが先生は、中性子崩壊の研究で成功されたのでは？　惜しくもノーベル賞を逃したと聞きましたが」

「ノーベル賞のことは言わないでくれ。あれがなければ、ここまで落ちぶれて、こんな暇人になることもなかった」

「なんのことですか？」

「つまり、うっかり口をすべらせて無邪気にほんとのことを言ってしまったわけだ。あれは去年の……どこだったっけ、とにかくどこかヨーロッパの、ゴールデンタイムのテレビ番組に出たときのことだ。司会者がぼくに、ノーベル物理学賞の最有力候補と言われていますが——と感想を求めてきたんだ。それでぼくはこう答えた。ノーベル賞というのは、そもそも卓越した頭脳に対して与えられたためしがない。俗っぽさとか運のよさとかで受賞が決まる。たとえばアインシュタインは光電効果で受賞してる。いまのノーベル賞は大年増の娼婦みたいなもので、往年の魅力はどこにもない。ただあでやかな衣裳と歴戦の手管で上客の機嫌をとっているだけだ。ぼくはそんなものに興味はない、でも、このプロジェクトには国が巨費を注ぎ込んでいる。だから、もしどうしても受賞しろっていうなら、拒否はしないってね」

林雲《リン・ユン》もぼくも、びっくりして顔を見合わせ、同時に笑い出した。

「でも、そんなことで解雇されるんですか？」

「向こうに言わせると、ぼくは無責任で、目立ちたがりで、全員の利益を損ねているそうだ。当然、みんなから奇人扱いされる。道同じからざれば、相い為めに謀らず（孔子『論語』より。共通するものがないと語り合っても無駄だという意味）だよ。だからおさらばしたわけだ。……ということで、そろそろ用件を聞こうか」

「国防研究プロジェクトに加わってほしいんです。理論面の責任者として」ぼくが言った。

「なんの研究？」

「球電です」

「そりゃいい。侮辱するためにきみたちをよこしたんなら、連中の狙いは図に当たったな」

「説明を聞いてから結論を出していただけませんか。もしかしたらこれで彼らを見返せるかもしれません」林雲《リン・ユン》は持参してきたノートPCを開き、球電を励起した録画を再生しながら、丁儀《ディン・イー》に簡単な説明をした。

「つまり、稲妻をトリガーとして、空気中に存在する未知の構造を励起したってことか」

丁儀はノートPCの画面でゆらゆら漂う球電を凝視しながら言った。そのとおりですと林雲が答え、ぼくは張彬《ジャン・ビン》からもらった一ページおきに焼け焦げた例のノートを丁儀に見せ、その来歴を語った。丁儀はノートを受けとると、しばらくじっくりと眺めてから、慎重な手つきでぼくに返してきた。

丁儀はグラスの中から刻み煙草を指先でつまんで大きなパイプの火皿に入れ、火を点けた。紙巻き煙草の山を指さし、「これをつくってくれ」と言うと、壁の前まで行ってパイプを吸いはじめた。ぼくらは言われたとおり紙巻き煙草をほぐして刻み煙草をとりだし、瓶の中に入れはじめた。

「刻み煙草だけを売ってる店を知っていますよ」ぼくは顔を上げて丁儀に言った。

丁儀には聞こえていないようだった。そこに突っ立ったまま、ほとんどくっつきそうなくらい顔を壁に近づけて煙草を吸っている。壁に向かって煙を吐くことで、中からなにかをあぶり出そうとしているかのようだった。彼のまなざしは遠くを見ている。壁はもうひとつの広大な世界とのあいだを隔てる透明な境界で、彼はその向こうにある景色を見ている。そんなふうに見えた。

ほどなくパイプの煙草を吸い終えたが、丁儀はなおも壁を向いたままで言った。

「ぼくは、きみたちが思うほど独善的な人間じゃない。まず最初に、そのプロジェクトに適任であることを証明してみせよう。もしだめだったら、ほかの人に当たればいい」

「ということは、参加してくださると？」

丁儀はふりかえった。

「ああ。いまからいっしょに行くよ」

＊＊＊

その夜、基地の人々のほとんどが眠れずにいた。ときどき、宿舎の窓から外に目を向けては、広々とした実験場で光っては消える小さな火の光を見つめる。その輝きは丁儀のパイプだった。

基地に到着してから、丁儀は用意された資料をざっと読んだだけですぐに計算をはじめた。コンピュータを使わないタイプらしく、ただ紙に鉛筆で計算を書きつけていく。ほどなく、彼に割り当てられたオフィスの中は、自宅と同じように紙だらけになった。二時間ほどして、丁儀《ディン・イー》は計算をやめた。それから椅子を実験場まで運んでいってそこに腰を下ろしたが、その間もずっとパイプをふかしていた。夏の夜の蛍のように明るくなったり暗くなったりする小さな火は、球電研究の希望の光となった。

明滅するその光には催眠作用があるようで、ぼくは見ているうちに眠くなり、寝てしまった。目が覚めたときはもう午前二時になっていた。窓の外には、小さな火が見えた。寝る前と違ったのは、その光が蛍のように実験場をあちこち移動していることだった。丁儀は歩きまわっている。しばらくそれを見ていたが、また眠くなって寝てしまった。次に起きたときには、もう夜が明けていた。また実験場を見にいくと、そこは無人だった。丁儀も部屋に戻って寝ているらしい。午前十時になるころ起きてきて、丁儀はぼくらに自分の考えを告げた。

「球電は目に見える」

ぼくと林雲《リン・ユン》は目を見交わし、苦笑いを浮かべた。

「丁《ディン》教授、それ……冗談ですよね？」

「まだ励起されていない球電のことだよ。きみたちが言う、空気中にすでに存在している構造だ。それは目で見ることができる。光を曲げるからね」

「どうやって見るんですか?」

「ぼくが計算した光の屈折率によれば、肉眼で見えるはずだ」

　ぼくらは目をぱちくりさせ、また目を見交わした。

「では……それはどんな外見なんでしょう?」

「透明の球体だね。光の屈折によって円形の境界線ができる。見たところはシャボン玉みたいだが、表面にはシャボン玉のような回折した彩紋はない。だから全体的な輪郭はシャボン玉ほどくっきりとしていない。でも、絶対に目に見えるよ」

「でも、だれも見たことがありませんが……」

「それは、だれも気づかないからだ」

「そんな莫迦な。考えてもみてください。人類史を通じて空中にそんな泡がずっと漂っていたのに、まだだれも見たことがないなんて!」

「日中に月は見えるかい?」丁儀がとつぜんたずねた。

「もちろん見えません」とっさにだれかが答えた。

　丁儀は窓を開けた。外は晴れ渡った空が広がっている。その青い空に、ちょうど、くっきりと半月が浮かんでいた。月は雪のように白く、青空の背景には申し分のない美しさだ。

じっくり眺めてみると、その球形の立体感はさらにはっきりとしていた。

「これまでまったく気にしてなかったな！」だれかが叫んだ。

「ある人の調査によれば、九〇パーセントの人間が昼間の月に気づかないそうだ。しかし月は、人類の歴史を通じてずっと、日中の空にも浮かんでいる。だとしたら、平均して数立方キロメートルにひとつ、悪くすれば数十立方キロメートルにひとつくらいしかないちっぽけで目立たない泡にどうして人類が気づくと思う？」

「それでもやはり、にわかには信じがたいですね」

「では、実験で証明するしかない。もう一度、雷球をいくつか生成してみせてくれ」

空　泡

その日の午後、何日も使われていなかった二機のヘリコプターがひさしぶりに飛び立ち、上空三千メートルでアーク放電により三つの雷球を励起した。二機のヘリにはぼくと林雲《リン・ユン》を含む計七人が乗り込み、全員がそれぞれ双眼鏡を覗いて、消失するまで雷球を追いつづけたが、結局なにも見つからなかった。

「それはきみたちの視力があまりよくないってことじゃないかな」結果を聞くと、丁儀《ディン・イー》は言った。

「わたしと劉《リウ》大尉も、なにも見ませんでした」パイロットの鄭《ジェン》中尉が言った。

「ということは、きみたちの視力もまだまだだな」

「おれたちの視力がよくないと？　視力３・０だぞ」もうひとりのパイロットの劉大尉が食ってかかった。「おれたちより目がいい人間なんかほとんどいませんよ」

「それじゃあ、さらに何個か励起して、じっくり観察してみてくれ」丁儀はまだ納得していない。

「丁《ディン》教授、球電の生成は危険な作業です。慎重を期さないと」許《シュー》准将が主張した。

「教授の言うとおり、もう一度やってみましょう。リスクを冒さなければならない時もあります」と林雲《リン・ユン》が言った。丁儀《ディン・イー》が基地に来てからまだ二日も経っていないが、丁儀に対する林雲の態度は明らかに変化していた。初対面のときの疑念は、あっという間に敬意にとってかわられたらしい。林雲が他人にそんな敬意を示すところはいままで一度も見たことがなかった。会議のあと、林雲に直接その疑問をぶつけてみると、こんな答えが返ってきた。

「丁儀先生の頭の中には山ほど考えがつまってる。わたしたちにはとても測りがたいレベルから球電のことを考えているの」

「いまのところ、とくに感心するような考えは見せてもらってないけどね」

「なにかを見せてもらったから尊敬しているわけじゃない。なにかを感じるからよ」

「でも、その測りがたい考えによって謎を解いてもらうんだろ？　それに、あのほとんど病的な頑固さときたら。どうしようもない」

「球電そのものが測りがたい謎でしょ」

かくして翌朝、またしても三時間に及ぶ飛行が実施され、二個の雷球が励起された。しかし結果はきのうと同じ。雷球が消えたあとにはなにも見つけられなかった。

「やっぱり視力の問題じゃないかな。もっと優秀なパイロットを呼べないのか？」と丁儀が言った。「翼がある乗りものを操縦できるパイロットとか」

その言葉はヘリコプターのパイロットたちの逆鱗に触れた。今度は劉《リウ》大尉が怒気を含んだ口調で言った。

「だったら戦闘機パイロットでもなんでも呼んでくればいいでしょう。言っておきますが、空軍と陸軍航空兵はそれぞれ違う強みがある。どっちが上とか下とかじゃない。少なくとも視力に関しては、要求される水準は同じだ！」

「ははは、軍事の問題になんか、まったく興味ないよ。まあ、もしそうだとしても、やはり目標からの距離が遠すぎるせいだろうな。あの距離では、だれも雷球を視認できない」

「もっと近づいたところで見えるもんか！」

「そういう可能性もあるね。とどのつまり、あれは透明な泡だ。そんな目標物を空中から観察するのはむずかしい。必要なのは、あれを持ち帰ってテーブルの上に置いて、じっくり観察することだ」

ぼくたちはまたしても目をまるくして顔を見合わせた。丁儀の前では、こんな反応は日常茶飯事だった。

「そう。ひとつ考えがある。励起される前の球電を捕獲して、貯蔵すればいい」

「そんなことができるもんか。姿も見えないのに！」

「まあ聞いてくれ。きみたちが飛行しているあいだ、それに関する資料を読んでいたんだが」丁儀《ディン・イー》はかたわらの超伝導電池を指さして言った。

「それが球電といったいなんの関係があるんです？」

「その電池なら、励起されていない球電を貯蔵できる」

「どうやって？」

「簡単だ。電池のプラス極につないだ超伝導線を空泡と接触させれば、空泡は電池の中に吸い込まれ、電気と同じように内部に貯蔵される。同じようにして、マイナス極から空泡を吸い出すこともできる」

「莫迦莫迦しい！」ぼくは思わず叫んだ。丁儀のでたらめにはもううんざりだ。なんでこんなやつを呼んだのか、心から後悔した。

「簡単ではありませんね」林雲《リン・ユン》の表情は依然として真剣そのものだった。丁儀の話を真に受けているらしい。「空泡が見えないのに、どうやって捕まえるんですか？」

「少佐、きみは頭がいいんだから、もっと考えてみたら？」丁儀はにやっと笑って言った。

「もしかしてこういうことですか？　励起された球電なら目に見えるわけだから、球電が消えた瞬間に超伝導線をそこに伸ばせれば、空泡に接触させることが——」

「ただし、すばやくやる必要がある。じゃないと空泡はあっという間にどっかに飛んでいっちゃうからね」丁儀はまだにやにやしながらうなずいた。

ぼくらが林雲の言葉の意味を理解するのにしばらく時間がかかった。

「命を危険にさらすことになる！」だれかが叫んだ。

「少佐、こんな男のたわごとに耳を貸さないでください」劉《リウ》大尉は丁儀を指さし、林雲に向かって言った。

「大尉、丁《ディン》教授は世界的に有名な物理学者で、国家科学院のフェローだぞ。最低限の敬意は払いたまえ」許《シュー》准将がきびしい口調で戒めた。

「かまいませんよ。慣れっこだから」丁儀は笑って手を振った。

「そうだ、いい考えがある！　陳《チェン》博士、いますぐいっしょに来て！」林雲がそう言って、ぼくを連れて歩き出した。

＊＊＊

林雲によれば、いまから見学するのは〝サーチロッド防御システム〟なるもので、この妙な名前の兵器が問題を解決してくれるという。車は張家口《ちょうかこう》（北京から約百九十キロの距離にある河北省北西部の都市）の方角に向かって四、五時間走り、山間の谷に到着した。土に覆われた地面からは土煙が立ち昇り、数え切れないほどのキャタピラ痕がジグザグに刻まれている。２００５式主戦戦車のテスト基地だと林雲《リン・ユン》は説明した。

　戦車用作戦服を着用した少佐が車のところまで走ってきて、少し待ってほしいと林雲に言った。林雲が連絡したサーチロッド防御システム研究開発チームの責任者に急用ができて、いますぐは手が離せないとのことだった。

「そのあいだに、お水でもどうぞ」

　そう言ったものの、少佐は手ぶらだ。かわりに一台の戦車がやってきた。戦車の主砲から吊り下げた小さなトレイの上に、水を満たした二つのコップが載っている。巨大な戦車はゆっくりこちらに進んでくるが、車体がどれだけ揺れても、砲身はまるで強力な磁石にひっぱられているかのようにつねに水平を保ちつづけている。トレイのコップからただの一滴も水がこぼれていない。びっくりしているぼくらの表情を見て、まわりの戦車兵たちがうれしそうに笑っている。

　２００５式主戦戦車はいままでに見たことのある戦車とは形状が大きく違っていた。平べったく、角張っていて、曲線がほとんど見当たらない。砲塔と車体が長方形の板を二枚重ねたように合体し、破壊不能ではないかと思うほど堅牢な印象を与える。

少し離れた場所では、いままさに一台の戦車が砲撃を行っているところだった。砲弾が標的に命中して爆発する轟音が空気を震わせ、鼓膜が破れそうだ。思わず両手で耳をふさぎたくなるが、となりの林雲が轟音などまったく意に介せず戦車兵と楽しげに談笑しているのを見ると、恥ずかしくてとてもそんなことはできなかった。

三十分後、ようやくサーチロッド防御システムの開発プロジェクト責任者に会うことができた。彼はまず最初に、演習の現場に案内してくれた。多段式小型ロケットランチャーのかたわらで、二名の兵士がいちばん上の段にロケット弾を装塡している。

「対戦車ミサイルはコストがかかるので、今回の演習はこれで代用します。事前に試射を行って調整してあるので、標的をはずすことはありません」プロジェクト責任者はそう説明しながら、遠くに駐まっている2005式主戦戦車を指さした。それがロケット砲の標的になるらしい。

兵士が発射ボタンを押すと、ロケット弾がうなりをあげて飛び出し、同時にランチャーの後方でもうもうと土煙が上がった。ロケット弾の白い軌跡はわずかに弧を描き、正確にターゲットに向かっていく。だが、戦車まであと十メートルほどの距離に達したとき、ロケット弾はとつぜん見えないなにかにぶつかったかのように急角度で針路を変え、戦車から十数メートル離れた泥の中に突っ込んだ。弾頭は装着されていないため、小さな土埃が上がっただけだった。

それを目撃した驚きは、言葉に表せないほどだった。

「あの戦車は、バリアでも張ってるんですか？」思わずぼくはたずねた。

まわりの兵士たちはげらげら笑っている。プロジェクト責任者も笑いながら言った。

「バリアなんてものが存在するのはSF映画の中だけですよ。そんなすごい技術じゃありません。この防御システムの原理は、これ以上ないくらい原始的です」

〝原始的〟というのがどういう意味かわからず、ぽかんとしていると、林雲《リン・ユン》が助け舟を出してくれた。

「火薬の発明以前までさかのぼる原理。騎士が長槍で敵の矢を叩き落とすようなものね」

まだ腑に落ちない表情のぼくを見て、プロジェクト責任者が言った。

「距離が遠いし、速度も速すぎたので、肉眼で確認できないのも当然ですね」となりに設置してあるモニターの前にぼくを導き、「どうぞ、高速度撮影の映像をごらんください」

画面には、ロケット弾が戦車に命中する直前の映像が映っていた。戦車のてっぺんから稲妻と見まがう細長いロッドが飛び出し、釣竿のように長く伸びる。その先端がロケット弾の頭を正確に叩き、弾道を逸らした。

「実戦では、飛来する物体の針路を逸らしたり、着弾前に起爆させたりできます」プロジェクトの責任者が説明する。「低速で飛ぶ対戦車誘導弾や航空機搭載対戦車ミサイルに対して、この防御システムはきわめて有効です」

「よくこんな方法を考えつきましたね！」驚きのあまり、思わず嘆声をあげた。

「いやいや、このアイデア自体はわたしたちの思いつきじゃありません。サーチロッドシステムの概念は、一九八〇年代の末に、ＮＡＴＯの兵器専門家によって最初に提唱されました。その後、フランス軍が最新型ルクレール戦車に対して試験的に装備することにはじめて成功しました。ですからわれわれは、彼らの後塵を拝していることになります」

「この防御システムの原理はたしかに原始的かもしれない」林雲がぼくのほうを向いて言った。「でも、標的探知と位置特定能力はきわめてすぐれている。驚くほど短時間でサーチロッドを標的に命中させられるだけでなく、最適な角度を計算することもできる。いわば超近距離版の戦域ミサイル防衛システムね」

それでようやく林雲の意図がわかった。このシステムは——まるでぼくらのために開発されたみたいじゃないか！

「きのう、林《リン》少佐からそちらの要望について詳細な説明を受けました」プロジェクト責任者が言った。「こちらの上層部からも、できるかぎり協力するように指示されています。

実を言うと、以前のわたしなら、まともに受け止めなかったでしょう。しかし、いまは違います。はじめてサーチロッドシステムのアイデアを聞いたときは、莫迦莫迦しいとしか思いませんでした。このシステムがこんなに発展するとは想像もつかなかった。いまの戦場では、信念を貫く者だけが生き残れるんでしょう」

「最大の問題はサーチロッドの長さです」林雲《リン・ユン》が言った。「もう少し長くならないでしょうか。ヘリコプターが雷球に近づきすぎると危険なので」

「いまのところ、サーチロッド伸長時の長さは十メートルが限界です。それ以上長くなると、じゅうぶんな強度を保てないので。ただ、この場合、接触時の強度に関してはあまり考えなくてよさそうですね。反応速度の条件も、現状より一桁か二桁低い。ざっと見積もったかぎりでは、サーチロッドは最長二十五メートル程度までは伸ばせそうです。ただし、問題もありますよ。超伝導線だけならだいじょうぶですが、ロッドの先端にほかのものはいっさいつけられません」

「それでかまいません」林雲はうなずいた。

基地に戻る途中、林雲にたずねた。

「ほんとうにやる気なのか？　丁儀《ディン・イー》を信頼しすぎてるんじゃないか？」

「とにかく、やってみるしかない。丁儀先生は、球電の研究でも大きなブレイクスルーをもたらしてくれるはず。そう感じるの。前に話してたでしょ。従来の考えかたの枠組みでは、この自然の謎を解き明かすことはできないって。そしていま、従来にない考えかたが提起された。なのにどうして受け入れようとしないの？」

「いまの問題は、きみがどうやって許准将《シュー》やパイロットたちを説得するかだね」

林雲は小さなため息をついた。「わたしにヘリの操縦ができたらよかったのに」

＊＊＊

翌日、緊急招集された会議の席で林雲が計画を発表した。

「長い棒で雷球をつつく？ 少佐、気はたしかですか？」パイロットの鄭《ジェン》中尉が大声で言った。

「もう一度説明します。仲長されたロッドの先端は雷球に触れるわけではありません。雷球が燃え尽きた瞬間、消失した位置に存在しているはずの空泡と接触するのです」

「丁《ディン》教授の話のとおりなら、超伝導線は、雷球が消えてから〇・五秒以内にその位置に到達する必要がある。さもないと、問題の空泡もどこかに飛んでいってしまう。でも、そこまで正確にコントロールできるんですか？ もし〇・五秒早かったら？」

「サーチロッド防御システムの反応速度はわたしたちの目標数値より二桁も速い。ただ、現状のシステムでは、標的が特定位置に到達したときサーチロッドが作動します。それに対し、わたしたち用にカスタマイズしたシステムでは、標的が消失したときに作動することになります。電磁放射線や可視光線による過去の球電観測データから、消失時点を正確に判断するだけの材料はそろっています」

「仮にそれがぜんぶ実現したとしても、ヘリコプターは雷球に二十五メートルの距離まで接近する必要がある。前回の事故が起きたときの距離の半分ですよ。危険があることはわかるでしょう」

「もちろんわかっています、中尉。そのリスクを冒してでも実行すべきことなのです」

「わたしもこの計画には同意できない」許《シュー》准将の言葉には堅い意志が感じられた。

「もし准将が同意したとしても、われわれがこの任務を遂行することはないでしょう」もうひとりのパイロットの劉《リウ》大尉が言った。「われわれはこの研究基地に派遣されているにすぎない。最終指揮権を持つのは集団軍（人民解放軍陸軍の軍団。師団の上位にあたる部隊編成単位）です。われわれには軍の安全を脅かす任務を拒否する権利があります。前回の事故のあと、その点は師団上層部からもとりわけ強く念を押されています」

林雲《リン・ユン》はいたって平静だった。

「劉大尉、もし集団軍からこの飛行任務を命じられたら、命令を遂行しますか？」

「それなら話が変わってくる。もちろん遂行します」

「命令があれば遂行すると約束して」林雲は劉大尉をじっと見つめている。その表情にぞっとした。

「このヘリコプター編隊を預かる士官としてわたしが保証します。しかし少佐、集団軍がそんな命令を出すはずはありませんよ」

林雲は無言のまま受話器をとって電話をかけた。

「もしもし。曾《ツァン》師団長はいらっしゃいますか。……Ｂ４３６プロジェクト研究基地の者です。はい、そうです。わたくしです。そのとおりです。ありがとうございます！」林雲は受話器を劉大尉に手渡した。「大尉、第三十八集団軍陸軍航空隊第二師団の師団長です」

劉大尉は電話を受けとって耳に当てた。

「はい、わたしです……はい、師団長……承知しました。はい、かならず！」

大尉は林雲のほうを見ずに受話器を下ろすと、許准将に向かって言った。

「准将、今回の飛行任務を遂行せよとの命令がくだりました。飛行時間および回数はこちらの基地で決定してください」

「いや、劉大尉。きみたちの上官に伝えてくれ。確実な安全措置が講じられるまで、基地は一切の観測飛行を停止する」許《シュー》准将は毅然とした態度で言った。

大尉は受話器を持ったまま、ためらうような視線を林雲《リン・ユン》に投げた。その場の人々すべての視線が彼女に集まった。

林雲は下唇を噛み、しばらく黙っていたが、やがて片手を伸ばし、大尉から受話器を奪いとった。もう片方の手でフックを押して接続を切ると、またどこかに電話をかけはじめた。

「もしもし？　こちら、B436プロジェクト基地です。はい、わたくしです。昨晩ご報告した内容について、上層部がすでに決定をくだしたかどうか知りたいのですが。……はい、わかりました」そう言って、今度は受話器を許准将に手渡した。「総装備部副部長です」

受話器を耳にあてた許准将は、きびしい表情を浮かべて相手の声を聞いていたが、最後に「承知しました、副部長」とだけ言って受話器を置き、全員に向かって重々しく宣言した。

「上層部から命令があった。林雲少佐の計画に基づき、球電の捕捉実験を実施せよとのことだ。基地の他の全作業を停止してすべての人的資源をこの実験に集中させることを指示された。各員それぞれ、自分の作業に最善をつくすべしとのことだ。本会議終了後、プロジェクトの技術責任者はここに残るように」

戦車のテスト基地からの帰途、林雲はぼくと別れてひとりで北京市内に赴き、基地に戻ってきたのは深夜だった。いまになってみれば、彼女がどんな目的で市内に行ったのかがよくわかる。

会議が終わっても、だれもひとことも発しなかった。その沈黙の矛先は、当然ながらすべて林雲に向けられていた。やがて、出席者たちは押し黙ったまま、三々五々、会議室を出ていった。

「中尉」林雲は部屋を出ようとするパイロットの背中に呼びかけた。「理解してほしい。戦時なら、これはふつうの出撃任務とほとんど変わらない」

「われわれが死を恐れているとでも？」鄭《ジェン》中尉が自分の胸を指さし、「われわれはただ、珍妙な理論に基づいて珍妙な人物が設計した珍妙な実験のために無駄死にしたくないだけです。絶対になにも得られないとわかっているのに」

「こんな手段で雷球を捉えられるなんて、丁《ディン》教授だってほんとうは信じてないんじゃないですか？」劉《リウ》大尉が言った。

会議中ずっと無言だった丁儀《ディン・イー》は、いまのやりとりもまったく気にしていない表情で平然と言った。「もしすべてが林《リン》少佐の計画どおり精確に実行されたら、実験はかならず成功する。ぼくはそう確信しているよ」

パイロット二人が去り、会議室には許准将《シュー》、林雲《リン・ユン》、丁儀《ディン・イー》、それにぼくの四人だけが残った。長い沈黙のあと、許准将がきびしい口調で語りはじめた。

「林雲、今回ばかりはやりすぎたな。この基地に来てからの自分の行動を逐一ふりかえってみるがいい。まわりの状況に頓着せず、独断専行をつづけてきた。自分の考えを実現するためには手段を選ばず、職責の範囲を超えて決定に干渉した。基地の指導者を飛び越え、思うままに越権行為をくりかえした。さらに今回は、特権を利用して、正常なルートを通すことなく、いくつもの組織の頭越しに、主観的な憶測や虚偽の情報を最高指導者に直接つたえた。こんなことをしていれば、そのうち窮地に陥るのは目に見えているぞ！　これまでは、そんなきみの行動を基地の同志たちも許してきたかもしれない。しかしそれは職務だったからだ。軍は、だれも監視していない真空地帯ではない。このプロジェクトにとってきみの影響力が大きな意味を持つことはわかっているし、現場の状況を上層部に直接伝えられる特殊なルートを重宝してきた。だがきみは、そんな同志たちの我慢と信頼を放任と勘違いして、行動をエスカレートさせている……今回の実験が終われば、きみのしたことについて客観的な報告書をまとめ、わたしから上層部に説明する。もし、きみに自分を知る賢明さがあるなら、この基地とプロジェクトから自主的に離れてくれ。同志たちももはやきみと仕事をすることがむずかしいだろうから」

林雲は両手を膝のあいだにはさみ、頭を垂れていた。先ほどの冷静にして果敢な林雲は微塵も残っていない。いたずらをして叱られた小さな子どものようだ。林雲は低い声で言った。

「実験が失敗したら、責任をとります」

「実験に成功したら、きみのやりかたは正しかったことになるのか?」准将が言った。

「べつにまちがっていないと思うけどね」丁儀が口をはさんだ。「尋常ならざる研究には、尋常ならざるやりかたが必要だ。そうでなきゃ、硬直したこの社会では、科学の進歩などありえない。ぼくだって、もう少し柔軟に頭を働かせていたら、スーパー加速器プロジェクトの予算をとり消されるような事態は避けられたのに」

林雲が顔を上げ、感謝のまなざしで丁儀を見つめた。丁儀は立ち上がり、あたりをうろうろ歩きまわりはじめた。その顔にはいつものにやにや笑いが浮かんでいる。

「ぼくについて言えば、責任をとる気なんかさらさらないよ。ぼくら理論物理学者の任務は仮説を考えることだからね。もし仮説が実験で証明されなかったとしても、ぼくらの責任は、また新たな仮説を提起することにある」

「でも、あなたの仮説を証明するために、だれかが命を危険にさらす必要があるんですよ」ぼくは言った。

「得られるはずの成果と天秤にかけるなら、それでもやってみる価値はあるんじゃないかな」

「自分はヘリコプターに乗らないんだから、なんとでも言えますよね」

「なんだって？」丁儀《ディン・イー》がたちまち怒りをあらわにした。「誠意とやらを見せるためにヘリコプターに乗れと言いたいのか？　まさか！　ぼくの命は、物理学という主人に捧げたものなんだ！　ヘリコプターになんか乗ってたまるか！」

「だれもあなたを乗せようなどとしていませんよ、丁《ディン》教授」許《シュー》准将が首を振りながら言った。

＊＊＊

会議が終わり、ぼくはひとけのない場所に行って携帯電話をかけた。ワンコールで林《リン》将軍の落ち着いた声が出た。「陳《チェン》博士？」

ぼくの電話を待ちかまえていたような反応にちょっと驚いた。上層部もぼくたちの研究に関心を抱いているらしい。会議の模様を伝えると、将軍はすぐにこう答えた。

「事情はこちらも把握している。だが、いまは非常事態だ。一刻も早いプロジェクトの成功が待たれている。そのためなら、ある程度のリスクを冒す必要があることもたしかだ。もちろん、林雲《リン・ユン》のやりかたには問題がある。拙劣とさえ言えるだろう。しかし、娘はもともとあういう性格だし、ときにはほかにどうしようもない場合もある。この問題については、われわれもあまり深く考えていなかったことは否定できないな。あす、総装備部から管理官を基地に派遣して、現場と上層部との連絡を担当させる。陳博士、情報の提供には心から感謝する」

「将軍、ぼくがほんとうに言いたいのは、丁教授の理論はあまりにも常軌を逸しているということです。およそ信じがたい仮説です」

「博士、現代物理学のどの理論なら常軌を逸していないというんだね？　容易に信じられる仮説はどれだだね？」

「しかし……」

「林雲から送られてきた丁教授の仮説と計算過程は、すでに多くの研究者や専門家にチェックさせた。彼女が設計した実験についても、彼らによって慎重に検討されている。それに、きみは知らないかもしれないが、丁儀先生が国防プロジェクトに参加するのはこれがはじめてではない。だから、彼の能力について、われわれは疑っていない。彼の仮説がどれほど非常識に見えても、そのリスクは冒すべき価値がある」

＊＊＊

それ以降の二週間で、ぼくは軍人と民間人の違いをまざまざと思い知らされることになった。常識的に考えればじゅうぶん以上に突飛なこの実験に対し、プロジェクト・チームのメンバーの大多数が強い反対を表明し、林雲《リン・ユン》を中心とする少数派とのあいだで激しい対立が生じている。これがもし地方の研究機構なら、こんな状況でものごとが順調に進むはずがない。反対派の個人個人があからさまではないやりかたで手を抜いたり、ひそかに妨害したりするからだ。だが、この基地は違う。林雲より階級が上の軍人がおおぜいメンバーにいるにもかかわらず、全員が林雲の命令を忠実に実行すべく、それぞれベストをつくしている。もちろんそれには彼女の魅力が大きく作用していることは否定できない。プロジェクト・メンバーである高学歴の若い将校たちは、林雲の指示がまちがいだと思っていたとしても、彼女のために死に物狂いで働いていた。

実験に参加するメンバーには、新たに派遣されてきたサーチロッド防御システム計画のエンジニアも何人か含まれていた。彼らはシステムのハード部分の改良を進め、サーチロッドの長さを従来の一・五倍に伸ばしただけでなく、ヘリコプターへの搭載についても尽力してくれた。さらに、システムの制御ソフトウェアに修正を加えて、トリガーメカニズムの標的識別機能を逆方向に設定することで、雷球が消滅した瞬間にサーチロッドが射出されるようにした。

正規の実験が行われる日、基地の全スタッフがヘリポートに集まった。いまから一ヵ月以上前の、はじめての空中放電実験の日を思い出させる光景だった。あのときと同様、天候は快晴で、無風。時刻は早朝だ。いまこの瞬間、すっかりくつろいでいるのは、これから命を危険にさらすことになる二名のパイロットだけのように見えた。二人ははじめての実験のときと同じく、救急車の横で看護師たちと楽しげに言葉を交わしている。

作戦服を着た林雲はいつもの飛行時と同様、サーチロッドを搭載したヘリコプターに歩み寄ったが、劉《リウ》大尉に止められた。

「少佐、サーチロッドシステムは自動的に作動しますから、搭乗するのはパイロットひとりでじゅうぶんです」

林雲は無言のまま大尉の腕を押しのけ、後部座席に乗り込んだ。大尉は数秒のあいだ林雲を見つめていたが、やがて自分も操縦席に乗り込み、やはり無言のまま、林雲がパラシュートをつけるのを手伝った。雷球で爪が焼け落ちた劉大尉の指先は、いまもまだそのままだった。

ヘリコプターのかたわらで、丁儀《ディン・イー》がまた大騒ぎしはじめた。どうやら機内に押し込まれるのではないかと心配しているらしく、ぼくの命は物理学に捧げたとかなんとか、前に聞いた主張をくりかえしている。他人から向けられる軽蔑のまなざしなどまったく気にしていないらしい。あれからさらに計算を重ねて、仮説が正しいことを確認した、空泡はまちがいなく捕獲できるとも主張している。いまとなっては、ただのペテン師にしか見えない。丁儀自身と林雲《リン・ユン》をべつにすれば、もはやだれひとり、実験の結果になんの希望も抱いていなかった。ヘリコプターの乗員が無事にこの実験を切り抜けてくれることだけをただひたすらに祈っている。

二機のヘリコプターが轟音を響かせて離陸した。バリバリという音とともにアーク放電が空中に輝きを放つのを、地上にいる全員が不安と緊張の目で見つめている。

捕獲計画は以下のような段どりだった。雷球が励起されたら、ただちに放電を終了。サーチロッドを搭載したヘリコプターがターゲットから約二十五メートルの距離まで接近する。雷球消失と同時にサーチロッドが自動的に射出される。直径〇・五ミリにも満たない超伝導線の先端は、サーチロッドにひっぱられて、丁儀の言う〝空泡〟が存在するはずの空間に接触する。超伝導線の反対の端は、機内に設置された残量ゼロの超伝導電池に接続されており、空泡は超伝導線を伝って電池に入る。

空に舞い上がったヘリコプター二機はじょじょに遠ざかっていく。早朝の青空を背景に、アークはいま、銀色に輝く星のように見えた。以下に述べる状況説明は、事後に聞いた話をまとめたものだ。

＊＊＊

離陸から約二十四分後に雷球がひとつ励起された。アーク放電はただちに終了し、サーチロッドを搭載したヘリコプターが空に浮かぶ雷球に近づいていく。約二十五メートルまで接近したところで、サーチロッドの照準を雷球に合わせる。ヘリコプターと雷球の距離は、これまでで最短に近い。今回の飛行任務にはきわめて大きな困難がある。そもそも雷球は気流の影響を受けないので、その軌道がどうやって決まるのか、だれも把握していない。雷球は、法則性がまったく存在しないかのように、自由自在に移動する。最大の危険は、雷球がとつぜんヘリコプターに接近するかもしれないことだった。事後、録画映像を分析してわかったことだが、このとき、雷球とヘリコプター間の最短距離はなんと十六メートルしかなかった。今回励起された雷球はオレンジ色の光を発する通常タイプで、日中はそれほど目立たない。この雷球は、出現から一分三十五秒で消失した。このとき、雷球とヘリコプターの距離は二十二メートル半。機内の劉《リゥ》大尉と林雲《リン・ユン》は外から伝わってくる雷球の爆発音をはっきり聞いた。同時に、サーチロッドシステムが作動して、二十メートルあまりのロッドが稲妻のように射出され、それに牽引された超伝導線の先端も雷球消失地点へと正確に飛んだ。録画で見ると、雷球の消失から超伝導線の到達までの時間はわずか〇・四秒だった。

超伝導線の到達と同時に、林雲のすぐそばでなにかが爆発したような巨大な炸裂音が響き渡り、機内はあっという間に熱い蒸気に満たされた。それでもヘリコプターは正常な飛行姿勢を維持したまま、基地へと帰投しはじめた。

ヘリコプターは、歓声に沸く人々のあいだに着陸した。許《シュー》准将の語ったとおり、基地の人々にとって、今回の実験は、ヘリコプターが安全に帰ってくることが成功を意味していたのである。

検査を経て、機内で爆発したのは地上作業員が後部座席に置き忘れた一本のミネラルウォーターだったことが判明した。雷球のエネルギーがそのペットボトルの中に放出され、ミネラルウォーターが一瞬にして高温の水蒸気に変わったのである。座席の下に置かれていたこのペットボトルは破裂によって粉微塵になり、かけらも残っていなかった。作戦服を貫通した蒸気で林雲が右ふくらはぎに軽度の火傷を負っただけで済んだのは、そのおかげだろう。

「ヘリコプターのエンジンがオイルを使って冷却するシステムだったのはほんとうにラッキーでした。もし車のように水冷式のラジエーターを採用していたら、一瞬にして爆弾に変わっていたでしょうね」劉大尉はまだ動悸が収まらないようすで言った。

「きみたちは、もっと大きな幸運を見逃しているね」歩み寄ってきた丁儀《ディン・イー》が謎めいた笑みを浮かべて言った。今回の実験は、自分とはなんの関係もないと言わんばかりの口ぶりだった。「ミネラルウォーター以外にも、機内にはまだ水があったじゃないか」

「どこですか？」林雲はそう訊き返したが、すぐに思い当たったように叫んだ。「なんてこと。わたしたちの体の中！」

「そう。きみたちの血液があっただろ」

その場の全員が震え上がった。二人の体内の血液が瞬時に気化する光景は、おぞましすぎて想像もできない。二人の体験がどれほど死に近いものだったのか、いまになって心の底から実感することができた。

「この現象は、球電がエネルギー放出の標的を選択するとき、標的の境界条件が重要な意味を持つことを示している」丁儀は考え込むように言った。

「丁《ディン》教授」とだれかが呼びかけた。「教授がいま考えなければならないのは、エネルギーを放出したあとのあの雷球のことですよ。なんて言いましたっけ？　〟空泡〟か。いまこの瞬間、超伝導電池の中にそれが収まっているはずなんですよね？」

丁儀《ディン・イー》がうなずいた。

「捕捉作業はすべての過程がきわめて正確に実施された。だから、空泡はそこに入っているはずだ」

ふたたび興奮のボルテージが上がり、ヘリコプターから超伝導電池をとりはずす作業がはじまった。ただし、今回の興奮には、かなりの程度、嘲《あざけ》りが混じっていた。大多数のスタッフは、結果がどうなるか予期している。ヘリコプターがつつがなく帰還した祝いの余興に、喜劇を楽しむつもりなのだ。

「教授、いつ空泡をとりだして見せてくれるんですか？」ずっしり重い電池が外されると、だれかがたずねた。ほとんどの見物人は、丁儀がこの電池を実験場のどこかに隠し、失敗をできるかぎり表に出さないようにするだろうと思っていた。だが、丁儀の答えはその予想をあっさり裏切った。

「いますぐに」

全員が一斉に歓声をあげた。まるで斬首刑の見物に集まった野次馬たちのようだ。許准《シュー》将がヘリコプターのタラップに登り、大きな声を張り上げた。

「全員、注目。空泡を電池からとりだす作業は、慎重を期す必要がある。じゅうぶんな準備が必要だ。いまから電池を実験場に運搬する。結果はのちほど通知しよう」

「准将、スタッフみんな、長い時間かけて努力してきたんです。とりわけ劉《リウ》大尉と林《リン》少佐はみずからの命を危険にさらしました。彼らにはいますぐ成果を見る権利があるでしょう」丁儀の言葉に、周囲からまた大きな歓声があがった。

「丁《ディン》教授、これは重要な実験プロジェクトだ。遊びではない。電池をただちに実験場に運ぶよう命ずる」許准将の言葉には堅い意思が込められていた。ほんとうにいい人だ、こんなときでも丁儀のプライドを守ろうとするなんて――そう思わずにいられなかった。

「准将、この実験の手続きはぼくに全権が委ねられていることをお忘れなく。空泡をいつどこでどうやってとりだすかを決定する権限はぼくにあります」丁儀が言った。

「教授、少し冷静になってもらわないと」准将は丁儀の耳元に小声でささやきかけた。

「林少佐の意見は?」ずっと無言だった林雲《リン・ユン》に、丁儀がたずねた。

　林雲は髪を払うような仕草をしてから、きっぱり言った。

「いますぐやりましょう。結果がどうあれ、早くそれと向き合うべきです」

「すばらしい」丁儀は手を叩いた。「さてそれでは、超伝導研究所のエンジニアのみなさん、前にどうぞ!」

超伝導電池を担当するエンジニア三名が前に出てきた。丁儀《ディン・イー》は彼らに向かって言った。

「とりだし手順はきのう打ち合わせたとおりだから問題ないでしょう。磁場発生装置は持ってきてるよね？」イエスの答えを得て、丁儀は命じた。「では、はじめてください」

円筒形の超伝導電池が作業台の上に置かれ、末端にスイッチがついた超伝導線がエンジニアたちの手で電池のマイナス極につながれた。丁儀はそれを指さして言った。

「このスイッチを押すと、超伝導線が電池とつながり、電池の中の空泡が解放されます」

二名のエンジニアが線のもう一端を磁場発生装置に接続した。装置にはいくつかのコイルが等間隔で並んでいる。丁儀は全員に向かって説明した。

「電池から解放された空泡は、いかなる容器にも閉じ込めることができません。ありとあらゆる物体を通り抜けられるから、勝手に飛び去ってしまうでしょう。ですが、理論に基づけば、空泡はマイナスの電荷を帯びていると考えられる。よって、磁場で拘束することができるはずです。これは、拘束する磁場を発生させることで空泡を観察できるようにする装置です。さあ、みなさん、目を見開いてよくごらんください。いまから拘束磁場を起動しますよ」

エンジニアがスイッチを入れると、拘束磁場発生装置に小さく赤いランプが灯った。

「空泡が肉眼でもはっきり視認できるように、これを持ってきました」丁儀は背後の地面に置いてあった四角い板を手にとった。驚いたことに、それはポータブルの卓上碁盤だった。

「さていよいよ、歴史的な瞬間です」丁儀は超伝導電池のそばに行って赤いスイッチの上に指を置いた。そして、全員が固唾をのんで見守るなか、スイッチを押した。

なにも起こらない。

丁儀の表情はさっきと同様、静まり返った水面のようにおだやかだった。磁場発生装置を指さし、厳粛な面持ちで宣言した。

「これが、励起される前の球電です」

だが、そこにはなにもない。

あたりは死んだような静寂に包まれた。磁場発生装置のかすかなブーンという音だけが響く。時間がねばねばの接着剤のようにのろのろと流れる。この時間が早く過ぎ去ってくれることだけをぼくは願っていた。

だしぬけに背後からぶわっと爆発するような音がした。ぱっとふりかえると、腹を抱えて大笑いしている劉《リウ》大尉の姿が見えた。ミネラルウォーターを口に含んだタイミングで笑いの発作に襲われ、こらえ切れずに口から水を噴いてしまったらしい。

「わはは……丁《ディン》教授を見てみろよ。まるで……まるで……『裸の王様』の仕立屋じゃないか」

そのたとえがまさにぴったりだったので、みんないっしょになって教授の滑稽さと図々しさに爆笑した。

「みんな静かにしろ。話を聞け！」許《シュー》准将が手を振ると笑い声が収まった。「今回の実験について、われわれは正しく理解し、適切に評価しなければならない。失敗することは最初からわかっていたし、そのうえでひとつの認識を共有していたはずだ。すなわち、実験を担当した者が安全に帰還すれば、それが勝利を意味するということだ！　その意味では、実験はまさに成功だったと言っていい」

「しかし、この結果に対してだれかが最終的な責任をとらなきゃおかしいでしょう！」だれかが大声で叫んだ。「百万元にものぼる予算を投じて、ヘリコプター一機と人間二人の生命を危険にさらした挙げ句、こんな猿芝居を見せられるなんて。ほんとうにこれでいいと思ってるんですか？」この言葉はたちまち全員の共感を集めた。

そのとき、丁儀《ディン・イー》が碁盤を持ち上げて、磁場発生装置の上に掲げた。その行動が一同の注意を惹き、ざわめきが収まりはじめた。完全に静かになるのを待って、丁儀は碁盤の下端が装置に触れるところまでゆっくり降ろしていった。

近づいて碁盤を見た人々は、衝撃に凍りついた。

碁盤の一角で正方形の升目が変形し、はっきりとカーブを描いている。まるで碁盤の前に透明度の高い水晶玉が置かれているように見える。

丁儀が碁盤を下ろした。腰をかがめ、視線を同じ高さにすると、今度は碁盤なしでも空泡を見ることができた。虹色の紋様がないシャボン玉みたいに、球の輪郭を示す淡い線が空中に浮かんでいる。

凍りついていた人々のうち、最初に動き出したのは劉《リウ》大尉だった。爪のない指をおずおずと伸ばしたが、空泡に触れる直前に指を引っ込めた。さすがにさわってみる勇気はなかったらしい。

「だいじょうぶ。頭を中に入れたとしてもなんの問題もないよ」丁儀が言った。

大尉はほんとうに頭を空泡の中に入れた。これは、球電の内部から外側の世界を眺めた人類史上初の事例となったが、大尉の目に映ったのはべつだん変わったものではなかった。周囲の人々がまたしても歓呼の声を上げる光景が見えただけだった。ただし今回は、まじりけなしの純粋な歓呼の声だった。

マクロ電子

基地から近いこともあり、ぼくらは実験成功の祝賀会として康西《こうせい》草原（北京市の北西部にある同市最大の草原）にくりだし、羊の丸焼きを食べることにした。食事のテーブルはそう大きくない草原の端のほうに置かれた。

開宴に先立ち、許《シュー》准将がスピーチに立った。

「古代のある日、だれかがふと、自分たちは空気の中で生きていることに気づいた。以後の歴史において、人々は自分たちが重力に束縛されていることを知り、電磁波の海の中にいることを知り、さらに時が進んで、宇宙線が自分たちの体をつねに貫いていることも知った……そしていま、わたしたちは空泡の存在を知り、空っぽに見えるまわりの空間にそれらがつねに漂っているという事実を知ることになった。この場を借りて、わたしは丁《ディン》教授と林《リン》少佐に、人類を代表して敬意を表したいと思う」

全員からふたたび拍手喝采が湧き起こった。

丁儀《ディン・イー》は林雲《リン・ユン》の前まで行って、彼女に盃を掲げた。

「少佐、ぼくは以前から軍人に対してずっと先入観を抱いていた。軍人なんて機械的な思考しかできない人種の典型だってね。でも、あなたはそんなぼくの偏見を正してくれた」

林雲はなにも言わず、ただじっと丁儀を見つめている。いままで彼女がこんな表情でだれかを見ることなど一度もなかった。江星辰《ジャン・シンチェン》にも見せなかった表情だと確信できる。

ここではじめて気づいたことがひとつ。周囲の軍関係者の中で、丁儀はきわめて目立つ格好をしている。草原を吹き渡る熱い夏風にさらされた丁儀は、まるで三枚の旗でできているようだった。一枚は風になびく長髪で、あとの二枚は大きすぎるベストとハーフパンツだ。それらが風にたなびいていると、麻の茎のように痩せた丁儀の体は、三枚の旗を掲揚する旗竿に見える。

夕霞のなか、丁儀の横にたたずむ林雲は、目も綾な美しさだった。

「いま現在、全員がもっとも知りたいことは、球電とはいったいなにか、その正体についてだと思う」許准将が言った。「この機会に、ぜひ丁教授から教えていただきたい」

丁儀はうなずいた。

「ここにいる陳《チェン》博士や林少佐も含め、多くの人たちがこの自然界の謎、球電の謎を解き明かそうとけんめいに研究を重ねてきたことは知っています。彼らは精魂を込め、時に生涯を捧げて電磁方程式と流体方程式をめまいがするほど膨大に積み重ね、崩壊しそうになるくらいねじ曲げ、見つかった穴をふさぐためにひとつひとつ継ぎを当て、いまにも倒れそうな箇所を支えるために一本また一本と支柱を立てるような作業をしてきました。そうして最終的に出来上がったものはあまりにも巨大かつ複雑で、このうえなく奇妙なものでした。……陳《チェン》博士、失敗の原因がどこにあったかわかるかな？　きみたちの頭脳には複雑さが足りなかったわけじゃない。逆に、単純さが足りなかったんだ」

同様の言葉は林雲《リン・ユン》の父親からも聞いた。別々の分野における二人の超人の見方は、期せずして一致していたのだ。

「これ以上どうやって単純にしろと？」丁儀《ディン・イー》の言葉の意味がさっぱりわからず、そうたずねた。だが、丁儀はぼくの質問を無視した。

「つづいて、球電とはいったいなにか、それをお話ししましょう」

夕暮れの空には星々がぽつぽつと現れはじめていた。だがこの瞬間、星々の瞬きさえ止まったように見えた。とりわけぼくにとって、それは神から最後の審判を受ける瞬間のようだった。

「球電は、たんなる電子です」

ぼくらはたがいに顔を見合わせ、その言葉の意味を必死に考えた。だが結局、途方に暮れた視線をまた丁儀に投げかけるほかなかった。丁儀の答えがあまりに奇抜すぎて、質問することさえできなかったのである。

「球電は、サッカーボール・サイズの電子です」丁儀が説明を加えた。

「電子……どうしてそんな？」だれかが質問しかけたが、途中で口をつぐんだ。自分でも莫迦莫迦しく聞こえたのだろう。

「では、みなさんは、電子とはどのようなものだと考えていますか？　不透明で高密度の小さな球体？　たしかにそうかもしれません。大多数の人々の頭の中にある電子、陽子、中性子はそういうイメージでしょう。しかし、話の前提としてまず説明しておきたいのは、現代の物理学で想定される宇宙の姿です。その宇宙は幾何学的な存在であって、物理的な実体はありません」

「もっと具体的に説明していただけませんか？」

「言い換えれば、この宇宙には空間のほかになにもない」

　みんな、また静かになり、理解を超えた命題をなんとか理解しようと脳をフル回転させた。最初に口を開いたのは劉《リウ》大尉だった。彼は手にした羊の骨を振りまわして言った。

「どうして空間以外なにもないなんてことがあるんです？　たとえば、この羊の丸焼きは現実にここに存在しているはずだ。まさか、いま食べたばかりの食いものも、ぜんぶただの空間だったと言いたいんですか？」

「そのとおり。きみが食べたものはどれも空間だ。きみ自身も空間だ。羊肉もきみも、ともに陽子と中性子と電子が組み合わさって構成されている。そして、それらの粒子はどれも、ミクロのレベルで見れば、曲がった空間なのです」丁儀《ディン・イー》はテーブルの皿をどかし、人差し指でテーブルクロスをひっぱった。「仮に空間がこの布だとすると、原子の粒子は布にできたごく小さなしわです」

「そう説明されると、おれでもちょっとわかるかも」劉《リウ》大尉は考えながら言った。

「でもそれは、わたしたちのイメージする伝統的な宇宙像とはずいぶんかけ離れてますね」林雲《リン・ユン》が発言した。

「しかし、これがもっとも現実に近いイメージのはずです」と丁儀は言った。

「電子は空泡に似ているってことですか？」

「閉じた湾曲空間という意味ではね」丁儀は重々しくうなずいた。

「だけど、電子が……どうしてそんなに大きいの？」

「ビッグバン後のほんの短いあいだ、空間はすべて平らだった。そのあと、エネルギーレベルが下がるにつれて、空間にしわが現れ、さまざまな基本粒子が誕生した。われわれを長らく悩ませてきたのは、これらのしわがなぜミクロレベルでしか現れないのかという疑問です。マクロレベルでのしわは存在しないのか？　あるいは、マクロレベルの基本粒子は存在しないのか？　それとも、存在するのか？　そんな疑問の答えを、われわれはいま手にしました。答えはイエス。それらは存在する」

このとき最初に感じたのは、やっと息ができるようになったということだった。ぼくの心は十数年ものあいだ思い切り呼吸できずにいた。濁水の中にずっと潜ったままだったのか、どちらを向いてもぼんやりしていてよく見えず、どれがなんなのか、はっきりとはわからなかった。だが、いまは違う。一瞬にして水面に浮上し、思うぞんぶん空気を吸い込んで、空を眺めることさえできるようになった。もしかすると、目の見えない人が視力を得たときはこんな気持ちになるのかもしれない。

「空泡が目に見えるのは、曲がった空間を通過する光が曲がり、それによって輪郭が視認可能になるからです」丁儀はつづけてそう説明した。

「だとしても、なぜそれが電子であって、陽子や中性子ではないとわかるのですか？」許《シュー》准将が質問した。

「いい質問です。ただ、その答えはやはりきわめて単純です。空泡は稲妻で励起されて球電になり、それがまた空泡に戻るという過程をたどります。実際には、これは、低エネルギーの電子が励起されて高エネルギー状態に変化し、また低エネルギー状態に戻るという過程です。三種類の粒子のうち、このように励起されるのは電子だけです」

「それに電子だからこそ、超伝導線を使って転送できるし、ループ電流と同じく、超伝導電池の中でたえまなく流れつづけることもできるわけですね」急に腑に落ちたように林雲《リン・ユン》が発言した。「でも、不思議ですね。その電子の直径が電池と同じくらいもあるなんて」

「マクロの電子は、ミクロの電子と同様に、粒子であり波でもあるという二重性を持つが、マクロの電子では粒子の形態よりも波動の形態のほうが優位だ。そのため、サイズが持つ意味は、ぼくらの常識とはまったく違ってくる。マクロの電子は、ほかにも数多くの不可思議な特性がありますが、それらについてはこれから少しずつ理解していけばいい。とにかくこれは、世界に対する見方をも一変させるような発見です。それはそれとして、いまやるべきなのは、この巨大電子に名前をつけることじゃないかな。ぼくからの提案ですが、これはマクロレベルの電子なので、〝マクロ電子〟と呼ぶのはどうでしょうか」

「いまの説明からすると、〝マクロ陽子〟や〝マクロ中性子〟も存在するわけですか？」許《シュー》准将がたずねた。

「そのはずです。ただし、励起することが不可能なので、見つけるのは困難でしょう」

「丁《ディン》教授、夢が現実になりましたね」林雲の言葉は、丁儀《ディン・イー》とぼく以外の人には意味不明だっただろう。

「そう、そうなんだよ。ほんとうに、西瓜サイズの素粒子が理論物理学者の机の上に置かれたんだ。次にとり組むべき研究は、その内部構造の解明だ。曲がった空間によってつくられた構造だから、その研究はかなりむずかしいだろう。しかし、ミクロレベルで素粒子の構造を研究するよりははるかに簡単だと思うよ」

「じゃあ、マクロ原子も存在しているってことですか？　三種類のマクロ粒子があれば原子をつくれるはずですよね！」

「そう、マクロ原子だってあるはずだ」

「わたしたちが捕獲したあの空泡――じゃなくてあのマクロ電子って、自由電子なんでしょうか？　それともマクロ原子に空間的に縛られた束縛電子？　もし後者だとしたら、そのマクロ原子の原子核はどこにあると思います？」

「ははは、質問攻めだね。原子の中の空間は大きい。もし原子ひとつが劇場くらいの大きさだとすれば、原子核はその劇場の真ん中に置かれた胡桃くらいのサイズしかない。だから、もしこのマクロ電子がほんとうにマクロ原子の中にあるとしたら、その原子核のありかは、ここからかなり遠いということになる」

「なんてことだ」だれかが叫んだ。「もうひとつ質問があります。もしもマクロ原子が存在するなら、マクロ物質が存在するはずだし、マクロ世界も存在することになるのでは？」

「すばらしい。いよいよ深遠かつ壮大な哲学的問題の領域に入ってきたね」丁儀《ディン・イー》は質問者に向かって微笑んだ。

「マクロ世界はほんとうに実在すると思いますか？」だれかがさらに質問をした。ぼくらはこの物語に強く魅了され、興味津々の子どものようになっていた。

「マクロ世界、あるいはマクロ宇宙は存在する。ぼくはそう信じています。しかし、それがどんな姿なのかはまったくわかりません。もしかしたらぼくらの世界とはまるで違う世界かもしれないし、逆に完全に同じかもしれない。現在推測されている、物質宇宙と反物質宇宙の関係のようなものだとしたら、マクロ地球にはマクロのあなたやマクロのぼくが存在するかもしれない。だとしたら、マクロ世界のぼくの頭はこの宇宙における銀河系がすっぽり入るくらい巨大だということになる……ある意味、ひとつの並行宇宙《マルチバース》と言ってもいいかもしれない」

このときにはすでに夜の帳《とばり》が下りていた。ぼくたちは夏の夜に燦然と輝く星々を仰ぎ、天の川銀河の向こうのはるか深遠の彼方に丁儀の巨大な頭の輪郭を見ようと目を凝らした。想像の中のその超巨大頭部は水晶のように透明なマクロ原子でかたちづくられている。驚いたことに、このとき、ぼくら全員が深遠な思索にふける哲学者になっていた。

宴は終わり、すっかり酔いがまわったぼくたちは草原を散策していた。ふと見ると、丁儀と林雲《リン・ユン》がぴったり寄り添って歩きながら、親しげに会話している。丁儀を包む三枚の旗は夜風に吹かれてかっこよくたなびいていた。麻の茎のように痩せ細ったこの男が、ぼくはもちろん、男性的魅力にあふれる空母の艦長まであっさり打ち破った理由を、ぼくはこの瞬間はっきり悟った。これこそが思考の力だ。どういうわけか、ぼくの心はどうしようもなく苦い思いでいっぱいになっていた。

満天の星空は、泰山のあの夜のように燦爛ときらめいている。そして草原に広がる夜の闇には、亡霊のようなマクロ電子が無数に漂っているのだろう。

兵器

空泡捕獲に成功したことで研究は新たなステージに入り、次々に成果が上がって、順調に進みはじめた。まるでジェットコースターにでも乗っているようなスピードだった。球電は励起によって生じるという仮説をぼくが思いついたとたん、丁儀《ディン・イー》がその仮説をもとにマクロ電子の存在を予測し、そして林雲《リン・ユン》の技術面での才能が重要な役割を果たして仮説を実証した。

研究の次なる一歩は、当然のことながら、マクロ電子の収集だった。丁儀の理論的研究に多くのマクロ電子は不要だが、基地の兵器開発には膨大な数量が必要だったのである。しかし、この収集作業には大きな困難があった。前回成功したアーク放電による採集は危険性が高く、同じ方法をもういちど試すのは不可能だ。そのため、さまざまな解決策が検討された。その中でもっとも多くの人から提案され、論議されていたのは無人機の使用だった。この方法なら、たしかに安全性の課題をクリアできる。しかし、大量のマクロ電子を採集するにはコストが膨大で効率が悪いという問題がある。

　その解決策として林雲が主張したのは、非励起状態のマクロ電子を直接見つけ出すことだ。彼女の考えはこうだ。近距離においてマクロ電子が肉眼で視認できるなら、高感度の光学的観測手段を用いれば、遠距離からでも位置をつきとめられるはずだ。そのため彼女は、大気光学観測システムの使用を考えていた。このシステムを使えば広大な空間を探査できるし、光を屈折させるものなら透明であっても見つけ出せる。大気を走査するこのシステムは、CTスキャンの仕組みとよく似ている。垂直に交差する二条のレーザーを空中に発射し、地表に置かれた高感度の画像撮影・認識システムがそのレーザーの大気中での屈折の変化を観測・分析して3D画像を生成する。

　短時日のうちに、基地には軍関係者ではない人々があふれた。ITエンジニア、光学専門家、パターン認識専門家、さらには天体望遠鏡の開発者までやってきた。

　探知システムが構築されたあと、スクリーン上に映し出されたのは、マクロ電子ではなく、大気の擾乱《じょうらん》や気流だった。ふつうは見ることのできない空気の動きがくっきり画面に映し出されている。いつもは静かな水面のように見えるおだやかな空気の世界が、ほんとうはこれほど激しく動いていることを知って、ぼくも驚いた。まるで巨大洗濯機の中の水流のようだ。同時にこのシステムは気象学にとっても大きな利用価値があるとすぐに思い当たったが、本来の目的であるマクロ電子の探査に全神経を注いでいたため、その点について深く考えることはなかった。

マクロ電子の姿は、この激しく乱れた気流を映し出す映像の中にまぎれている。しかし、その特徴的なまるい輪郭のおかげで、パターン認識機能は混沌の中から容易にマクロ電子を識別することができた。こうして、多数のマクロ電子が大気中に見つかった。

励起されていないマクロ電子に危険はないため、こんなふうに位置が特定されると、以降の採集は容易になり、捕獲作業はスムーズに進展した。サーチロッドの出番さえなく、超伝導線で編んだ大きな網を使って空気をすくうだけでよかった。空中で漁をするようなもので、場合によってはたった一回の飛行でマクロ電子多数を捕獲することもできた。

いまや、空泡を捕獲して人類の収蔵品コレクションに加えることはごく簡単な作業となった。これまでのきびしくつらい球電研究の道のりが嘘のようだった。張彬《ジャン・ビン》や鄭敏《ジェン・ミン》のように、球電に人生どころか命まで捧げたのになにも得られなかった人々や、シベリアの森の奥深くに建設された３１４１基地の悲劇に思いを馳せると、深い感慨が沸き起こった。いままでどれほど長く、どれほどの回数まわり道をしてきたことか。

「だが、それが科学というものだ。過去のどのまわり道にせよ、不要なものなどなかった。たとえそれがどれほど莫迦げた遠まわりに見えたとしても」とは許《シュー》准将の言だが、まさにそのとおりだった。

准将は、ヘリコプター編隊への送別の辞としてこの話をした。これからはコスト削減のため、マクロ電子の捕獲はヘリウム飛行船を使って行われる予定で、この基地の球電兵器プロジェクトがヘリコプターを利用することはなくなる。ぼくらは、苦難と危険をともにしてきた二人のパイロットと名残を惜しんだ。真っ白なアークをひっぱって飛んだ夜の実験任務の数々はぼくにとって一生の思い出だし、同時に科学史の片隅に刻まれる出来事となるだろう。

いよいよ最後の別れの時が来ると、劉《リウ》大尉はぼくたちに言った。

「がんばってください。みなさんが開発した雷球砲を装備できる日を楽しみにしていますから！」

この〝雷球砲〟という名称は、雷球につづき、劉大尉が命名して人口に膾炙《かいしゃ》した二番めの名詞になった。これ以降、球電兵器の分野ではずっとこの名前が使われることとなる。

非励起状態のマクロ電子を光学的に観測できるようになったことで、もうひとつの可能性が開かれたが、最終的には、ぼくらが持つ物理学の知識がいかに浅いかを証明するにとどまったとも言える。観測システムがはじめて成功をおさめたあと、ぼくと林雲《リン・ユン》は興奮し、大喜びで丁儀《ディン・イー》のもとを訪ねた。

「丁《ディン》教授、次はマクロ原子核を探し出す番じゃないですか？」

「どうしてそう考えるんだい？」

「マクロ原子核を見つけられないのは、マクロ陽子とマクロ中性子がマクロ電子のように励起できないからですよね。でも、いまのぼくたちは光学的手段によって空泡のありかを直接特定できる！」

丁儀《ディン・イー》は笑いながら頭を振った。そのようすはさしずめ、二人の小学生のまちがいを寛大に受け止める先生のようだった。

「マクロ原子核を見つけられない主な原因は、励起できないからじゃなくて、それがどんな姿をしているのかまったくわからないからだよ」

「えっ？　空泡みたいなものじゃないんですか？」

「マクロ原子核は空泡だなんてだれが言った？　理論的に推測するかぎり、その外観はマクロ電子とまったく異なっているに違いない。それこそ、氷と炎の見た目がまったく違うくらいにね」

まわりに漂うマクロ粒子がどんな姿をしているかなど、想像もできない。ただ、なにも存在していないように見える空間に、ほんとうは不可思議なものがあふれているという事実だけは肌身に感じることができた。

現在、球電の励起は実験室でも可能になっている。励起システムの起点になるのは空泡を貯蔵している超伝導電池だ。空泡は、超伝導電池から解放されたのち、磁場の中で加速され、人工雷発生機十基を次々に通過する。これら十基が発生させる雷エネルギーの総量は、空中で雷球を励起する実験で使用されたアーク放電のそれよりもはるかに大きい。雷をどれだけ発生させるかは、実験の目的によって変わってくる。

兵器の開発に関してぼくらがいちばん知りたいのは、マクロ電子がエネルギー放出時に発揮する高い選択性の原理だった。これこそ、球電が人々を当惑させ、恐怖に陥れてきた悪魔の特性だが、この選択性をうまく利用できれば、ターゲットを正確に攻撃できる。

「それはマクロ粒子が持つ粒子と波動の二重性と関連している」と丁儀が説明した。「理論的には、ぼくはすでにエネルギー放出モデルを完成させている。観測実験の設計も終えたから、もっとも不可思議な光景をいずれ見せられるだろう。でも実は、この実験はきわめてシンプルなんだよ。雷球のエネルギー放出過程を百五十万倍まで遅くすればいいだけのことだからね」

「百五十万倍？」

「そう。いま手もとにあるマクロ電子の最小サイズをもとにした大ざっぱな見積もりだけど」

「ということは……毎秒三千六百万コマ！　そんなに速い高速度カメラがいったいどこにあるんですか？」だれかが疑い深げな口調でたずねた。

「それについてはぼくの守備範囲じゃない」丁儀《ディン・イー》はそう言うと、しばらく口にしていなかったパイプに火を点け、深々と煙を吸い込んだ。

「きっとどこかにあるはず。見つけてみせます！」林雲《リン・ユン》は自信たっぷりに言い放った。

＊＊＊

ぼくと林雲は国防光学研究所の実験棟に足を踏み入れた。まず目を奪われたのは、ロビーに飾られた一枚の大きな写真だった。片手に握られたピストルの巨大な銃口がまっすぐカメラを向いている。銃口の奥で赤い炎が輝き、煙のすじが銃口から立ち昇りかけている。写真でいちばん目を惹くのは銃口の前に浮かぶ黄銅色のなめらかな球体だった。銃口から発射された瞬間の弾丸だ。

「この研究所の設立当初に撮影されたハイスピード写真です。時間分解能はおよそ十万分の一秒ですね。現在の基準から見れば一般的な高速度撮影で、ハイスピードとも言えないレベルですが。このくらいのスペックのカメラは、いまは撮影機材の専門店ならどこででも手に入ります」研究所の責任者が言った。

「この写真を撮影するために犠牲になったかたはどなたなんですか？」と林雲が質問した。

責任者は笑って答えた。

「鏡ですよ。この写真は反射光システムを使って撮影されたものです」

研究所では、あらかじめ何人かエンジニアを呼んで、ぼくらのためにミーティングを開いてくれた。会議の冒頭、ウルトラハイスピード撮影機器が欲しいというこちらの希望を林雲が切り出したとたん、数人が明らかに渋い表情になった。

「いまのところ、うちのウルトラハイスピード撮影設備は世界基準から見るとだいぶ遅れてましてね。実際に運用する際は、かなり不安定になります」と責任者が言った。

「まずはそちらが希望される数字を出してください。それをうかがってから、なにができるか考えましょう」エンジニアのひとりが言った。

「だいたい……毎秒三千六百万コマ必要なんですが」ぼくはおそるおそる数字を告げた。

かぶりを振られるかと思いきや、意外にも、研究所側のメンバーは一斉に笑い出した。

「ずいぶん大仰な依頼だったのですっかり身構えていたら、お求めのものがごくふつうのハイスピード撮影機材だったとは！　お二人がイメージしているウルトラハイスピード撮影は、一九五〇年代のレベルですよ。現在うちが到達している最高のフレームレートは四億ｆｐｓですし、世界最高速は六億ｆｐｓですから」

その数字はぼくと林雲《リン・ユン》を茫然とさせた。しばらくして、ぼくたちの心に余裕と安心感が生まれてから、責任者が研究所の見学ツアーに連れていってくれた。モニタースクリーンのひとつを指さし、彼はたずねた。

「この画像はなんだと思いますか？」

ちょっと見てから林雲が答えた。

「ゆっくり開きかけている花みたい。でも、妙ですね。花びらが光っている」

「ハイスピード撮影はもっともやさしい撮影とも言えます。おそろしく激烈な動きを優美で軽やかなものに見せるんですから。いま映っているのは、成形炸薬弾がターゲットに命中したときの爆発過程を撮影したものです」彼は〝花〟の真ん中の明るい黄色の〝花芯〟を指さした。「これは爆発によって形成された超高温・超高速のメタルジェットで、いままさに装甲を貫通しているところです。毎秒およそ六百万コマで撮影されています」

二つめの実験室に入ると、責任者が言った。

「次にお目にかけるのは、ご要望を満たせるハイスピード撮影です。フレームレートは毎秒五千万コマです」

ここで見た映像は、静まり返った水面に目に見えない小石が落下したところを撮影したように見えた。まず水滴がいくつも跳ね上がり、次にそれらの水滴が破裂する。細かく砕けた液体がまわりに飛び散り、水面に波紋が広がる……。

「これは高エネルギービームが金属表面に命中したときの映像です」

林雲が興味津々の顔で質問した。

「毎秒一億コマ以上のウルトラハイスピード撮影ではなにを撮るんですか?」

「そうした映像はどれも機密指定ですから、お見せすることはできません。ただ、このくらいは言ってもいいでしょう。その種の機材でよく撮る被写体のひとつは、トカマク型核融合炉の中で起こる制御核融合の過程です」

＊＊＊

雷球のエネルギー放出のハイスピード撮影はすぐに実行された。実験では、マクロ電子は十箇所の雷すべてを通過する。それによって励起されたマクロ電子のエネルギー量は、自然界で球電が稲妻によって励起されるときのエネルギー量をはるかに超える巨大なものとなる。そのため、エネルギー放出過程もはっきり確認できるはずだ。

励起されたあと、雷球は標的エリアに進入する。標的エリアの床や段差のある複数のコンクリートの台に、形状もさまざまなターゲットが置かれている。たとえば木製の立方体、プラスチックの円錐、金属球、内部に鉋屑《かんなくず》を詰めた紙箱、ガラスの円柱……。それぞれのターゲットの下には白い紙が敷かれていて、ぱっと見たところ、標的エリアはまるで現代彫刻展の会場のようだった。このエリアに進入したあと、雷球は磁場の作用で減速するため、エリア内を漂いながらエネルギーを放出するか、自然消滅する。計三台のハイスピードカメラが標的エリアの壁に設置されているが、サイズが大きく複雑な構造の機材なので、言われないと撮影機器には見えない。雷球のエネルギーがどの標的に対して放出されるかを事前に予測するのは不可能だったので、放出の模様が首尾よく撮影できるかどうかは運まかせだった。

実験がはじまった。危険も大きいことから、現場作業員は全員あらかじめ待避し、実験場から三百メートル離れた地下の制御室から遠隔操作で実験手順を進めた。

モニター画面には超伝導電池から解放された最初の空泡がひとつめの稲妻に接触するところが映った。その瞬間、モニター・システムは音を拾う機能を失い、スピーカーからはただガーガーと雑音が響くばかりになったが、その巨大な雷鳴は、スピーカーを通すまでもなく、三百メートル離れたここまで生の音が伝わってきた。画面には励起された球電が現れ、磁場の作用のもと、ゆっくり前に移動していく。前方ではアーク放電による残り九つの人工稲妻が連続して発生し、実験場のほうからその雷鳴がたてつづけに伝わってくる。ひとつまたひとつと稲妻に接触するたび、球電のエネルギー量は倍増していく。エネルギー量の増加にともない輝度も高くなり、色合いまで変わってきた。ダークレッドからオレンジ、イエロー、白、緑、スカイブルーと変色し、最後は貝紫《チリアンパープル》色の火の球となって加速エリアに進入した。磁場に押されて火の球は急流に巻き込まれたかのように急加速し、あっという間に標的エリアへと入っていった。すると今度は水中に突っ込んだみたいに急減速し、標的エリアをゆっくり漂いはじめる。ぼくたちは息を殺して次の瞬間を待ち受けた。火の球がエネルギー爆発を起こすと同時に稲妻が走り、実験場から伝わってきた巨大な爆音が地下制御室のキャビネットのガラス戸をびりびり振動させた。今回のエネルギー爆発ではプラスチックの円錐が燃え、白い紙の上に黒い灰の山だけが残された。しかし、ハイスピードカメラの撮影スタッフの報告によれば、その標的にはカメラを向けていなかったため、なにも映っていないという。そのあともつづけざまに計八個の雷球が励起され、そのうち五個はエネルギー爆発を起こしたが、三台のハイスピードカメラは攻撃された標的のどれにも焦点を合わせていなかった。最後のエネルギー爆発は標的が置いてあるコンクリート台を粉砕した。飛び散ったコンクリートの破片で標的エリア全体がめちゃくちゃになったため、実験は一時中止となり、スタッフ総出で、オゾンのにおいが立ち込める実験場の片づけ作業に追われた。

標的エリアの残骸を片づけ、ふたたび標的を配置し直してから実験が再開された。マクロ電子がひとつまたひとつと標的エリアに送り込まれるが、三台のハイスピードカメラによる撮影は、鬼がいつまでも子を捕まえられないかくれんぼのようになり、光学研究所のエンジニアたちはカメラが壊されないか心配しはじめた。標的エリアからいちばん近い距離に置かれている機材が彼らのハイスピードカメラだったからだ。それでもぼくらは強引に実験をつづけた。そして十一回目のエネルギー爆発時、ようやく標的に命中する場面を捉えることに成功した。今回命中した標的は一辺三十センチの松材の立方体で、球電エネルギーはパーフェクトな見せ場をつくっていた。木材は完全に燃えつき、薄いグレイの灰と化したが、その灰はもとの立方体のかたちをそのまま保っていたのである。ちょっと触れただけで灰の立方体は崩れたが、その下に敷かれた白い紙はまったく無傷で、焼け焦げた跡はどこにもなかった。

ハイスピード撮影された映像は、そのままコンピュータにロードされている。というのも、もしこれをノーマルスピードで再生したら千時間かかるからだ。雷球が実際に標的に命中している瞬間の映像は、そのうちのたった二十秒かそこらしかない。しかし、コンピュータを使っても、千時間分の映像から問題の二十秒をようやく探し当てたときには、すでに夜も更けていた。ぼくらは全員でスクリーンに目を凝らし、この悪魔がついに神秘のベールを脱ぐときを、息を潜めて待ち受けた。

一秒二十四コマの標準速度で再生すると、すべての過程を確認するのに二十二秒かかった。エネルギー放出時、雷球は木材の立方体から約一・五メートルの位置にあったが、この距離はじつにラッキーだった。そのおかげで雷球と立方体がひとつの画面に同時に映っていて、その二つをいっしょに観察することができたからだ。最初の十秒間で雷球の輝度が急激に増した。立方体のほうは発火すると思われていたが、その予想は裏切られた。驚いたことに、木材の色が失われ、透明に変わった。最後は立方体の輪郭だけがぼんやり浮かび上がっていたが、雷球の輝度が最大値に達したとき、立方体の輪郭も完全に消失した。次に雷球の輝度が低下しはじめた。ここまでの変化に約五秒間。最後は、木材の立方体があった空間に、目に見えるものはなにもなくなった。つづくフレームでは透けた立方体の輪郭がもとの場所にふたたびぼんやり浮かび上がり、みるみる木材の色彩が現れ、実体化してきた。だが、最終的に立方体は薄いグレイの灰と化し、それと同時に雷球も完全消滅した。

みんなあっけにとられて口もきけず、しばらく時間が経ってからやっと、もういちど映像を再生することを思いつく始末だった。ひとコマひとコマ、スローモーションで再生して、立方体が透明な輪郭に変わるその瞬間のフレームで一時停止した。

「これ、四角い空泡みたい」林雲《リン・ユン》はその透明な輪郭を指さして言った。

映像を逆再生していくと、まさに暗くなりかけている瞬間の雷球と、その下のなにも載っていない白い紙一枚だけが映るフレームが現れた。さらにひとコマずつ戻していく。どの画像に対しても、全員が目を凝らし、長時間かけて観察したが、白い紙の上にはほんとうになにも映っていなかった。さらに先にめくっていくと透明な輪郭がまた出現していた。そしてそれは次のフレームでは立方体の灰へと変貌した……。

このときとつぜん、スクリーンがもくもくと広がる煙に覆われた。丁儀《ディン・イー》がみんなの背後から吐き出した煙だった。いつの間にか彼はパイプに火を点けていた。

「いま見たのは、物質における粒子と波の二重性の結果です」画面を指さしながら、丁儀は大きな声で言った。「きわめて短いその一瞬、空泡と立方体は、どちらも波の性質を見せていた。両者は共鳴し、共鳴する中で一体化し、波として存在していた立方体は波としてのマクロ電子から放出されたエネルギーを受けとることで燃え尽きた。次の瞬間、それぞれが粒子の性質を回復した。それゆえ、燃え尽きたあとの木の立方体がふたたび実体をとり戻したというわけだ。これこそ、あらゆる人々を困惑させてきた球電にまつわる謎の答えです。雷球のエネルギー放出時の標的選択性もこれで説明できる。放出エネルギーの的になったとき、ターゲットは波の状態になるので、もとの位置にはそもそも存在していない。だから当然、雷球のエネルギーは、標的の周囲にあるものにまったく影響を及ぼさない」

「でも、どうして標的となった物体にだけ波の性質が現れるんですか？　たとえばあの立方体は波になるのに、その下にある白い紙はまったくそうならない。なぜですか？」

「それは物体の境界条件によって決定されると考えられる。画像処理ソフトウェアと似たメカニズムでしょう。一枚の写真の中からプログラムが自動的に人間の姿をとりだすのと似たような機能です」

「もうひとつの謎、球電の貫通性に関しても、これで説明がつく！」林雲はすっかり興奮している。「マクロ電子が波動の性質を持つなら、物体を通り抜けられるのは当然です。同じくらいの幅のスリットがあれば、きっと回折も起きるでしょうね」

「球電が波動の性質を持てば、一定の範囲に広がる。だから、雷球のエネルギー爆発のとき、離れた物体にまで爆発の影響が及ぶわけか」許准将《シュー》がとつぜん悟ったように言った。

＊＊＊

こんなふうに、球電を包む神秘のベールはじょじょに剝がれていった。とはいえ、こういう理論上の進展は、球電兵器の研究開発にとって直接役立つものではない。兵器開発にまず必要なのは、殺傷能力を備えた大量のマクロ電子の確保だった。この点について、理論研究はなんの手助けにもならない。とはいえ、現在までに基地が採集し貯蔵しているマクロ電子の数はすでに一万を超え、いまも急速に増加しつつある。そのため、理論研究を頼りにしなくても、実験に頼って、頭脳を必要としないやりかたで研究することが可能になった。そうした数頼みの実験により、エネルギー放出時に選択される標的の種類は、それを励起した雷エネルギーに関係なく、マクロ電子自体のタイプによって決まることが明らかになった。あるマクロ電子があるタイプの標的をエネルギー放出時に選択したら、そのマクロ電子は次回もかならず前と同じタイプの標的を選択する。この事実は、ぼくたちが何度もくりかえし行った以下の動物実験によって判明した。

方法はシンプルだ。人間と肉体構造が近い動物、たとえば実験用のウサギ、ブタ、ヒツジなどを実験場の標的エリアに放ったあと、貯蔵されていたマクロ電子を解放すると同時に励起して球電をつくる。もしその球電が爆発してターゲットの動物を殺傷すれば、そのマクロ電子をマークして、兵器として保管しておく。

毎日、多数の実験動物が球電で焼かれて灰になるのを目のあたりにして、精神的なダメージを受けずにいることは不可能だった。しかし林雲《リン・ユン》は、球電に一瞬で焼きつくされるのは、動物にとって苦痛が少ない死だと言ってぼくをなぐさめた。たしかにそのとおりかもしれないと思って、いくらか気が楽になったが、実験をさらに進めるにつれ、それほど単純な話ではないことがわかってきた。球電は標的に向かってエネルギーを放出するが、そのさいのターゲット選択は、ときにきわめて精密なレベルで行われていたのである。たとえば、ある種のマクロ電子が放出するエネルギーは、動物の骨格のみを対象に燃やし尽くす。あるマクロ電子に至っては、動物の血液のみを一瞬で気化させるが、筋肉組織を傷つけることは一切ない。こんな攻撃の犠牲になった動物の死にざまは、見る者に身の毛のよだつような恐怖を抱かせた。しかし結局、丁儀《ディン・イー》のある発見によって、幸運にも、この悪魔の実験にピリオドを打つことができた。

丁儀は人工雷以外の手段で球電を励起する方法を継続的に研究していた。最初に考えついたのはレーザーだったが、うまくいかなかった。次に高出力マイクロ波を検討したが、やはり成功しなかった。しかし、それらの実験の過程で、マイクロ波がマクロ電子を通過するときに複雑な周波数スペクトルをつくりだすことが判明した。個々のマクロ電子はそれぞれ異なる周波数スペクトルを持ち、それが各マクロ電子を識別する指紋のような役割を果たすことがわかったのである。同じタイプの標的に対してエネルギーを放出するマクロ電子は、どれも同じ周波数スペクトルを備えていた。そのため、攻撃したい目標に対する一定の選択性を持つ少数のマクロ電子の周波数スペクトルを記録しておけば、いちいち励起して実験する必要はなくなった。周波数スペクトルの特徴を分析するだけで、同種のマクロ電子を探し当てることが可能になったからだ。そんなわけで、動物たちはめでたくお役御免となった。

実戦に向けて、球電を発射装置に装塡して使用するための研究開発も同時進行していた。過去の実験で積み重ねてきた作業がベースとなるため、技術的な土台はとっくに完成している。実戦用の雷球砲は、以下のパーツから成る。1、空泡を格納する超伝導電池。2、磁場加速レール。これは長さ三メートルの金属筒で、内部には一定の間隔を置いて複数のコイルが設置されている。コイル内の電流は空泡が通過した瞬間に逆向きになり、それによって発生する磁場が空泡を前に進ませる力になる。こうしたコイルを連続して通過するうち、空泡は磁場によってどんどん加速されていく。3、励起用電極。これはアーク放電のための電極で、加速された空泡が通過するとき、人工的に雷を発生させることで空泡を励起する。4、付属機構。システムすべてに電力を供給する超伝導電池や照準メカニズムなど。以上のパーツについても既存の実験設備を利用しているため、最初の雷球砲はわずか半月で試作品が完成した。

周波数スペクトルによる識別技術が確立して以来、兵器として利用可能なマクロ電子を探す作業も急ピッチで進められてきたので、現在、兵器になるマクロ電子の確保数は千を超えている。励起後にそれらが放出するエネルギーは、有機生命だけを攻撃する性質を備えている。これだけの数の球電があれば、小都市を守るすべての兵士を短時間で排除できる。その際、ガラス戸の食器棚に収められた陶磁器のカップひとつ壊すことはない。

「教授はわずかでも良心が痛むようなことはないんですか？」丁儀《ディン・イー》にそう質問したことがある。ぼくら二人は、人類初の球電兵器の前に立っていた。外見はまったく攻撃兵器らしくない。どちらかというと、通信設備かレーダーのように見える。加速レールと励起用電極がアンテナに似ているからだ。てっぺんには、二つの超伝導電池がある。ともに高さ一メートルの金属円筒で、その中には、千個にのぼる対人兵器タイプのマクロ電子が貯蔵されている。

「どうして林雲《リン・ユン》に訊かない？」

「彼女は軍人ですから。でも、教授は？」

「どうでもいいね。ぼくの研究対象は、サイズで言えば10のマイナス30乗センチメートル以下か、それとも百億光年以上か、そのどちらかだ。この二つのスケールに照らすと、地球だの人類だのはとるにたりない」

「生命もとるにたりないものなんですか？」

「物理学的に見れば、生命は、物質と運動のさまざまな態様の中で、とりわけ重要な意味を持つわけではない。生命からなにか新しい物理法則を見つけ出すことは不可能だろう。ゆえに、物理学上、ひとりの人間の死とひとかけらの氷の溶解に本質的な違いは存在しない。陳《チェン》博士、きみはときどき考えすぎるきらいがあるね。宇宙の究極の法則という観点から人生を見ることを学べば、もっと楽に生きられるよ」

ぼくにとって唯一のなぐさめは、球電兵器が最初に思ったほどおそろしい武器ではなく、防御も可能だという事実だった。マクロ電子は電磁場の影響を受ける。磁場によって加速できるということは、防衛側が磁場を使って減速させたり向きを逸らしたりすることもできる。こういう兵器は、戦場に投入された初期段階のみ、最大限の威力を発揮できる。そのため、軍はこのプロジェクトの機密保持に神経をとがらせていた。

＊＊＊

球電兵器の誕生後ほどなく、張彬《ジャン・ビン》先生が基地にやってきた。体はすっかり衰弱していたが、それでもまる一日、基地に滞在していった。磁場に囚われたマクロ電子を放心したように眺め、それらが次々と励起され球電に変わっていくところを極度に興奮した表情で見つめた。まるで彼の一生がその一日に凝縮されているかのようだった。

丁儀《ディン・イー》と対面すると、張彬は激情に駆られたように言った。

「わかっていたよ。球電の謎を最終的に解明するのは、きみのような人間だと。妻の鄭《ジェン・》敏《ミン》はきみと同じ大学の同じ学部を卒業した。彼女もきみのような天才だった。もし彼女が生きていたら、この発見を成し遂げたのはきみじゃなかったかもしれんな」

別れぎわ、張彬はぼくにこんなことを言った。

「わたしにはもう時間が残されていない。最後の願いは、自分が死んだら球電に燃やされることだけだ」

ねぎらいの言葉をかけようと思っていたが、先生にそんなものは必要なかった。そのことを悟り、ぼくはただ黙ってうなずいた。

観察者

球電兵器部隊が結成された。発足時は中隊ひとつだけの兵力しかなく、康明《カン・ミン》という名の、落ち着いた雰囲気の陸軍中佐が指揮官に任命された。部隊のコードネームは〈曙光〉。これは、はじめて球電を励起したときにちなんで、ぼくと林雲《リン・ユン》とで名づけた。あの日のことは一生忘れられない。球電は周囲の薄雲を赤く染めたが、それは小さな日の出を彷彿とさせるものだった。

〈曙光〉部隊は緊迫した空気のなか、すぐに訓練をはじめた。訓練の核になるのは実弾射撃演習だ。できるだけ実戦の条件に近づけるため、訓練は通常、屋外で行われた。ただし、偵察衛星の監視を避けるには、曇りの日を選ぶ必要がある。そのため、雨が多く晴れの少ない南方の演習場が何箇所か選定され、訓練場所はそれらのあいだを転々とすることになった。

演習場では、雷球砲から発射される複数の球電が、まっすぐ一列に並んで、あるいは扇形に散開して、目標に向かって飛んでいく。球電が飛行中に発する悲しげで切ない音は角笛の響きのようでもあり、吹きすさぶ風が原野を横切るようでもある。雷球の爆発音は奇妙なものだった。どこからともなく聞こえてくるが、空間全体が振動しているように感じることもあれば、ときには自分の体内から音が発せられているように感じることもあった。

この日ぼくらは、〈曙光〉部隊が新しい演習場に移動するのに同行していたが、そこに丁儀《ディン・イー》もやってきた。彼は理論研究の責任者だが、そもそも丁儀がここでやれることはなにもない。

「きみたちがまちがいやすい点を指摘しておこうと思ってね。それと、ちょっと変わったものを見せたくて」と丁儀が言った。

部隊が実弾砲撃の準備をしているとき、丁儀がぼくらにたずねた。

「きみたちは、ふだん哲学的な思索にふけることはあるかい?」

「めったにないですね」ぼくが答えた。

「ありません」林雲が答えた。

丁儀は林雲を見やった。

「まあ、それも当然か。きみは女性だからね」林雲にきっとにらまれると、丁儀はつづけて言った。「いや、だいじょうぶ。きょう、きみたちは否応なく哲学的な思索にふけることになる」

そう言われて、あたりを見まわしてみた。暗雲が垂れ込める演習場は、林に囲まれたじめじめする空き地だった。片側に標的として仮設の建物と廃車がいくつか置かれている。哲学に関係しそうなものは見当たらない。迷彩服を着た康《カン》中佐がやってきて、今回の演習についてなにか要望があるか丁儀《ディン・イー》にたずねた。

「簡単なことです。第一に、現場の監視装置をすべてオフにしてください。第二に――これがいちばん重要ですが――射撃のさい、目標物に照準を合わせたら、あとは目を閉じてください。指揮官を含む全員が目をつぶり、わたしの指令が聞こえたら目を開けてください」

「目を……？」中佐が面食らったように訊き返した。「理由をうかがっても？」

「のちほど説明します。康中佐、わたしからもひとつ訊きたい。この距離での雷球砲の命中率は？」

「ほぼ一〇〇パーセントです、教授。雷球は気流の影響を受けませんから、加速後の軌跡は安定しています」

「それはいい。では、はじめてください。狙いを定めたあとは、みんなかならず目を閉じるように」

「照準よし」

叫び声のあと、ぼくは目を閉じた。すぐに雷球加速レールにアーク放電が生じ、鳥肌が立つようなパチパチという音が聞こえた。つづいて、悲哀に満ちた球電の音が鳴り出した。もしや、雷球がぼくを狙っているのでは――一瞬、顔の筋肉がこわばったが、目を開けないよう必死にこらえた。

「いいでしょう。みなさん、もう目を開けてください」丁儀はそう言ったとたん、球電の爆発時に生じたオゾンにむせて咳き込んだ。

ぼくは目を開け、軽いめまいに襲われた。トランシーバーから報告者の声が聞こえてくる。

「十発発射。命中は一、失敗が九」つづいて、小さな悪態が聞こえた。「くそっ、なんてこった！」標的の近くで、的を外れた球電に燃やされた雑草を消火する兵士たちの姿も見える。

「なんてざまだ」康中佐は球電兵器の後方にいる狙撃手を叱りつけた。「目を開けた状態で照準してから目を閉じろと言っただろう」

「命令どおりにいたしました。照準は絶対に正確でした！」上等兵が言った。

「では……兵器を調べろ！」

「その必要はありませんよ。兵器と砲手の操作に問題はなかった」丁儀《ディン・イー》は手を振って言った。「いいですか？　球電は一個の電子なんです」

「つまり、量子効果が現れたと？」ぼくがたずねた。

丁儀がうなずいた。

「そのとおり！　観察者がいるとき、マクロ電子の状態はある確定した値に収縮する。その値は、マクロ世界におけるわれわれの経験と矛盾しないものになる。したがって、雷球は目標に命中する。しかし、観察者が存在しない場合、電子は量子状態になる。すべては不確定で、位置は確率的にしか記述できない。そういう状況下では、この球電は実際には電子雲のかたちで存在する。これは確率の雲で、目標に命中する位置に存在する可能性はかなり低い」

「つまり、雷球が目標物に命中しなかったのは、われわれが見ていなかったからだと？」

中佐はにわかに信じられないという表情でたずねた。

「まさにそれです。ちょっと変わってるでしょ？」

「しかしいくらなんでも……唯心論に傾斜しすぎでは」林雲《リン・ユン》は訳がわからないという顔でかぶりを振った。

「ほらね、哲学的に考えただろ。まあ、無理やりそうさせられたかもしれないけど、いまのきみは哲学的な思索にふけっている」丁儀はぼくに目配せし、それから林雲に向かって言った。「哲学的に説教するのはよしてくれよ」

「ええ、わたしにはその資格がありませんね。もしだれもが教授のような究極の思索にふけっていたら、世界はどんなにおそろしい場所になっていたか」林雲はそう言って肩をすくめた。

「きみだって、多少は量子力学の心得があるだろう」丁儀が言った。

「ええ、あります。多少という以上に。ただ……」

「ただ、マクロ世界でそれを目にするなんて夢にも思わなかった。そうだね？」

「それはつまり――」中佐が言った。「雷球を目標に命中させたければ、最初から最後まで雷球を観察していなければならないということですか？」

丁儀がうなずいた。

「あるいは敵が見てもいい。ただし、観察者は絶対に必要です」

「さあ、もう一回やって、確率的な電子雲がどんなものか、たしかめてみましょう！」林雲は興奮した口調で言った。

丁儀はかぶりを振った。

「無理だよ。量子状態は観察者がいない状況でしか現れない。観察者が現れたら、とたんにわれわれが経験している現実に収縮する。われわれが電子雲を見ることは永遠に不可能だ」

「カメラをドローンに搭載してはどうでしょう？」中佐が言った。

「カメラも観察者なんだ。人間だけでなく、量子状態からの収縮を引き起こすすべての監視装置をオフにしてもらった理由がそれです」

「でも、カメラ自体にはなんの意識もないのに」林雲《リン・ユン》が言った。

「ほらね。唯心論者はぼくか、それともきみのほうか？　観察者に意識があるかどうかは関係ないよ」丁儀《ディン・イー》はにやっと笑って林雲を見た。

「それは違うんじゃないでしょうか」ついに丁儀の説のほころびを発見した。そう思って、ぼくは反論した。「教授の説が正しいとすると、球電の周囲にあるどんなものでも観察者になりうるのでは？　カメラの受光部に像が残るのと同様、球電は空気中にイオン化の痕跡を残します。球電が発する光は周囲の植物に影響を与えるし、発する音は地面の砂を震わせる……周囲の環境には、多かれ少なかれ球電の痕跡がつねに残る。それらは、カメラで撮った映像と本質的になんの違いもないのでは？」

「そうだね。しかし、観察の度合いには大きな差がある。カメラによる撮影は強い観察にあたるが、地面の砂が震えてもとの位置からずれることは弱い観察にすぎない。弱い観察も量子状態の収縮をもたらす。だが、それはごくわずかなものだ」

「そんな理論は奇想天外すぎてとても信じられません」

「実験の証拠がなければ、ほんとうにだれも信じないだろうね。でも、量子効果は二〇世紀初頭にミクロ世界で実証されている。いまのわれわれは、そのマクロ版を見ているにすぎない……ニールス・ボーアやルイ・ド・ブロイが生きていれば。ハイゼンベルクやポール・ディラックが生きていればなあ……」高まる感情が抑えきれないのか、丁儀は夢遊病者のようにうろうろ歩きながらひとりごちている。

「でも、アインシュタインにとっては、死んでいてさいわいでしたね」林雲が言った。

そのとき、ふとあることを思い起こした。マクロ電子を励起している基地のラボで、丁儀は四台の監視システムの据えつけを断固要求していた。そのことをたずねてみた。

「そう、安全を考慮したからだ。もしすべての監視システムが無効になれば、球電は量子状態になる。そのときには基地のかなりの部分が電子雲にすっぽり覆われる。そうなれば、球電はその範囲のどこにでもとつぜん出現する可能性がある」

いまわかった。球電の目撃例の多くで、球電の動きがランダムでつかみどころがなかった理由。励起できるような稲妻が近くにないのに、なぜいつも球電がとつぜん出現するのか。おそらくそれは、目撃者がマクロ電子の電子雲の中にいたからだろう。その人物が球電を目撃したことが、はからずも量子状態からの収縮を促してしまったのかもしれない。

なるほど、とぼくはうなった。

「いままで球電のことはある程度まで理解しているつもりでいましたが、まさかそんな……」

「きみがまさかそんなと思うことはそれだけじゃない」丁儀《ディン・イー》がぼくの言葉をさえぎって言った。「陳《チェン》博士、自然界はきみに想像もできない不思議に満ちているんだよ」

「ほかにもあるんですか？」

「ある。きみと語り合う気にさえなれないようなことがね」丁儀は声をひそめて言った。最初は意味がわからなかったが、ちょっと考えてぞっとした。目を上げ、丁儀が蛇のような目でこちらを見ているのに気づいて、全身に冷や汗をかいた。ぼくの意識の奥底には、これまでずっと忘れようと努力しつづけ、ほとんど忘却に成功しかけていた暗い場所がある。どうしても触れたくない場所が。

＊＊＊

それから二日間の実験で、球電のマクロな量子効果はさらなる実証を得た。観察者を排除するだけで、球電兵器が発射する雷球の着弾ポイントは大きく乱れ、命中率は観察者が存在する場合の十分の一にまで低下した。実験場にはさらに多くの設備が導入され、より複雑な実験が実施された。主な目的は、量子状態にあるマクロ電子の電子雲の大きさを確定することだった。実のところ、量子力学の厳密な定義に照らすと、この説明はかなり不適切だ。マクロかミクロかを問わず、電子の存在確率の雲は全宇宙と同じ大きさで、量子状態にある球電は、アンドロメダ銀河に出現する可能性さえある。ただし、その確率はきわめて小さい。したがって、ここで言う電子雲の大きさとは、現実的な意味を持つ工学的なサイズ——そこから先は存在確率が低すぎて、計算に入れても意味がないという、ぼんやりした境界線の内側——を指している。

だが、三日めに、例外がひとつ発生した。あらゆる観察者がいない状況で、雷球砲が発射した十の球電が、すべて正しくターゲットに命中したのだ。このときの球電は、金属を目標物としてエネルギーを放出するタイプのマクロ電子で、放出されたエネルギーは大きく、標的となった装甲車の三分の一が溶けてしまった。

「どこかにたまたま観察者がいたんでしょう。カメラは関係ないかもしれません。もっと言うと、マクロな電子雲がどんなものか見てみたいと思って、こっそり目を開けた兵士がいたのかもしれない」丁儀は自信たっぷりに言った。

そこで次は、発射の前に、二台だけあったカメラをとりはずし、演習場にいるすべての人員を外部と隔絶した地下シェルターに移動させ、演習場にはだれもいないようにしてから、照準済みの雷球砲が自動砲撃されるように手順を改めた。

しかし、発射された十五個の球電は、やはりすべて命中した。

たとえわずかなあいだであっても、丁儀《ディン・イー》が困惑するだろう事態が生じて、ぼくはうれしかった。

結果を見てから、丁儀はたしかに心配そうな表情をした。だが、彼の心配は、ぼくが考えていたものとはまったく違っていた。

「実験と実弾訓練をただちに停止してくれ」丁儀は林雲《リン・ユン》に言った。

林雲はまず丁儀を見て、それから空を見上げた。

「なぜ停止するんです？　これは絶対に観察者のいない発射だ。量子効果も現れていないはず。原因をはっきりさせるべきでは？」ぼくが言った。

林雲はちょっと顔を上げて言った。

「いいえ、観察者はいる」

ぼくは顔を上げて空を眺めた。そして、分厚い暗雲に覆われていた空に、いつの間にか隙間ができて、わずかに青空がのぞいているのを発見した。

焼けたICチップ

南方から基地に戻ってくると、北京はもう秋の盛りで、夜はかなり冷え込むようになっていた。

気温の低下とともに、球電兵器に対する軍の熱も冷めてきた。基地に戻ってすぐに許准《シュー》将から知らされたのは、総参謀部と総装備部には、球電兵器を大規模に配備する計画も、〈曙光〉部隊の規模を拡大する意向もないということだった。上層部のこの態度は、主に球電兵器に対する防御の可能性を考慮してのものだった。ぼくらが現段階で得ている球電兵器は、諸刃の剣だった。球電は磁場によって加速できるだけでなく、向きを変えることもできる。つまり、敵が磁場を逆向きにすることで、球電に対する防御も可能となる。したがって、この兵器をこのまま実戦に投入すれば、たちまち敵に防御されるだろう。

基地での研究の次の段階は、電磁場による防御を突破する方法を見つけることと、球電兵器の攻撃目標を人体ではなく兵器や装備、とりわけハイテク機器にシフトすることだった。

最初に検討されたのは、配線を溶かすマクロ電子を探すことだった。これは敵のハイテク機器を麻痺させる有効な手段になる。だが、実験の途中で、ある重大な問題が見つかった。配線を溶かせる球電は、大きな金属塊に対してもエネルギーを放出する。しかし、体積の大きな金属を溶解するプロセスには、莫大なエネルギーが消費される。そのため、このタイプの球電のエネルギー放出量はその大部分が金属に使われ、配線に作用するエネルギーはごく一部にとどまる。したがって効率が悪く、兵器や設備を破壊する能力には限界がある。

次に浮上したのは、当然のことながら、ICチップを標的にするというアイデアだった。ICチップは球電兵器の攻撃対象として理想的に見えた。第一に、チップの材質はかなり特殊だ。配線の場合と違って、材質は同じだが重要性が低い標的にエネルギーを放出してしまう心配はない。また、ICチップはサイズが小さいので、わずかなエネルギーの放出で大量のICチップを破壊できる。ICチップが破壊されれば、現代のハイテク兵器にとって致命的なダメージになる。だが、ICチップを標的としてエネルギーを放出するマクロ電子（ぼくらはそれを〝チップ食らいのマクロ電子〟と呼んだ）はかなり珍しく、王冠の真珠のごとく希少なものと見られていた。このタイプのマクロ電子をじゅうぶんな数だけ集めるには、膨大な量のマクロ電子を捕捉し、スペクトルを識別する必要がある。これには巨額のコストがかかるが、上層部からの追加の資金投入はすでに停止されている。

上層部からの注目と研究費を目あてに、許《シュー》准将はすでに収集されている〝チップ食らいのマクロ電子〟を使って攻撃演習を行うことにした。

＊＊＊

演習は２００５式主戦戦車のテスト基地で行われた。以前、林雲《リン・ユン》と、サーチロッド防御システムの見学にきた場所だ。いまはしんと静まり返って、ジグザグに交差する戦車のキャタピラ痕から雑草が生えている。いまここにあるのは二台の２０００式主戦戦車だけ。試射の標的用に、きのう調達したばかりだった。

試射の立ち会いはもともと総装備部の関係者だけの予定だったが、二時間前に連絡があり、見学者が二倍に増えた。大部分が総参謀部からで、少将と中将もひとりずつ混じっている。

最初に、見学者たちを標的エリアに案内した。試射の標的は、この二台の戦車のほか、装甲車も何台かあり、車内には軍事用電子設備が搭載されている。一台には周波数ホッピング方式の無線、もう一台にはレーダー装置。さらにもう一台には、頑丈な軍用ノートPCが数台――すべて起動した状態で、ディスプレイ上にはスクリーンセーバーがさまざまな図形を描いている。また、標的の中には用済みになった旧式の地対空ミサイルもあり、それらすべてが車両群といっしょに一列に並べられている。

標的となるこれらの装備を見学してもらうさい、電子制御機構の一部が外から見えるようにわざとカバーを開けて、基板に装着された集積回路が完全に無傷であることを見学者たちに見てもらった。

「きみたちの開発した新兵器は、これらの集積回路をすべて破壊できるというのかね?」中将がぼくにたずねた。

「はい、そのとおりです、中将。しかも、ほかの箇所はほぼ完全に無傷のままで」ぼくが答えた。

「つまり――これらの集積回路は、稲妻の電磁誘導で破壊されるということか?」少将がたずねた。とても若く、技術畑の幹部だとすぐにわかった。

ぼくはかぶりを振った。

「いいえ。稲妻が起こす電磁誘導は、金属製の車体が相手の場合、ファラデーケージ効果によって大幅に弱まります。しかし球電は装甲車を貫通し、集積回路をすべて灰にします」

二人の将軍が顔を見合わせ、不思議な話だと言いたげに、笑みを浮かべて小首を傾げた。

林雲《リン・ユン》と許《シュー》准将は見学者を連れて五百メートル離れた砲撃ポイントに戻り、彼らに雷球砲を見せた。雷球砲は一台のトラックに据えつけられていた。このトラックは、もともとロケット砲の運搬に使われていたものだった。

「わたしは、兵器に関しては第六感があってね」と中将が言った。「巨大な威力を有する兵器は、姿かたちがどうであれ、目に見えないオーラがある。だが、これにはそれを感じないな」

「中将、初期の原子爆弾は、見たところ、ただの大きな鉄の樽でした」許准将が言った。

「やはりオーラは感じなかったでしょう。中将の第六感は、通常兵器についてのみ働くものなのでは」

「だといいがね」と中将は言った。

演習がはじまろうとしていた。安全面を考慮して、土嚢を積んで間に合わせの掩体をつくり、見学者たちをそのうしろに移動させた。

十分後、試射がはじまった。雷球砲の操作手順は従来の機関砲とよく似ている。ひきがねに相当する撃発装置があり、照準装置も機関砲とほとんど変わらない。当初の設計では、砲撃はコンピュータ制御だった。モニター上の十字カーソルをマウスで移動させ、目標にロックオンする。雷球砲は自動で照準を合わせるが、そのためには複雑な電子機械システムが必要になる。だが、球電兵器に正確な照準は必要ない。誤差があっても、球電は目標を破壊できるからだ。そこでぼくらは、この最先端の兵器をもっとも原始的なやりかたで操作することにした。時間的余裕がなかったし、操作が簡単で、信頼性が高い兵器にしたかったこともある。いまこの兵器を操作している上等兵は、部隊の中でも優秀な機関砲の砲手だった。

まず、耳をつんざくようなパチパチという音が聞こえてきた。励起用の人工雷が加速レールの中で発する音だ。つづいて三つの球電が赤みを帯びたオレンジ色の光を放ちながら、およそ五メートル間隔で一直線に飛び出し、悲しげな音をたてながら戦車へと向かった。目標物に命中すると、球電は戦車の中に溶けるようにして消えた。直後、戦車の中から爆発音が三度した。この爆発音は戦車の中からではなく、すぐ耳元で聞こえたかのように響いた。つづいて残りの標的それぞれについて、二個から五個の球電が発射された。アークのパチパチ鳴る音、球電の悲哀に満ちた音、目標に命中したときの爆発音が、次から次へと聞こえてくる。五百メートル離れた標的エリアでは、的を外したか、目標物を貫通しても爆発しなかったのか、まだ空中を漂っている球電が二つあった……。

最後の球電が地対空ミサイルに命中すると、あたりは静まりかえった。外れた二つの球電がターゲットエリアの上方でしばし漂っていたが、やがて音もなく消えていった。装甲車の中から黒煙が上がっているが、それ以外はなにごともなかったかのように、標的は変わらず静かにその場にあった。

「いまのきみたちの信号弾はいったいなにをしたんだね？」ある准将が林雲《リン・ユン》にたずねた。

「ご自分の目でごらんください」林雲が自信たっぷりに言った。

すべての見学者が掩体のうしろから出て、五百メートル先の標的エリアへと向かった。これから目にする結果には自信があったが、あたりを見まわすと、このプロジェクトの命運を決めるエリート軍人たちばかりだったので、内心、気が気でなかった。前方の装甲車から煙はもう上がっておらず、あたりにはすがすがしい空気が漂っている。標的エリアに近づくにつれ、そのにおいはだんだん強くなっていった。ある将軍が、これはなんのにおいなのかとたずね、林雲が答えた。

「オゾンです。球電のエネルギーが爆発する際に広がります。未来の戦場ではこれが硝煙のにおいにとってかわりますよ、将軍」

ぼくと林雲はまず全員を装甲車の前まで連れていった。見学者たちは車体を囲んでじっくり観察している。車体から焦げ跡かなにかを探そうとしているようだが、なにも見つからなかった。車体は傷ひとつないぴかぴかの状態だった。後部ドアを開けると、何人かが頭を突っ込んで覗いたが、さらに強烈なオゾン臭以外になんら痕跡はなく、四台の軍用PCもすべてそのまま車内に並んでいた。ただし彼らは、最後に見たときと違っているところ——ノートPCの液晶ディスプレイがすべて真っ黒になっている——を発見したはずだ。ぼくは車の中からPCを一台とりだし、地面に置いた。林雲《リン・ユン》が暗緑色の蓋を開き、ぼくが筐体を傾けた。すると筐体の中から白い灰が落ちてきた。灰の中には、さらに小さな黒いかけらが混じっていた。ぼくはケースを高々と持ち上げ、その場にいる全員に中身を見せた。彼らのあいだから驚きの声が聞こえてきた。

筐体の中にあるマザーボードに搭載されたICチップの三分の二が消失していた。途切れぬ驚嘆の声のなか、見学者たちが目にしたのは、2000式主戦戦車内の無線、レーダー装置など、すべての電子機器のICチップの半分以上が灰になったり、焼け焦げたりしている光景だった。最後に地対空ミサイルの先端を回転させ開いたとき、驚きの声はピークに達した。弾道ミサイルの誘導制御部はICの骨壺となり果てていた。弾道ミサイルの弾頭の解体を担当する中隊の士官二人は、顔を上げると、恐怖と驚きの入り混じる目でぼくと林雲を見つめた。そして、遠くにある雷球砲へ見学者の肩越しに視線を向け、亡霊でも見たかのような戦慄の表情をあらわにした。

「恐れ入ったな」中将が大声を上げた。「まさにこれは、百万の軍中に駆け入り、大将の首をとる、だ（『三国志演義』で関羽が張飛の勇猛さを形容した言葉より）！」

見学者たちから熱い拍手が湧き起こった。球電兵器にキャッチコピーをつけるなら、この言葉にまさるものはない。

基地に戻ってから、ぼくは自分も被害を受けていたことに気づいた。演習の場に持参したノートPCが起動しなくなっていたのだ。筐体を開けてみると、中には細かな白い灰がいっぱい入っていた。息を吹きかけると、白い灰が舞い上がり、むせてしまった。マザーボードを見てみると、CPUと256メガバイトのメモリが消えていた。焼かれて灰となり、いまさっき吹き飛んでしまったのだ。射撃演習のさい、観察記録を書くために、ぼくはほかの見学者よりも球電の着弾点に近い位置にいた。距離は五百メートルの半分の二百五十メートル。それでも、球電実験のさいに規定されている五十メートルの安全距離よりははるかに遠い場所だったのに。

もっと早く気づくべきだった。ICチップの体積は小さい。それぞれのチップは球電の放出エネルギーをわずかに吸収するだけなので、残った余剰エネルギーはさらに遠い距離にまで作用することになる。ICチップのような小さなターゲットの場合、球電の威力がおよぶ範囲はずいぶん広くなるのだ。

奇現象（三）

その夜は、月がとてもきれいだった。ぼくと林雲《リン・ユン》と丁儀《ディン・イー》は、基地内の静かな小道を散歩しながら、球電兵器がどうすれば敵の磁場防御を打ち破れるかについて議論していた。

「ひとつだけたしかなことがある。電荷を帯びたマクロ電子を使っているかぎり、この問題を解決するのは無理」と林雲が言った。

「ぼくもそう思うね」と丁儀。「最近、マクロ電子の運動を分析して、原子核の位置を特定しようと精魂傾けてきた。しかし、理論的にはかなりむずかしい課題でね。事実上、克服不可能な障壁がいくつかある。解決にはたぶん相当長い時間が必要になるだろう。今世紀中は無理じゃないかと思いはじめたくらいだ」

天を仰ぐと、満月の夕空は、いつの間にか、星々が点々と散らばる夜空に変わっていた。直径が五百キロから千キロにもおよぶ原子とはどんな姿なのか、ぼくは頭の中で想像の翼を最大限に広げた。

「しかし、考えてみると」丁儀がつづけた。「もしほんとうにマクロ原子核を探し出せたとしたら、つまりそれは、電荷のないマクロ中性子が手に入ることを意味する。ということは、電磁障壁を問題なく突破できるようになるわけだ」

「マクロ中性子はマクロ電子と違って励起されない。つまり、エネルギーの放出自体がないわけでしょう。だったらどうやってそれを兵器として使用するの？」林雲の質問は、まさにぼくも訊きたかったことだった。

丁儀が答えようとしたちょうどそのとき、林雲が指を唇に当てた。

「しーっ、耳を澄ませて！」

ぼくたちはこのとき、球電を生成していた実験場のそばまで来ていた。周波数スペクトルを用いる識別方法が発見される前まで、この実験場では兵器になるマクロ電子を見つけ出すための動物実験が大量に行われてきた。数百頭にのぼる動物たちが球電によって灰と化した。大型倉庫を改造したこの建物は、基地を訪れたぼくに林雲がはじめて雷兵器の演習を見学させてくれた場所でもある。いま、月光に照らされたこの建物は、ただのっぺりした巨大な影を地面に落としているだけだった。林雲の合図で歩みを止め、足音が消えると、実験場からなにか物音が聞こえてくるのがわかった。

羊の鳴き声だ。

しかし、いまの実験場に羊などいるはずがない。動物実験が停止されてもう二ヵ月近くになるし、その間、実験場はずっと閉鎖されていたのだから。

またさっきの音がした。まちがいない。羊の鳴き声だ。悲しげに響くその声は、不思議なことに球電の爆発音を思い起こさせた。両者には共通する特徴がある。音が聞こえてくる方向はたしかにわかるのに、にもかかわらず空間すべてを満たしているようにも、体の内側から響いてくるようにも聞こえる。

林雲《リン・ユン》は実験場の扉に歩み寄り、丁儀《ディン・イー》もそのあとにつづいた。だが、ぼくの両足は鉛のように重くなり、動くのもままならない。またあの感覚が襲ってきた。全身がぶるぶる震え、冷たい氷の巨大なてのひらに握られているように感じる。二人が羊を見つけられないことをぼくは知っていた。

林雲が実験場の扉を押した。背の高いスライド式の鉄扉がレールの上を動き、ガラガラと大きな音をまわりに響かせる。まだかすかに聞こえていた羊の鳴き声が扉の開く音に呑み込まれた。扉の音がやんだとき、鳴き声はすでに消えていた。林雲が中の照明を点けた。開け放たれた戸口から、建物内部に広がる空間が見渡せる。中央には高さ二メートル以上の鉄柵で囲まれた正方形のエリアがある。励起実験のさい、標的が用意されていた場所——つまり、数百頭の実験動物が球電で焼き尽くされた場所だ。いま、そこにはなにも残っていない。林雲は広い実験場内を歩きまわり、なにかないかと探しているが、予想どおり、なにも見つけられずにいる。一方、丁儀はと言えば、戸口に立ったまま、一歩も動いていない。電灯の明かりに照らされて、のっぽの細い影が建物の外の地面に長々と伸びていた。

「たしかに羊の鳴き声が聞こえたのに！」林雲が張り上げた声が広い倉庫の中にこだまする。

丁儀は林雲の言葉になにも返さず、ぼくのほうに歩いてくると、声をひそめて耳元でたずねた。

「ここ数年で、なにかに遭遇しなかったか？」

「なんのことです？」ぼくは震える声を抑えるのに精いっぱいだった。

「なにか……遭遇するはずのないものに」

「なんのことだかさっぱりわかりませんね」無理やり笑顔をつくったが、ぼくの顔に張りついた笑みはこわばっていたに違いない。

「それならそれでいい」丁儀はぼくの肩を軽く叩いた。丁儀がそんなことをするのははじめてのことだったが、少しだけ気分がなぐさめられた。「まあ、実際のところ、自然界では、奇怪な事象は、往々にして正常な事象がべつのかたちをとったものなんだ。もしなにかに遭遇したときは連絡してくれ」

丁儀《ディン・イー》の言葉の意味をぼくがなんとか理解しようとしているうちに、彼は実験場にまだ残っている林雲《リン・ユン》に向かって声を張り上げた。

「もう探さなくていいから、出てきたまえ！」

林雲は室内の電灯をすべて消してから、大きな鉄の扉を閉めはじめた。扉が閉まりきる前、壁の高い位置にある窓から射し込む月光が暗くなった実験場を照らしているのが目に入った。台形の光は、実験場の床、死の囲いのちょうど中央に落ちている。冷たく禍々《まがまが》しいその情景は、忘れられて久しい墓地のようだった。

原子力発電所

球電兵器を実戦で使う機会は、予想よりずいぶん早く訪れた。

その日の正午ごろ、曙光部隊は上層部からの緊急命令を受けた。すべての装備を携え、戦闘態勢のままただちに出動すべしとの指示だ。命令には、これは演習ではないとの補足説明もあった。曙光部隊に所属する一小隊が二門の雷球砲を装備してヘリコプターに搭乗し、許准将《シュー》とぼくと林雲も同乗した。わずか十分間ほどのフライトで、ヘリコプターは着陸した。交通の便がいい場所なので、車で向かったとしてもさほど時間はかからなかっただろう。そんなことも事態の緊急性を示しているかもしれない。

ヘリコプターを降りると、すぐにどこなのかわかった。前方に見える、陽光を浴びてまぶしいほど白く輝く建物群は、このところテレビのニュース番組によく出てくる。中央にそそり立つ高い円柱型の特徴的な建築物から、すぐにそれとわかる。完成したばかりの、世界最大級の原子力発電所だ。

ここから見る発電所エリアには人っ子ひとり見当たらず、静けさに満ちていた。それと対照的に、こちら側は緊張とあわただしい空気に支配されている。到着したばかりの数台の軍用車両から次々に降りてくるフル装備の武装警察官、一台の軍用ジープのすぐそばで双眼鏡を手に発電所を監視しつづけている三名の軍人、パトロールカーのかたわらで防弾チョッキを装着している警察官たち、地面に乱雑に置かれた大量の銃。林雲《リン・ユン》の視線の先を追って背後を見やると、近くのビルの屋上にも小銃を構えている狙撃手の姿があった。彼らの銃が原子炉に照準を定めているのがわかる。

ヘリコプターが着陸した発電所の来客用宿泊棟には武装警察所属の中佐が待機していて、無言のまま、宿泊棟の中にある会議室にぼくらを案内した。そこが臨時の対策本部であることはひとめでわかった。武装警察の指揮官と警察官ら数名が、リーダーとおぼしき黒いスーツ姿の男性を囲んで、発電所の敷地図らしき大きな図面を見ていた。案内してくれた中佐によれば、その黒スーツの男が対策総本部長だという。男がだれか、ぼくにもすぐわかった。テレビでよく見る人物だったからだ。このような中央政府のトップレベルの指導者がここにいることも、事態の深刻さを物語っていた。

「正規軍がなぜここに？　事態がますますややこしくなるだけだ！」警察官のひとりが叫んだ。

「ああ、わたしが総参謀部に頼んでよこしてもらったんだ。彼らの新装備が役に立つかもしれない」と総本部長が言った。ぼくらの入室後、彼が顔を上げたのはこのときがはじめてだった。まわりを囲む軍人や警察官たちと違って、その表情に緊張や焦りの色はなく、かわりにルーティンワークに対する疲労の色が出ている。こんな場面では、かえってその表情こそ、内面に潜む頼もしさをうかがわせた。

「きみたちの責任者はだれだ？　ああ、わかった。准将、こちらから二つほど質問がある。ひとつはきみたちの装備について。ほんとうに建物内の一切の設備を破壊することなく、内部の生きた標的だけを排除できるのか？」

「はい、総本部長」

「もうひとつの質問は……うん、それについては、現場の状況を見てもらってからにしよう。では、さっきの話をつづける」そう言うと、まわりの人々とともに、ふたたび図面に目を落とした。

ぼくらは案内してくれた中佐に促されて会議室を出ると、となりの部屋の前にやってきた。半開きになったドアの隙間から、急遽配線されたとおぼしき無数のケーブルが延びている。中佐はぼくたちをそこに立たせて話しはじめた。

「時間がないので、わたしから簡単に状況を説明します。本日午前九時、この原子力発電所の原子炉エリアが八名のテロリストに占拠されました。テロリストたちは、発電所の見学に来た小学生たちが乗るバスを奪ってエリア内に侵入し、警備員六名を射殺。現在、三十五名の人質をとって立てこもっています。人質の内訳は、見学の小学生が二十七名と、発電所のエンジニアおよび作業員が八名です」

「テロリストの素性は？」林雲《リン・ユン》がたずねた。

「〈エデンの園〉です」

この国際テロリスト集団の名前は聞いたことがあった。穏健で無害そうに見える思想も極端に走れば危険なものに変わる場合があるが、この集団はその典型だった。〈エデンの園〉の前身は、テクノロジーの世界からの脱却を試みるグループだった。彼らは太平洋の小島に実験的なコミューンを建設し、現代の科学技術を排した田園生活に回帰しようとした。初期の〈エデンの園〉は、世界各地に多数存在する同類の集団と同じく、閉鎖的ではあるものの、なんの攻撃性もないグループだった。しかし、孤立した環境のせいか、時間の経過とともにその思想は世間の常識から逸脱したものになり、じょじょに極端なものへと変質しはじめた。テクノロジーからの脱却はテクノロジーに対する憎悪となり、科学忌避は反科学になるという具合に、主張が過激化していったのである。やがて、極端な思想に染まった幹部たちは、現代のエデンの園と自称していたその小島を離れ、世界的な規模のテクノロジー排除と田園生活への回帰を使命として掲げ、テロ活動を行っている。

他のテロリスト集団とくらべると、〈エデンの園〉の襲撃対象はどれも世間を驚かせ、ときにとまどわせるものばかりだった。たとえば、欧州原子核研究機構の超大型円形粒子《シンクロ》加速器《トロン》爆破や、カナダの廃坑の奥深くに設置されていたニュートリノ検出用大型貯水槽の破壊、ノーベル物理学賞受賞者三名の殺害などの例がある。これらの基礎科学研究施設や科学者たちはほとんど無防備だったこともあり、〈エデンの園〉は次々に破壊と殺害を成功させた。しかし、原子炉襲撃は今回がはじめてだった。

「現在までにどんな対応策を？」林雲がふたたび質問した。

「まだなにも。距離をとって包囲しているだけです。とても近寄れません。向こうは原子炉に爆発物を設置し、いつでも爆破できる態勢ですから」

「わたしの知るかぎり、超大型原子炉の外殻はじゅうぶん分厚く堅牢につくられているはずです。鉄筋コンクリートだけでも数メートルの厚さだとか。彼らはどれほど大量の爆薬を持ち込んだんですか？」

「ほんの少量ですよ。彼らが持ち込んだのは、赤い錠剤が詰まった小瓶ひとつだけです」

中佐の最後の言葉に、ぼくと林雲は心底ぞっとした。〈エデンの園〉はたしかにテクノロジーを憎んでいるが、テクノロジーを壊滅させるためなら、その使用もいとわなかった。

実際、科学技術的な背景に関しては、〈エデンの園〉はテロリスト集団の中でもトップレベルと目され、メンバーの多くが一流の科学者だった。〈紅薬〉と称される問題の錠剤は彼らの発明で、その正体はナノテク素材《ナノマテリアル》で包まれた濃縮ウランだ。この錠剤に一定以上の衝撃が加わると、核分裂物質が臨界量を超えていなくても、圧縮によって核爆発を引き起こすことができる。大口径の銃を使用するのが彼らの常套手段だった。銃身に数錠の紅薬を詰めたあと銃口を溶接してふさぎ、先端を潰して平らに削った銃弾を装塡してひきがねを引くと、弾丸が紅薬に激突し、圧縮によって核爆発が生じる。〈エデンの園〉はこの方法で、地下百メートルの深さに設置されていた世界最大級のシンクロトロンを破壊し、世界を震撼させた。

中佐はぼくたちを部屋に入れる前に警告した。

「入室してからは会話に気をつけてください。ビデオカメラを通じて彼らとリアルタイムでつながっていますから」

部屋に入ると、数名の軍人と警察官が大きなスクリーンを注視していた。画面の光景は、予想を裏切るものだった。一瞬、まちがった映像が流れているんじゃないかと思ったくらいだ。スクリーンでは、ひとりの女性教師が子どもたちに授業をしている最中だった。女性教師の背後には、無数の画面や計器や輝くランプに埋めつくされた巨大な制御パネルがある。どうやら原子炉の制御室らしい。ぼくの視線は女性教師に吸い寄せられた。年齢は三十歳ちょっと過ぎくらいだろうか。清楚で上品な服を着ている。ゴールドの鎖がついた眼鏡は、彼女の細い顔には明らかに大きすぎるが、レンズの奥で光る目には知性の輝きが宿っている。緊張と恐怖に満ちたこの状況下でも、ものやわらかであたたかい彼女の声を聞くと心が癒やされた。一瞬のうちに、この女性教師に対する尊敬の念が湧き上がった。児童を連れて原子力発電所の見学に来たこの先生は、自分も命の危険にさらされているというのに、こんなふうに自分をしっかり保ち、崇高な責任感をもって子どもたちを教え導いている。

「あの女性は〈エデンの園〉アジア支部の最高幹部です。今回のテロ行為の首謀者であり、リーダーでもあります。昨年三月、彼女は北米で一日のうちに二人のノーベル賞受賞者を殺害して逃亡。現在、国際手配中で、〈エデンの園〉犯罪者リストの三位にランクされている人物です」中佐はスクリーンに映る〈教師〉を指さしながら、小声で説明した。

棍棒で頭を殴られたような衝撃だった。自分の状況把握能力に自信がなくなり、林雲《リン・ユン》をふりかえったが、彼女のほうはさほど大きなショックを受けていないようだ。もう一度スクリーンに目を戻したぼくは、ようやく異常に気づいた。子どもたちは一箇所に団子みたいに固まったまま、突如出現した怪獣でも見るかのように、恐怖におののく目で〈教師〉

を見つめている。子どもたちが怯えている理由はすぐにわかった。頭蓋骨が砕かれた男の子が床に横たわり、さまざまな大きさの骨片があたりに散らばっている。男の子の両目は大きく見開かれ、自分の脳漿と鮮血が床に描いた抽象画に困ったような視線を向けている。床には〈教師〉が残した血の足跡もいくつかあり、よく見ると彼女の服の右袖にも血痕がついていた。〈教師〉が子どもの頭を砕くのに使ったとおぼしき拳銃が、背後の制御卓に置いてある。

「さて、かわいい子どもたち、これまでの授業はみんなとても熱心に聞いてくれましたね。さあ、いまから次のステップに入ります。次の問題はこれ。物質を構成している基本単位はなにかしら？」授業をつづける〈教師〉の声は依然としてあたたかくおだやかだ。しかしいまは、冷たくやわらかな細い蛇が首に巻きついてくるような気がした。子どもたちもきっと同じ気持ちだろう。しかも、ぼくより百倍も強くそれを感じている。

「はい、あなた。今度はあなたが答えてみて」子どもたちのだれも答えないので、〈教師〉は小さな女の子を指名した。「だいじょうぶ。まちがえても、こわいことはなにもないから」〈教師〉の顔にはやさしい笑みが浮かんでいる。

「げ……原子」女の子は震える声で答えた。

「ほら、やっぱりまちがえた。でもいいのよ、子どもたち。いまから正しい答えを教えてあげましょう。物質を構成する基本単位は……」彼女は厳粛な面持ちで一文字ずつ手を振りながら言った。「金、木、水、火、土！　さあ、みんなで十回唱えてみて。金、木、水、火、土！」

子どもたちは彼女のあとにつづいて、金、木、水、火、土と十回唱えた。

「いい子、いい子。それでいい。わたしたちは、科学によって複雑にされた世界を単純なものへと戻さなければなりません。テクノロジーでめちゃくちゃにされた生活を、もういちど純粋なものにするの！　だれか、原子を見た人はいる？　原子がわたしたちとどんな関係がありますか？　科学者のウソを信じてはいけません。科学者こそ、この世界でいちばん愚かな、悪い人たちです……ちょっと待ってて。この授業が終わったら、話し合いを再開するから。子どもたちの勉強を遅らせるわけにはいかないでしょ」〈教師〉の最後の言葉は、明らかにぼくたちに向けたものだった。モニターかなにかを通じてこちらを見ているらしい。彼女は話しながらべつの方向に視線を向け、ふとなにかに注意を惹かれた表情になった。

「おや、女性？　ようやく女性が登場したのね。ねえ、あなたってほんとうに魅力的ね！」彼女が指しているのはもちろん林雲《リン・ユン》だった。〈教師〉は胸の前で両手を組み、このサプライズに対する喜びを示している。

林雲《リン・ユン》が冷笑を浮かべ、〈教師〉に向かってうなずいた。このときの林雲には、なぜか頼もしささえ感じられた。〈教師〉の冷酷さを前にしても、林雲はまったく恐怖を感じていないらしい。なぜなら林雲も同じように冷酷な存在であり、だからこそ〈教師〉と対峙できる精神力を備えているのだ。それにひきかえ、強靭な精神力などまるで持ち合わせていないぼくは、気持ちの上でもうとっくに〈教師〉にねじ伏せられていた。

「わたしたちのあいだには共通言語がある」〈教師〉は親友に見せるような微笑みを浮かべた。「わたしたち女性は、本質的に反テクノロジーだから。むかつくほどロボットじみた男たちとは似ても似つかない」

「わたしは反テクノロジーなんかじゃない。エンジニアだから」林雲は少しも動じない。「わたしもかつてはそうだった。だけどそんなことは、新たな人生を見出す障害にはなり得ない。ねえ、その少佐の肩章、ほんとにきれい。それは古代の甲冑の名残りね。それと同じく、人間性もテクノロジーにむしばまれて、もうほんのわずかしか残っていない。だからこそ大切にすべきね」

「じゃあなぜその子どもを殺したの？」

「子ども？　これが子どもだって？」〈教師〉はわざとらしく驚いた表情をつくって、床に転がる死体に目をやった。「わたしたちの最初の授業は、未来の人生だった。大きくなったらなにをしたいかって質問したら、そのガキがなんて言ったと思う？　科学者だって。そんな小さな脳ですら、とっくに科学に汚染されていた。そう、科学はなにもかも汚染してしまう！」

〈教師〉は子どもたちのほうに顔を向けた。

「かわいい子どもたち。みんな、科学者になんかならないし、エンジニアにも医者にもならないわよね。みんな、永遠に成長せず、大きくならずにいましょう。みんなは牧童なのよ。大きな水牛の背中に乗って竹笛を吹きながら青々とした草地を悠々と渡っていく。水牛に乗ったことある？　竹笛は吹けるかしら？　かつて、そんな純粋で美しい時代があったことを知ってる？　その時代、空は真っ青で、雲は真っ白。草原は泣きたくなるほど鮮やかな緑色。空気は甘く、すべての小川は水晶のようにきらきら輝いていた。その時代の生活は、まさに優雅なセレナーデだった。愛情は月光のように魅惑的だった……。

でも、科学と技術によってそのすべてが奪われた。大地はどこも醜い都市に覆われ、青空は消え、白い雲もなくなった。青草は枯れ、小川は真っ黒に濁った。農場の牛は鉄格子の中に閉じ込められ、牛乳と肉を製造する工場の部品になってしまった。竹笛も失われ、いまは機械が奏でるいかれた音楽しかない……。

みんな、わたしたちはなにをすべきだと思う？　わたしたちは人類をエデンの園に戻さなければならない！　そのためにはまず、みんなに科学と技術の醜さを教えてあげなきゃいけない。じゃあ、それにはどうすればいい？　腐った膿《うみ》がどんなに気色悪いものなのかを世の中に教えるにはどうすればいい？　膿んだ部分は切りとらなきゃいけない。技術という名のこの膿……この巨大な原子炉を、いままさにここで切除する。そして、放射線という名の膿混じりの血を周囲一帯に撒き散らす。そうすれば、だれもが否応なく技術の本質を悟るでしょう……」

「ひとつだけ頼みを聞いて」林雲《リン・ユン》は〈教師〉の長々とした演説をさえぎって言った。

「もちろんよ。かわいい人」

「その子たちのかわりにわたしを人質にしてください」

〈教師〉は微笑みながらかぶりを振った。

「子どもひとりとの交換でもいい」

〈教師〉はまた笑顔で首を振った。

「少佐、あなたが何者なのか、わたしに見抜けないとでも？　あなたの血はわたしみたいに冷たい。こっちに来たら〇・五秒でわたしの銃を奪い、次の〇・二五秒でわたしの眼孔に二発の銃弾を撃ち込むつもりでしょ」

「あなたの話しかた、たしかにエンジニアみたい」林雲は冷たく笑った。

「エンジニアは全員地獄に落ちろ」〈教師〉はにっこり笑ってそう言うと、制御卓から拳銃をとって銃口をカメラに向けた。銃身のライフリングまではっきり見える。次に銃声が轟くと、カメラが破壊され、スクリーンは真っ暗になった。

会議室を出て、長々と息を吐き出した。地下の牢獄からやっと抜け出したような気分だった。中佐から原子炉と制御室の構造について簡単な説明を受けてから、また会議室に戻ったとき、ひとりの警察官僚の話が耳に入った。

「……テロリストたちがなんらかの条件を出してきたら、子どもたちの身の安全のためにまず向こうの条件を呑んでから対策を練ることになるでしょう。厄介なのは、まだなにも条件を提示してきていないことです。彼らの目的は、原子炉の爆破です。いまだに爆破を実行していないのは、持ち込んだ小型衛星アンテナを使って世界に向かって実況中継する準備ができるのを待っているからにすぎません。つまり、現在はきわめて切迫した状況で、いつ爆発が起きてもおかしくありません」

ぼくたちが部屋に入ってきたのを見て総本部長が言った。

「状況はもう理解したと思う。ではさっき言った二つめの質問をしよう。きみたちの兵器は、成人と子どもとを区別して攻撃することができるのか？」

それは不可能だと許《シュー》准将が答えた。

「では、子どもたちのいる制御室を避けて、原子炉建造物の一部——つまり、起爆を担当するテロリストがいる場所だけを攻撃することは可能ですか?」ある警官が質問してきた。

「それは無理だ!」許《シュー》准将からの回答を待たず、武装警察の中佐が言った。「〈教師〉もリモート起爆装置を持っている」どうやらここにいる人間たちも、あの女のことを〈教師〉と呼んでいるようだ。

「そうでないとしても、やはり不可能です」許准将が答えた。「原子炉と制御室は、つながったひとつの建物です。われわれの兵器は建物をひとつの全体として攻撃する。もし壁があったとしても、その攻撃をさえぎることはできない。建物の大きさを考慮してどこに照準を絞るにせよ、建物全体が殺傷範囲に入る。原子炉建屋から離れた場所に連れ出しでもしないかぎり、子どもたちは確実に死ぬでしょう」

「あなたがたの兵器はいったいなんなんです? 中性子爆弾?」と警官がたずねた。

「申し訳ない。総装備部上層部からの許可がないかぎり、詳細な説明はできかねる」

「その必要はありません」武装警察の中佐が言った。それから総本部長に向かって、「どうやらこの兵器は役に立たないようです」

「わたしは役に立つと思います!」林雲《リン・ユン》がそう発言し、ぼくと許准将はびくっとした。いまは彼女が発言する状況ではないことはだれの目にも明らかだったからだ。林雲は総本部長の机の前に歩み寄ると、机に両手をついて身を乗り出し、燃えるような瞳で総本部長を凝視した。総本部長は林雲の視線を静かに受け止めていた。

「総本部長、いまの状況は1＋1が2であることと同じくらい自明です」

「林雲！」許准将が声を張り上げて制止しようとした。

「少佐に話させてやれ」総本部長は顔色を少しも変えていない。

「わたしの話はもう終わっています」林雲は視線を下げ、うしろに下がった。

「わかった。緊急対策本部のメンバー以外は外で待っていてくれ」総本部長はそう言うとまた顔を下に向けた。が、その目はもう図面を見ていなかった。

ぼくたちは宿泊棟の屋上に上がり、曙光部隊のほかの隊員と合流した。雷球砲二門はすでに屋上の端に設置され、ともに緑のタープがかぶせてある。その下に置かれている四つの超伝導電池のうち二つには球電の励起に必要になる強大な電力が蓄えられ、残り二つには二千個の殺傷型マクロ電子が封じ込められている。

前方二百メートルの地点には、原子炉の大円柱が午後の陽射しを浴びて静かに立っていた。

武装警察の中佐が去ってから、許准将が小声で林雲に言った。

「なんてことをしてくれたんだ！　球電兵器が直面するリスクはじゅうぶんわかっている

だろう。いったん秘密が洩れたら、敵は球電兵器に対する防御策をやすやすと確立する。そうしたら球電兵器の戦場における優位性はどうなる？　緊迫したいまの情勢では、敵の偵察衛星とスパイはこちら側のすべての地域を監視し、あらゆる異常な動きをチェックしている。われわれがもし雷球砲を使用したら……」

「ここはすでに戦場です！　この原子炉の規模はチェルノブイリの十倍以上です。もし核爆発を起こしたら、周辺数百キロにわたって無人地帯と化し、数十万もの人々が放射線によって命を落とすかもしれないんですよ！」

「そんなことはわかっている。上層部が命令を下したら、われわれは不退転の決意でその命令を執行するだろう。問題は、きみが職務の範囲を逸脱して上官の意思決定に影響を与えてはいないかということだ」

林雲《リン・ユン》は沈黙した。

「きみはほんとに雷球砲を使いたくてしかたないんだな」ぼくは我慢できずに口に出して言った。

「だからなに？　だれだってそう思うでしょ」林雲は低い声で答えた。

そのあと、三人のあいだに長い沈黙が流れた。盛夏の熱い風が屋上を吹き過ぎ、地上からは急ブレーキを踏む音が頻繁に聞こえてくる。車を降りてきた兵士たちの足早な軍靴の響き、武器やヘルメットがぶつかり合う金属音。だが、人間の話し声は、簡潔な命令だけ。こんな喧噪に包まれているにもかかわらず、ぼくは恐怖に満ちた死の静寂に押しつぶされそうになっていた。聞こえてくる音はどれも必死にもがいてこの静寂を脱け出そうとしているのに、あっという間に巨大なてのひらに包まれて窒息させられてしまうかのようだ。

それほど間を置かず、武装警察の中佐が戻ってきた。屋上の全員が立ち上がるのを待ち、簡潔に述べた。

「曙光部隊の軍事指揮官はいっしょに来てください」

康明《カン・ミン》中佐が立ち上がり、ヘルメットをかぶりなおしてあとについていったが、みんながまた腰を下ろす間もなく戻ってきた。

「攻撃準備！　発射数はわれわれの決定にまかせる。ただし、原発建屋内の生命体はすべて破壊せよとのことです」

「発射数は林雲少佐に決定させてくれ」許《シュー》准将が言った。

「二百発の散開型。各門から百発ずつ発射」林雲はそくざにそう指示した。あらかじめ攻撃方法を考えていたことは明らかだ。今回、雷球砲に装填されているマクロ電子はすべて散開型だった。建物内部のターゲットがすべて破壊されれば、残った球電はそのエネルギーを電磁放射することで次第に消耗し、消えていく。爆発することはないし、その破壊力をべつのものに向けて放出することもない。これ以外のタイプの球電は、もし残ってしまうと、爆発することでエネルギーを放出する場合もあるし、特定のタイプ以外の標的を破壊することさえあり得る。

「第一、第二砲撃チームは前へ」康明《カン・ミン》中佐の指示により、隊員たちが二グループに分かれて前に出てきた。中佐は前方を指さして言った。「武装警官部隊がこれから原子炉に近づく。彼らは原子炉から百メートルの安全限界ラインに達したところで前進を停止する。その時点でただちに砲撃を開始せよ」

胸が押しつぶされるような思いだった。遠くに視線を移すと、前方には巨大な円柱が陽射しを浴びて真っ白に光り輝き、まっすぐ正視できないほどまぶしい。吹き渡る風に乗って、一瞬、子どもたちの声が屋上まで聞こえてきたような気がした。

二門の雷球砲にかぶせてあったタープがとり払われた。二本の金属製加速レールが陽光を浴びて輝いている。

「わたしにやらせて」そう言うと、林雲《リン・ユン》は雷球砲の片方の砲手席に強引にすわった。康《カン》中佐と許《シュー》准将は目を見交わしたが、彼女の行動を黙認した。林雲のまなざしと動きから、隠しきれない興奮が伝わってくる。まるで大好きなおもちゃをやっと手に入れた子どものようだ。しかし、そのおもちゃは、血も凍るほどおそろしい武器だった。

宿泊棟の下の地上では、武装警察の散兵線が原子炉の方向に移動を開始していた。前方の巨大な円柱の前では、彼らの姿は芥子粒のようにしか見えない。散兵線が進むスピードは速く、原子炉から百メートルの安全限界ラインにみるみる接近していく。この時点で雷球砲の加速レール上に放電のアークが出現し、甲高いパチパチという音が響きはじめた。その音を聞いて、地上にいる人々が顔を上げた。散兵線を構成する兵士たちさえ、うしろをふりかえった。

散兵線が原子炉建屋から百メートル手前でストップしたとき、屋上から発射された二発の球電が原子炉めがけて飛んでいくのが見えた。二列に並んだこの死のハリケーンたちは、甲高いうなりとともに二百メートル以上の距離を飛び越えていく。第一陣の球電二個が原子炉建屋に命中した。後続の球電も次々に加速レールから撃ち出されていく。炎の尻尾を引きずって一直線に伸びる球電群のラインは、宿泊棟の屋上と原子炉建屋の間を結ぶ二すじの炎の川となっていた。

以下に述べる模様は、事後に再生された制御室の映像を見て判明したものだ。

球電が制御室に飛び込んだのは、授業を終えた〈教師〉が制御卓の上にかがみこみ、なにか操作しているときだった。一箇所にかたまった子どもたちは、小銃を持ったテロリストに見張られている。建物の内部に入った球電は、短時間ながら観測者を失い、電子雲へと変化していた。観測者がふたたび現れたことで瞬時に収縮して粒子状態に戻ったとき、球電は速度を失い、無秩序な軌道を描いて空中をゆっくり漂うばかりだった。子どもたちは顔を上げ、恐怖ととまどいの目で火の玉を眺めた。球電は空中で複雑かつ変幻自在な模様を描き、無数の亡霊が泣きわめくような甲高い音をたてていた。

制御室の監視カメラの録画映像には、〈教師〉の顔がはっきり映っていた。球電の発するオレンジ色と青色の光が眼鏡に反射していたが、その奥の瞳にはほかの人間のような恐怖は見当たらず、ただ当惑の色だけが浮かんでいる。しばらくして彼女は微笑さえ浮かべた。もしかするとそれは自分をリラックスさせるためだったのかもしれないし、ほんとうに球電に興味を持ったのかもしれない。どちらにせよ、その笑みが彼女の人生で最後の表情になった。

球電の爆発時に発生した強烈な電磁パルスによって録画はいったん中断したが、数秒後に回復した。そのとき、画面にはだれも映っていなかった。残存する球電が数個、まだ漂っていたものの、それらもじょじょに消えていった。球電自体のエネルギー低下にともない、発せられる音もそれほどおそろしげではなく、むしろ鎮魂曲のようにさえ聞こえた。

宿泊棟の屋上にいたぼくは、原子炉建屋から響く爆発音を耳にしていた。ビル全体のガラスが振動でガタガタ音をたてていたが、実際のところ振動していたのは鼓膜ではなく、五臓六腑だった。爆発音に低周波音が多く含まれていたことは明らかで、だれもがその音のせいで吐き気をもよおしていた。

＊＊＊

原子炉制御室に入る前の時点で、もう床に崩れ落ちそうな気分になっていた。林雲《リン・ユン》とともになんとか入室できたものの、気持ちが揺れているだけでなく、両ひざがかくがくして、立っているのもやっとの体たらくだった。たしかに彼らは自分の子どもではない。だが、父と母が灰と化してから十数年を経て、またここで人間の燃えかすにまみえることになろうとは。数体の例外を除いて、遺体のほとんどは完全に焼き尽くされていた。にもかかわらず、彼らの衣服には少しの損傷も見当たらなかった。ふつうの焼却炉なら、二千度以上の高温でも、遺体を灰に変えるには数分の時間が必要なのに、球電は一瞬でそれをやってのける。その理由は、球電内部の一万度以上に達する高温だけでなく、球電が物質波と共鳴することで、そのエネルギーを犠牲者の全細胞にひとしく作用させるからでもある。

警察官数名が〈教師〉の灰の山を囲み、衣服からなにか探し出そうとしているようだった。紅薬の起爆準備を担当していた二名を含む七名のテロリストたちは、きれいさっぱり消滅していた。

ぼくは、子どもたちの灰の山を慎重に避けて歩いていった。ついさっきまで花のように咲き誇っていた命が白っぽい灰の山に変わり、そのひとつひとつの上に子どもたちの衣服がかぶさっている。灰の山の多くは子どもが床に倒れたときの形状をそのまま保ち、頭部と四肢がはっきり判別できた。制御室の床全体が球電の創造したアート作品のようになっている。それは、生命と死を描く巨大な抽象画だった。眺めていると、この世ならぬ超越的な悟りが得られそうな気さえした。

ぼくと林雲《リン・ユン》はある灰の山の前で歩みを止めた。少しも傷のない衣服は小さな女の子のものだ。その燃えかすは女の子の最期の姿勢を完全なかたちで維持していた。喜びのダンスを踊りながら別世界へと跳ねていくかのようなその姿には、ほかの灰の山と違うところがあった。彼女の体の一部……片方の手だけが、灰になるのを免れていたのである。色白のふっくらしたその手はすべすべしてやわらかそうだし、指と指のあいだの小さなへこみまではっきり残り、生きている人間の手のように見える。林雲はしゃがみこんでその手を軽く持ち上げ、両手で握りしめた。ぼくはといえば、そんな彼女のうしろで少しも動けず、ただ立ち尽くすだけだった。時間が流れを止めたその瞬間にぼくが切実に願っていたこと——それは、なにも感じない彫像となって、子どもたちの灰とともにずっとここにとどまりたいということだった。

どのくらい時が流れたのだろう。かたわらに人がひとり増えていることに気づいた。総本部長だった。林雲も彼に気づくと、子どもの手をそっと置いて立ち上がり、話しかけた。

「総本部長、子どもたちの親に会わせてください。この兵器による攻撃はわたしが行ったのですから」

総本部長はゆっくりとかぶりを振った。

「決定したのはわたしだ。今回の結果はきみとはなんの関係もないし、作戦に参加したすべての同志諸君にも関係がない。きみたちはよくやった。曙光部隊の表彰を申請しておこう。礼を言う。ありがとう」

そう言ってから、彼は重い足どりで去っていった。今回の作戦に対する評価がどうであろうと、彼の政治家生命がここで終わりを迎えたことを、ぼくたちはみんなわかっていた。総本部長は数歩進んで立ち止まり、振り向かずに、林雲にとってはきっと生涯忘れられないだろうひとことを告げた。

「それと少佐、きみの助言にも礼を言う」

***

基地に戻るとすぐに辞表を出した。みんなに引き留められたが、すでに気持ちはかたまっていた。

「陳《チェン》さん、きみはこの件についてもっと理性的に考えるべきだ」丁儀《ディン・イー》は言った。「球電兵器を使わなくても子どもたちはやっぱり死んでいただろうし、その死にかたはもっとつらく苦しいものだったかもしれない。それに、子どもたちだけでなく、死者は数万人にも膨れ上がる可能性があった。その多くが放射線による障害や白血病で命を落としていただろう。子孫にも影響が残ったかも……」

「もういいんです。丁《ディン》教授、あなたのように純粋な科学的理性を身につけることはぼくにはできないし、林雲《リン・ユン》みたいな軍人らしい冷静沈着さもない。ぼくにはなにもない。だから、去るしかないんです」

「もし……もしわたしのせいなら……」林雲の話すスピードがいつもより遅くなっている。

「いや、きみはなにもまちがってない。ぜんぶぼくが悪いんだ。丁教授の言うとおり、ぼくには神経過敏なところがある。もしかするとそれは、子どものころの体験のせいかもしれない。とにかく、まただれかが球電に燃やされて灰になるのを目にする勇気は、ぼくにはない。それに、兵器の研究開発に必要な精神力も完全に欠如してるしね」

「だけどいまは、半導体を破壊できるマクロ電子を集めているのよ。この兵器を戦場で使用すれば、敵側の死傷者数を逆に減少させられる」

「どっちでも同じことだよ。いまはもう、球電を見るのも無理なんだ」

そのあと、業務で使用した機密書類の返却手続きのために基地の資料室に行った。これが基地を離れるための最後の儀式になる。返却する資料すべてに署名して提出するが、ひとつサインを終えるごとに、外界から閉ざされたこの未知の世界から一歩ずつ遠ざかっていくような気がした。この世界で過ごした日々は、ぼくの青春の日々の中でもっとも忘れがたい期間だった。いまここを離れたら、もう二度と戻ることはないとわかっていた。

出立の日、林雲が見送りに来てくれた。いよいよ別れというとき、林雲は言った。

「球電の民間応用研究ももうすぐはじまるかもしれない。そのときにはまたよろしく」

「そんな日が迎えられたら、ほんとうにすばらしいと思うよ」と言ってみたものの、それは自分を慰めるための言葉でしかなかった。彼女に会うことはもう二度とないだろう。直感的にそう悟っていた。だから、前々から言いたかったことを言った。

「林雲、泰山できみにはじめて会ったとき、ぼくはそれまで抱いたことのない気持ちになった……」北京の障壁さながら脈々と連なる山々を遠くに眺めながら言った。

「わかってた。でも、わたしたち、違いすぎる」林雲もぼくの視線に合わせてはるか遠くを望んでいる。それはぼくと彼女がいっしょに過ごしてきた歳月そのままだった。たがいに向かい合って相手を見つめることなく、ただ同じ方向をいっしょに見てきたのだ。

「そのとおりだね。違いすぎる……体に気をつけて」戦雲渦巻くこの緊迫した状況にあって、彼女はぼくの最後の言葉の意味を理解できたはずだ。

「あなたもね」林雲《リン・ユン》は軽い口調でそう言った。車が走り出し、だいぶん離れたあたりでうしろをふりかえると、林雲はまだそこに立っていた。晩秋の風に吹かれた落葉が林雲の足もとを飛ばされていく。その姿は黄金色の川の流れに立っているようだった。これが、ぼくが記憶する林雲少佐の最後の姿となった。

それ以降、二度と林雲に会うことはなかった。

奇現象（四）

雷研究所に戻ってからというもの、気分の落ち込んだ状態がつづいた。一日じゅう宿舎で酒に浸り、自堕落な日々をぼんやり過ごしていた。そんなある日、高波《ガオ・ボー》が訪ねてきた。

「おまえはほんとうに莫迦だな。莫迦としか言いようがない」

「どうしてですか？」ぼくはものうい口調でたずねた。

「兵器の研究開発の現場から離れさえすれば、足を洗ってまっとうな堅気の人間になれると勘違いしてないか？　どんな民生技術だって軍事転用が可能かもしれない。だが、どんな軍事技術だって、同じように市民生活の向上に役立つ可能性がある。実際、ロケットにしろ、核エネルギーにしろ、コンピュータにしろ、この百年間の重要な科学進歩は、ほとんどすべて、科学者と軍人という、べつべつの道を歩む二種類の先人たちがたがいに協力して成し遂げてきたんだ。だが、おまえにはこんな簡単な理屈もわからないんだろ？」

「ほかの人とは違って、ぼくには特別な体験とトラウマがあるんです。それに、先生の話なんか信じませんよ。人々を救い、人類に貢献する、でも兵器には絶対に転用されない、そんな研究プロジェクトがきっとある。そう思っていますから。かならず見つけ出してみせます」

「そんなものがあるわけないだろう。手術用のメスでも人を殺せるんだから。まあいい。なにかやるべきことを探すというのは、いまのおまえにとってはいいことだ」

高波《ガオ・ボー》が帰るころには、すっかり空が暗くなっていた。明かりを消してベッドに横になった。このところ、眠っているのか起きているのかわからない夜がずっとつづいている。眠れたとしても、悪夢ばかり見るせいで、起きているときより疲れてしまう。夢の内容は毎回違うが、どの悪夢でも同じ音が鳴っていた。球電が漂うときに発する悲しみに満ちたその音は、荒野でたえまなく吹かれている寂しい塤《シュン》の調べを連想させた。

なにか音がして目を覚ました。ビーッと短く鳴るだけだが、悪夢の世界に響くノイズとは明らかに違う。夢の外の現実世界から伝わってくる音だとはっきりと認識できた。目を開くと、部屋全体をぼんやり照らす不気味な青い光が目に入った。その光は薄暗く、ときどきちらついている。青い光に照らされた天井は、うっすら明るくなっているが、霊廟の天井のように、どこか冷ややかな印象を与えた。

ベッドから半身を起こすと、開いたままデスクに置いてあるノートPCの液晶画面が青い光を発しているのが見えた。基地から持ち帰ったPCで、面倒だからとしばらく開けていなかったスーツケースの中にずっと入れっ放しになっていた。きょうの午後、ようやく荷ほどきして、そのときスーツケースからとりだし、インターネットに接続しようと思ったが、電源ボタンをいくら押しても画面は明るくならず、起動時のシステムチェックでROMエラーが見つかったと診断する文字列が何行か表示されているだけだった。そのとき、やっと思い出した。このノートPCは球電兵器の演習現場に持参したもので、内部のCPUとメモリはどちらも球電の放出エネルギーに焼かれてしまい、細かな白い灰と化していた。だからスーツケースに入れっ放しにしていたのだ。

ところが、壊れているはずのそのPCが、いま目の前で起動している。CPUもメモリもないのに起動するなんて！　すでに起動画面に切り替わって、Windows XPの見慣れたロゴがスクリーンに浮かんでいる。ハードディスクが発するカチャカチャというかすかな音につづいて、XP標準のデスクトップ画面が液晶ディスプレイに出現した。画面に広がる青空はほんとうに透きとおった青だし、草原の緑はまぶしいほど瑞々しい。眺めていると、デスクトップの風景は神秘的な異世界の光景で、この液晶画面はその世界に通じる窓なのではないかとさえ思えてくる。

あわててベッドを出ると、明かりを点けようとした。震える手でなんとかスイッチを探り当ててオンにする。蛍光灯が点くまでのわずか一、二秒の時間が、窒息しそうなほど長く感じられた。電灯の光のおかげで不思議な青い光は薄れ、もう見えなくなっている。にもかかわらず、恐怖は少しも衰えず、体と心をわしづかみにしていた。そのとき、丁儀《ディン・イー》の別れぎわの言葉を思い出した。

「もしなにかに遭遇したときは連絡してくれ」あのとき丁儀は、いつもとは違う視線をぼくに向け、意味ありげにそう言った。

恐怖に怯えるぼくは、はやる気持ちで電話をとり、丁儀の携帯の番号を押した。丁儀はまだ寝ていなかったらしく、呼び出し音が一度鳴っただけで電話に出た。

「すぐ来てください。できるだけ早く！　立ち上がった……動いてる……生きてるんです。死んでるはずなのに、いまさっき勝手に立ち上がって……ええとつまり、パソコンが勝手に起動したんです！」この状況では、筋道立てて説明するのはとても不可能だった。

「陳《チェン》くんか？　すぐに行く。ぼくが行くまでなにも動かしちゃだめだ」丁儀の声はかなり冷静に聞こえた。

電話を切ってから、ノートＰＣにまたちらっと目をやった。さっきと変わらず、いまもデスクトップ画面が静かに映し出されている。まるでなにかが起こるのを待っているかのようだ。ＸＰのデスクトップ画面は空の青と草原の緑が上下に重なる妖しげな眼のようにぼくをにらんでいる。そう思うと、もう一瞬たりともこの部屋にはいたくなかった。服も着ないでドアを開け、外に飛び出した。独身寮の廊下はしんと静まり返って、隣室の若者のいびきまでかすかに聞こえてくる。しばらくすると気持ちがだいぶ落ち着いて、呼吸が楽になってきた。そこで、玄関の前に立ったまま、丁儀の到着を待つことにした。

丁儀はすぐにやってきた。球電の理論研究は国家物理研究院に移管されることになり、その手続きの関係で丁儀はここ数日ずっと市内に泊まっていたのだった。

「じゃあ、中に入ろうか」丁儀は、ぼくのうしろのぴったり閉まった玄関ドアを見ながら言った。

「戻りたくない。ひとりで見てきてください」ぼくはそう言って、丁儀のために場所を空けた。

「ひょっとすると、案外シンプルな話かもしれないよ」

「教授からすれば、そりゃどんなこともシンプルでしょうよ。でもぼくは……ぼくはもう耐えられない……」ぼくは自分の髪の毛をかきむしった。

「超常現象が存在するかどうかは知らないが、きみが遭遇したのは絶対にそんなものじゃない」

丁儀のこの言葉は、ぼくの気持ちをずいぶん冷静にしてくれた。それは、恐ろしい暗闇の中で子どもが大人の手にすがるような感覚だった。あるいは、溺れている人間の手がやっと船べりをつかんだときのような感覚。だが、かえって深く落胆することにもなった。丁儀《ディン・イー》や林雲《リン・ユン》にくらべれば、思索の面でも行動の面でも、ぼくなんかしょせん弱者にすぎないと思い知らされたからだ。どうしようもない愚か者だし、弱者の立場にしかなれない……林雲の心の中で、ぼくの順位がいつも丁儀や江星辰《ジャン・シンチェン》の下になるのも当然だ。それもこれも球電のせいだ。球電がぼくをこんなどうしようもない人間にしてしまった。少年時代のあの誕生日の夜、あの恐怖に満ちた夜によって、ぼくのメンタルは決定づけられてしまった。ほかの人が感じない恐怖を一生感じつづけなければならない、そんな宿命を負わされたのだ。

ほんとうにいやだった。だが、必死に我慢して丁儀のあとにつづき、自分の部屋に入った。丁儀の痩せた肩の向こうに、机の上のノートPCが見える。液晶はもう黒いロック画面に変わっていた。丁儀がマウスを動かすと、さっきのデスクトップ画面がまた現れた。あの緑の草原が目に飛び込んできて、ぼくは液晶ディスプレイから視線を逸らした。

丁儀はPCを手にとってしばらくためつすがめつしてから、ぼくのほうにさしだした。

「筐体をばらしてくれ」

「いやですよ」ぼくはパソコンを押し返した。そのとき、CPUの熱であたたかくなっている筐体に触れてしまい、感電したときのようにぱっと手をひっこめた。生きているみたいな気がして、恐怖に襲われたからだ。

「わかった。ぼくがばらそう。きみは画面を見ていてくれ。あと、プラスのドライバーも持ってきてほしい」

「ドライバーは要りませんよ。前回ばらしたあと、ネジははずしたままなので」

丁儀はPCをいじくりまわしている。ふつうのノートPCを分解するのはかなり面倒だが、このノートはDELLの最新機種で、組み立て式になっていた。そのため丁儀は簡単に筐体の底面カバーをはずすことができた。作業しながら、丁儀が質問してきた。

「ハイスピードカメラを使って最初に撮影した、球電のエネルギー放出過程を覚えてるかい？　録画をひとコマずつ送って、燃え尽きた木材の立方体が透明な輪郭に変わったところまで来て、その瞬間をとらえたフレームで止めた。あのとき林雲がなんと言ったか覚えてるか？」

「四角い空泡みたい、と」

「そうだ……ぼくが中を見ているとき、画面を注意して見ていてくれ」丁儀は底面カバーが外されたノートPCの内部を、腰をかがめて脇から覗きながら言った。

　ちょうどそのときだった。パソコンの画面が真っ暗になり、システムチェックが行われはじめた。次に、エラーメッセージが二行、画面に現れた。CPUとメモリが存在しないことを告げている。

丁儀《ディン・イー》はパソコンをひっくり返してぼくに見せてくれた。マザーボード上のCPUやメモリのスロットは、すべて空っぽになっている。

「ぼくが観測したから、量子の波動関数が瞬時に収縮したのさ」丁儀はノートPCを静かに机の上に置いた。その画面はやはり真っ黒だ。

「灰になったCPUやメモリも、マクロ電子と同様の量子状態に変化していると?」

「そういうこと。言い換えれば、マクロ電子とのあいだで物質波共鳴を起こした結果、CPUやメモリがすべて量子状態のマクロ粒子に変わったんだ。雷球のエネルギー放出は、本質的に、雷球の確率雲と標的の確率雲が部分的もしくは全体的に重なり合うことを意味している。つまり、標的のほうも、不確定な量子状態になる。このノートPCのICチップは、二つの状態——燃え尽きた状態と、燃えていない状態——の重ね合わせになっている。さっきPCが起動したときは、後者の状態に収縮した。CPUやメモリは無傷のままマザーボードのスロットに挿さっていた。だが、次にぼくが筐体の中を観察したことで、それらの量子状態は瞬時にふたたび前者の状態——すでに燃え尽きた状態——に収縮したわけだ」

「じゃあ、観察者がいない場合、ＩＣチップは燃やされていない状態にいつ戻るんですか？」

「それは不確定だ。チップは確率として存在するだけだからね。こう考えればわかるだろう。このＰＣはＩＣチップの電子雲にすっぽり覆われている状態なんだよ」

「ということは……焼死した実験動物たちも、量子状態で存在していると？」ぼくはおずおずとたずねた。信じがたい真相に向かって一歩ずつ近づいている予感がした。

丁儀はうなずいた。

もう次の質問をする勇気さえ消え失せていたが、そんなぼくを丁儀は冷静に見つめている。ぼくがなにを考えているかなど、とっくにお見通しなのだろう。

「そう。これは動物以外にも――人間にもあてはまる。厳密に言えば、球電によって殺されたすべての人間は量子状態で存在していると考えられる。彼らはほんとうの意味で死んではいない。要するに、彼らはみんな、シュレーディンガーの猫なんだよ。生と死の二つの状態が重ね合わせになった不確定な状態で存在している」

丁儀は立ち上がって窓の前に歩み寄り、深く染まった夜の色を眺めた。

「生きるべきか死ぬべきか。彼らにとって、たしかにそれは問題だな」

「彼らに会うことはできるんでしょうか？」

丁儀《ディン・イー》は窓の外を眺めたまま手を振った。そのしぐさは、ぼくの頭の中の考えをあっさり払いのけるかのようだった。

「不可能だね。ぼくたちが彼らと会うことは永遠にない。彼らの収縮した状態は死だ。彼らは、量子状態のある一定の確率分布として生存している。ぼくたちが観察者として現れたとたん、彼らの波動関数は死んだ状態へと瞬時に収縮する。骨壺の中や墓の下にまでね」

「彼らはべつの並行世界で生きているということですか？」

「いや、そうじゃない。きみの理解はまちがっている。彼らはぼくたちの世界で生きているし、彼らの確率雲がかなり大きな範囲を覆っている可能性もある。もしかしたらいまこのときも、この部屋の中に立っているかもしれない。そう、きみのすぐうしろにいるかもしれない」

背筋が凍りついた。

丁儀は振り向きざま、ぼくの背後を指さした。

「だが、きみが振り向いたとたん、彼らは死んだ状態に収縮する。ぼくを信じろ。きみだろうが、ほかのだれだろうが、彼らに会うことは永遠に不可能だ。カメラを含むいかなる観察者も、彼らの存在を探し当てることは永遠にできない」

「では、彼らが非量子状態で、この現実世界になにか痕跡を残すことは可能でしょうか？」

「可能だろうな。きみはすでにその種の痕跡を見たことがあるはずだ」

「じゃあ、彼らはどうしてぼくに手紙を書いてくれないんですか！」ぼくは我を忘れて叫んだ。このとき、ぼくの言う〝彼ら〟とは、たった二人の人間を指していた。

「集積回路などの物体にくらべて、意識のある量子状態の生物、とりわけ人間の行動はきわめて複雑だ。ぼくたちの存在する非量子状態の現実世界とのあいだで彼らがどのように相互作用を行うのか、この問題はいまだに理解不能な謎として残る。この謎には、論理的あるいは哲学的な罠がたくさん存在している。たとえば、彼らは手紙を書けるかもしれないが、その手紙は非量子状態として存在しうる確率がどれだけあるのか。さらに、その手紙にきみが気づくことはできるのか。あるいは、もしかすると彼らの目にはこの現実世界が量子状態に見えているのかもしれない。だとしたら、今度は彼らのほうがきみという人間の電子雲に覆われていることになる。そんな状態でいながら、現在の状態のきみを探しあてるのは相当な困難がともなう。だから、こうも言える。彼らにとってみれば、故郷への道のりはほんとうに長く、渺茫《びょうぼう》としたものに違いない……なあ、こんな話はもういいだろ。こんな理屈を短時間で理解するなんてとうてい無理な話だ。それに、こんなことばかり研究していたら、きみのほうが壊れてしまう。あとでゆっくり考えたほうがいい」

　ぼくはなにも言わなかった。だが、どうして考えずにいられるだろう。

　丁儀《ディン・イー》は、机の上から半分くらいになっていたぼくの飲みかけの紅星二鍋頭酒《アルコード》の瓶をとり、自分の分とぼくの分をそれぞれコップに注いだ。

「一杯やろう。頭の中をリセットするには、これがいちばんの方法かもしれない」

　強い白酒が血液に混じり、体が火のようにかっと熱くなる。同時に、乱れていた思考がいくらかクリアになってきた。

「もう限界です」眩暈がして、ぼくはベッドにそのまま倒れこんだ。

「なにか、やることを見つけろ」と丁儀が言った。

第三部

竜巻

やるべきことはすぐに見つかった。かつて高波《ガオ・ボー》に自分で宣言した、「人々を救い、人類に貢献する、でも兵器には絶対に転用されない、そんな研究プロジェクト」——すなわち、竜巻の予報に関する研究だ。去年の夏、江星辰《ジャン・シンチェン》とあの小島で目撃した竜巻は、強く印象に残っていた。マクロ電子の空泡を探査するために大気光学観測システムを利用したとき、スクリーンに鮮やかに表示される大気の擾乱を見て、ふと思いついた。もしかするとこのシステムは、竜巻予報の鍵を握る発見をもたらすかもしれない。現在の気象学界は、竜巻発生の空気動力メカニズムについて深いレベルで解明しているし、竜巻の発生過程についても完全な数理モデルを構築している。そのモデルと、大気光学観測システムが観測する大気擾乱の両者を併せて分析することで、竜巻が発生する可能性の高い大気擾乱を識別できる。さらには竜巻の予報も可能になるはずだ。

高波《ガオ・ボー》は、このプロジェクトにおけるもっとも大きな問題を解決してくれた。すなわち、空泡の光学観測システムの民間利用だ。高波が軍サイドと連絡をとってみると、民間利用の交渉は予想以上にスムーズに進んだ。このシステムが球電とはなんの関係もないため、軍はすぐに技術移転に同意してくれた。

総装備部から帰ってきた高波は、空泡の探査システムを研究開発した二つの組織と直接連絡をとるようにとぼくに指示した。システムのソフトウェアを担当した組織と、ハードウェアを担当した組織だ。どちらも地方にあり、球電兵器研究基地とはすでに関係がなくなっていた。高波に基地の現状をたずねてみると、自分は総装備部のプロジェクト管理部門と連絡をとっているだけで、基地とは一度も接触していないからよくわからないという答えだった。ただ、基地の機密レベルはかなり高くなっていて、現在ではもう外界との連絡はすべて遮断されているらしい。現在の世界情勢からすると納得できる話だが、それでもぼくはまだ、かつての同僚のことを折に触れて思い出し、だいじょうぶだろうかと心配していた。

ぼくの研究はきわめて順調に進んでいた。大気擾乱の観測に必要な精度は、空泡の観測に必要とされる精度にくらべればかなり低いため、光学観測システムに手を加えなくてもそのまま使用できた。それどころか、精度の要求水準が下がったおかげで、観測範囲を何倍にも広げることができた。ぼくの仕事は、適切な数理モデルを用いて、すでに収集されている大気擾乱の映像を分析し、竜巻が発生する可能性があるものを見つけ出すことだった（のちに、竜巻研究の専門家たちはそうした大気擾乱を〝卵〟と呼ぶようになる）。球電の研究初期、ぼくはかなりのエネルギーを費やして数理モデルをいじくりまわしていた。思い出したくもないまわり道だったが、いまから思えばけっして無駄ではなかった。その時期は、流体や気体の動力学に関する数理モデルを構築して研究に貢献できたし、おかげで竜巻観測システムのソフトウェア部分がいまにも完成しようとしているのだから。

　竜巻が頻繁に発生する広東省でこのシステムをテストし、竜巻の予報に何度か成功した。そのうちのひとつは、広州市すれすれに通過する竜巻だった。十分から十五分前に早期警戒予報を出すことで、竜巻の襲来前に人々が退避することはできたものの、その他の損害は避けるべくもなかった。そんな程度でも、気象学界においてはきわめて大きな成果だと言えた。実際、カオス理論の原理からいえば、竜巻の長期的予報は根本的に不可能なのだ。

　仕事に追われるまま、あっという間に一年が過ぎていった。この年、ぼくは四年に一度開催される世界気象大会に参加した。気象学界でのノーベル賞と称される国際気象機関《IMO》賞の候補五人のひとりに選ばれたのである。最終的に、キャリアなどの理由で受賞には至らなかったものの、おかげで気象学界の注目を浴びることになった。

竜巻に関する研究成果をアピールするため、国際熱帯低気圧学会が主催するカンファレンスが米国オクラホマ州で開かれた。ここは世界的に有名な竜巻回廊で、竜巻の研究者を描いた映画『ツイスター』の舞台でもある。

今回の出張の主目的は、世界ではじめて実用化された竜巻予報システムの見学だった。平坦な原野を走る車の窓外には、オクラホマ州でもっともよく見られる三つの風景——広大な麦畑と牧場と油田が入れかわり立ちかわりあらわれる。もうすぐ目的地に到着するというそのとき、案内役のロス博士が窓のカーテンを閉めるように指示した。

「すみませんが、ここから先は軍事基地なので」

そのひとことですっかり熱が冷めた。いったいいつになったら軍や基地と縁が切れるのやら。車から降りると、周囲の建物のほとんどは仮設建築だった。大きなレーダードームに格納されたレーダーアンテナもいくつか見える。天文望遠鏡に似た車載設備は、明らかに大出力のレーザー発射機だ。たぶん、大気の光学観測に使用されるものだろう。

管制室に入ってまず目についたのは、お馴染みのダークグリーンの軍用コンピュータだった。操作しているスタッフも、やはり馴染み深い迷彩服を着ている。唯一目新しいのは、高解像度の超大型プラズマディスプレイだった。高価すぎるため、中国国内ではめったに使われず、ふつうはプロジェクターが使用されている。

プラズマディスプレイには、高波《ガオ・ボー》の雷研究所に大きな譲渡益をもたらした大気光学観測システムが捉えた大気擾乱の映像が表示されている。小さなスクリーンではごくふつうの乱流に見えたが、こうやって巨大ディスプレイ上に拡大されると、なんとも壮観だった。激しく踊る水晶の大蛇の群れのようにからみあって団子になったかと思えば、また四方八方に飛び散り、見る者に混乱と不安を同時に感じさせる。

「からっぽにしか見えない大気の中に、こんないかれた世界があったなんて」だれかが嘆声を洩らした。

まだまだもっとすごいのがあるぞ——そう思いながら、ディスプレイの大気擾乱をじっくり観察し、マクロ電子の空泡を見つけようと目を凝らした。もちろん、肉眼で見つかるはずもないが、これだけ広範囲をカバーする映像の中には、まちがいなく複数のマクロ電子が隠れている。それを見ることができるのは、機密扱いの画像認識プログラムだけだった。

「きょうは〝卵〟を見られるでしょうか」ぼくはたずねた。

「たぶん、問題ないでしょう」ロスが答えた。「オクラホマとカンザスでは、このところ頻繁に竜巻が発生しています。オクラホマ州では、つい先週、一日に百二十四個が観測されて、記録を更新しました」

移動で時間を無駄にせずに済むように、主催者は基地の会議室を借りて、〝卵〟の発生を待つあいだにもシンポジウムが開けるようにしていた。参加者が会議室に入ってからそれほど時間が経たないうちに、大音量のアラームが鳴り響いた。システムが〝卵〟をひとつ観測したのだ。参加者たちはまた管制室に集まって、プラズマディスプレイに見入った。だが、そこに映し出されているのは、あいかわらず、透明な〝乱れた麻糸〟が激しく動きまわるようすだけだった。さっきの画面とくらべても、さほど違いはないように見える。不定形の〝卵〟は、画像認識プログラムによってのみ検出可能で、存在している箇所が画面上では赤い丸に囲まれていた。

「ここから百三十キロメートルですね」ロスが説明した。「オクラホマ・シティ郊外です。非常に危険です」

「あとどれくらいで竜巻になるでしょう?」だれかが緊張した口調でたずねた。

「およそ七分」

「それだと避難はむずかしいですね」ぼくは言った。

「いいえ、陳《チェン》博士。われわれはどこにも避難しません!」ロスは高らかに宣言した。「これこそ、みなさんにきょうお見せするサプライズです!」

大型ディスプレイに小さな正方形の別画面が開き、一基のミサイルが発射台から轟音とともに打ち出される模様が映し出された。一直線に空へと昇っていくミサイルをカメラが追う。長く白い航跡雲が画面の空に巨大な放物線を描き、約一分後にはミサイルがその頂点に達して高度を下げはじめた。さらに一分後、ミサイルは高度五百メートルの空中で爆発した。灼熱の火球は、あたかも空を背景に咲き誇る一輪の薔薇のようだった。一方、大気擾乱を表示しているメイン画面上では、赤丸で囲まれた〝卵〟の位置に水晶球が出現し、それが急激に大きくなったかと思うと、その透明なボールもすぐに変形し消滅して、その場所は激しく動く〝乱れた麻糸〟にふたたび占められた。赤い丸が消え、警報が解除されると、ロス博士は〝卵〟の消滅を宣言した。これが、〝トルネード・キラー〟と呼ばれるシステムによって消された九番めの〝卵〟だった。

「みなさんご承知のとおり、竜巻は通常、激しい雷雨から生まれます」ロス博士が説明をはじめた。「雷雨の熱く湿った空気は上昇して上空の冷たい大気の層を抜け、じょじょに冷やされます。空気中の水蒸気は凝結して水滴や氷の粒になり、冷えた空気が下降するのにともなって押し下げられますが、下層にあるあたたかい空気や地球の自転などの作用でふたたび上昇し、最後には竜巻を形成するわけです。竜巻が形成される過程は不安定ですが、冷たい空気の下降がエネルギー流動の鍵になります。この下降する冷たい空気こそ、〝卵〟の心臓部です。トルネード・キラーは燃料気化爆弾を搭載したミサイルを発射し、降下する冷たい空気に精密打撃を加えます。燃料気化爆弾は膨大な熱量を瞬時に放出し、冷たい空気の温度を上昇させることで竜巻の形成を阻害します。いわば、まだゆりかごにいるうちに竜巻の赤ん坊を殺してしまうわけです。ご存じのように、ミサイル攻撃と燃料気化爆弾はどちらもずいぶん前からあった技術ですし、この攻撃は実際には精密打撃と呼べるほど正確なものではなく、軍事目的のミサイルよりひと桁低い精度で問題ありません。そこでわれわれは、コスト削減のため、もう使用されていない旧型ミサイルを使用しています。トルネード・キラーの核となるテクノロジーは陳《チェン》博士による大気光学観測システムで、このクリエイティブな発明によって、われわれは〝卵〟の位置をあらかじめ予測することができ、それによって竜巻発生の可能性を人工的に消滅させることに成功しました。この場を借りて陳博士に敬意を表したいと思います」

＊＊＊

翌日、州都のオクラホマ・シティで、ぼくを名誉市民として表彰する式典が開かれた。州知事から名誉市民章を授けられたあと、金髪の少女がオクラホマの州花――ヤドリギの花を見たのはこれがはじめてだった――をぼくに手渡し、一昨年発生した竜巻に両親の命が奪われたときのことを話してくれた。その恐怖の夜、Ｆ３スケールの竜巻が自宅の屋根を剥がし、室内のものすべてが百メートル上空へと巻き上げられたという。彼女自身は池に落下して九死に一生を得た。彼女の話は、ぼくが両親を奪われたあの誕生日の夜を思い出させたが、同時に自分の仕事に誇りを持たせてもくれた。今回の仕事のおかげで、ぼくはやっと球電の闇を抜け出し、陽光に照らされた新たな人生を歩き出すことができた。

式典のあと、ぼくはロス博士に敬意を表した。たしかに竜巻予報に関してぼくがブレイクスルーを果たしたのかもしれないが、最終的に竜巻を征服したのは彼らだ。

「最終的に竜巻を征服したのはＴＭＤですよ」ロスはだしぬけに言った。

「戦域ミサイル防衛（Theater Missile Defense）システム？」

「そう。ほとんどなにもいじらずにそのまま使用しましたからね。システムに搭載されているミサイルの識別プログラムをあなたの〝卵〟位置観測システムと交換しただけなんです。ＴＭＤは竜巻を消滅させるために特注であつらえたみたいに理想的なシステムです」

そのときになってようやく、両者がたしかに似ていると悟った。どちらも襲撃してくるターゲットを自動識別し、次にミサイル誘導で正確な迎撃を行う。

「わたしの研究領域はもともと気象とはまったく関係なかったんです。ＴＭＤと米国本土《N》ミ《M》サイル防《D》衛（National Missile Defense）のシステム開発にかなり長く従事していましたから。自分が開発した兵器システムがこんなふうに社会のためになっているのを見ると、いままで感じたことのないしあわせを感じますね。陳《チェン》博士、わたしはとりわけあなたに感謝したい」

「それはぼくも同じです」ぼくは心から言った。

「剣を打ち直して鋤とする（「イザヤ書」第2章4節より）」ロスの次に続く声はかなり低い。「けれど、鋤のうちのいくつかは剣に打ち直すこともできてしまう。われわれのような兵器研究者は責任を果たすと同時に、それがもたらす自責の念と失望も受け止めなければならない……理解できますか？」

高波《ガオ・ボー》からも同じような話を聞いたことがあった。なにも言わずにうなずいたが、心の中には警戒心が生じた。ロス博士の言う〝われわれ〟は彼らのことなのか、それともぼくも含まれているのか？　ぼくが過去に関わっていた任務について、口には出さないが実は知っているのだろうか？

「ありがとう。ほんとうにありがとう」ロスはそう言ったが、ぼくを見るまなざしがどこか妙だった。悲哀が混じっているように見える。あとになって、ぼくの心配は杞憂だったと判明した。彼の言葉は、ぼくとはなんの関係もなかった。このまなざしの真意については、のちにようやく判明した。ぼくは、最後に国外に出て帰ってきた研究者だったかもしれない。ぼくが帰国してから十日後に、戦争が勃発したのだから。

〈チョモランマ〉沈没

日常生活でも緊張が高まってきた。毎日、戦況を注視するだけでなく、仕事にも新たな意味が加わった。かつての日常で重要な位置を占めていた楽しみや悩みがどうでもいいことに思えてきたからだ。

その日、ある会議に参加してほしいと軍から電話があり、初対面の海軍少尉が車で迎えにきた。

戦争が深刻化するのにともない、球電兵器プロジェクトのことをときどき思い出していた。こんな非常事態のもとでは、もし研究基地から戻れという指示があれば、私情を捨てて、担うべき責任をまっとうする覚悟はできていたが、いままでなんの連絡もなかった。戦況を報じるニュースにも、球電兵器の情報などまったく見当たらない。本来ならいまこそ球電兵器を実戦投入する絶好の機会なのに、そんな兵器はもとから存在しなかったかのようだ。研究基地に連絡しようとしても、以前の電話番号はどれも通じなくなっていたし、丁儀《ディン・イー》の行方もつかめない。いままでに基地で経験したことすべてが夢だったみたいに、あらゆる痕跡が消えていた。

到着後、会議参加者のほとんどが海軍関係者だと判明した。ひとりも知り合いがいないことで、球電兵器とはなんの関係もない会議だとようやく理解した。参加者はそろっていかめしい顔をしている。会議は重苦しい雰囲気だった。

「陳《チェン》博士、最初にこちらから、きのうの海戦について説明します。これはまだ報道されていません」ひとりの海軍准将が挨拶の言葉もなく単刀直入に切り出した。

「今般の海戦の具体的な場所や詳細は知る必要のないことなので、関連する状況のみ説明します。昨日午後三時ごろ、チョモランマ空母打撃群が海上で巡航ミサイルによる大規模な攻撃を受けました……」

艦名を聞いて衝撃が走った。

「……飛来したミサイルの数は四十発以上です。艦隊はただちに防衛システムを発動しましたが、敵の攻撃形態は奇妙なものでした。巡航ミサイルで海上の標的を攻撃する際、敵のミサイル防衛システムを突破するために、ふつうは海面すれすれを飛行するシー・スキミング方式をとります。しかし今回のミサイルの飛行高度はどれも約千メートル以上で、迎撃されることをまったく気にしていないようでした。果たして、ミサイル群は艦隊を直接の打撃目標にしていないことが判明しました。すべてのミサイルがわがほうの防衛圏外、高度五百～千メートルのあいだで自爆したのです。どの弾頭もその爆発の威力はごく限られた小さなもので、大量の白い粉末を撒き散らしたのみでした。ごらんください、これがそのときの録画映像です」

画面に空が映し出された。雲が多く、いまにも暴風雨になりそうだ。ほどなく無数の小さな白い点が空に出現し、それがじょじょに広がっていく。まるで水面に数十滴のミルクを落としたようにも見える。

「この白い点は、敵の巡航ミサイルが爆発した箇所です」准将は画面上に広がる白い点を指して言った。「たいへん奇妙なことです。しばらくのあいだ、敵の狙いがまったくわかりませんでした。これらの白い物質は……」

「現場にはほかになにか兆しのようなものはなかったのでしょうか？」ぼくは准将の話をさえぎってたずねた。おそろしい予感が黒雲のように心に広がる。

「兆しというのはなんのことですか？　ミサイルと関係のありそうな事象はほかになかったようですが」

「関係のないことでもかまいません。どうか思い出してみてください」焦燥感に駆られつつ言った。

准将とその他数名の士官たちはたがいに目を見交わしていたが、やがて、眼鏡をかけた中佐が口を開いた。

「敵の早期警戒機一機がその空域を飛行していました。とくに変わったことではありませんが」

「ほかには？」

「ええと……敵は低軌道衛星を通じてその海域に大出力のレーザーを発射したのですが、おそらく早期警戒機と協力して対潜哨戒を実施していたのではないかと……これがいまの巡航ミサイル群となにか関係があるのですか？　博士、顔色が悪いようですが、だいじょうぶですか？」

対潜哨戒でありますように。神さま、お願いですから対潜哨戒でありますように……切実にそう願うぼくの心は、極度の緊張状態に陥っていた。

「ありがとうございます。だいじょうぶです。ところでその白い粉末ですが、その正体がなんなのか、だいたいの見当はついているのでしょうか？」

「それを説明するところでした」

准将はそう言いながらディスプレイを別画面に切り替えた。今度の画面は、画家のパレットのように、いくつかの鮮やかな色彩がランダムに並んでいる。

「これは、問題の空域の赤外線映像です。ここを見てください。爆発点が急速に超低温に変化しています」准将は画面上の鮮やかな青い点を指さした。「われわれの推測では、それらの白い粉末は高性能冷却剤ではないかと」

稲妻に打たれたような衝撃にめまいがして足もとがふらつき、テーブルにつかまってどうにか体を支えた。

「早く、艦隊をその海域から撤退させてください！」スクリーンを指さし、准将に向かって叫んだ。

「陳《チェン》博士、これは録画映像ですよ。きのうの出来事です」

まだ茫然としていたが、なんとか准将の言葉の意味は理解できた。

「ごらんください。これはそのときに〈チョモランマ〉から撮影されたものです」

茫漠たる海と空がスクリーンに映し出された。護衛駆逐艦が一隻、画面の隅に見え隠れしている。空に細長い漏斗《じょうご》が現れた。管状の足が糸のように細く長く伸びて海面に近づいていく。先端が海面に触れた瞬間、糸は白くなり、海水を吸い上げはじめた。最初のうち、海と空を結ぶこの白糸はとても細く、ゆらゆら揺れ動いて、すぐに断ち切れてしまいそうに見えた。だが、糸はどんどん太くなり、空から垂れる細長い薄絹になり、やがて大海原にそびえ立つ巨大な柱に変わった。色彩も白から黒へと変わったが、ただ柱の表面をぐるぐる旋回する海水だけが、いまも陽光に照らされてきらきら輝いている。

実を言うと、こうなることもありえると想定はしていたものの、まさかほんとうにだれかがこれをつくりだしてしまうとは思ってもいなかった。

竜巻を生み出す潜在力を持った大気擾乱――〝卵〟――は大気層に無数に存在し、そのごく一部だけが竜巻へと進化する。数多くの鶏卵のうち、ほんの少数が孵化してひよこになるのとよく似ている。〝卵〟のコアは下降しようとする冷たい空気の塊だが、それに熱を加えると下降が阻害され、オクラホマ州で実地に観測したとおり、〝卵〟は竜巻に変わる前に消滅する。同様に、もしも冷たい空気の塊をさらに冷却して温度を下げれば、自然消滅するはずだった〝卵〟を大きくして竜巻へと成長させることもできる。このような〝卵〟は無数にあるので、適切な気候条件さえ整えば、いつでも自由に竜巻をつくることができる。鍵になるのは潜在的な〝卵〟を発見することだが、ぼくの竜巻予報システムがそれを可能にした。さらに恐ろしいのは、このシステムを使えば、近距離にある（もしくは重なり合っている）二つ以上の〝卵〟を見つけ出し、それらを同時に孵化させることで、大気中のエネルギーを一箇所に集中させ、自然界ではありえないような超巨大竜巻を発生させることも可能になるということだった。

目の前のスクリーンに出現したのは、まさにそんな竜巻だった。直径は二キロメートルを超え、自然発生する竜巻の最大直径の二倍以上ある。自然界で最大級の竜巻はF5スケールで、そのレベルでも〝神の手〟と呼ばれるくらいだが、人工的に〝孵化〟したこの竜巻は少なくともF7スケールに達している。

画面上の竜巻はゆっくり右方向へ移動していく。〈チョモランマ〉は針路変更を行い、竜巻を避けようとしている。竜巻の移動はふつう直線的で、移動速度はおよそ時速六十キロメートル。つまり、航空母艦の最高速度と等しい。もし〈チョモランマ〉が加速し、なおかつスムーズに針路変更を行えたら、竜巻を回避できる可能性はまだまだある。

だがそのとき、蒼穹を支える巨大な黒柱の左右の空から、二すじの白い帯が垂れてきた。それらは急速に太くなり、一本めと同じく、巨大な二本の黒柱に変化した。

この三本の超巨大竜巻の間隔はその直径よりもせまく、千メートルにも満たない。さしわたし八千メートル近い巨大な死の柵と化した三本の超大型竜巻がゆっくりと空母に接近してゆく。〈チョモランマ〉の命運はすでに尽きたかのようだ。

画面全体が竜巻の巨大な柱に覆われた。逆巻く水しぶきが横向きに流れ落ちる滝のように手前に噴き出し、その背後の暗い深淵の中に柱本体がある。画面がとつぜん大きく揺れたかと思うと、映像が消えた。

＊＊＊

准将の説明によれば、竜巻は〈チョモランマ〉の前半分と交差したという。あの小島で海軍中佐が予言したとおり、〈チョモランマ〉は主甲板をへし折られて三十分後に沈没。艦長を含む二千名以上の兵士が戦死した。竜巻が迫ってくると、艦長は迷うことなく二基の加圧水型原子炉を完全封鎖し、放射性物質の流出を可能なかぎり防いだ。しかしそのため、〈チョモランマ〉は動力を完全に失うこととなった。空母とともに沈んだ艦船は、護衛駆逐艦二隻と補給艦一隻。超巨大竜巻は艦隊と交差したのち、そのうちひとつはさらに二百キロ以上移動をつづけてから消失した。これは、記録に残っている竜巻の最長移動距離のゆうに二倍以上に達している。この竜巻は、移動の途中、勢力を維持したまま、ある島を蹂躙した。島の漁村は根こそぎ破壊され、女性や子どもを含む百人以上の村人が犠牲になったという。

「〈チョモランマ〉の艦長は江《ジャン・》星《シン》辰《チェン》氏ですか？」

「はい。お知り合いでしたか？」

ぼくはなにも言わなかった。このとき考えていたのは、江星辰よりも林雲《リン・ユン》のことだった。

「きょう博士をお呼びした理由は、竜巻研究における国内の第一人者であることがひとつ。

もうひとつは、今回〈チョモランマ〉を攻撃したのが〈アイオロス〉（原注　ギリシャ神話の風の神）というコードネームの気象兵器システムなのですが、情報によると、博士の研究成果に関連があるとか」

　ぼくはのろのろとうなずいた。

「そのとおりです。責任はぼくにあります」

「いやいや、誤解されているようですが、責任を追及するために来ていただいたのではありません。それに、そもそも陳《チェン》博士にはなんの責任もない。雷研究所による当該プロジェクトの成果の発表及び譲渡は、関係各所の審査を経たもので、完全に合法です。もちろん、だれかが責任を負う必要はあるでしょうが、それはあなたではない。ハイテクノロジーの軍事分野への応用について、わがほうは敵側ほど神経質ではありません」

「この種の兵器は防御できます。艦隊のミサイル防衛システムとわれわれの大気光学観測システムをリンクさせるだけで済みます。燃料気化爆弾をミサイルで発射して竜巻を消滅させる方法をかつて見たことがありますが、もっと迅速で効果的な手段もあります。大出力のマイクロ波あるいはレーザーを使って、下降してくる冷たい空気の塊をあたためることです」

「ええ。現在、われわれは、いままさにそのような防衛システムの研究開発に力を注いでいる最中です。ぜひご協力願えればと」准将は軽いため息を吐いた。「しかしながら、はっきり言って、その兵器が使えるようになるのは次の戦争のときかもしれませんね」

「どうしてですか?」

「チョモランマ空母打撃群を喪失し、わがほうの制海権は大幅に弱体化し、もはや敵と大規模な海上決戦を戦うだけの戦力がありません。沿岸の火力に頼って近海防御を行うほかないのです」

＊＊＊

海軍の作戦指揮センターを出たとたん、甲高い防空警報が鳴りはじめ、あっという間に街から人影が消えた。からっぽになった通りをあてもなく歩いていると、民間の防衛隊員がこちらに向かってなにか怒鳴った。かまわず歩きつづけると、今度は隊員たちのほうが近づいてきて、どこかにひっぱっていこうとした。だが、その手を無意識のうちに振りほどき、夢遊病者のように歩きつづけた。いかれたやつだと思われたのか、隊員たちはそれ以上かまわずに行ってしまった。いまのぼくにはなんの望みもない。絶望の淵をさまよいながら、爆弾にあたって苦難に満ちたこの人生にピリオドが打てればいいとだけ願っていた。だが、爆弾の音ははるか遠くから響いてくるばかりで、あたりは静かだった。

どのくらい歩いただろう。心身ともに疲れ切って、公園の階段に座り込んだ。そのとき、空っぽだった頭の中が、あるひとつの思いに占領されていることに気がついた。それは、ある人間のことをようやく理解したという思いだった。

理解したのは、林雲《リン・ユン》のことだった。

携帯電話をとりだし、基地の番号にかけた。やはりだれも出ない。立ち上がってタクシーを探したが、この戦時下に、流しのタクシーは少ない。三十分ほど待ってやっと一台つかまえると、基地に行ってくれと頼んだ。

タクシーは三時間ほど走って基地に到着した。そこまで行ってようやく、基地がだいぶん前に放棄されていたことを知った。どこもかしこも荒れ果てている。職員も設備も、どこに移ったのかさっぱりわからない。がらんとした励起実験場の真ん中に、ひとり立ちつくした。かなり時間が経ったらしい。かすかな夕陽の光が壊れた窓ガラス越しに体を照らし、やがてゆっくりと明るさを失っていく。濃厚な夜の色があたりを染めるころ、ようやくそこを立ち去った。

市内に戻ってから、軍の関連機関に球電プロジェクト・チームと曙光部隊の行方をたずねてみたが、だれも知らなかった。彼らはこの世界から蒸発したのだろうか。林《リン》将軍にもらった電話番号にもかけてみたが、やはり通じなかった。

しかたなく、ぼくは雷研究所に戻り、大出力のマイクロ波を用いて竜巻を消滅させる研究に全精力を注いだ。

破壊されたＩＣチップ

長引く戦争とともに、また秋がやってきた。人々は戦時下の生活にじょじょに適応しはじめ、防空警報や食糧配給はかつてのコンサートやコーヒーショップと同じく、ごくふつうの日常の一部になっていた。

ぼくはといえば、全身全霊、竜巻防衛システムの研究開発に打ち込んでいた。このプロジェクトも、高波《ガオ・ボー》が所長を務める雷研究所によって行われている。精神的な緊張を強いられる中でも、一心に仕事をしていれば、一時的にほかのことを忘れられた。しかしある日、いつまでもこのままだろうと思われていた戦局のバランスが破れた。

その日の午後三時半ごろだったか、雷研究所や軍サイドのエンジニア数名と、艦載用の高エネルギーマイクロ波発射装置の技術的仕様について細部を詰めていたときのことだ。この装置は、水分子が吸収できる一〇～一〇〇ギガヘルツの周波数帯のきわめて指向性が高いマイクロ波ビームを、約一ギガワットの出力で発射できる。こうしたマイクロ波ビーム数本を一箇所に集めると、照射エリア内でのエネルギー強度は一平方センチあたり約一ワットに達する。電子レンジ内のエネルギー強度とほぼ同じレベルだ。このビームによって〝卵〟内部の冷たい空気の塊を加熱すれば、萌芽状態のまま〝卵〟を消滅させられる。この装置と大気光学観測システムを併用することで、竜巻兵器に対する効果的な防衛システムが構築できる。

そのときとつぜん、奇妙な音が聞こえてきた。雹《ひょう》が地面を叩くバラバラという音に似ていなくもない。最初は遠くから響いていたが、どんどん近づいてきて、とうとうぼくらがいる部屋の中までその音に包囲された。いちばん近い音は、ぼく自身の左胸から鳴り響いている。それとともに、周囲のコンピュータにも異常が発生していた。無傷の筐体の中からたくさんの小さなかけらが飛び出し、あたり一帯に飛散している。よく見ると、かけらは完全なかたちのCPUやメモリなどのICチップだった。それらのICチップは周囲の空間に漂い、腕を振るといくつものチップが手に当たった。だからこれは幻影ではない。しかし、浮遊するICチップは軌跡を残しつつ次々に消え去り、あとにはなにも残らなかった。PCのモニターにも変化が起きていた。致命的なエラーを示すブルー・スクリーンか、真っ黒な画面に変わっている。

左胸に焼けつくような感触があり、片手でさわってみると、上着のポケットに入れてあった携帯電話が熱を発している。あわててとりだしたが、まわりの人たちも同じことをしていた。白煙を上げる携帯電話をばらしてみると、中から白い灰がこぼれた。内部のICチップはすでに燃え尽きている。まわりのコンピュータも手分けして分解してみた。どのマシンも、マザーボードのICチップのおよそ三分の一が燃え尽きている。しばらくのあいだ、部屋にはICチップの白い灰と異様なにおいが充満していた。

すこし経つと、停電したのか、かろうじて点いていたコンピュータ・ディスプレイの光も消え、部屋は真っ暗になった。

最初に頭に浮かんだのは、ICチップをエネルギー放出ターゲットとする球電に攻撃されたという可能性だった。しかし、それでは説明がつかない奇妙な点がある。この付近の建物はどこも研究施設で、ICチップが密集している。したがって、球電が放出するエネルギーの減衰も大きくなる。球電が作用する半径は百メートルを超えないだろう。そのぐらいの距離なら、球電がエネルギーを放出する際の爆発音が聞こえないはずはない。大量の球電に接して敏感になっているぼくの耳なら、球電が漂うときに発する特徴的な音も聞きとれるはずだ。しかしさっきは、ICチップが焼かれるパチパチという音以外、まったくなにも聞こえなかった。だから、この近くに球電は存在していなかったに違いない。

まずやるべきことは、被害を受けた範囲の確定だった。テーブルの固定電話の受話器をとったが、すでに通話不能になっている。しかたなく数人で階下まで降りて、あたりをチェックしてみた。すぐにわかったことだが、研究所の二棟のオフィスビルと雷実験室の中にあるＩＣチップにも被害が及び、約三分の一が焼け焦げていた。次に、近くにある大気物理研究所と気象シミュレーションセンターを手分けして訪ねたところ、それらの施設でも同様の被害が出ていることがわかった。これが球電兵器の攻撃によるものだとしたら、判明した被害状況からして、少なくとも数十個の球電を必要としたはずだが、ぼくはただのひとつも目にしていなかった。

高波《ガオ・ボー》が若いスタッフを何名か、早々と調査に送り出していた。彼らが自転車で外を見てまわり、状況把握につとめているあいだ、ぼくを含めた他のスタッフはオフィスに残り、落ち着かない気分で待っていた。雷研究所の所員で球電兵器のことを知っているのは、ぼくと高波の二人だけだった。二人とも、他のスタッフよりもはるかに強い恐怖にかられながら、話し合うこともできず、ときどきたがいに目を見交わしていた。

出ていった若いスタッフは三十分以内に次々と戻ってきたが、どの顔にも、幽霊でも見たような恐怖が張りついていた。彼らが自転車で見てまわったのは基地から三キロないし五キロの範囲内だったが、訪問した場所のＩＣチップは例外なく不思議な力で損傷していたという。そればかりか、焼け焦げた率もすべて三分の一程度だった。事前に示し合わせたわけではなかったが、だれも五キロ以上遠くへは行かず、全員がいったん基地に戻って、似たような状況報告を行った。携帯電話も固定電話も失われたこの状況に、しばらくのあいだだれひとり適応できずにいた。

「そんな悪魔みたいな兵器がもしほんとうに向こうの手にあるなら、もうおしまいだ！」だれかが言った。

ぼくと高波はまた顔を見合わせた。なにがどうなっているのか、さっぱりわからない。

「こうするのはどうかな」ぼくは言った。「研究所にある四台の車を四つの方角に走らせて、もっと広い範囲で状況をたしかめてみるんだ」

ぼくは東に向かって車を走らせた。道すがら目にするどの建物も窓が暗く、あちらこちらで人々がおもてに出てきて、数人単位で寄り集まっていた。みんな、緊張した面持ちでなにごとか話している。ほとんどの人は、まったく役に立たない携帯電話をまだ手にしていた。こんな光景を見れば、車を降りるまでもなく状況はわかる。それでもぼくは、何度も車を降り、球電を目撃したかどうか人々にたずねた。だが、目でも音でも、なにか球電らしきものを確認した人はひとりもいなかった。

市街を出て、なおも車を走らせつづけていると、郊外の小さな町を通りかかった。その町もやはり停電していたが、市街地にくらべればパニックの度合いはずっと少ないように見えた。もしかしたら、破壊の圏外に出たのではないかという希望が湧いてきた。被害がゼロではないにしろ、かなり小さくなっているのかもしれない。一軒のインターネットカフェの前に車を停めると、はやる気持ちで店内に飛び込んだ。もう黄昏時で、停電したネットカフェの店内は暗かった。すぐに、もうお馴染みになった焦げくさいにおいが鼻をついた。一台のコンピュータを外に運んで、分解してマザーボードをじっくり調べてみた。夕陽の光の下で目にしたのは、CPUを含むICチップの一部がマザーボードから消えているという事実だった。マザーボードが手から滑り落ち、ごつんと膝にぶつかったが、少しも痛みを感じなかった。晩秋の涼風に吹かれながら、ぶるっと激しく身震いして、すぐに車で引き返した。

研究所に戻ると、ほどなくほかの三台の車も帰ってきた。いちばん遠くまで行った一台は高速道路を使って百キロ以上進んだが、そこでも同じ状況だったという。

情報を収集しようにも、テレビもインターネットもなく、電話すら使えないこの状況では、頼れるのはラジオだけだった。最近のシンセチューニング・ラジオには集積回路が使われているため、どれもガラクタと化していたが、通信室の年配職員のデスクで、まだ使える旧式のトランジスタラジオがやっと見つかった。音質は最悪だったものの、ラジオ放送の受信に成功した。南方の地方ラジオ局が数局、英語放送が三局、日本語放送が一局。

深夜まで聞きつづけていると、これらラジオ局の放送にも今回の奇妙な災害に関する報道がじょじょに増えてきた。その混乱気味の報道を通じて、以下のような状況が判明した。

ＩＣチップが損傷したのは、西北地方のある地域を中心とする半径約千三百キロメートルの円形エリア内。面積では、国土の三分の一に達している。そのあまりの広さにだれもが度肝を抜かれた。しかし、ＩＣチップの破壊率は中心から外に向かうにつれて低減する傾向があり、ぼくたちの街はこのエリアの外縁のほうに位置していた。

＊＊＊

それからの一週間は、電力が発明される前の農耕社会のような生活を強いられ、日常はきびしさを増した。水は給水車で運ばれてきたが、配給されるのはぎりぎり一日分の飲み水がまかなえる程度の量だったし、夜の照明は蠟燭を使うしかなかった。この間、今回の災害に関してさまざまな噂が流れた。口コミやラジオの報道でもっとも多かったのは、異星人が関係しているという説で、球電に触れているものはひとつもなかった。

混乱した情報の中から、少なくともひとつの結論だけは導くことができた。すなわち、今回の被害が敵側の攻撃によるものだという可能性はかなり低い。ぼくたちと同様、敵側も明らかにこの事態にとまどっているようだった。おかげでいくらかほっとした。この時期、ぼくは百種類にもおよぶさまざまな可能性を検討してみたが、どれひとつとして納得がいかなかった。球電が関係しているということだけは確信がある。だが、それと同時に、これが球電によるものではないことも確信していた。じゃあ、いったいなんなのだろう？敵の反応もよく理解できなかった。われわれの国土がこれほど甚大な損害をこうむり、防衛力をほとんど喪失しているにもかかわらず、彼らは侵攻を停止し、毎日の恒例になっていた空爆さえ止めていた。その理由について、世界じゅうのメディアが説得力のある説を唱えていた。すなわち、これほど強力で、文明社会全体を容易に破壊できる未知のパワーを目にした以上、その正体をはっきりと知る前に早まった行動はとれないだろうというのである。

災害は、戦争勃発以来もっとも静かで落ち着いた時間をもたらしてくれた——たとえそれが、冷え冷えとした不気味な時間だったとしても。電気もコンピュータも携帯電話もないので毎日することがなく、心に巣食う恐怖をまぎらわすすべもなかった。

その夜は、寒々とした秋雨が降っていた。薄暗く冷たい宿舎の部屋にひとりぽつねんと座って、外の雨音に耳を傾けていると、外界で起こっている一切合切は無限の暗闇にすっぽり包まれ、眼前で揺らぐ蠟燭の炎だけがこの世界に残る唯一の光のようにさえ思えてくる。計り知れない孤独がぼくを押しつぶし、長いとは言えない自分の過去がまるで映画を見るように脳内のスクリーンに再生された。原子力発電所に残された子どもたちの灰で描かれた抽象画、丁儀《ディン・イー》が空泡の中に差し入れた碁盤、夜空に長く伸びるアーク、風雪に閉ざされたシベリア、林雲《リン・ユン》が弾くピアノの音と胸もとのペンダントの剣、泰山の雷雨と星空、大学のキャンパスで過ごした日々、そして最後は雷雨の中で祝った誕生日の夜……自分の人生の道は大きく弧を描いてふたたび出発点に戻ってきたようだ。ただ、雨音にはもう雷鳴は混じっていないし、目の前の蠟燭もあと一本を残すのみとなっている。

そのとき、ノックの音がした。こちらがドアを開けるのも待たず、だれかが部屋に入ってきた。その人物は、びしょ濡れのウインドブレーカーを脱いだ。痩せ細った体が寒さに震えている。蠟燭の明かりを頼りに来客の顔を見て、ぼくはうれしさのあまり声をあげた。

訪問者は丁儀だった。

「酒はあるか？　熱いのがいちばんだ」丁儀は歯をガチガチさせながら言った。

まだ半分残っている紅星二鍋頭酒を手渡すと、丁儀はしばらく瓶の底を蠟燭の炎で温めていたが、すぐに面倒になったらしい。瓶を持ち上げて一気に白酒を流し込み、口を拭いながら言った。

「余計な話は抜きにして、きみが知りたいと思っていることを話そう」

海上での要撃

以下の内容は、ぼくが雷兵器研究基地を離れてから起こった事件について、丁儀《ディン・イー》が語ってくれたものである。

原子力発電所での軍事作戦がきわめて大きな成功を収めたことで（少なくとも軍事的には成功だった）球電の研究はふたたび注目されることとなり、追加予算が大々的に投入された。新たな資金は、主として、ICチップをターゲットとして攻撃するマクロ電子の収集に費やされた。集積回路のみという強い選択性を持って攻撃できるという特徴は、球電兵器が潜在的に持つ最大の利点だと見なされていたのである。このタイプのマクロ電子はきわめて希少だが、膨大な規模の収集作業をくりかえすことで、最終的には五千を超える数が貯蔵された。これによって、球電兵器は実戦にも耐えうる兵器システムとなったのである。

開戦後、基地は極度の興奮状態に陥った。球電は第一次世界大戦における戦車、あるいは第二次世界大戦における原子爆弾にも匹敵する決定的な兵器であり、歴史の一ページをつくることになると、ほとんどすべてのプロジェクト・メンバーが認識していた。そのため基地の全員が、自分たちは歴史を創造しているのだという自負をもって準備を整え、その日を待っていた。にもかかわらず、上層部からの指示はただの二文字、〝待機〟だった。そんなわけで、曙光部隊は戦時下にあってもっとも暇を持て余す部隊となってしまった。最初のうちこそ、最高司令部はもっとも重要な局面で球電兵器を使用することで最大の効果をあげようと考え、この兵器を温存しているのかもしれないと考えられていた。しかし林雲《リン・ユン》は、独自のルートを通じて、そんな考えは自分たちのひとりよがりでしかなく、じつのところ、最高司令部の球電兵器に対する評価はそれほど高くないということをすばやく探り当てた。最高司令部は、原子力発電所での軍事作戦は特殊なケースであって、球電兵器システムが戦場で発揮するであろう潜在能力を証明するものとは言えないと考えていたのである。さらに各軍とも、球電兵器の戦場での使用に関しては、それほど興味を示さなかった。その結果、プロジェクトに対する予算配分は予想されたとおり中断され、研究は再度中止に追い込まれた。

チョモランマ空母打撃群が壊滅させられたのち、基地は極度の苦しみと焦燥感にさいなまれていた。敵側では別種の新概念兵器がすでにその巨大な破壊力を見せつけているのに、味方が球電兵器に対してこれほど冷やかな態度をとりつづけていることは理解しがたいと、基地のだれもが思っていた。基地の人々は、この兵器こそが現在の戦局を大きく動かす唯一の希望だと感じていた。

林雲《リン・ユン》は曙光部隊の前線への投入を幾度となく父親に頼み込んだが、そのたびに冷たくあしらわれていた。林《リン》将軍は娘をこう諭したという。「小雲《シャオユン》、新兵器にどんなに熱を上げようと、理性を忘れて妄信してはならない。戦争について、もっと深いレベルで、広い視野を持って考えなければだめだ。たったひとつの新兵器に頼って戦争に勝利しようなんて、ずいぶんあさはかな考えだと言うしかない」

＊＊＊

ここまで話すと、丁儀《ディン・イー》はぼくに向かって言った。

「ぼくは科学技術を崇拝している人間だ。だから実際のところ、兵器に対するぼくの入れ込みようは、林雲なんかよりよほど大きかった。それにぼくも、球電こそがこの戦争に決着をつけてくれる兵器だとかたく信じていた。当時のぼくは、球電兵器に対する最高司令部の態度は、杓子定規で思慮が足りないと思っていた。基地のスタッフのほとんども、最高司令部の態度に怒りを隠さなかった。しかし結局、思慮が足りないのはぼくらのほうだったと証明されたんだ」

＊＊＊

ようやく転機が訪れた。基地と曙光部隊が次に受けた命令は、近海に侵入をはかる敵空母打撃群を攻撃することだった。

南海艦隊司令部は作戦会議を招集した。会議に参加した軍人たちの階級は高くなかった。それは、今回の軍事作戦に対する上層部の期待度を物語っていた。会議を仕切ったのは二名の准将で、ひとりは南海艦隊作戦部長、もうひとりは陸軍で海岸防御を担当する南方戦区副参謀長だった。他の二十名あまりの軍人の多くは潜水艦部隊と南海艦隊の近海艦艇部隊の所属だった。

最初に副参謀長が戦況を説明した。

「知ってのとおり、わがほうの遠洋制海権はきわめてきびしい状況に置かれている。いまさに、敵海上戦力がわが国の近海に少しずつ迫りつつある。敵艦隊は数回にわたり、わがほうの沿岸防衛用地対艦ミサイルの射程範囲に侵入をくりかえしているにもかかわらず、こちらの攻撃はすべて失敗に終わった。敵艦隊の装備するミサイル防衛システムによって、地対艦ミサイルのほとんどが撃墜されたためだ。敵側のミサイル防衛システムの持つ早期警戒能力のすべてあるいは一部でも破壊できれば、沿岸防衛用の地対艦ミサイルが敵艦隊に有効な打撃を与えられる。今回の軍事作戦の主旨は、〈かえで〉を使用して敵艦隊ミサイル防衛システムの電子設備を破壊し、システムの全部もしくは一部を無効化し、沿岸防衛用地対艦ミサイルで敵艦隊を叩くチャンスを切り開くことにある」

〈かえで〉とは球電兵器の暗号名だ。このいかにもやわらかくてもろそうなコードネームにも、上層部の球電兵器に対するイメージが反映されているような気がした。

次に作戦部長が発言した。

「つづいて作戦案の検討に移る。まず全員で大きな枠組みを決定し、そのあと、その枠組みに沿って軍兵科ごとに班に分かれて作戦の詳細を決めることとする」

「ひとつ質問があります」ひとりの陸軍大佐が立ち上がった。沿岸防衛用の地対艦ミサイル部隊の指揮官だ。「〈かえで〉は目視できる範囲内しか攻撃できないと聞いていますが、ほんとうですか？」

許文誠《シュー・ウェンチェン》准将がうなずいた。

「だったら、こんなおもちゃがなんの役に立つんです？　視程外にある目標への攻撃は、現代兵器の基本要件ですよ。これでは、〈かえで〉は前近代的な兵器レベルということになる」

「その考えこそが前近代的です」林雲《リン・ユン》の言葉には遠慮がない。出席者たちは不興げな視線を一斉に彼女に向けた。

「もういい。まず、〈かえで〉指揮官に作戦案についての考えを語ってもらおう」作戦部長が言った。

「われわれは潜水艦を〈かえで〉の発射台としたいと考えています」許《シュー》准将の発言だ。

「ということは、〈かえで〉は水中から発射可能なのですか？」潜水艦部隊の大佐が質問した。

「不可能です」

「海上において視程内での攻撃を実施するには、理想的な気象条件のもとでも、目標から八千ないし一万メートルの距離まで接近する必要があります。しかしながら、敵対潜能力の主体からこれほど近距離で潜水艦を海面浮上させるというのは、ほとんど自殺行為では？」潜水艦部隊指揮官は怒りをあらわにして言った。

「〈かえで〉での攻撃後、敵艦隊の電子システムはすぐさま破壊されるので、対潜能力も完全に無力化されます。潜水艦に対する脅威は消滅しますよ」林雲が言った。

潜水艦部隊の指揮官はだれにも気づかれないよう鼻を鳴らした。小娘同然のこんな少佐の発言など意に介していないという表情で、作戦部長のほうを一瞥した。その視線は、「こんな子どもの意見を本気で信じるんですか?」と暗に問いかけている。

作戦部長は強くかぶりを振った。

「否決する。潜水艦は使えない」

しばらくの沈黙後、ある海軍中佐が別の案を提案した。

「ステルス性能を備えた高速魚雷艇を敵艦隊の視程外にあらかじめ潜ませておき、ターゲットの出現とともに視程内まで高速で接近し攻撃するのはどうでしょう」

「それもありえないな」とべつの海軍士官が否定する。「魚雷艇は視程外でもまったく隠れることができない。敵艦隊の偵察機の存在を忘れてるんじゃないか。敵艦隊が近海を巡航するときは、偵察機による哨戒飛行が頻繁に実施される。ステルス性能といっても、レーダーに映らないだけだ。今回の軍事作戦は艦隊全体に対して同時に攻撃を仕掛けるわけだから、必要とされる魚雷艇の数も少なくはないだろう。それだけの数になれば、空中からの偵察で発見されないわけがない。わがほうの魚雷艇部隊が敵艦隊から三百キロメートル以上離れた空中偵察の圏外に潜んでいるというなら話はべつだが、それでは作戦上まったく意味をなさない」

ある陸軍大佐がまわりを見渡して言った。

「空軍からはだれも来ていないのか？　空中からの攻撃はどうなんですか？」

「〈かえで〉に航空機搭載可能なモデルは存在しない」許《シュー》准将が言った。「それに、たとえ空中からであっても、視認距離内での攻撃には、同じようにリスクが高いでしょうな」

会議室にふたたび沈黙が降りた。球電部隊のメンバーは出席者たちの心の声を聞きとっていた。おまえらのこの出来損ないのおもちゃはほんとうに扱いが面倒だな。

「この問題に集中して、全員で考えてみよう」作戦部長が発言した。「敵艦隊に視程内で接近する方法はなにかないのか？」

「ひとつだけ方法があります」林雲《リン・ユン》が発言した。「漁船を使うことです」

会議室にどっと笑い声が響き渡った。

「われわれの観察によれば、航路付近に漁船を発見しても、通常、敵艦隊はなにもしません。とりわけ、小型漁船に対してはほぼ確実に無視します。そのため、漁船を〈かえで〉の発射台として使用することで、視程よりもさらに近づくことが可能だと思われます」

会場の笑い声はより大きくなった。

「無理に発言する必要はないよ、少佐」と副参謀長が首を振りながら林雲に向かって言った。「こうやって、みんなで建設的な意見を出し合って考えているんだから」

「いいえ、これは、われわれが実際に検討したプランです」許准将《シュー》が言った。「これがもっとも実行可能性の高い方法だとわれわれは考えています。このプランに関しては、上層部から作戦命令が下される前から、長い時間をかけて、ずっと検討してきたのです。専門チームを派遣して、多くの調査研究も実施してきました」

「しかしそれはただの……」海軍士官のひとりがそう言いかけたが、作戦部長が手を振って彼の言葉をさえぎった。

「言わなくていい。たしかにプランはプランだ。一応、考えた結果ではあるらしい」

「まさに前近代的な作戦だ！」さっき林雲《リン・ユン》に反撃された沿岸防衛用地対艦ミサイル部隊指揮官が嘲るように笑った。

「いや、前近代でさえない」潜水艦部隊指揮官が言った。「ユトランド沖海戦や日本海海戦で、漁船を使って軍艦を攻撃したなんて話を聞いたことがありますか？」

「もしその当時〈かえで〉があったら、漁船が使われていたはずです！」林雲も負けずに反論した。

「そもそも海戦というより海賊行為だ」海軍大佐が言った。「こんな話がよそに洩れたら物笑いの種になる」

「それがなんだ？　もしほんとうにそれで沿岸防衛用地対艦ミサイルに攻撃のチャンスが

できるのなら、海賊にでも盗賊にでもなろうじゃないか」作戦案の起草者のひとりである陸軍副参謀長が言った。

「漁船には二つの欠点がある」作戦部長が言った。「ひとつは、防御用の兵器を装備していないこと。もうひとつは、航行速度が遅いことだ。だが、敵艦隊全体の攻撃力を考えれば、そんな欠点はどうでもいい。相手にならないという意味では、漁船も魚雷艇も大差ないかな」

もうだれも発言しなくなった。このプランについて、全員が真剣に考えはじめている。海軍士官たちは声をひそめてたがいに意見を交換している。

「いまのところ、基本的には実行可能な作戦のように見えます」やがて、海軍士官のひとりが発言した。「ただ……」

会議室はふたたび沈黙に包まれた。その「ただ……」という言葉のあとになにがつづくのか、出席者のだれもが理解していたからだ。攻撃が失敗すれば、あるいは攻撃が成功したとしても、沿岸防衛用地対艦ミサイルの着弾が間に合わなければ、敵艦隊の強大な艦砲を前に、小型漁船に逃げるチャンスがあるはずもない。

しかし、戦時下の軍人である彼らは、この「ただ……」につづく問題について議論の必要がないことも理解していた。

「もういいだろう。この枠組みに沿って、各班はさっそく具体的な作戦案を決定するように」副参謀長と小声で意見を交換したあと、作戦部長が大きな声で指示を出した。

＊＊＊

翌日、曙光部隊は装備を整え、三機の軍用輸送機に分乗し、沿海戦区の飛行場に到着した。最初に飛行機を降りたのは丁儀《ディン・イー》と林雲《リン・ユン》だった。まわりを見渡すと、左右の滑走路には戦闘機と爆撃機が一機また一機と着陸してくる。その先の滑走路にも多くの輸送機が降りてきて、大きな機体の後部から迷彩服姿の兵士と戦車を続々と吐き出している。上空では、着陸指示を待つ飛行機が爆音とともに旋回している。さらに向こうの道路では、軍用車両の鋼鉄の川が砂埃を巻き上げながらたえまなく流れてくる。先頭から最後尾まではとてつもない長さで、肉眼では全長を確認するのがむずかしい。

「すでに敵の上陸に備えた配備もはじまっているみたいですね」林雲が暗い声で言った。

「球電がそれを無用にしてくれるよ」丁儀はそう言って林雲を慰めた。実際、丁儀もこのときはそう信じていた。

＊＊＊

話がここまで来たとき、丁儀がぼくに向かって言った。

「慰めるつもりでそう言ったら、林雲は何秒かじっとぼくの顔を見つめた。子どもみたいな表情だった。このときはじめて、自分が頭脳だけの人間じゃなく、タフでたくましい男だという気持ちになれた。うれしかったよ」

「林雲よりも精神的にタフでたくましいと本気で思ってたんですか？」好奇心を抑えられず、ついそうたずねた。

「彼女にも弱い部分があった。きわめて折れやすい性格だったと言ってもいい。とくに、〈チョモランマ〉が沈み、江星辰《ジャン・シンチェン》が戦死してから、その弱さがどんどん表に出てきた」

＊＊＊

林雲は、そう遠くないところにある芝生を指さした。山のように積み重なる貨物を完全武装の兵士たちが厳重に警戒している。貨物はすべてダークグリーンの金属製の箱で、標準コンテナの半分ほどのサイズだった。大型の軍用トラックがこの貨物を積み込み、次々とたえまなく運び出していく。

「ぜんぶYJ－85ミサイルですね。たぶん今回の作戦のために用意されたものでしょう」林雲《リン・ユン》は小声で言った。それが中国版エグゾセとも言われる対艦ミサイルであることぐらいは丁儀《ディン・イー》も知っていた。中国の沿岸防衛用の地対艦ミサイルシステムのうち、もっとも大きな威力を有する兵器だ。しかし、眼前に積まれているのはこの目で見ても信じられないほどの数だった。

＊＊＊

第一陣の雷球砲が到着すると、すぐに港へ運ばれ、停泊している漁船に積み込まれた。徴用された漁船はどれも小さく、最大の船でも排水量は百トンを超えない。雷球砲の超伝導電池もすべてキャビンに搬入されたが、加速レールは長すぎるため、外の甲板に置いてタープまたは漁網をかぶせておくしかなかった。すべての漁船には、海軍の舵手と機関士が乗り組み、総勢百名以上が五十隻に分乗して操船を担当することになる。

林雲と丁儀は港を離れ、戦区海岸防衛指揮センターに向かった。許文誠《シュー・ウェンチェン》と康明《カン・ミン》が曙光部隊を率いてそこに待機している。指揮センターの作戦室では、海軍大佐がスクリーンを前に敵情を説明していた。

「……敵艦隊の主力は、〈カール・ヴィンソン〉、〈ジョン・C・ステニス〉、〈ハリー・S・トルーマン〉の三隻の航空母艦。いずれも一九八〇年代以降に就役した原子力空母だ。空母打撃群を構成するその他の艦艇は、巡洋艦三隻、駆逐艦十四隻、護衛艦十二隻、および補給艦三隻。水上艦は計三十五隻となる。潜水艦に関しては不確実だが、おそらく十隻程度と思われる。次に、敵艦隊の陣形図を見てもらおう」

画面に図表が現れた。数十の細長い駒が並び、複雑な盤面図のようにも見える。

「これがわがほうの要撃陣形だ」

画面に示された敵艦隊航行方向の両側に、各二十五個の小さな点から成る列が一列ずつ出現した。

「この図を見れば、各員が自分の受け持つターゲットを容易に把握できるだろう。ひとつ注意しておきたいが、敵艦隊は近海に侵入後、陣形を変える可能性があることを忘れないように。とはいえ、敵艦隊はすでに典型的な近海防御陣形をとっているので、もし変化があったとしても最小限だろう。各火力は実際の状況に合わせてターゲットを調整するものとする。

ここでとりわけ強調しておきたいのは、重点的攻撃目標だ。先ほど質問したところ、諸君のほとんどが、空母が重点的攻撃目標であると考えていた。陸軍の同志諸君がそう思うのは無理からぬところだが、海軍の同志まで同じように考えていた場合は猛省を促したい。これだけは肝に銘じてくれ。空母は相手にするな。重点的に攻撃を加える相手は敵巡洋艦だ！　巡洋艦こそ、敵艦隊イージス防衛システムの電子部分を司る中核であり、管制センターだ。二番めに重要な攻撃目標は駆逐艦だ。駆逐艦は防衛システムの重要な一翼を担う艦船であり、駆逐艦が麻痺状態に陥れば、敵艦隊全体がまな板の上の鯉となると言ってもいい。位置的にも、駆逐艦はわが隊の火力から最短距離にある。駆逐艦がかたちづくる囲いを崩さないまま、中心の空母を攻撃すれば、壊滅的な結果を招きかねない。もう一度言う。空母は艦隊の肉、巡洋艦と駆逐艦こそ艦隊の骨！　巡洋艦一隻につき少なくとも八百発、駆逐艦一隻につき百五十発から二百発を発射せよ」

画面には一隻の軍艦の縦断図が現れた。艦船内部の構造は眩暈がするほど複雑だった。図面の艦橋から緑色の線が伸び、くねくね曲がりながら艦船のあらゆる箇所へと進んでいく。さながら艦船内部を動きまわる回虫のようだ。

「これはタイコンデロガ級ミサイル巡洋艦の断面図だ。この緑の線は、雷球砲で掃射すべきラインを示している」

曲がりくねった緑の線のさまざまな位置に小さな丸印がいくつもつけられ、それぞれの丸印の横に数字が記されている。

「丸印は重点的に攻撃すべき箇所、横の数字は、そこに向けて発射すべき雷球の数量だ。いま配布した資料には、敵艦隊に所属する全艦船の断面図と、それに対する砲撃ラインが記載されている。この短時間ですべてを記憶するのは不可能だろうから、各人、担当のターゲットとなる部分を重点的に覚えておくように。陸軍の同志諸君にとって、図面の内容まで理解するのは困難だろうから、なにも考えずに、とにかく覚えてくれればいい。簡単に説明すると、巡洋艦と駆逐艦の重点的攻撃箇所は、イージス防衛システムのうち、計算機システム部分となる。次に兵器システムの技術担当者から、細かいところを補充説明してもらう」

林雲《リン・ユン》がみんなの前に進み出た。

「話すべきことはすでに北京の訓練センターで話しました。ここではもう一度、注意を促すだけにします。雷球砲の平均発射速度から考えて、ターゲットに対する掃射は四十秒から一分間で終わりますが、これは相当に長い時間だとも言えます。その間、くれぐれも冷静でいてください。雷球の弾道ははっきり見えます。ふつうの機関砲で曳光弾を撃つようなものだと思ってください。射撃ではまず弾道を安定させてから、次の着弾点へと照準を動かしながら掃射してください。

敵艦隊の航跡波も頭の痛い問題です。こちらの船はとても小さいので、敵艦隊の航跡波に揺られて砲撃が大きな影響を受けます。敵艦隊がこちらの要撃海域に完全に入った時点では、要撃ラインの前部に位置する漁船は航跡波の影響をまだ受けておらず、逆に後部に位置する漁船は航跡波の影響がすでにほぼ収まっていると考えられます。ですから、砲撃時に最大の影響を受けるのは要撃ラインの中央部に位置する漁船ということになります。もっとも熟練した射撃チームをそこに配置すべきでしょう。海上訓練の経験が豊かで、波が高い状況下の砲撃にも慣れた砲手を。……本来なら長時間の訓練が必要な作戦ですが、もう時間がありません。戦場でのみなさんの働きに期待しています！」

「少佐、安心してください。相手は空母ですよ。当て損なう砲手がいると思いますか？」

ある少尉が言った。

「何回言ったらわかるんだ！　空母は攻撃目標ではない！」海軍大佐が声を張り上げた。「空母のことは頭から追い出せ！　もし空母を狙って弾を無駄遣いするやつがいたら、それこそ責任をとってもらうぞ！」という大佐の言葉に、その場は笑いに包まれた。

空が暗くなってから、曙光部隊は射撃場に向かった。彼らを待っていたのは模擬演習用の奇妙な標的艦隊だった。数十枚の大きな段ボールを切り抜き、さまざまなタイプの艦船の側面シルエットを模している。段ボール艦の下には車輪が二ついていて、一隻につき兵士ひとりがうしろから押して前進させる。敵艦隊の陣形を再現しつつ射撃場の中をゆっくり動いていく仕組みだった。射撃場には砲手たちがいて、それぞれ軽機関銃で自分の担当する標的に照準を合わせている。かまえた機関銃の銃身の先にはレーザーサイトがとりつけられていた。標的のどこに着弾したかを示す機能があるらしい。砲手たちは標的に描かれた掃射ラインに沿ってレーザーの赤い光を移動させようと奮闘している。この訓練は深夜までつづき、担当する標的への砲撃に全員が習熟するまでくりかえされた。闇の奥を少しずつ移動していく艦船、その上をゆっくり移動する赤い光の点――抽象的で神秘的な光景には催眠作用があり、最後のほうは全員が強い眠けに襲われていた。

夜半、彼らは全員、海軍兵舎の大きな建物の中で眠りについた。伝え聞いた話によると、ノルマンディー上陸作戦の前夜、ある心理学者が兵士たちの睡眠状況を観察したという。その心理学者は、激戦前夜はみんななかなか寝つけないだろうと予想していたが、現実は正反対で、すべての兵士がいつもより深い眠りに落ちていた。この現象は、体力を消耗する戦いに人体が本能的に反応し、あらかじめ備えておこうとした結果であり、集団の中のみで起こりうるものだと心理学者は結論した。それと同様、この夜、球電兵器を担当する兵士たちはすぐに眠りに落ち、夢ひとつ見ずに朝を迎えた。

＊＊＊

夜明け前、曙光部隊はすでに港の出航予定場所で待機していた。港には五十隻の漁船が停泊している。太陽はまだ地平線に顔を出してもおらず、うっすら明るくなった霧が波の動きに合わせてわずかに揺れているように見えた。

乗船前、林雲《リン・ユン》は、迷彩色の袋をいくつか積んだ幌つきジープを運転して港にやってきた。林雲がジープから降ろした袋を開けると、中には軍服がたくさんつまっていた。曙光部隊の兵士たちは出発前に水産物加工会社の生臭い作業着に着替え、軍服は兵舎に置いてきたはずだった。

「林雲、いったいどういうことだ？」康明《カン・ミン》中佐が質問した。

「兵士には、軍服の上から作業着を着せてやってください。作戦が終わったら、すぐに作業着を脱がせて」

康明はしばらく沈黙していたが、ゆっくりかぶりを振った。

「厚意には感謝するが、曙光部隊には曙光部隊の規則がある。われわれは捕虜にはならない。この服は、船にいる海軍諸君に着せてやってくれ（原注　本国の軍服を着用している戦闘員の捕虜のみがジュネーブ条約に定められた捕虜の権利を有する）」

「中尉以上の軍人たちは話がべつです。しかし今回、任務を遂行する兵士は全員、雷球砲の砲手です。彼らはこの兵器のことをほとんどなにも知らない。この件については、わたしからすでに上層部に報告し、黙認を得ています。ほんとうです。信じてください！」

林雲の話は嘘ではなかった。曙光部隊の訓練がはじまったころ、康明は兵士それぞれが雷球砲の操作も保守管理もできるようにするつもりだった。しかし、林雲はそれに強く反対し、操作担当とメンテナンス担当を厳格に分けるように主張した。結局、訓練は林雲の考えどおりに実施された。砲手は雷球砲を分解することさえ許されず、作動原理や技術情報に触れる機会はいっさい与えられなかった。それゆえ、砲手はいまも自分たちが球電を発射していることを知らないし、指揮官も彼らには電磁放射弾だとしか伝えていない。いまにして思えば、林雲のこのやりかたは、機密保持のみならず、さまざまな側面を考慮した結果だったのだろう。

「このような任務は現代の軍事作戦においてめったに見られないものです。もし攻撃が失敗に終わったら、ただちに兵器を破壊する。兵士にそれ以上を要求すべきではありません」林雲の言葉には真心がこもっていた。

康《カン》中佐はしばしためらっていたが、やがて部隊に向かって手を振った。

「わかった。すぐに軍服を着るんだ。早くしろ！」それから林雲のほうに向き直り、握手を求めた。「ありがとう、林《リン》少佐」

＊＊＊

「林雲《リン・ユン》の心が弱くなっていることが、この件からもわかるだろう」そこまで話してから、丁儀《ディン・イー》はぼくに言った。

＊＊＊

十分後、五十隻の漁船が続々と港を出航していった。どう見ても、漁師たちが明けがたの漁に出るいつもの情景でしかない。こんなおんぼろの小さな漁船団が、まさかこの惑星で最大かつ最強の艦隊の攻撃に向かっているとは、だれも想像できないだろう。

以下の話は、丁儀があとになって断片的に伝え聞いた内容をまとめたものだ。

船団が出航したあと、指揮船となった少し大きめの漁船で、康明《カン・ミン》と海軍の指揮官たちが打ち合わせを開いた。漁船を操縦する舵手と機関士は百人にのぼるが、彼らを指揮するのは海軍少佐一名と大尉一名、それに中尉二名だった。

海軍少佐が康明に言った。

「中佐、みなさんはやはり船室に隠れていたほうがいいと思います。とても漁師には見えませんから」

「みんな、魚のにおいに我慢できないんだよ」康明が苦笑しながら言った。

「今回の命令は、漁船を指定海域まで向かわせたのち、敵艦隊との会敵後は、中佐の指揮下に入るということだけでした」と海軍大尉が言った。「今回の任務は危険性が高く、志願者のみで実施すると上層部から申し渡されています。こんなことはめったにありません」

「わたしは大型駆逐艦の航海長です。こんな小さなぼろ船に乗っていて沈められたら、泣くに泣けない」と中尉の片方が言った。

「このぼろ船が空母打撃群を攻撃しにいくとしても？」康明がたずねた。

「それなら壮挙ですね」中尉がうなずいた。「士官学校時代、空母を攻撃することは最高の栄誉であり理想でした。二番めが艦長になること、三番めが長い航海のあいだも辛抱強く待っていてくれる女性を見つけること」

「この船の標的は巡洋艦だ。もし任務に成功すれば、敵空母は数分間で撃沈できる」

四名の海軍士官たちは唖然として、しばらくぽかんと口を開けていた。

「なんの冗談ですか、中佐？」

「そう驚くことはないだろう。先人が持っていた気概はどこにいった？　建国初期、海軍では木造船で駆逐艦を撃沈したこともあったじゃないか」

「たしかに」少佐が言った。「さらに上を行きたいのなら、サーフボードで海上戦略プラットフォーム（原注　航空母艦にかわるとされる構想中の次世代型巨大艦船。艦の半分を水中に潜め、中距離ミサイルを主な兵器とする）を攻撃しないと」

「だとしても、兵器がないとおかしい。この船の兵器と言えば、ピストルが何丁かあるだけでしょう」中尉が言った。

「われわれが船に積みこんだ装備はなんのためのものだと？」康明《カン・ミン》が質問した。

「あれが兵器なんですか？」少佐は三名の戦友を見ながら訊き返した。

「無線機のレーダーの類《たぐい》に見えますね。甲板に置いてあるのはアンテナじゃないんですか？」大尉が言った。

「では答えよう。あれこそが、空母打撃群を攻撃する兵器だ」康明が告げた。

「中佐、とてもまじめに受けとる気にはなれませんね」少佐は笑った。

もうひとりの中尉が二つの超伝導電池を指さし、賢《さか》しらに言った。

「わかった。爆雷でしょう。上についている鉄のレールは投射用のレールですね」

康明はうなずいた。

「わたしの口からこの兵器のほんとうの名称を教えるわけにはいかないので、いまは爆雷と呼ぼう」超伝導電池についている赤いボタンを指さし、「それは自爆用のボタンだ。緊急時になすべき任務は、そのボタンを押したあと、この兵器を海中に沈めること。どんなことがあっても、これを敵の手に渡してはならない」

「その点は、上層部から何度も言われています。安心してください。……さて、もしほかになければ、失礼して仕事にかかります。このぼろ船、どこもかしこも油洩れしてるんですよ」

＊＊＊

昼ごろ要撃ポイントに到着し、そこから長い待機が始まった。康明には、要撃ラインの確認と各船に積んである雷球砲の状態のチェックぐらいしかやることがなかった。乗っている漁船の無線を使って総司令部と二回連絡をとった。一回めは味方の全船舶が所定位置に到着したことについての報告、二回めは明かりに関するちょっとした問題の解決のためのものだった。作戦案では、日が暮れたらすべての漁船で灯火管制を行うことになっていたが、康明は、そんなことをしてもなんの意味もないばかりか、かえって敵の疑念を招くと考えていた。この意見は総司令部にも認められ、夜になっても各船はそのまま明かりを点けておくようにと指示が出た。だが、敵艦隊の動向に関しては作戦本部からはなんの音沙汰もなかった。

作戦に参加している全員を包んでいた緊張と興奮は、灼熱の太陽に照らされてすぐに溶けてしまい、もう双眼鏡で北方の水平線のほうを覗くこともしなくなった。敵に怪しまれないよう、漁船はときどき小さく往復しながら、網を投げ入れたり引き上げたり、意味のない行為をくりかえしている。海軍大尉はやけに漁がうまく、実際に何匹か魚を網で獲った。雑談しているうちに、その大尉は山東省の漁村の出身だとわかった。

乗組員は甲板の日陰の場所でトランプをやって暇をつぶしながら、世間話に花を咲かせた。もっとも、迫りくる任務とこのちっぽけな要撃船団の運命についてだけはだれも話題にしなかった。

夜の帳が下りるころには、長時間にわたる待機の疲れで、緊張感はさらに薄れていた。最後に総司令部と連絡してから八時間以上も経つが、無線機からはなにも聞こえず、沈黙がつづいている。波が船べりを叩く単調なリズムと、もう何日もまともに眠れていないことからくる疲労で、康明《カン・ミン》は眠けに襲われたが、なんとか意識を保とうとしていた。だれかが彼の肩を軽く叩いた。見ると、海軍少佐だった。

「左側を見てください。派手に動いちゃ駄目ですよ」と小声で言う。水平線から昇ってきた暗赤色の月の光で、さっきよりもはっきりと海面が見えるようになっていた。少佐の言う方向に目を向けると、海面にV字型の航跡波が発生しているのが見えた。次に、航跡波の先頭部分に黒く細い棒が突き出ているのが見えた。その先端に球がついている。この光景は、いつか見たネス湖の恐竜の写真――長い首が黒い湖面から突き出している写真――を思い出させるものだった。

「潜望鏡です」少佐は低い声で言った。

高速で移動する棒が海面を切り裂き、その根元で水しぶきがアーチを描く。船上にいる乗員の耳にもシューッという水音が聞こえた。だが、棒の移動速度はじょじょに遅くなり、水しぶきもじょじょに小さくなって、やがて見えなくなった。潜望鏡はこちらの船首のまっすぐ前方まで移動し、漁船から二十メートルほど離れた海面上で完全に停止した。

「見ないようにしてください」そう言う少佐の顔にはくつろいだ笑みが浮かび、康明と楽しく会話しているようにしか見えない。

康明が視線を移したその一瞬、棒のてっぺんについたガラス球が光を反射しているのがはっきりわかった。そのとき、大尉と二人の中尉が手に網針を持って操縦室から出てくると、タープをかぶせられた加速レールの上に腰を下ろし、月の光を頼りに漁網の補修をはじめた。康明《カン・ミン》は大尉の慣れた手つきを見ながら、それに倣って自分も修理をはじめたものの、背後の海面で自分たちを注視している不気味な眼からどうしても意識が離れなかった。背中全体を針で刺されているような気分だった。

「この網を投げてやる」大尉が言った。「運がよけりゃ、やつらのスクリューにからみつくぞ」その顔には、こんな夜遅くまで仕事をさせられることが不満でしかたないような、いかにも大儀そうな表情が浮かんでいた。

「だったら、その爆雷二つを投げ込んでやるといいですよ」少尉は笑ってそう言うと、康明にも話しかけた。「なにか話しているふりをしてください」

だが、康明はなにも言葉が浮かばなかった。大尉は漁網を指さし、康明にたずねた。

「どうですか、わたしの修繕の腕は？」

康明は網を持ち上げ、操縦室から洩れる光に照らして修繕された箇所を点検しながら答えた。

「連中にもきみのこの腕を見せてやりたいな」

「また動き出しました」と少佐が言った。

「うしろを向かないでください」と大尉が康明に注意する。少ししてから、また水音がした。振り向くと、あの棒が速度を増しながら離れていくのが見えた。水面に出ている部分はだんだん短くなり、やがて棒は完全に海中に没した。

大尉は網針を投げ捨てて立ち上がった。

「中佐、もしわたしがあの潜水艦の艦長だったら、こっちの正体はとっくにばれてましたよ。中佐の網針の持ちかたはまるきり素人でしたからね！」

そのとき、無線機が総司令部からの短いメッセージを受信した。〈まもなく敵艦隊が要撃海域に進入。攻撃準備〉

しばらくして遠くから爆音が聞こえてきた。その音がたちまち大きくなる。天を仰ぐと、北の空に黒い五個の点が一列に並んでいた。そのうちひとつは、明るく輝く月をちょうど横切ったので、旋回するメインローターまでくっきり見えた。五機のヘリコプターは高速で接近し、轟音とともに漁船の上を通過していった。機体の腹部で衝突防止灯が赤く点滅している。一機から投下された棒状の物体が、漁船から遠くない海面に落下し、白い水しぶきを上げた。少し離れた海面に、べつのヘリコプターがまたひとつ同じような物体を投下する。あれはなにかという康明の質問に、ちょうど操縦室から出てきた少佐が答えた。

「潜水艦探査用のソノブイです。敵は対潜戦にずいぶん力を入れているようですね」

ヘリコプター編隊はあっという間に南の夜空に消え去り、あたりにまた静寂が戻った。

そのとき、船室内の無線とつながった康明のイヤフォンに司令部からの命令が届いた。

〈ターゲット接近、各船とも砲撃態勢に入れ。以上〉

このとき、月は雲にさえぎられ、海面はふたたび暗くなっていた。だが、北の空に輝く光が出現した。基地にいたころ、毎晩、市街の方角に見えたのと同じ輝きだ。康明《カン・ミン》は双眼鏡を覗いた。一瞬、きらめく海岸線を見ているような気がした。

「こちらの漁船の位置が前に出すぎている！」少佐は双眼鏡を下ろしてそう怒鳴ると、操縦室に飛び込んだ。エンジンが轟々とうなりをあげ、漁船は本来の位置へと逆進する。

北の夜空の輝きはますます明るさを増してくる。ふりかえると、水平線にきらめく〝海岸線〟は肉眼でも見えるようになっていた。双眼鏡で覗くと、それぞれの艦が見分けられた。そのとき、康明のイヤフォンからふたたび命令が聞こえてきた。

〈各船とも注意を怠るな。ターゲットの陣形にはほとんど変化が見られない。すべて作戦どおり実行せよ。以上〉

戦場での指揮権は、すでに漁船側に移っている。すべてが想定されたとおりに進んだ場合、敵艦隊の先頭に位置する巡洋艦が漁船の真正面に来たとき砲撃命令を出せばいい。敵艦隊の陣形が予想どおりなら、その時点ではすでに敵艦隊すべてが要撃の攻撃圏内に入っているからだ。こちらの兵士が砲撃前にすべき準備は救命胴衣を着ることだけだった。

艦隊はみるみる近づいてくる。艦隊の照明の輝きのもと、一隻一隻が肉眼でも識別できるようになると、康明はその中に標的のシルエットを探したが、そのときふいに海軍大尉の声がした。

「〈ジョン・C・ステニス〉だ!」たぶん海軍学校の授業で、この航空母艦の形状が頭の中に叩き込まれていたのだろう。そう叫ぶと同時に、大尉はお手並み拝見とでも言いたげな表情で、挑むような目を康明に向けた。康明はじっと船首に立ったまま、急速に接近してくる艦隊を静かに見つめていた。

漁船の前方には、敵艦隊のサーチライトがつくる無数の巨大な楕円が海面に出現し、激しく揺れ動いている。ときおり漁船がその光芒の中に入り、海面に長い影を落とす。だが、サーチライトの光はちっぽけな漁船になど目もくれず、高速で離れていく。

海上に展開する巨大艦隊は、すでに目前まで迫っていた。先頭を航行する二隻の巡洋艦は、月明かりとサーチライトに照らされ、細部に至るまでくっきり見えている。それに対して、敵艦隊の両翼を航行する六隻の駆逐艦は、いまだに黒い影としか見えていない。艦隊の真ん中に陣どるのは三隻の航空母艦で、その巨大な船体は、海面にも三つの巨大な影を落としていた。そのとき、漁船の乗員たちは、鋭い叫び声にも似た轟音を聞いた。鋭利な刃で空を切り裂くかのような、身の毛もよだつ音。はっと顔を上げると、四機の戦闘機がちょうど上空を飛び過ぎるところだった。その轟音にすぐつづいて、巨大な波が海岸に打ち寄せるような音が響いた。鋼鉄の巨大な艦首が波を裂く音だ。巡洋艦の細長く白っぽい船体が、漁船の正面にやってくる。それにつづくのはグレーの駆逐艦数隻。巡洋艦とくらべると船体はかなり小さいが、漁船からの距離が近いため、駆逐艦は巡洋艦よりずっと大きく見えた。船体の複雑な上部構造と林立するアンテナ群が目につき、甲板を移動する水兵の姿まではっきり見える。ほどなく、さっきまで駆逐艦にさえぎられて姿が見えなかった航空母艦が、前方の海面に出現した。三隻の空母は、原子力で動く海上都市、死をもたらす鋼鉄の山々だ。その偉容は、とても人間の手になるものとは思えない。漁船の乗員たちにとっては超現実的な眺めだった。とてつもない鋼鉄の巨城がそびえる見知らぬ惑星に降り立ったような気分。

康明《カン・ミン》は襟につけた無線のマウスピースを手にとって口もとに近づけた。漁船の甲板では、これまで船室でずっと待機していた曙光部隊の砲手二名が甲板に出て、雷球砲を覆っていたタープを剝がし、兵器にかぶさるような姿勢で、前方を過ぎていこうとする巡洋艦に照準を合わせた。巡洋艦の動きに応じて加速レールがゆっくり移動しはじめる。康明は低い声で攻撃命令を発した。

「各火力点火、射撃はじめ」

加速レールの先端に球電が出現した。パールのネックレスのようにひと連なりにつながって、バリバリと耳をつんざく音をたてながら、周囲の海面を青い電光できらきら輝かせている。それから、真っ赤になった球電が列をなして、海面すれすれを飛んでいった。雷球は長々と軌跡をひきずり、金切り声のようなノイズを発しながら、一隻めの駆逐艦の後尾と二隻めの駆逐艦の船首をかすめて、巡洋艦めがけて一直線に飛んでいく。同時に、ほかの漁船の雷球砲も、敵艦隊めがけて次々に球電を掃射しはじめた。遠目にはそれが光の線に見える。球電の列がしばらく同じ軌道を飛びつづけると、空中に蛍光色の航跡雲が残される。これは、電離した空気がつくるものなので、球電の列が移動しても、その航跡雲は、長時間、蛍光色の光を放ちつづける。そうした蛍光色の光の直線が各漁船を中心に扇形に展開され、球電の列が移動するとともに、この扇形も範囲を拡大していった。戦場全体に広がる球電の光の軌跡と、さらに多くの蛍光色の航跡がかたちづくる巨大な網の目は、敵艦隊を捕獲しようとする漁網のようだった。

戦争の歴史に残る偉大な瞬間が訪れたかに見えた。

しかし、最初の球電がターゲットに到達する寸前、巨大な見えざる手に弾かれたように、突如として軌道が変わった。どの球電も、大空に舞い上がったり、海面に落下したり、横にそれたり、標的から遠く離れた方向へ飛び去ってしまった。軌道が変わった球電が近くを航行しているべつの艦船に向かった場合も、やはり軌道がそれる。艦隊を構成するすべての軍艦が、球電の通過を阻む巨大なガラスに覆われているようだった。

「磁場シールドだ！」

康明《カン・ミン》は思わず叫んだ。球電兵器製造者の悪夢の中に幾度となく出現した防御兵器が、いまここに現実となっている。

「全攻撃部隊、砲撃中止！　兵器を破壊しろ！」康明は大声で命令を叫んだ。

砲手として乗船していた曙光部隊の隊員二名の片方が雷球砲の赤いボタンを押し、ほかの隊員と力を合わせて雷球砲を甲板から海中に落とした。少しして、水中から重い爆音が響いてきた。それにすぐつづいて海面が湧き立ち、その波で漁船がぐらぐら揺れる。機関砲のエネルギー源である超伝導電池がショートして水中で爆発を起こしたのだ。威力はゆうに爆雷一個分に値する。雷球砲は水中で粉々になっているはずだ。

すべての漁船から掃射されていた球電の列は一斉に途絶えたが、敵艦隊の上空にはターゲットを逸れた球電の大群がいまだに漂い、その軌跡が光り輝く巨大なタペストリーを夜空に編みつづけている。球電の発する音からも統一性が失われ、乱れたビープ音や甲高い悲鳴が散発的に聞こえるだけになった。

康明は、駆逐艦からの艦砲射撃による閃光を目にした。もっともそれは視界の端で捉えただけだった。砲弾が指揮船に命中したときも、康明の目は遠くの海面を眺めていた。そこでは、落下した球電が、発光する魚群のように、なおも海中でおぼろな光を放っていた。間断なく鳴り響く艦砲射撃で、艦隊両側の海面に漁船を打ち砕く大きな水柱が続々と立ち昇った。三分後、砲撃が停止されたときには、五十隻の漁船のうち四十二隻が撃沈されていた。艦砲射撃の的として、漁船は小さすぎる。その大部分は沈没したのではなく、大口径の砲弾によって粉砕されていた。最後に残ったちっぽけな八隻の漁船は、サーチライトの光がつくる囲いの中に閉じ込められ、大海原を舞台とする悲劇のカーテンコールにひっぱりだされたわびしい端役の出演者のように見えた。

無数の球電は電磁放射のかたちでエネルギーを発散し、すぐに消えていった。電離した空気は艦隊上空で蛍光色の衣笠をつくり、球電の電磁放射であたためられた海面は、白くぼんやりとした湯気に覆われていた。寿命の長い球電は、空中を漂いながら少しずつその場を離れていく。それらの発する音もすでに、風に流されていった灯籠のようにうら寂しくぼんやりとしたものになっていた。

＊＊＊

敵が球電兵器の存在をどうやって知ったのか、それに対する防衛システムをどうやって構築したのか、そのくわしい経緯は現在に至るまで判然としない。だが、敵が球電兵器を知り得るわずかな糸口が存在していたことはわかっている。一年前、南方の実験射撃場で雷球砲から発射された球電は、観察者を失ってからも量子状態に変化しなかったが、その原因はほかに観察者がいたからだと説明されている。また、原子力発電所での軍事作戦が球電兵器の秘密の漏洩につながった可能性もある（もちろん、だからといってこの軍事作戦自体がまちがいだったという結論にはならない）。敵が球電の基本原理と兵器に関する技術情報を知っていた可能性はきわめて低い。だが、敵側も、こちら側と同様、この自然現象について長年研究してきたし、シベリアの3141プロジェクトのような大規模な応用研究を行ってきた可能性さえある。だとすれば、断片的な情報から真相を推測することもさほど困難ではなかったかもしれない。それに、球電の正体とは関係なく、電磁場が球電に一定の作用をおよぼすことは、学界ではつとに知られた事実だったのである。

＊＊＊

研究基地に戻る輸送機の中で、林雲《リン・ユン》はヘルメットをひざに抱き、もともと細い体を団子みたいに小さく丸めて、機内の真っ暗な隅に座り込んでいた。真冬の荒野で迷子になった幼い女の子のようにひとりぼっちで寄る辺ない姿に見える。そんな彼女に憐憫の念を抱いた丁儀《ディン・イー》は、となりに座って慰めの言葉をかけた。

「なあ、ぼくたちは相当な成果を人類にもたらしたんだよ。マクロ電子を使えば、物質のもっとも深い秘密をマクロレベルで観察することができる。以前ならミクロ世界に入りこまないかぎり不可能だったことがマクロの世界で実現するんだ。この偉大な業績にくらべたら、球電の軍事利用なんかほんとうにちっぽけな……」

「丁《ディン》教授、球電に焼かれてしまった人たちは量子状態にあるんですか？」林雲が丁儀の言葉をさえぎり、唐突にたずねた。

「うん、まあ、そうだけど。それがどうした？」

「前に言ってましたよね。あの〝教師〟がわたしを襲いにくるかもしれないって」

「あんなの口から出まかせだよ。それに、信じようとしなかったじゃないか」

林雲は膝のヘルメットにあごをのせ、じっと前方を睨んでいる。

「いいえ。あれから毎晩、安全装置をはずしたピストルを枕にして寝ていました。ほんとうはすごく怖かった。だけど、他人に知られるのが恥ずかしくて」

「それは悪かった。無駄に怖がらせてしまって」

「そんなこと、ほんとうにありうるんですか？」

「理論上は……ありうる。しかし、確率があまりにも低いから、現実に起こる可能性はないよ」

「でも、ありうる」林雲《リン・ユン》はひとりごとのようにつぶやいた。「〝教師〟がわたしを襲えるとしたら、わたしも敵空母を攻撃できる」

「なんだって？」

「丁《ディン》教授、わたしもう一度、漁船で敵艦隊に接近します」

「……なんのために？」

「球電で自分を焼くために。そうすれば、量子状態で存在する戦士になれるでしょ？」

「莫迦なことを言うな」

「考えてみて。量子状態のわたしなら、空母の内部に侵入しても、敵に発見されることはない。教授が言ったとおり、気づかれたとたん、わたしの量子状態は収縮するんだから。空母には大きな弾薬庫があるし、タンクには数千トンの燃料もある。それを見つけるだけで簡単に空母を撃沈できる……」

「なるほどね。林雲、きみは今回の失敗のショックで子どもに戻ったんだな」

「もともと大人になりきれてなんかなかった」

「ゆっくり休んだほうがいい。北京まではまだ二時間ある。すこし眠るといい」

「さっき言ったこと、可能性はある？」林雲はヘルメットにのせた顔を丁儀《ディン・イー》のほうに向けた。そのまなざしは懇願するようにさえ見える。

「わかった。じゃあ、量子状態がほんとうはどんなものか教えよう。量子状態のきみは——すでに球電に焼かれたと仮定して——ただの確率の雲でしかない。その雲の中では、きみのすべてが不確定な状態にある。どこに出現するかを決める自由意志はない。きみの居場所は確率雲の中にあり、出現するとき生きているのか死んでいるのかも不確定だ。どっちなのかは、神さまが投げたサイコロの目で決まる。もし漁船の上で球電に焼かれたら、量子状態になったきみの確率雲は、漁船を中心としてその周辺の空間に広く分布する。空母の弾薬庫や燃料庫にある確率はきわめて低い。出現する可能性がいちばん高いのは海の中だろう。もし、そのときのきみが生きている状態なら、すぐに溺れ死ぬ。そうなれば、きみの量子状態に生きている確率は含まれなくなり、死んだ状態が確定する。百歩譲って、百万元の宝くじに当たるくらいの確率に恵まれたら、敵空母に致命傷を与え得る場所に出現できるかもしれない。その場合の問題は、きみがそこに生きた状態で出現するかどうかだ。それに、もし生きている状態だったとして、どれだけの時間その場所に、存在できるのか——一時間か、あるいは一秒か。さらに、たったひとりの敵、たった一台の監視カメラに観測されただけでも、きみはたちまち収縮して、確率雲の中心にある灰の山の状態に戻る。そうなると、きみはまた、宝くじの大当たりを待たなければならない。だが、そんな途方もないチャンスにめぐりあうころには、敵空母はもうはるか彼方にいる。戦争自体、地球上にもう存在しなくなっているということもありうる。……林雲《リン・ユン》、いまのきみは、まるでマッチ売りの少女だぞ。あれこれいろんな幻ばかり見ている。きみに必要なのは休息だ」

林雲はとつぜんヘルメットを投げ捨て、丁儀《ディン・イー》の肩にすがって泣き出した。その嗚咽は心の傷を赤裸々に伝え、細い体はどうしようもなく震えていた。生まれてからすべての悲しみを一気に吐き出しているかのように……。

＊＊＊

「このときぼくがどんな気持ちだったか、想像がつくだろう」丁儀がぼくに言った。「これまでのぼくは、理性以外の感情すべてはどうでもいいと思っていた。過去の何度かの体験もその考えを補強するものばかりだった。でも、このときやっと悟った。理性以外の感情に身も心も占領されてしまうことがある。……林雲はほんとうに小さくなっていた。目標に向かって冷酷無情に突き進んでいた林《リン》少佐が、いまはこんなにもか弱くて孤独な女の子になっている。ほんとうの林雲はどっちだったんだろう？」

「たぶん、その両者を合わせた存在なんでしょうね。まあ、女性の心がわからないことにかけては、ぼくはあなた以上ですが」

「江《ジャン・》星《シン》辰《チェン》の戦死後、さらにストレスが強くなっていたところに、今回の作戦失敗が重なり、林雲の精神が受け止められる限界を超えてしまったんだ」

「そんな状態の彼女をそのままにしておいてはいけない。林雲の父親に連絡すべきでは」

「無茶を言うなよ。あんな地位の高い人にどうやって連絡をとれと？」

「ぼくは林《リン》将軍の電話番号を知っています。ご本人から教えていただきました。林雲のことを見守ってくれと言って」

丁儀は微動だにせず、ただじっとぼくを見つめていた。

「もう役に立たないよ」

丁儀のその言葉はぼくを不安にさせた。このときになってやっと気づいたが、丁儀の語るいきさつは悲しみの色を帯びている。

丁儀は立ち上がり、窓の前まで歩いていった。冷たい雨の降りしきる寂しい夜の景色を黙って眺めている。丁儀はしばらくずっとそうしていたが、やっとこちらを振り向くと、テーブルの上の空になった酒瓶を指さした。

「もっとあるかい？」ぼくは酒をもう一本出してきて、蓋を開け、グラスに半分ほど注いだ。丁儀《ディン・イー》は席に座り、そのグラスを長いことにらみつけていた。「この話にはまだつづきがある。逆立ちしても想像できないようなつづきがね」

弦

今般の作戦の致命的な失敗のあと、球電兵器の研究とその配備計画は中止を余儀なくされ、多くの人員が配置転換されることとなった。機構自体はまだ解体には至っていないものの、基地全体がひっそりと静まり返っている。ちょうどそんなとき、張《ジャン》・彬《ビン》がこの世を去った。

＊＊＊

「張彬は国内における球電研究の先駆者だった。ぼくたちは彼の最後の願いを尊重して、球電葬を執り行った。だが、これは機密情報だったし、きみはすでに部外者になっていたから、連絡できなかった」と丁儀が説明した。

ぼくは軽くため息をついた。いまは非常事態だ。指導教官の死を知ったぐらいで、それほど大きなショックを受けることはなかった。

＊＊＊

葬儀は研究基地の球電実験場で行われた。もう雑草が生い茂っていたが、実験場の中央にみんなでなんとかスペースをつくり、そこに張彬《ジャン・ビン》の遺体を安置した。全員がそこから百メートル以上離れた安全ラインまで退避すると、高いエネルギーで励起された球電が実験場の片隅から遺体に向かってゆっくり飛んでいった。球電は遺体の上をゆらゆら漂いながら、故人の平凡で残念な生涯を参列者に物語るかのように、塤《シュン》の調べに似た低く沈んだ音を奏でている。十秒ほどして、球電は巨大な音とともに消滅した。遺体からは白い煙が立ち昇り、覆っていた白い布が地面に落ちた。その下には、かつて遺体だった細かな灰だけが残されていた。

基地の作業はすべて停止されていたので、丁儀《ディン・イー》は物理研究院に移ってマクロ電子の理論研究をつづけていた。張彬の葬儀には参列できなかったが、後日、張彬が残した計算用紙を見せられて、丁儀はその膨大な作業量に衝撃を受けた。丁儀の目に映る張彬は、想像力にも運にも恵まれず、それでも真理の大道を目指したが、結局は道半ばにして泥だらけの荒野で生涯を閉じることになった人物だった。しかしいま、丁儀の心に、張彬に対する尊敬の念と憐憫の情が同時に湧き起こり、この先駆者の墓参りに行くべきだと思った。

張彬の墓は八達嶺《はったつれい》（北京市の北西部延慶区の地名。万里の長城の観光地として有名）にほど近い公共墓地にあった。墓参りに行くと言うと、林雲《リン・ユン》が車で送ると申し出た。車を降りると、二人は金色に彩られた落ち葉を踏みながら、公共墓地へとつづく砂利道を歩いていった。はるか遠く、燃えるような紅葉が山を埋め尽くす光景の中に、万里の長城の一部を望むことができた。またしても、秋が訪れていた。秋は死の季節であり、離別の季節、詩作の季節でもある。いままさに沈もうとする夕陽のひとすじの光が、二つ並んだ山峰の隙間から、立ち並ぶ墓碑を照らしていた。丁儀と林雲は張彬の簡素な墓碑の前に静かに佇み、完全に陽が落ちるまで、それぞれの感慨にふけっていた。

林雲がロバート・フロストの詩を引用した。

「黄色の森の中で、道が二手に分かれていた。
残念なことに、二つの道を同時に歩むことはできない。
だから、人があまり通っていないほうを選んだが、
そのおかげで人生はまったく違うものになった」（「選ばなかった道」からの抜粋）

「もうひとつの道を選び直そうとは思わないか？」丁儀がたずねた。

「そんな道なんてあるんですか?」林雲《リン・ユン》が小さな声で聞き返した。

「戦争が終わったら軍を離れて、ぼくといっしょにマクロ電子を研究しよう。ぼくには理論面で研究の才能があるし、きみは技術にかけては天才的な能力を持っている。ぼくが理論を組み立てて、きみが実験を担当すれば、現代物理学できわめて重要なブレイクスルーを成し遂げられる」

林雲は丁儀《ディン・イー》に微笑みかけた。

「わたしは軍の中で育ったんです。生きていけるかどうかわからない――ほかの場所では」彼女はちょっと口ごもってからつけ加えた。「それに、ほかの人とも」

丁儀はそれ以上なにも言わなかった。墓碑の前まで行くと、携えてきた花を供えた。墓碑のなにかに注意を惹かれたように、なかなか立ち上がろうとしない。最後にはどっかと座り込んで、墓碑にくっつきそうなほど顔を近づけ、なにやら熱心に観察しはじめた。

「なんだこれは。この碑文を刻んだのはだれだ?」丁儀が驚きの声をあげた。

林雲は不思議に思った。墓碑には張彬の名前と生没の年月日以外、なにも記されていないはずだ。それが張彬自身の遺志だった。自分の人生について語ることなどなにもないと彼は思っていた。歩み寄って墓碑に視線を向けた林雲は、目を瞠《みは》り、ショックに凍りついた。大きく記されたいくつかの文字とはべつに、墓碑の表側がごま粒ほどの小さな文字でびっしり埋めつくされ、さらにその細かな文字が墓碑のてっぺんと裏側まで覆っている。しかも、その小さな文字は、すべて方程式と計算式だった。まるでこの墓碑自体が数式の溶液の中にどっぷりと浸かっているかのようだ。

「あっ！」林雲が驚きの声を発した。「文字が薄くなってきた。消えかけてる！」

丁儀が林雲を乱暴に押しのけた。

「うしろを向いてろ！　観察者がひとり減れば、文字の収縮も遅くなるはずだ！」

林雲はうしろを向いたものの、緊張した顔で両手を揉み絞っている。丁儀は墓碑に顔を近づけて、そのゴマ粒のような碑文を一行一行読みはじめていた。

「それはなに？　なにか読めた？」

「話しかけるな！」丁儀が碑文を目で追いながら怒鳴った。

林雲はポケットの中を探っていた。「車に戻って紙と鉛筆をとってくる？」

「それじゃ間に合わない。もう邪魔しないでくれ！」丁儀はそう言いながら、なおも驚くほどの速度で碑文を読みつづけていた。墓碑の表面に固定された丁儀の視線は、墓石を貫きそうなほど鋭い。

西の空から射す最後の陽光が周囲の墓を不気味な青色に染め、あたりの林は黄昏の薄闇に沈み込んでいった。空に昇ったいくつかの星が瞬きをやめ、ときおり聞こえていたさらさらという葉ずれの響きもやんだ。未知の力がとつぜん息を止めたかのように、そよ風がぱたりと途絶え、一瞬のうちに静寂がすべてを覆いつくした。全世界が丁《ディン・イー》儀とともに精神を集中し、量子状態のその碑文を読んでいるかのようだった。

丁儀は十分ほどで墓碑の表側を読み終えた。墓碑のてっぺんと側面にすばやく目を通したあと、今度は裏側を読みはじめた。空はもうすっかり暗くなっている。丁儀はライターを点け、そのかすかな明りを頼りに視線をすばやく動かしている。

「懐中電灯をとってきます！」そう言うなり、林雲《リン・ユン》は墓のあいだの砂利道を駆け抜け、車を駐めてあるほうへと向かった。懐中電灯を携えて戻ってきたとき、ライターの火はとうに消えていた。林雲が懐中電灯で照らすと、墓碑にもたれて座る丁儀の姿が目に入った。両足を地面に投げ出し、星空を仰ぎ見ている。

墓碑の碑文はもうすでに影もかたちもなく、大理石のなめらかな表面が懐中電灯の光をガラスのように反射しているだけだった。

丁儀は、懐中電灯の光を浴び、夢から覚めたように立ち上がった。手を伸ばし、林雲を墓碑のうしろ側にひっぱっていくと、墓碑の下のほうを指さした。

「ここを見て。一行だけ残ってるだろ。これだけは量子状態にないし、唯一、漢字で記されている」

林雲がしゃがみこんで墓碑の下のほうに目を向けると、鮮やかな筆跡で文字が彫られていた。

彬《ビン》、Fに必要な速度は秒速426・831メートル。怖い。

「この筆跡、見たことがある！」林雲の目はその文字に釘づけになっていた。張《ジャン》・彬《ビン》が遺したノート——球電によって一ページおきに焼かれたあのノート——は、林雲もくりかえし見ていた。

「そう。彼女だ」

「彼女、なにを刻んでたんですか？」

「数理モデルのひとつだ。マクロ原子の数理モデルを完全なかたちで表現していた」

「やっぱり、最初からカメラを持ってきていればよかった」林雲はため息をついた。

「だいじょうぶだ。頭の中にぜんぶ記憶したから」

「まさか。あんなにたくさんあったのに？」

「大部分はすでに推論していた内容だった。ただ、何箇所かひっかかっていたところがあって完成していなかったんだが、彼女のモデルのおかげですべて解決した」

「すごく重要なブレイクスルーになりますね！」

「それだけじゃないよ、林雲《リン・ユン》。原子核を探し当てることも可能になったんだから」

「マクロ原子核？」

「そうだ。ひとつのマクロ電子の運動を観察し、この数理モデルをあてはめれば、そのマクロ電子が属するマクロ原子の原子核の正確な位置を探り当てることが可能になる」

「でも、そのマクロ原子核をどうやって探知するんですか？」

「マクロ電子の場合と同じ。びっくりするくらい簡単だ。肉眼で見えるんだから」

「すごい……それ、どんなかたち？　マクロ原子核はマクロ電子とかたちがぜんぜん違うはずだって、前に言ってたでしょう」

「弦だ」

「弦？」

「そう、弦。見た目は一本の弦だ」

「長さと太さは？」

「基本的にはマクロ電子と同じスケールレベルで存在しているはずだ。長さはだいたい一メートルから二メートル。原子の種類によって長さが違ってくる。太さについて言うと、弦は無限に細い。それに、どの一点でも、大きさのない特異点として存在している」

「無限に細いそんな弦が、どうして肉眼で見えるんですか？」

「その弦の近くでも光が曲がるからだよ」

「じゃあ、どんなふうに見えるの？」

丁儀《ディン・イー》は両眼を半分だけ閉じた。目覚めたばかりの人が、さっきまで見ていた夢を回想しているかのようだった。

「どんなふうに見えるかというと――水晶でできた一匹の透明な蛇だ。もしくは首吊り不能のロープ」

「二つめのたとえはずいぶん変わってますね」

「その弦はマクロ物質の最小単位だから、なにもひっかからないんだ」

帰り道で、林雲は丁儀にたずねた。

「まだひとつ疑問があります。教授は理論物理学の世界では国内トップレベルでしょ。何十年も前の球電研究者が、偶然にも同じぐらい優秀だったなんて信じられない。張彬《ジャン・ビン》の妻に対する評価には、当然、主観的なバイアスがかかっていたはず。ほんとうにそんなすごい発見ができるくらいの能力が鄭敏《ジェン・ミン》にあったんですか？」

「もし人類がまったく摩擦力のない世界に住んでいたら、ニュートンの運動三法則はもっと早く、ふつうの人々によって発見されていただろうね。自分が量子状態のマクロ粒子になれば、いまのぼくたちよりずっと簡単に世界を理解できるさ」

＊＊＊

かくして、基地ではマクロ原子核の捕獲作業が始まった。

空泡の光学観測システムを用いれば、マクロ電子の空中での移動を精確に観測できる。いまになってわかったことだが、マクロ電子もしくは励起後の球電が複雑な軌跡を描いて宙を漂うのは、実は量子跳躍を連続してくりかえしているからだ。ぼくたちの視覚では、それが連続した運動のように見える。もしそのマクロ電子が自由電子ではなく特定のマクロ原子に属しているものなら、張彬《ジャン・ビン》の墓碑に出現したあの驚くべき数理モデルを活用し、量子跳躍運動のさまざまなパラメーターについて複雑な計算を行うことで、マクロ原子核の位置を確定することができる。

最初に行われた観測は、五百メートル上空を移動していた十個のマクロ電子に対するものだった。各マクロ電子に対して三十分間の観測を実施することで、ようやくじゅうぶんな一次データを取得することができた。計算結果によれば、それら十個のマクロ電子のうち二個は自由電子で、そのほかの八個はどれもべつべつのマクロ原子に属する電子だった。

それぞれのマクロ電子とマクロ原子核との距離は、三百キロメートルから六百キロメートル。その距離は丁儀《ディン・イー》が予測していたマクロ原子の大きさとほぼ同じだった。それぞれの原子核の位置は、三つが大気圏外の宇宙、ひとつが地層の奥深くで、大気圏内にあるのは四つだった。そのうち二つは国外にあり、国境の内側に存在するマクロ原子核は二つだけ。基地の研究員は、その片方——観測対象のマクロ電子から五百三十四キロメートル離れたところに位置するマクロ原子核——を見つけ出すために旅立つことになった。

戦時下とあって、ヘリコプターは調達できなかったが、さいわい基地にはマクロ電子捕獲用に使われていたヘリウム飛行船が三隻残っていた。飛行船は運用が簡単で、飛行コストも低いが、速度が遅すぎるのが難点だった。全速力で航行しても、高速道路を走る自動車と同じくらいの速度しか出せない。

その日の華北地区は、どこまでも青空が広がる快晴だった。マクロ原子核の捕獲にはうってつけの天候だ。飛行船は西に向かって四時間以上飛行し、山西省との境を越えた。眼下には太行《たいこう》山脈が連綿とつづいている。マクロ原子核の位置はマクロ電子にくらべるとかなり安定しているが、それでもゆっくりと移動している。そのため基地側でもマクロ電子を継続的にモニタリングして、マクロ原子核の現在位置を算出し、捕獲に向かっている飛行船に常時通知しなければならなかった。基地の観測チームから、飛行船が目標位置に到達したことを告げられると、パイロットは船内に備えられた光学測定システムを作動させた。システムの識別プログラムは、円形ではなく線状の目標を探し出すように変更されている。マクロ電子を用いたマクロ原子核の座標推定には約百メートルの誤差があると考えられるが、光学測定システムで該当空域を細かく観測すると、ターゲットの位置はすぐに確認できた。マクロ原子核を捕獲するため、飛行船はわずかに降下した。パイロットは、ターゲットが操縦室の左前方数メートルの位置にあると報告した。

「もしかすると、肉眼で見られるかもしれないぞ！」丁儀《ディン・イー》はそう言ったが、よほど視力がよくないかぎり、ふつうの人間が空中のマクロ電子を肉眼で見ることはむずかしい。しかし丁儀によれば、マクロ原子核の見た目はマクロ電子よりも視覚的にくっきりしているし、移動速度が遅くて動きが一定なので、容易に見つけられるとのことだった。

「あそこにいますよ」パイロットが左下方を指さす。丁儀はその方向に目を向けたが、起伏する山脈が見えるだけだ。

「見えたの？」林雲《リン・ユン》がたずねた。

「いえ、なにも。データに基づいてそう言っただけです」パイロットは測定システムのモニター画面を指し示した。

「もっと降下してくれ。空を背景にして見てみよう」丁儀がパイロットに指示を出した。

飛行船はもう少し高度を下げた。パイロットは操縦しながらモニター画面を見ていたが、すぐにまた飛行船を静止させ、左上方を指さした。

「あそこ……」今度は、その指が下げられることはなかった。「うわっ。ほんとにあるぞ！　あそこを見てください！　上に移動している！」

こうして、マクロ電子の発見につづき、人類ははじめてその目でマクロ原子核を見た。

青空を背景に、弦はぼんやりとその姿を現していた。空泡と同じく、透明な弦は光の屈折によってその輪郭を見分けることができる。もし静止していたら、肉眼で見つけることは不可能だっただろう。弦は空中でくねくねとたえまなく動きつづけている。この変幻自在の不思議なダンスは狂ったような躍動感に満ち、観察者にとっては強烈な魅惑と催眠効果があった。これ以降、理論物理学の語彙に、きわめて詩的な新語――〝弦舞〟という言葉が加わることになる。

「どう思う？」丁儀はマクロ原子核から少しも目を離さずにたずねた。

「水晶の蛇でもないし、首吊り不能のロープでもないと思います」林雲は答えた。「シヴァ神みたい。ヒンドゥー教の、永遠に踊りつづける神さま。シヴァが舞いをやめたら、世界は轟音とともに崩れ落ちると言われてるの」

「そのたとえは絶妙だな！　最近のきみは抽象的な美にずいぶん敏感になってきたみたい

じゃないか」

「兵器を美しいと思えなくなったんだから、その空白をべつの美で埋め合わせないと」

「もうすぐ兵器にまた関心を持つことになるよ」

そのひとことを聞いて、林雲《リン・ユン》は飛行船の外に浮かぶマクロ原子核から視線を戻し、いぶかしげな表情で丁儀《ディン・イー》を見やった。空中で踊る弦が兵器とどう結びつくのか、いまだにわからない。

林雲はマクロ原子核に視線を戻したが、また見つけ出すにはずいぶん骨が折れた。踊りつづけるその透明な弦が、はるか彼方にある空泡とともに、半径五百キロメートルにもおよぶマクロ原子をつくっているなんて、とても想像しがたい。そういう原子でできているマクロ宇宙は、いったいどんなに大きいんだろう。考えるだけで頭がおかしくなりそうだった。

マクロ原子核の捕獲は、マクロ電子の捕獲と同じような手順を踏む。マクロ原子核の中にあるマクロ陽子はプラスの電荷を持つので、マクロ電子と同様、磁場に引き寄せられる。だが、マクロ電子と違って、超伝導線を使って移動させることはできない。林雲と丁儀は、飛行船の貨物ドアを開き、先端に強力な磁気コイルをとりつけたロッドを空中の弦に向かって慎重に伸ばしていった。マクロ電子が存在するおかげで、マクロ原子全体の電荷は中性を保っている。しかしいま、飛行船はマクロ原子の奥深くに進入し、電荷が中和されていない原子核へと接近していた。ロッド先端の磁気コイルが接近するにつれ、弦の踊るリズムが遅くなってきた。弦は一回転して、その一端を磁気コイルに接触させた。まるで弦自身がどちらの端をコイルと接触させるべきか知っているかのようだった。接触が終わると、弦は吹っ切れたようにさっきまでの踊りを再開したが、その一端はコイルに固定され、もう動くことはない。

林雲と丁儀はロッドを慎重に船内に引き戻した。この作業も、漁を思わせた。弦は船内でも踊りつづけている。長さは約一メートル。夏の日に地面から立ち昇る陽炎のようだ。弦を透かして見える向こう側の壁がかすかに歪んでいる。林雲は弦に手を伸ばした。だが、はじめてマクロ電子に触れたあのヘリコプターのパイロットと同じように、その手を途中で止めて、不安そうなまなざしを丁儀に向けた。丁儀はまるで気にせず、弦の真ん中に手を突っ込んで動かしてみせた。弦のダンスはなんの影響も受けていない。

「だいじょうぶだよ。こいつはぼくたちの世界の物質にはなにも作用しないから」

丁儀は林雲といっしょに長いあいだ弦を見ていたが、やがて感慨深げに長々とため息をついた。

「怖いね。自然界の恐怖だ」

その意味がわからず、林雲《リン・ユン》はたずねた。

「マクロ電子みたいに励起されて球電になるわけじゃないでしょう。なにが恐怖なんですか？　世界でいちばん無害なものに見えるけど」

丁儀《ディン・イー》はまたため息をつくと、きびすを返してその場を離れた。その背中はこう語っているようだった――いまにわかる。

＊＊＊

ほどなく、基地の観測チームは飛行船の現在位置から三百キロメートルあまり離れたところにあるもうひとつのマクロ原子核の座標を特定した。飛行船はすぐにそこに向かって出発し、三時間後には河北省衡水《こうすい》市の上空で、二つめのマクロ原子核の捕獲に成功した。そのあとつづけざまに、さらに三つのマクロ原子核の位置が割り出された。もっとも遠いもので四百キロメートル、もっとも近いもので百キロメートルあまりの距離だった。問題は、飛行船に磁気コイルが二つしか搭載されていないことだった。どちらのコイルにもすでに弦が一本ずつくっついている。林雲がそれを解決するアイデアを出した。ひとつのコイルに二本の弦をくっつけ、空いたほうのコイルで新たな弦を捕獲するというものだ。

「莫迦なことを考えるな！」丁儀が激しく怒鳴りつけ、林雲とパイロットをぎょっとさせた。丁儀はすでに弦がくっついている二つのコイルを指さした。「もう一度言うぞ。この二つのコイルは絶対に五メートル以上離しておくこと。わかったか！」

林雲は考え込むようにしばらく丁儀を見ていたが、やがて口を開いた。

「マクロ原子核について、なにか隠していることがあるんですね……墓碑に残されていたあの言葉の意味も、絶対に話してくれないし」

「ことの重要性に鑑みて、上層部に直接話そうと考えていたんだ」丁儀は林雲の視線を避けながら言った。

「わたしのことは信じられないと？」

「ああ。信じられない」丁儀は覚悟を決めたように、林雲をまっすぐ見据えて言った。

「許《シュー》准将や基地のほかの人なら信じられるが、きみのことは信じられない！　信じられないもうひとりがぼく自身だ。この点では、きみとぼくはとてもよく似ている。ぼくやきみがマクロ原子核を扱うと、想像もできないようなとんでもない問題を引き起こす可能性がある。それぞれ動機は違うだろうけどね。ぼくの場合は宇宙に対する強烈な好奇心から。きみの場合は兵器に対する情熱から。今度の失敗がそれに拍車をかけるだろう」

「また兵器の話」林雲は当惑したように首を振った。「くねくね曲がる無限に細い弦。体を通り抜けてもなにも感じないし、高エネルギー状態に励起されることもない。兵器とはなんの関係もないでしょう……教授が説明を拒否するから、仕事にも影響が出ている」

「きみくらい知識と経験がある人なら、よく考えればわかるはずだ」

「わかりません。二本の弦をそばに置くことがどうしてそんなに恐ろしいんですか？」

「二本がからみあうかもしれない」

「それがなに？」

「考えてみてくれ。ぼくたちの世界で二つの原子核がからみあったらどうなる？」

丁儀《ディン・イー》は、自分が秘密のベールの最後の一枚を剝いだことをわきまえていた。林雲《リン・ユン》のようすをじっと観察しながら、その顔に恐怖と驚きの表情が浮かぶのを待った。最初はたしかにその兆しが見えたが、その表情はすぐに興奮へと変わった。子どもが新しいおもちゃを見つけたときと同じ種類の興奮だった。

「核融合！」

丁儀は黙ってうなずいた。

「大きなエネルギーが放出される？」

「もちろん。球電のエネルギー放出は、マクロ世界における化学反応みたいなものだ。核融合の場合、同じ数の粒子の化学反応から生じるエネルギーの十万倍にもなる」

「マクロ核融合——そう呼ぶことにしましょう——から放出されるエネルギーには、球電みたいな標的選択性があるかしら？」

「理論的には、あるだろうね。マクロ核融合の場合も、エネルギー放出の経路は球電の場合と同じだ。どちらもぼくたちの世界と量子共鳴を起こす」

林雲はうしろをふりかえり、ロッドにくっついている二本の弦を子細に眺めた。

「ほんとうに不思議ですね。本来なら十億度の高温でやっと起こる核融合が、この二本の細い弦がからみあうだけで実現するなんて！」

「実際はそれほど単純じゃない。さっき、二本の弦の間隔を離しておくように強く言ったのは、万一の事態を起こさないための用心だ。ほんとうのところ、二本の弦をいっしょにしておいても、からみあうことはない。二本の弦のあいだに働く斥力《せきりょく》が、最後はたがいの接触を防ぐからね」丁儀は手を伸ばして、踊る一本の弦を撫でた。もちろん、なんの感触もない。「弦同士を結合させるには、一定以上の速度で斥力を克服する必要がある。きみはさっき、墓碑の言葉の意味をたずねたけど、いまならもうわかるだろ」

「Fに必要な速度は秒速426・831メートル……つまり、Fは核融合《Fusion》のF？」

「そのとおり。二本の弦は、その相対速度でたがいに衝突することでからみあう。それが核融合だ」

エンジニアとしての林雲《リン・ユン》の頭脳が猛烈に回転しはじめた。

「弦はプラスの電荷を持つから、長めの電磁加速レール二台を使ってそれぞれの弦を210メートル以上まで加速することはそうむずかしくない」

「そっちの方向に考えないでくれ。まずやるべきなのは、安全かつ効率的に弦を保存する方法を考えることだ」

「二本の加速レールをいますぐつくりはじめないと……」

「そっちの方向に考えるなと、いま言っただろ!」

「準備しておくべきだと言ってるだけです。でないと、上層部がマクロ核融合の実験を決定したとき、その態勢が整っていないことになる……」林雲はそう言いながら、怒りで頭に血がのぼったように、せまい機内を行ったり来たりしはじめた。「いったいなにをそんなに気にしてるの? こんなに神経過敏で近視眼的になるなんて。はじめて基地に来たときのあなたとは別人みたい!」

「ははは……」丁儀《ディン・イー》は奇妙な笑い声をあげた。「少佐、ぼくはただ、自分のささやかな悲しい責任を果たしているだけだよ。ぼくが本気で気にかけていると思うか? とんでもない。ほんとのところ、物理学者はこの世のことなんかなにも気にかけていない。二〇世紀前半、物理学者たちは原子力エネルギーを解放する公式と技術をエンジニアと軍人に引き渡したあと、広島と長崎が支払った代償を見て、欺かれ傷ついた純粋無垢な人間のようなポーズをとった。どうしようもない偽善者だ。実際は、自分たちが発見した力が現実にどう働くか、見たくてたまらなかったくせに。これこそが彼らの、いや、ぼくらの本性だ。ぼくと彼らの違いは、ぼくが偽善者じゃないことだ。特異点から成る二本の弦がからみあったときになにが起きるか、ぼくは心の底から見たいと思っている。それ以外に気にかけていることがあるかって？　あるもんか！」

そう言いながら、今度は丁儀も船内をうろうろ歩きはじめた。二人が歩きまわるせいで、飛行船がぐらぐら揺れる。パイロットがうしろをふりかえり、二人の口論を面白そうに眺めている。

「じゃあ、戻ったら加速レールをつくりましょう」林雲は下を向きながらまだ呟いている。そのようすから、彼女がすっかり落胆しているのがわかった。さっきの丁儀の言葉のなにかが、彼女を深く傷つけてしまったらしい。なにが悪かったのだろう。だが、丁儀はすぐにその答えを得た。基地へ戻る途中、二本の踊る弦のあいだに丁儀と並んで座っていた林雲が、小さな声で彼にたずねた。

「宇宙の神秘以外に、あなたはほんとうにだれのことも気にかけていないの？」

「いや、その、ぼくは……」丁儀は一瞬口ごもった。「ぼくが言いたかったのは、マクロ核融合試験の結果なんてちっとも気にかけてないってことさ。それだけだよ」

特別指導チーム

マクロ原子核の捕獲にはじめて成功したあと、基地から上層部に研究報告書が提出された。するとほどなく、ほとんど忘れられていた球電兵器プロジェクトがふたたび注目されはじめた。

北京郊外に置かれていた基地は、ただちに中国西北部の某地区へ移転せよとの命令が下った。真っ先に移動させるのは、このときすでに二十五個を数えていた捕獲済みのマクロ原子核だった。首都近くにそんなものを置いておくことが危険だというのはだれの目にも明らかだったからである。

基地の移転には一カ月を要した。この期間もマクロ原子核（いまは〝弦〟と呼ばれている）の捕獲作業は中断されなかったので、基地の引っ越しが終わるころには、保管されている弦の数は三百近くになっていた。大部分は軽元素の原子核で、マクロ宇宙でも、われわれの宇宙と同じく、水素のような軽元素の割合がいちばん高いのかもしれない。だが、丁儀《ディン・イー》はそれらを〝マクロ水素原子核〟とか〝マクロヘリウム原子核〟とか呼ぶことを断固として拒否した。なぜなら、マクロ世界の元素体系は、われわれの世界のそれとはまったく違うことがすでに判明していたからだ。元素の周期表も根本的に異なり、マクロ世界の元素は、われわれの世界の元素と一対一対応していない。

現在、捕獲された弦は、西北部の砂漠に突貫工事で建設された簡易倉庫に収められている。倉庫の中では、一本ずつ弦をくっつけた磁気コイルが、たがいに八メートル以上の間隔をとって並び、安全のため、磁場を遮断できるフェンスがそれぞれの弦のまわりにも設置されていた。遠くから見ると、この倉庫はまるで温室のようだったので、対外的には〝砂漠緑化用植物研究基地〟と呼ばれていた。

移転の理由について、上層部は安全性を考慮しての措置だと明確に説明したが、移転先の選択は、べつの理由を強く示唆していた。

新たな基地の所在地は、この国ではじめて核爆弾が爆発したエリアだった（中国初の核実験は、一九六四年に、タクラマカン砂漠北東部に位置する、新疆ウイグル自治区のロプノール周辺で実施された）。基地のそばには、核爆発によって折れ曲がった鉄塔の残骸や、ほとんど忘れ去られたようなちっぽけな記念碑がある。ちょっと車を走らせれば、当時の核実験場があり、核爆弾の効果を観察するために建設された建物や橋、標的に使われた古い装甲車多数などがそのまま残っているが、もうガイガーカウンターが鳴ることはない。核爆発で生じた放射能は歳月を経て消滅していた。噂によれば、実験の標的になった廃棄物の多くは、付近の農民が勝手に運び出し、スクラップとして売り飛ばしたらしい。

＊＊＊

弦の発見に関する大きな会議が北京で開かれ、副首相をはじめとする上層部も出席した。議長をつとめたのは林雲《リン・ユン》の父親だった。戦争を指揮する重要な役割を担う彼が、この会議のためにまる一日スケジュールを空けたことだけでも、弦の問題がいかに重要視されているかの証拠だった。

丁儀と、弦の研究に従事している物理学者数名が、二時間にも及ぶ技術報告を担当した。それを受けて、林《リン》将軍が発言した。

「ただいまの報告は、きわめて詳細かつ総合的なものでした。次に、丁《ディン》教授から、専門用語をできるだけ使わず、われわれにもわかるように、いくつかの重要な問題について説明していただきます」

「弦に関する研究は端緒についたばかりで、マクロ世界の物理法則に対する理解はまだまだ浅いものです」丁儀《ディン・イー》は言った。「それゆえ、説明が曖昧だったり、不確実だったりするかもしれませんが、どうかご理解ください」

林《リン》将軍はうなずいて質問をはじめた。

「まずはじめに、マクロ原子の核融合についてうかがいたい。軽原子の弦と弦が臨界速度で衝突すると核融合を起こすという話は、どの程度たしかなのか？　わたしの知るかぎり、われわれの世界では、核融合反応を起こす原子は、水素の二種類の同位体とヘリウム3だけです」

「議長、マクロ世界の物理的要素をわれわれの世界のそれと単純に比較することは困難です。マクロ原子核に特有の弦状結合のおかげで、マクロ原子核同士は比較的結合しやすく、そのため核融合反応に必要なエネルギーもわれわれの世界の核融合よりはるかに小さくて済みます。さらに、マクロ粒子の運動速度はわれわれの世界の粒子より数桁も遅いので、マクロ世界の基準に照らすと、秒速四百メートル以上で衝突することは、われわれの世界における臨界条件を満たしています。それゆえ、この臨界速度で衝突させれば、マクロ核融合反応が起こることは確実です」

「よくわかりました。それでは次の問題――これがもっとも重要ですが、マクロ核融合のエネルギーの大きさと効果はどの程度になるでしょうか？」

「議長、この問題に関しては、変数が多く、はっきりした答えを返すことが困難です。われわれも、この問題についてはもっとも心配しているところです」

「では、比較的控えめに見積もってみるのはどうかな。たとえば、マクロ核融合のエネルギー量をTNT換算で十五ないし二十メガトンと仮定する」

丁儀は笑ってかぶりを振った。

「議長、絶対にそんなに大きな単位ではありませんよ」

「保険をかける意味で、まずこの数字を基準にしてみよう。これは人類が行った最大の熱核爆発に相当する。前世紀半ば、アメリカが海上で、旧ソ連が陸上で、この規模の核実験を実施した。それらの実験では、半径およそ五十キロメートルの範囲が破壊された。しかし、この程度であれば、われわれがコントロールできる範囲に収まっていると言えるのではないか。だとしたら、あなたがたはいったいなにを心配しているのですか？」

「議長、ひとつ見逃している点があります。マクロ粒子のエネルギー放出は、高度な選択性を有しています。既存の核融合におけるエネルギー放出は、まったく選択性がないため、そのエネルギーは周囲の物質すべてに作用します。つまり、大気、岩石、土壌などすべてその対象に作用することで、放出エネルギーは急速に減衰していくことになります。そのため、既存の核融合は、たしかに放出エネルギーは巨大ですが、効果が及ぶ範囲は限定的でした。しかし、マクロ核融合の場合、それとはまったく違って、その放出エネルギーは、特定の物質にしか作用しません。マクロ核融合のエネルギーは、対象外の物質を完全に素通りします。作用する特定の物質の量が少なければ、エネルギーの減衰の度合いは小さくなり、当然、作用する範囲が広くなります。ひとつ例を挙げましょう。二十メガトン級のエネルギーが、目標への選択性なしに放出されたら、半径五十キロメートルが焦土と化すかもしれません。しかし、もし仮に、このエネルギーが人間の毛髪にしか作用しないとしたら、全世界の人間すべてが禿げ頭になってしまうでしょう」

コミカルなたとえだが、だれひとり笑わなかった。会議室の空気は重苦しく険しいままだった。

「それぞれの弦がどんな目標を選択するかを突き止めることは可能なのですか？」

「はい、可能です。マクロ電子にマイクロ波を照射すると、複雑な周波数スペクトルに変換されることがしばらく前に判明しました。目標の異なるマクロ電子は、それぞれ異なる周波数スペクトルを持っています。マクロ電子の指紋のようなものです。同じエネルギー放出対象を持つマクロ電子は、どれも同じ周波数スペクトルを備えています。理論的には、この識別方法が弦にも適用可能なはずです」

「しかし、ある型のマクロ電子の周波数スペクトルを調べるには、最初にエネルギー放出実験を行う必要があったはずです。ところが、ある型のマクロ電子と同じ周波数スペクトルを持つ弦は、エネルギー放出対象もそのマクロ電子と同じだと見なされている。これに理論的な根拠はあるのですか？」

「あります。その点に関しては論証可能です」

「では、すでに捕獲されている三百余の弦は、どんなエネルギー放出対象を持っているのですか？」

「種類はさまざまです。もっとも危険なものは、有機生命体を放出対象とするものです。いったんマクロ核融合が起これば、その殺傷力は想像を絶するものになると思われます」

「これが最後の質問です。集積回路を放出対象とする弦は存在しますか？」

「はい。しかし、マクロ電子と同様、このタイプの弦はきわめて希少です。現在までのところ、わずか三本しか収集できていません」

「わかりました。ありがとう」

林《リン》少将による質問は終わったが、会議室の空気はやはり重く沈んでいる。

「いまの説明によって、状況ははっきりしたと思う。指導部以外の同志諸君は全員退席してくれ」いままで一言も発言していなかった副首相が言った。

ていた。

＊＊＊

遠く離れた研究基地では、マクロ核融合のための準備が緊迫した空気のもとで進められていた。

弦の加速レールはすでに二基が完成していた。長さはそれぞれ十メートルを超え、見た目は小型の鉄橋に似ているため、一号橋と二号橋という暗号名がつけられた。二本の弦は〝橋〟を通過するさい、磁場の働きによりそれぞれ秒速二百五十メートルまで加速されたのち、たがいに衝突し、マクロ核融合を起こすと予想されている。

今回の実験に用いられる弦は、もっとも実戦的な、集積回路をエネルギー放出対象とするタイプだった。このタイプの弦は、いまのところまだ三本しか収集されていない。

標的エリアの準備がいちばん手間のかかる作業だった。基地は大量の電子機器の廃品――主に廃棄されたコンピュータのマザーボードとＩＣカード――を海外から輸入しはじめた。経済封鎖された戦時下の現況でも輸入できる数少ない電子機器で、第三国を経由すれば、敵国からでさえこうした廃棄物を大量に買いつけることができた。国内で調達したものを加えると、集まった電子機器廃棄物の総量は最終的に八万トンを超え、怪しげな小山が砂漠にいくつも築かれることとなった。ＩＣチップを大量に含んだマザーボードその他の電子廃品は、核融合地点を中心として三重の同心円を描く標的エリアに配置された。いちばん内側のエリアは半径十キロメートル。いちばん外側のエリアは半径百キロメートルにも達し、砂漠の端に位置する地方都市二つがすっぽり入ってしまうほど広大なものだった。このエリア内には黄色の小旗がたくさん立てられ、それぞれの小旗の下部には基板数個を入れた黒い密封袋が結びつけられていた。

最後に開かれた作業会議の席上、丁儀《ディン・イー》が発言した。

「ぼくからは一点だけ注意を呼びかけておきます。マクロ核融合の発生地点近くでは、エネルギー密度が極大に達しますので、そのエネルギー放出は目標への選択性を持ちません。つまり、核融合地点の半径二百メートル以内では、すべてのものが焼き尽くされるということです。そのため加速レールも一度だけの使い切りとなるでしょう。実験に立ち会う作業員たちも、安全のため核融合地点から少なくとも二千メートル以上の距離を保ち、電子機器を携帯しないよう気をつけてください」

出席者は、発言のつづきを待ったが、丁儀はそれきりなにも話さなかった。

「それだけか?」許《シュー》准将が質問した。

「話すべきことは、話すべき相手に、すべて話してありますので」丁儀は平板な口調で言った。

「なにか予測不可能なことが起こると予期しているのですか？」林雲《リン・ユン》が質問した。

「これまでのところ、マクロ核融合に関しては、予測可能なことなんかひとつも見つかってないよ」

「それでもこれは、二つの原子核による核融合にすぎません。たしかに原子核のサイズは大きいけれど、たった二つだけ。わたしたちの世界でのミクロ核融合の場合、一発の水素爆弾で数トンもの重量になる。質量で言えば二本の弦よりはるかに重い爆弾でも、核出力はわずか数メガトンにしかならない」

丁儀《ディン・イー》は黙ってかぶりを振るだけだった。そのしぐさからは、自分にもよくわからないと言いたいのか、それとも林雲のあさはかさに呆れているのか、どちらともつかなかった。

翌日、現地の守備隊のうち一大隊が到着し、基地の警戒を強化した。そのことで基地のスタッフは興奮に湧き立った。実験がまもなくはじまる前兆だったからだ。

「もし核融合のエネルギー量が第一標的エリアのＩＣチップのみを破壊する程度の規模だったとしても、わたしたちは防御不可能な兵器を得たことになる。考えてみて。十キロメートルも離れたところで起こる爆発は、敵艦隊には防ぎようがない。そしてその爆発で敵艦隊の全電子システムが麻痺してしまう！」林雲は興奮した口調で言った。

基地の全員が同じような興奮に浸っていた。前回の失敗によって、彼らは歴史の一ページに業績を刻む機会を失ってしまった。だが、いままたそんな機会が目の前に現れたのだ。それも、もっと現実的なかたちで。

その日、林雲と数名のエンジニアたちは、深夜まで〝橋〟の最終調整にあたっていた。空中からの偵察を避けるため、二基の〝橋〟は体育館とほぼ同じ大きさの大型テントに収容されている。実験では、この大型テントが核融合のエネルギーで最初に破壊されるはずだった。丁儀は林雲を呼び出し、砂漠の寒風に吹かれながら、二人でゆっくり歩いていた。

「林雲、基地を離れてくれ」丁儀はとつぜん沈黙を破り、そう言った。

「なんの話ですか？」

「いますぐ基地を離れてほしいんだ。転属願いを出してもいいし、休暇を申請してもいい。とにかく、いますぐここを離れろ。必要とあらば、お父さんの力を借りて」

「頭がおかしくなったんですか？」

「ここに残るほうが頭がおかしい！」

「なにか話していないことがあるの？」

「いや。ただ、そう感じるんだ」

「わたしの気持ちがわかりませんか？　こんなときに離れられるわけがないでしょう」

暗闇の中で、丁儀が吐き出す深いため息が聞こえた。

「先週、ぼくは弦に関する会議に出席し、国家に対する責任を果たした。そして、いまここで、きみに対する責任も果たした」丁儀《ディン・イー》はなにかを振り払おうとするように、夜空に向かって力いっぱい両手を振りまわした。「わかった。きみが去らないのなら、ぼくたちでしっかり準備をしよう。そして、奇想天外でとてつもない光景をいっしょに楽しもうじゃないか。夢の中でさえ見られない、ものすごい光景をね!」

月の光に照らされた広大な砂漠の先には白い簡易倉庫があり、その中では三百以上の弦がいつまでも静かに踊りつづけている。

＊＊＊

翌朝、基地は上層部からの通達を受けとった。特別指導チームがきょうのうちに着任し、指揮権を全面的に引き継ぐという。この知らせに、基地の興奮がさらにもう一段階高まった。これはマクロ核融合実験が実行されるという、もっとも明確なしるしだったからだ。

その日の午後、特別指導チームが二機のヘリコプターに分乗して到着した。リーダーは杜玉倫《ドゥ・ユールン》という名の少将だった。眼鏡をかけ、物腰の上品な、学者然とした雰囲気の指導者だ。基地の責任者と、球電プロジェクトのメンバー全員が着陸地点に出向き、特別指導チームを出迎えた。許《シュー》准将が林雲《リン・ユン》を紹介したとき、杜《ドゥ》少将の顔から笑みが消えたことに丁儀は気づいた。さらに林雲が少将に敬礼したとき、「先生」と呼びかけるのがはっきり聞こえた。

だが、杜少将は林雲にそっけなくうなずいただけで、すぐ次の人に顔を向けた。

基地の管理ビルに向かう途中、杜少将が許准将と話す声が丁儀の耳に入ってきた。

「少将、林《リン》少佐と顔見知りのようですね」と許准将。

「ああ。彼女が博士課程のとき、指導教官だった」

「そうだったんですね」許准将はそう言ったものの、それ以上は質問しなかった。明らかに許准将も、少将と林雲の不自然な関係に気づいている。だが、杜少将はことさら話題を変えようとはしなかった。

「かつてわたしは、林雲の博士号取得をなんとしても阻止しようとした」杜少将はすでにかなり後方にとり残された林雲のほうをちらっと振り返って言った。

「なぜですか？　林少佐は専門分野ではほんとうにすぐれた才能を持っています」

「専門分野の能力だけで見れば、わたしが指導した学生の中では彼女がいちばんすぐれていたし、技術的な面でも、だれもかなわない発想の持ち主だった。それは認めざるをえない。しかし、この研究分野においては、個人のモラルも才能と同様の価値を持つとわたしは考えている」

許准将《シュー》はちょっと驚いたような表情を浮かべた。

「おお……たしかに。林雲《リン・ユン》はいささか自己中心的なところがあります。それに、かなり強情で……」

「いやいや」少将は手を振った。「気質の問題ではない。麻薬中毒者のように武器に耽溺する人間は、兵器の研究開発には向いていないとわたしは思う。とくに、最先端の新概念兵器の研究開発には向かない」

許准将はなにも言わず、うしろをふりかえって林雲に目をやった。

「許准将、液体地雷事件の話は耳にしていると思うが」杜少将がたずねた。

「ええ、総装備部の中央規律検査委員会から照会がありましたから……それがなにか？調査結果が出たので？」

少将はうなずいた。

「あの地雷は、林雲がチリとボリビアの紛争当事者に提供した。それも、双方同時にだ。これはきわめて悪辣な行為で、彼女はそれに対してなんらかの責任を負うべきだ」

許准将は表情を曇らせ、また林雲に目をやった。彼女はうしろのほうで若い技術担当の軍人たち数名と夢中になって議論している。

「林雲は調査のために隔離される。今後、彼女が弦研究に関する資料及び設備に触れることはいっさい禁じる。言っておくが、これは林峰《リン・フォン》将軍からの指示だ。将軍は自分の娘のことをわたしたちよりもよほど理解している」

「しかし……彼女は基地の技術面での中心メンバーです。彼女がいなければ、差し迫ったマクロ核融合実験は実施不可能です」

杜《ドゥ》少将は意味ありげな視線を許准将に投げかけただけで、なにも言わなかった。

＊＊＊

会議がはじまるなり、基地のメンバーは空気がおかしいことを感じとったが、杜少将の話は出席者全員に衝撃を与えた。

「許准将、この基地のありさまはいったいどういうことだね？　きみは弦問題に関する会議に出席していた。したがって、上層部の意向はじゅうぶん理解しているはずだ。マクロ核融合実験を行う計画など最初からなかったことも、そのような決定をだれひとり下していないこともよく知っていたはずではないか！　実験の準備をさせていたのは、万が一の事態に備えての措置にすぎない」

許《シュー》准将はため息をつきながら言った。

「少将、それについてはわたしからもくりかえし基地のメンバーに言って聞かせておりました。しかし……彼らは自説に固執していましたし」

「それはきみの責任だ。基地に危険思想がはびこるのを許していたのだからな。そして結局、彼らを誤った道に向かわせた！」

会議室に動揺が走った。

「わたしから、いまここで、上層部の命令を伝える」杜《ドゥ》少将は眼鏡の位置を少し直した。

「一、マクロ核融合実験すべての準備作業をただちに停止し、実験設備すべてを封鎖すること。二、マクロ原子核実験に関連する研究すべてと、マクロ原子核に関連する実験プロジェクトすべてをただちに中止すること。マクロ原子核に関しては、純粋な理論研究のみに限定せよ。三、すでに収集され保存されているマクロ原子核の大部分をふたたび大気中に戻すこと。全体の十分の一だけを残し、研究のために使用することを許可する。四、特別指導チームが基地の全設備の管理を受け継ぐ。少数の管理者以外、球電プロジェクトの全メンバーはただちに基地を離れ、北京市内で待機し、次の指示を待て」

＊＊＊

会議室は死んだように静まり返っている。だが、氷室の中のような静寂は、長くはつづかなかった。それを打ち破ったのは林雲《リン・ユン》の声だった。

「先生、なぜですか？」

「わたしはもうきみの教官ではない！　それに一般の技術将校にすぎないきみに、この会議で発言する資格はない」杜少将は林雲のほうを一瞥もせずに言った。

「ですが、わたしには軍人としての責務があります。これほどきびしい戦局を前にしながら、あるかないかもわからないリスクのために、みすみす勝てるチャンスを放棄しろとおっしゃるのですか？」

「林雲、ひとつの新兵器だけで戦争に勝利できるというその思い込みが、きみのあさはかで幼稚なところだ。これまでの自分を振り返ってみるがいい。きみに軍人の責務を語る資格があると思うのか？」杜少将はまっすぐ林雲の目を見て言った。それから部屋全体を見渡して、「同志諸君、戦況はたしかにきびしい。だが、われわれにとっては、戦争に対する責任よりも、人類に対する責任のほうが重い！」

「ずいぶん崇高な考えをお持ちですね」林雲は頭をもたげ、挑発的な表情で言った。

「林雲！」許准将が叱りつけるように言った。「上官に向かってそんな口の利きかたがあるか!」

杜《ドゥ》少将は手を振って許《シュー》准将をとめ、林雲《リン・ユン》のほうを向いた。

「わたしはいま、崇高な命令を遂行している。きみよりもっと賢明で、倫理と責任感にもっとすぐれた人々から出された命令だ。その人々の中にはきみの父上も含まれている」

林雲はもうなにも言わなかった。その胸が激しく上下し、瞳にはきらきら輝く涙があふれそうだが、そのまなざしは炎のように苛烈だった。

「もういい。許准将、すぐに引き継ぎの手配をしたまえ。ただし、基地側の引き継ぎチームに林雲少佐を含めてはならない。少佐はすでに球電プロジェクトを離れている。この会議が終われば、ただちにヘリコプターに搭乗し、基地を去ることになる」

杜少将はそう言いながら、林雲に意味ありげな視線を向けた。

「これもまた、きみの父上の考えだ」

林雲の体がゆっくり椅子の中に沈み込んだ。しばらくしてもう一度、丁儀《ディン・イー》が彼女のほうに目をやると、さっきと同じ人物とは思えないほど表情が一変していた。心の中で荒れ狂っていた大波がすっかりおさまったかのようだ。静かな水面のように落ち着き払った顔で、それ以降はいっさい発言しなかった。

会議の後半は、引き継ぎに関する具体的な作業についての相談になり、さらに一時間ほどつづいた。会議が終わると、林雲は会議室を去る人の流れと逆方向に進み、杜少将の前までやってきた。

「先生、だれかをわたしに同行させてください」

「どこに行く？」杜少将はいぶかしげにたずねた。

「核融合地点へ。ここを離れる前に、私物をとってきたいのです」そう話す林雲は、やはりいたって平静なようすだった。

「ああ、なるほど。彼女はこのところずっと、機械の調整のために〝橋〟に張りついていましたから」許准将が言った。

「いっしょに行ってやれ」杜少将はそばにいた中佐に指示した。

林雲は敬礼してきびすを返し、建物の外に広がる砂漠と、血のように赤い夕陽の照りつける陽射しの中へと消えていった。

マクロ核融合

会議は終わったが、特別指導チームのメンバーと、基地の技術担当者数名が部屋に残っていた。将来の研究のために保存しておく少数のマクロ原子核をどのように管理するか話し合うためだった。議論の結果、空襲などの危険を避けるため、弦を地下防空施設に保管することで意見が一致した。

許《シュー》准将は球電プロジェクトの最終的な方向性についてまた質問した。

「先ほどの会議では、ちょっと言い過ぎたかもしれん」杜《ドゥ》少将は答えた。「このプロジェクトのすばらしい成果には、上層部も注目している。弦の研究は一時的に停止することになるが、マクロ電子の研究は継続してもらってかまわない」

「少将、ふつうの球電兵器など、とうのむかしに役立たずだと証明されて、末期状態に陥っていますよ」許准将は笑って言った。

「無益と決まったわけではないだろう。敵艦隊への攻撃が一度失敗しただけじゃないか。

そもそも艦隊とは、現代の戦争においてもっとも防御が堅く、攻撃困難なターゲットだ。しかし、地上戦でならどうだ？　敵も、兵士全員に遮蔽磁場装置を背負わせるわけにはいかんだろう。戦車と装甲車についても、全車両に装備させるのは困難だ。そう考えれば、球電兵器にはまだまだ可能性がある。重要なのは、どこで使用するかだ。いまのところ上層部は、純消耗型の球電に大きな関心を抱いている」

「純消耗型？　それは球電の中でももっとも役立たずですよ」許准将には理解できなかった。純消耗型とは、爆発的なエネルギー放出をいっさい行わないタイプの球電を指す。励起されたあと、ふつうに電磁波を放射することでゆっくりエネルギーを消耗するから、軍事的にはもっとも使い道のないマクロ電子と見なされていた。

「いいや、許准将。その球電が放出する電磁波に注目したことがあるか？　球電の電磁放射は、あらゆる通信周波数帯をカバーし、強度も非常に高い。目下、わが軍は電子戦において二重盲戦略を採用し、敵に対して全周波数帯で通信妨害を実施しているが、こちらの妨害電波発生源の位置が簡単に敵に察知され、破壊されてしまうという問題がある。一方、純消耗型球電は妨害電波発生源として使用できるし、その場合、破壊がきわめて困難だという大きな利点がある」

「なるほど！　純消耗型球電が空中を漂っているあいだは、周囲の広い範囲で無線通信を妨害します。しかも、このタイプの球電は存続時間が長く、エネルギー放出過程は二時間にも及びます」

「しかも、簡単には破壊できない。こちらでも実験したことがある。飛行中の球電に砲弾を貫通させたが、球電は少しも影響を受けなかった」

「そのとおりです。少将、われわれもそれを思いつくべきでした」

「許淮将《シュー》、これはきみたちが思いついたアイデアだぞ。大量の技術レポートを提出しているから、きみの目には届いていなかったのかもしれないが」

「ぼくは知っていました」丁儀《ディン・イー》が口をはさんだ。「提案者は林雲《リン・ユン》です」

林雲の名前が出て、会議室にまた沈黙が降りた。

そのとき、核融合地点の方角から銃声が響いた。

核融合地点はここから千メートル離れているので、音はごく小さかったが、周囲の軍人たちが瞬時に反応したのを見て、丁儀もそれが銃声だと気づいた。さらに何発かつづけざまに銃声が響き、会議室に残っていた全員が外に飛び出して、核融合地点の方向に目を向けた。

核融合地点と管理棟とのあいだにはなにもない広い砂漠が横たわっている。〝橋〟が置かれた大型テントのほうから、その砂漠をこちらに向かって走ってくる人影が見えた。さらに近づくと、核融合地点まで林雲につき添った中佐だとわかった。左手で右肩を押さえ、右手にピストルを提げている。管理棟の前まで来ると、ピストルの銃身を伝って血が垂れているのも見えた。

　走ってきた中佐は、傷の手当てをしようとする兵士を押しのけ、一直線に杜《ドゥ》少将のもとに駆け寄ると、息を切らして報告した。

「林雲少佐がマクロ核融合実験を強行しようとしています！」

　時間が凍りついた。全員の視線がふたたび一斉に核融合地点のほうを向く。一瞬、世界の他のすべてが視界から消え失せ、大型テントだけがクローズアップされた。

「発砲したのは？」杜少将がたずねた。

「わたしです。多勢に無勢の状況でした。先に発砲していなければ、脱出も不可能だったと思います」中佐は血がこびりついた銃を投げ捨て、へなへなと座りこんだ。

「ほかに負傷者は？」と許准将。

「ひとりには命中したはずです。階級は、たぶん大尉でした。死んだのか、負傷しただけなのかはわかりません」

「林雲は？」杜少将がたずねた。

「彼女は無傷です」

「向こうは何名だ?」少将がつづけてたずねた。

「林雲《リン・ユン》を入れて六名です。彼女のほかは少佐が三名、大尉が二名」

「林雲についた者がそんなにいるのか」杜《ドゥ》少将は許《シュー》准将を見やった。

「国家主義的傾向が強い若手に対して、林雲はかなりの影響力がありますから」

「核融合実験に使用するマクロ原子核はいまどんな状態だ?」

「弦は二本ともすでに〝橋〟にセットされています」

全員の視線が、遠くの大型テントから杜少将へと移った。

「基地の警備隊に、ただちに核融合地点に突撃し占領せよと命じろ」杜少将は到着したばかりの警備隊指揮官に指示した。

「少将、もはやそれは不可能かと!」特別指導チームの副長である石剣《シー・ジエン》准将が杜少将のもとに歩み寄った。「弦はもう〝橋〟にセットされて、いつでも核融合を起こしうる状態にあります。もっと決定的な手段をとるべきです!」

「命令を遂行せよ」杜少将は表情を変えずに命じた。

石《シー》准将はパニック寸前の表情でなにか言おうとしたが、けっきょく口を開かなかった。

「丁《ディン》教授、われわれで林雲を説得しよう」許准将が丁儀《ディン・イー》に言った。

丁儀はかぶりを振った。

「ぼくは行きませんよ。そんなの、なんの役にも立たないから。それに、彼女の気持ちはよくわかる」丁儀は周囲のいぶかしげな視線を見て、つけ加えた。「ここでは、彼女の理解者はぼくしかいないのかもしれないな」

「それならわれわれが行く！」許准将はもう丁儀のことなどかまわず、警備部隊指揮官といっしょに足早に歩き出した。

「軽率に発砲するなよ」杜少将が彼らの背中に言葉をかけると、警備部隊指揮官がさっとふりかえって答えた。

「承知しました」

「無駄だ。説得しようとしても無益だ。このわたしでさえ、いまだに彼女が理解できないのに……」杜少将はひとりごとのようにつぶやいていた。感情に理性が負けてしまったことに対する自責の念のせいだろうか、一瞬のうちにどっと老け込んでしまったように見える。林雲こそ、少将にとって一番のお気に入りの学生だったことは、もはやだれの目にも明らかだった。

警備部隊は迅速に核融合地点を包囲した。包囲陣を形成する散兵線は、大型テントを囲んでどんどん小さくなってゆく。一連の行動すべては静寂の中で進行し、双方とも銃撃はいっさい行っていない。散兵線が大型テントに接近し、許准将が拡声器で大型テントに向かって声を張り上げた。だが、彼自身も明らかに気持ちが乱れているらしく、説得の言葉も支離滅裂で説得力がなかった。たんに「冷静になれ」とか「あとのことを考えろ」などと言っているにすぎない。

そんな許《シュー》准将の声に答えるかのように、大型テントの中から雷球砲の発する甲高いノイズが響いてきた。つづいて、冷たい青色の球電が咆哮をあげて疾風のごとく散兵線をかすめ、上空へと飛び上がった。兵士たちは本能的に地面に伏せたが、球電たちはその背後でつづけざまに爆発し、轟音が連続して響き渡った。同時に、砂漠に生えているギョリュウの茂みいくつかと、近くに積まれていた木箱の山二つが、まったく火の手を上げないまま、ただ青白い煙とともに灰と化した。植物と木材をエネルギー放出ターゲットとする球電によるものに違いない。

「これは警告だ。二度めはない」大型テントから、拡声器を通じて林雲《リン・ユン》の声が聞こえたが、すぐにまたその場は静寂に包まれた。

「林雲、きみは……きみは同志や戦友をほんとうに殺すつもりなのか！」許准将の必死の声が大きく響いた。

答えはなかった。

「まず部隊を撤退させろ」杜《ドゥ》少将が言った。

「われわれもすぐに球電で攻撃すべきです。少将、これ以上先延ばしにしていると、ほんとうに手遅れになります！」石《シー・》剣准《ジェン》将が言った。

「それも不可能です」基地の士官のひとりが言った。「林雲たちが使用している雷球砲は最新モデルです。砲自体に遮蔽磁場システムが搭載されていて、球電の攻撃は半径五十メートル以内に近づけません」

杜少将は数秒間考えていたが、受話器に手を伸ばすと、林雲の父親である林《リン・》峰《フォン》将軍に電話をかけた。

「将軍、杜玉倫《ドゥ・ユールン》です。いまB436プロジェクトの基地から電話しています。特別指導チームによる基地引き継ぎにさいし、不測の事態が発生しました。林雲ほか五名の若手将校が核融合実験地点を武力占拠し、マクロ核融合実験をいままさに強行しようとしています。目下のところ、二本の弦がすでに加速レールにセットされ、核融合はいつでも実施可能な状況です。さらに彼らは雷球砲も手中にしています。どうかご意見を……」

電話の向こうでは二秒ほどの沈黙があった。たった二秒とも言えるかもしれないその時間のあとで、林《リン》将軍は平静な口調で質問した。

「報告が必要なことか？」

「しかし将軍……」

「きみを解任する。電話を石《シー・ジェン》剣准将に渡せ」

「将軍！」

「これは命令だ！」

杜《ドゥ》少将は脇にいる石剣准将に受話器をさしだした。受話器を受けとった准将は、なにか話す暇もなく、すぐに林《リン》将軍からの簡潔かつ明白な命令を受けた。

「核融合地点を破壊しろ」

「はい、将軍！」

准将は電話を終えて受話器を置くと、そばにいた少佐のほうを向いた。

「いちばん近い戦略ミサイル基地はどこだ？」

「紅《ホン》331です。距離は約百五十キロメートルであります」

「ただちに紅331基地に核融合地点の座標をレベル4の精度で伝え、同時に攻撃許可を送信。基地司令官にも連絡しろ」

すぐにミサイル基地の指揮官と電話が通じ、准将は受話器を受けとった。

「そうです。はい、座標と攻撃許可は受けとりましたか？　そうです。ただちに！　わかりました。……ターゲットは第四類地上攻撃目標として扱ってください。……それはそちらで決定してください。確実な破壊が必要です！　すぐにです。電話はつないだままにしておくので……」

「ほかの選択肢はないのか？」丁儀《ディン・イー》が准将に詰め寄った。「マクロ核融合に関するかぎり……」

石剣准将は右手に受話器を持ったまま、きびしい表情で丁儀をにらみつけ、左手を下に向かって決然と振った。それだけでは、ほかの手段がないことを示したいのか、丁儀を黙らせたいのか、どちらともつかなかった。

「はい、わかりました」准将はそう答えて受話器を置いた。とたんにさっきまでの焦りと緊張が失われ、動きが緩慢になる。准将は長く息を吐き出した。その姿はずっしり重い負担から解放されたようでもあり、突如として心の中に恐れが湧き上がってきたようでもあった。

「ミサイルは発射された。三分後に着弾する」准将が言った。

「少将、われわれはさらに後退すべきでは」ある将校が杜少将にたずねた。

「その必要はない」杜少将も疲れたように手を振っただけで、顔を上げることさえなかった。

まもなくミサイルが見えてきた。真南の空に白い航跡を描いている。まるで飛行機雲のようだが、速度はずっと速い。そのとき、大型テントの拡声器から林雲《リン・ユン》の声が響いてきた。

依然として平静で、起きていることすべては、みずからが流麗に奏でている音楽だと思っているかのようだった。

「遅すぎたわね、パパ」

マクロ核融合では音が発生しない。多くの目撃者の話によると、むしろいつもより静かになるという。自然が奏でるすべての音が遮断されたかのように、核融合の全過程が不可思議な静寂に包まれて進む。ある目撃者は、マクロ核融合では最初に青い太陽が昇り、その太陽が落ちていったと証言している。はじめに大型テントから青い光が放たれた。それから、小さいままの青い光球が現れた。大型テントは支柱にセロファンを張ったかのように透明になり、みるみるうちに溶けていくように崩壊した。その崩壊は、奇妙なことに、テントのあらゆる部分を核融合の中心点に向かって沈み込ませた。テントは渦を巻くようにして光球の中へと吸い込まれ、あとにはどんな破片も痕跡も残らない。テントが消滅したあとも光球の膨張は止まらず、たちまち砂漠に青い太陽が出現した。ようやく膨張を停止したとき、それは半径二百メートルにも達していた。丁儀《ディン・イー》の予告通りの距離だった。この距離の外側では、マクロ核融合のエネルギーは標的選択性を持つが、内側では巨大なエネルギー密度によりすべてのものが破壊される。

青い太陽はその最大状態を約三十秒維持していた。その間はなにも起こらず、ただ奇妙な静寂だけがすべてを覆い尽くし、そのわずかな時間が永劫に感じられた。青い太陽は、世界が誕生した日からずっとそこに存在していたかのように見えた。西の地平線に半分沈みかけた夕陽は青い太陽の前で光と色を失い、砂漠全体が青い光に埋没していった。それによって、目に映る世界は見知らぬ奇妙なものへと変貌した。近くにあっても少しも熱量を感じさせないその青い太陽は、冷たい太陽と呼んでもよさそうだ。

もっとも不可思議な光景が出現したのはそのときだった。青い太陽のぼんやりかすんだ内部の奥深くから、光り輝く小さな星が大量に放射され、太陽の縁までくると、とつぜん大小さまざまな物体に変貌した。飛び出してきた物体の正体を知った人々は、言葉にできないほどの驚きを味わった。それらの物体は、どれもテントだった。青い太陽から飛び出したテントは、重量も備えているように見えた。絶対に幻影のはずがない。大きなものは破壊される前の大型テントと同じぐらいのサイズで、空を漂う巨大物体となっていた。またあるものは、なにかのかけらかと思うほど小さな小石サイズで、よく見なければテントだとわからない。精巧なミニチュア模型のようだ。重ね合わされた一連のイメージを航跡のように背後にひきずるそれらのテント群は、観察者たちの視線のもとでみるみる破壊された状態に収縮し、やがて空に消えていった。それでも、この量子状態のテントの群れは、光球の奥深くからどんどん飛び出してくる。テントの確率雲が空間を大きく覆い、青い太陽までが確率雲に覆われていた。雲の膨張は、観察者の存在によって食い止められている。

とうとう、ある音が静寂を破った。デスクの上にある一台のコンピュータから聞こえたかすかなパチンという音。それから、全員の携帯電話からも次々に同じ音が――ICチップが焼け焦げる音が――した。まもなく、無傷のコンピュータの筐体を貫いて、無数のかけらが四方八方へと飛び散った。よく見ると、かけらはどれも完全なかたちをしたCPUやメモリなどのICチップだった。それらは量子重ね合わせ状態にある。そういう状態のICチップはあらゆる場所に同時多発的に出現し、空中に大量に浮かんでいる。その瞬間、オフィス棟はチップの確率雲に覆われた。しかし、人々の視線が目に見えないほうきの役割を果たし、チップは破壊された状態に戻り、航跡をひきずりながら次々に消失して、最後は筐体内の燃えかすへと収縮し、あっという間に空中にはなにもなくなった。

次に、もっと大きな音が響いた。今度は空を飛んでくる雷だった。ICチップを焼かれたミサイルが螺旋を描きながら落ちてきて、空中で爆発し、巨大な火球に包まれた。

そのあとふたたび静寂が戻った。青い太陽は急激に縮小しつづけ、地表付近で小さな点になると、最後には消滅した。そこは、一分前に二基の〝橋〟からそれぞれ秒速五百メートルで発射された二つのマクロ原子核同士が衝突し、特異点から成る二本の弦が瞬間的にからみあった地点だった。想像を絶するほど巨大なマクロ宇宙では、この衝突によって二個の軽原子が消滅し、新たな原子が誕生した。だが、この事実はマクロ世界のどの観察者にも気づかれることはありえない。なぜなら、われわれの世界と同様、マクロ世界でも、一億本単位の弦が同時にからみあってはじめて事件らしい事件になるのだから。

夕陽は静かに砂漠と基地を照らしている。ギョリュウの茂みからは鳥の鳴き声も聞こえてくる。まるでなにも起こらなかったかのようだった。

一行は核融合地点までやってきた。大型テントとその中のすべては影もかたちもなくなり、痕跡さえ残っていない。眼前にあるのは砂漠に置かれた半径二百メートルほどの巨大な鏡だった。その鏡は、地表の砂や石が瞬間的に溶解したあと瞬間的に凝固して、すっかり変貌した姿だった。球電で焼かれたほかのものと同様、この地面も溶解したときにはほとんど熱を発していなかった。波動状態のまま、べつの時空で溶解されたからだ。鏡の表面をさわってみても、氷のように冷たい。鏡面は驚くほどなめらかで、人の顔まではっきり映っている。丁儀《ディン・イー》は子細に観察し、考えをめぐらしたが、凝固の過程でどんなメカニズムが作用して溶解後の砂漠をこれほどなめらかな鏡に変えたのか、さっぱりわからなかった。彼ら全員が、巨大な鏡を囲んで黙って立ち尽くし、鏡面に映る西の空の美しい夕霞《ゆうがすみ》と、しばらくして夜空に出現した一番星を見つめていた。

このとき、マクロ核融合による巨大エネルギーは、四方八方へと広がっていた。三つの標的エリアをやすやすと超え、半径百キロメートル以内にある八万トンの電子チップを一挙に灰に変えたあともさらに広がりつづけた。千キロメートル以上離れたところまで拡散していくうちに、さらに大量のＩＣチップがその機能を完全に奪われた。結果、国土の三分の一が農耕時代まで引き戻されることとなった。

林雲《リン・ユン》（二）

雨はいつの間にかやんで、窓の外には朝陽がわずかに顔をのぞかせていた。

少年時代のあの誕生日の夜のように、ぼくは一夜にして、きのうまでのぼくではなくなっていた。失ったものが多すぎると、いったいなにを失ったのか、すぐにはわからない。ただ、いまの自分は魂を抜かれたうつろな肉体でしかないと感じるだけだった。

「まだつづきを聞きたいかい？」目を真っ赤にした丁儀《ディン・イー》は、飲み過ぎて意識が朦朧としているようだった。

「いや、いい。聞きたくない」ぼくは力なく答えた。

「林雲に関することだぞ」

「林雲？　まだつづきがあるんですか？　じゃあ、教えてください」

＊＊＊

マクロ核融合が起こって三日後、林雲《リン・ユン》の父親が核融合地点にやってきた。

このとき、捕獲されていた三百にも上る弦の大部分が空中に解放された。弦を拘束していた電磁コイルへの電流供給が止まると、すべての弦がたちまち空中を舞いながら漂い去り、すぐに影もかたちも見えなくなった。研究目的で残された三十あまりの弦も、より安全な保管地点へと移された。基地のスタッフもほとんどが退去し、二つの世紀をまたいで二度も巨大エネルギーの放出が行われたこの砂漠に、ふたたび静寂が訪れた。

林《リン》将軍とともに核融合地点に行ったのは、許文《シュー・ウェンチェン》誠准将と丁儀《ディン・イー》だけだった。少し前に開かれた弦問題に関する会議のときとくらべても、林将軍は見るからに憔悴しきったようすだったし、ずいぶん年をとったように見えた。しかし、不屈の精神力は衰えを見せず、なおも周囲の人々に強い影響を与えている。

彼らはマクロ核融合がつくりだした巨大な鏡のへりに立っていた。鏡面にはすでに薄く砂が積もっているが、そのなめらかさと輝きはまだ失われていない。鏡に映る流れ雲を見ていると、空が砂漠に墜落したのかと思うほどだった。あるいは、べつの時空に向かって開かれた巨大な窓のようにも見える。林将軍の一行は、ただ無言で立っているだけだった。この世界の時の歩みが止まってしまったかのようだが、鏡の中の世界では驚くほど急速に時間が過ぎていた。

「ずいぶんユニークな記念碑だな」丁儀がひとりごとのように言った。

「砂がゆっくりと葬り去ってくれるだろう」林将軍が言った。最近白くなった髪が風に揺れている。

まさにそのとき、林雲が現れた。

警備兵が撃鉄を引く音に驚いて彼らが顔を上げると、四百メートル向こう、巨大鏡をはさんだ反対側に林雲が立っていた。遠くにいるにもかかわらず、それが林雲だと、だれもがひとめでわかった。林雲は巨大鏡に足を踏み入れ、こちらに向かって歩いてくる。それが幻ではなく実体を備えた本物だということはすぐにわかった。林雲が鏡面の上を歩き出すと、秒針が動く音にも似たカツカツという軽快な足音が聞こえてきたからだ。空を流れる雲は依然として広大な鏡面に映っていて、林雲はその雲の上を歩いてくる。砂漠を吹きすさぶ寒風に髪を乱され、ひたいに掛かる短い毛髪をときどき手で払いながら、鏡面を横断した。そばまでやってきた林雲の軍服はまっさらで、きちんと整っている。青白い顔色、おだやかなまなざしに宿る清冽な光。林雲は、最後に父親の前に立った。

「パパ」林雲は小さな声を上げた。

「小雲《シャオユン》、なんということを……」林将軍の声は大きくないが、そこには深い哀しみと絶望がにじんでいた。

「パパ、だいぶ疲れているようね。座って話して」

もともと実験設備を入れてあった木箱を警備兵が運んできて、林《リン》将軍はそこに腰を下ろした。将軍はほんとうに憔悴しているようだった。長い軍人生活の中でも、こんなに疲れ果てた姿を彼が他人に見せたのははじめてかもしれない。

林雲《リン・ユン》は、許《シュー》准将と丁儀《ディン・イー》に向かってかすかに会釈した。その顔には懐かしい笑みがかすかに浮かんでいた。それから、林雲は警備兵に向かって言った。

「だいじょうぶ。武器なんか持ってないから」

林将軍は警備兵に手を振った。警備兵は林雲に向けていた銃口をゆっくり下ろしたが、指は引き金にかかったままだった。

「マクロ核融合の威力がこれほど大きいなんて、ほんとうに思ってもみなかったのよ、パパ」

「おまえは国土の三分の一の防衛力を喪失させた」

「そのようね」林雲はうつむいた。

「小雲《シャオユン》、おまえを責めるつもりなどない。もう手遅れだ。すでにやってしまったことだからな。この二日間、ずっと訊きたかったことはひとつだけだ。おまえはどうしてこんな人間になってしまったんだ？」

林雲は頭を上げ、父親を見つめた。

「パパ、わたしたちはいっしょにここまで来たのよ」

林将軍は重々しくうなずいた。

「そうだな。われわれはいっしょにここまで来た。おまえがこれまで歩んできた道のりは、けっして楽なものではなかった。おまえの母親が犠牲になったときからずっと苦しんできたんだろう」将軍は目を細くすると、遠い過去を眺めるように、鏡面に映る青空と雲を見つめた。

「そうね。あの夜のことはまだ覚えてる。中秋節（旧暦の八月十五日）の夜、そう、土曜日だった。軍区の幼稚園にまだ残っていた子どもはわたしだけだった。庭の椅子に座って、幼稚園の先生にもらった月餅（中秋節に食べる習わしがある）を手に持っていた。まんまるの月が昇っていたけど、それを見ることもなく、ただ目を大きく見開いて、幼稚園の門をずっと見つめていた。幼稚園の先生がわたしに言った。『ほんとにいい子ね。お父さんは部隊に行ってしまったから、雲雲《ユンユン》のお迎えに来られないのよ。今晩は幼稚園で寝ましょうね』。わたしは答えた。『パパはいつもお迎えに来ない。来るのはママ』。すると先生は、『雲雲、お母さんは南の国境で戦死したから、お迎えには来られないのよ』と教えてくれた。そんなこと、とっくに知ってた。でも、一ヵ月以上なんとか持ちこたえてきた気持ちが、そのときいっぺんに切れちゃった。そのころ、わたしは、起きているときも、夢の中でも、いつも幼稚園の門を見つめていたのよ。違っていたのは、夢の中のママはいつもその門を通ってきたけれど、起きているときはそこにはだれもいなかったこと。……中秋節のその夜は、わたしの人生の転機になった。それまでのさびしさと悲しみが一瞬で恨みに変わった。恨んだのよ、ママの命を奪い、中秋節の夜でさえ子どもを幼稚園に預けっぱなしにしないといけないようにさせた人たちをね」

「一週間後、おまえを迎えに行ったら、おまえは二匹の蜜蜂が入った小さなマッチ箱を肌身離さず持ち歩くようになっていた。先生は、刺されるといけないと思ってマッチ箱をとりあげようとしたが、おまえは大泣きして、絶対に手放そうとしなかった。その剣幕がすごすぎて、先生はびっくりしていた」

「教えてあげる。その二匹の蜜蜂を訓練して、敵を刺してやろうと思っていたの。やつらが毒蜂でママを刺したようにね。あのころは、自分で考えた敵を殺す方法をパパに話して、大得意になってた。豚がなんでも食べると知ったときは、敵の住んでいる場所に豚を大量に送りこんで食糧を食べ尽くさせて、敵を餓死させるっていう作戦も考えた。ラッパの話もしたわよね。敵の家の外にラッパを置いておいて、夜中になったら自動的に怖ろしい音が鳴るようにセットする。そうやって敵を怯えさせて、眠れないようにして殺す。……ずっとそんなことばかり考えていた。わたしにとってはゲームみたいなもの。心から夢中になれるものだった。楽しくて、いつまでも飽きなかった」

「そんな娘のようすを見て、わたしは心の底から心配していた」

「そうよね。あのときパパは、話を聞き終えると、なにも言わずにしばらくわたしを見ていた。それから、書類の入った鞄から二枚の写真をとりだした。二枚とも同じ写真で、一枚は隅のところが焦げてて、もう一枚には褐色の痕がついてた。あとでそれが血の痕だとわかった。写真には三人家族が映っていた。両親はどちらも軍人だけど、着ている軍服はパパのとはだいぶ違ってた。当時のパパがまだ持ってなかったような肩章を着けていた。わたしと同じ年頃の女の子はとてもきれいだった。北方育ちのわたしが見たこともない、赤みを帯びた白い陶器みたいな、透きとおるようにきれいな肌をしていた。腰まで伸びた漆黒のロングヘアもとてもかわいらしかった。その子の母親もとても美人で、父親もかなりのハンサムで、ほんとうにうらやましいくらいの家族だった。だけど、パパは言った。親はどちらも敵側の軍人だ。二人ともわれわれの砲撃で戦死して、戦闘終了後、戦場を見てまわっていたとき、二人の死体から同じ写真が見つかった。真ん中にいるかわいい女の子は、お母さんとお父さんを同時に失ったんだって」

「それにこうも言ったぞ。おまえのお母さんを殺した敵は悪人とは言えない。彼らがそういうことをしたのは、軍人だからだ。自分の職責をまっとうしただけなんだ。お父さんも同じように軍人だし、戦場ではやはり、任務を遂行するために敵を殺す」

「覚えてる。パパ、もちろん覚えてますとも。一九八〇年代のことだから、当時の教育方針としてはかなり変わっていた。ふつうならとても認められないものだった。もしそれが噂にでもなっていたら、パパの軍歴にも傷がついたんじゃないかしら。パパはわたしの心の中にあった憎しみと恨みの種が芽を出さないように配慮してくれていたのね。そのことで、パパにどんなに愛されているかがあとになってわかった。だからいままでずっと感謝してきたのよ」

「しかし、役に立たなかった」将軍はため息をついた。

「そうね。当時のわたしはそんな軍人の職責に興味を持った。その職責が、たとえ殺し合っても、そのことで相手を恨まないようにさせている。でも、わたしには無理だった。やっぱり敵を恨んだし、どうしても蜜蜂で刺してやりたかった」

「それを聞いて、たまらなく苦しいよ。ひとりの子どもが母親の愛情を奪われた。そのさびしさと悲しみの中で生まれた復讐心は、簡単には拭い去れない。もし拭い去れるものがひとつだけあるとしたら、それは母親の愛情だろう」

「パパはそのことにも気がついていた。一時期、ある女性がよく家に出入りしていた。彼女はわたしによくしてくれた。とても気が合ったのよ。でもなぜか、新しいママには結局ならなかった」

将軍はもう一度ため息を吐いた。

「小雲《シャオユン》、あの当時のわたしは、ひたすらおまえのためを思ってたんだよ」

「日が経つにつれて、ママのいない生活にもだんだん慣れていった。心の中の幼稚な復讐心も、時間とともに薄れていった。だけど、あの楽しいゲームだけはやめられなかった。成長していく過程で、いろんな兵器を想像した。でも、兵器がほんとうの意味で生活の一部になったのは、あの夏休みからだった。小学二年生の夏、パパは海兵隊を組織するために南方に行くことになった。その知らせを聞いたわたしがすごくがっかりしているのを見て、パパはいっしょに連れていってくれた。ただ、部隊が駐留している場所は田舎だったから、まわりにはほかに子どもがいなかったし、パパは仕事で忙しかった。そんなとき、いつも遊んでくれたのがパパの部下や同僚だった。みんな野戦部隊の士官だったし、子どもを連れてきてる人はほとんどいなかった。士官たちがくれたおもちゃの中でいちばん多かったのは空の薬莢だった。いろんな大きさの薬莢がそろってて、それを警笛がわりにして遊んでた。一度なんか、あるおじさんが薬莢から弾丸をとりだしているのを見て、どうしてもそれがほしいって大騒ぎした。そのおじさんは、これは子どもが遊ぶものじゃない、子どもは弾丸がついていない空の薬莢で遊びさないって言うから、じゃあ弾丸を抜きとってからその薬莢をちょうだいって言った。だったら前にあげた空の薬莢と同じだろ、今度はもっとたくさんあげるから、とおじさんは言った。でもわたしは、弾丸を抜きとったその薬莢じゃなきゃいやだと言い張った」

「おまえはいつもそうだった。なにかほしくなると絶対にあきらめない」

「おじさんは仕方なく折れてくれた。でも、どうしても薬莢から弾丸が抜けなかった。それで実弾を撃つことにしたの。おじさんは弾薬を弾倉に戻してからサブマシンガンを持って外に出ると、空に向けて一発撃った。銃から飛び出して地面に転がる空薬莢を指さして『ほら、持っていけ』と言った。わたしはそれを拾わずに、目をまんまるにしてたずねた。『弾丸はどこに行ったの?』おじさんは、空高くまで飛んでいったよと答えた。わたしはまた質問した。『バンっていう音のあとのヒュンっていう音は、もしかして弾丸が飛んで行く音?』おじさんは、雲雲《ユンユン》はほんとうに利口だねと褒めてくれて、また空に向けて一発撃った。そのときまた、弾丸が空気を切り裂いて飛ぶ高い音が聞こえた。おじさんの話だと、弾丸のスピードはものすごく速くて、薄い鋼板なら貫くこともできるって。わたし、サブマシンガンの熱い銃身をさわってみた。そのうち、昔から遊びで想像してきた兵器が、とても弱くて無力なものに思えてきた。そして目の前にある本物の兵器に、抵抗できない魅力を感じるようになった」

「軍隊で生きる荒くれ男たちの目には、銃に興味を持つ女の子がかわいらしく見えたんだろう。だから、そのあともずっと、銃をおもちゃがわりにして、おまえを喜ばせてきた。当時の部隊では、弾薬の管理がいまほどきびしくなかったから、かなりの数の退役軍人たちが何十発も実弾を持ち出した。おまえの遊びに使うくらいの数はじゅうぶんあっただろう。しまいには、おまえに射撃までやらせるようになった。はじめのうちは、おまえが銃をかまえるのを手伝うだけだったが、その後はひとりで射撃をやらせるまでになった。わたしはそれを知っていたのに、あまり気にしていなかった。あの夏休みが終わるころ、おまえはサブマシンガンを地面に据えて連射できるくらいに上達していた」

「あのときのわたしは、ふつうの女の子が歌う人形を抱っこするみたいに銃を抱えて、発砲するときの振動を体に感じていた。そのあと訓練場で軽機関銃や重機関銃の射撃風景を見学した。わたしにとってあの音は耳に刺さる騒音じゃなくて、なんていうか、楽しい気分にさせてくれる音楽だった。……夏休みが終わる頃には、手榴弾の爆発音や無反動砲の砲声にも耳をふさがなくなってた」

「何日か休みがとれると、よくおまえを前線の部隊に連れていった。できるだけおまえと長く過ごしたいというのがいちばんの理由だった。軍は子どもがいるような場所ではないかもしれないが、すくなくともかなり単純でフェアな環境だから、そこで過ごしても害はないだろうと思っていた。それが大まちがいだった」

「そういう休みのあいだに、もっとたくさんの兵器に触れることができた。現場の将校や兵士はみんな喜んで兵器で遊ばせてくれた。みんな兵器に誇りを持っていたし、自分たちの子ども時代の記憶では、おもちゃのピストルがいつもナンバーワンの遊び道具だったから。安全にさえ気をつけていれば、子どもに銃の撃ちかたを教えるのは彼らにとっても楽しみだったのよ。だから、ほかの子たちがおもちゃの銃で遊んでいるとき、わたしは幸運にも本物の銃で遊ぶことができた」

「そうだ。あれはたしか、中国版の海兵隊が発足してまもないころ、すでに小火器を操れるようになっていたおまえは、戦車や重砲や軍艦など、たくさんの重火器の実弾訓練を見学した。おまえは海辺の山の上から、軍艦が対岸に向かって艦砲射撃を行うのも見たし、爆撃機が海上の目標物へ大量の爆弾を投下するのも見た……」

「いちばん印象に残っているのは、はじめて火炎放射器を見たときのことよ。轟々と燃えさかる炎の竜が浜辺に火の海をつくるのを見てすごく興奮した。そんなわたしに海兵隊の中佐がこう言った。『雲雲《ユンユン》、戦場でいちばん怖いのはなんだと思う？ 銃でも大砲でもない。じつは火炎放射器なんだ。南方の戦場でおじさんの戦友がこいつの火の尾っぽにちょっとだけ舐められた。そしたら体の皮がいっぺんに剝がれ落ちたんだ。なんとか生きてはいたものの、死んだほうがましな状態だった。野戦病院に担ぎ込まれたが、やつは隙を見て、ピストルで自分の命にケリをつけたよ』

この話を聞いて頭に浮かんだのは、病院で見たママの最期だった。全身の皮膚がただれ、指は真っ黒に腫れ上がり、自死しようにも、ピストルを握ることとさえ不可能だった。……こんな体験をした人は、一生、兵器を遠ざけるかもしれない。でも、逆に兵器に夢中になってしまう人もいる。それがわたし。おそろしいマシンはある種のパワーを秘めている。それは麻薬みたいにわたしを魅了して放さなかった」

「小雲《シャオユン》、おまえが兵器に耽溺していることは、以前からうすうす勘づいていた。だが、あの海岸の訓練場で行った射撃訓練のときまで、さほど気にかけていなかった。あの射撃訓練は、海上から砂浜に迫ってくる敵を軽機関銃で迎え撃つというものだった。あれは非常にむずかしい訓練だった。海上のターゲットは揺れ動いて不安定だし、軽機関銃を砂浜に据えて射撃する場合、支えとなる二脚がすぐ砂に沈み込んでしまう。結果、隊員たちの成績はやはり思わしくなかった。中隊長を務める大尉は隊員をこう怒鳴りつけた。『おまえたちはほんとうにどうしようもない落ちこぼれだな。小さな女の子にも劣る！　さあ、雲雲、このクズどもに銃の撃ちかたを見せてやれ！』」

「それでわたしは砂浜に這いつくばって、弾帯二つを撃ち尽くした。射撃の成績はとてもよかった」

「あのとき、火を吐く機関銃がおまえの白くやわらかい腕をかすかに振動させていた。十二歳の女の子の腕を。薬室から出たガスが小さなひたいにかかる前髪を揺らし、大きな瞳には銃口炎が映っていた。目に宿るのは、弾けるような喜びと興奮……。小雲《シャオユン》、あれはほんとうにショックだった。心底ぞっとしたよ。自分の娘がこんな怪物になっているとは思いもしなかったから」

「パパはわたしを引きずり起こした。海兵隊員たちがやんやの喝采を送るなか、わたしの手をひっぱって歩き出し、まわりの全員に向かって怒りの言葉を投げつけた。もう二度と娘を銃に触れさせるな、と。あんなに怒ったパパを見たのははじめてだった。それ以降、パパはもう二度とわたしを部隊に連れていくことはなかった。家にいるときは、できるだけわたしといっしょに過ごす時間をつくってくれた。たとえ仕事に支障が出たとしてもね。そして音楽や美術や文学に触れさせた――とっつきやすいものからはじめて、やがてはどんどん深く古典に入り込んでいった」

「おそろしいものに魅惑されるのではなく、ノーマルな美的感覚を身につけてほしかったんだ」

「そう、そしてパパはやり遂げた。きっとパパにしかできなかったと思う。あの当時のパパの同僚に、そんな能力のある人はだれもいなかったはず。パパの広く深い教養はわたしがいちばん尊敬するものだった。わたしの教育に心血を注いでくれたことに対して、言葉では表せないくらい感謝してる。パパはわたしの心に美の種を播いたつもりだったかもしれない。でもパパは、それがどういう土壌なのかよくわかっていなかった。その土壌は、もう変わりようがなくなっていたのよ。そう、成長とともに、わたしの音楽、文学、美術に対する知識と感性はどんどん深まっていった。同年齢の若者たちよりずっと鋭くなった。でも、そうやって磨かれた感性がいちばん大きな意味を持ったのは、より高いレベルで兵器の美を感じとれるようになったことだった。情操を豊かにする美なんて、弱くて無力なもの。ほんとうの美は、内在する力に支えられるべきもの——恐怖とか残酷さとか、心を刺し貫くような感覚によって具現化されるべきもの——だと強く思った。そういう美から力を得ることもできるし、死ぬ可能性もある。兵器こそ、その美を最高のかたちで具現したものだと悟った。そのときから、兵器に対する思いは美学と哲学の領域にまで広がった。それが高校に入る頃のこと。その変化を悪く思わないで。パパの助けのおかげで実現したんだから」

「だが、小雲《シャオユン》、おまえはどうしてこんな人間になってしまったんだ？　兵器がおまえを血も涙もない人間にしたとしても、どうしてこれほどまで変わってしまったんだ？」

「わたしが高校に入学したあと、パパといっしょに過ごす時間がどんどん減ってきたでしょ。国防大学に入ったあとは、接触する機会がもっと少なくなった。だからその期間に起こったことについて、パパはなにも知らない。たとえば、ママに関係することでも、パパにはまだなにも言ってないことがある」

「おまえの母親に関係することだと？　母さんが亡くなってもう二十年以上になるのに」

「ええ。でもそのことで、わたしは大きな影響を受けた」

　そして、砂漠の寒風が吹きすさぶなか、流れる雲に覆われた空と巨大な鏡にはさまれたその場所で、許《シュー》准将と丁儀《ディン・イー》は、林《リン》将軍といっしょに恐ろしい話を聞かされることになった。

「これはパパも知っているかもしれないけど、南の戦場でママを殺したあの毒蜂は、現地に生息している種じゃなくて、本来はもっと高緯度に生息している種だった。それ自体、おかしなことでしょう。戦闘の前線になっていた熱帯雨林には、蜂なんかいくらでもいたのに、どうしてわざわざはるか遠くの北方の蜂を兵器にしなければならなかったのか？　それに、その種は、ごくふつうの蜂だった。群れをつくって人間を追いかけて刺すなんて本来ありえないし、そんなに強い毒性もない。でも、同様の攻撃はそれ以降も前線では何度か起こったし、死傷者も出た。ただ、戦争はほどなく終結したから、その件はそれほど大きな注目を集めなかった。

わたしが修士課程で勉強していたときのことなんだけど、ジェーン年鑑のウェブサイトに兵器に関する掲示板《BBS》があって、よくそこにアクセスしていたの。三年前、そこであるロシア人女性と知り合った。自分の情報はあまり教えてくれなかったけど、話の内容からしてアマチュアの兵器愛好家のはずはなく、かなり優秀な専門家に違いなかった。彼女の専門はバイオエンジニアリングで、わたしの専門とはかなり関係が薄かった。でも、新概念兵器の理論について深い鑑識眼を持っている人で、とても気が合った。だからそのころからずっとつきあいがあって、ネット上で何時間も話しつづけることもざらだった。知り合って二カ月ほどしてから、ある国際的な機関が実施するインドシナ半島でのフィールドワーク――ベトナム戦争で使用されたアメリカ軍の化学兵器が地域の生態系に与えた長期的影響に関する調査――に参加するんだけど、いっしょに来ないかと誘ってくれた。たまたまちょうど休暇中だったから、ほんとうに行ってみることにした。ハノイで対面した彼女は、想像とは違って、四十過ぎの細身の女性だった。ロシアの女性はふくよかなイメージがあったけど、そうじゃなかったし、年齢を感じさせない美しさ――心の奥底に深く根づいているような、そんな美しさがあった。いっしょにいると、あたたかくていい気分になれた。わたしたちが参加した調査隊は、骨の折れるフィールドワークをはじめた。たとえば、アメリカ軍が枯葉剤を散布したホーチミン・ルート（北ベトナムから南ベトナム解放民族戦線に戦略物資などを運ぶ、総延長二万キロにも及ぶベトナム戦争当時の輸送路）にも行ったし、化学兵器の痕跡が見つかったラオスの密林にも足を延ばした。そうやって活動をともにするうち、彼女がとても仕事熱心な女性だとわかってきた。いつも一種の使命感や献身的な態度で仕事にとりくんでいた。唯一の欠点は、酒癖が悪いところかしら。いつもとてつもない量を浴びるように際限なく飲んだ。わたしたちのあいだにはすぐに友情の絆が結ばれた。何度かそうやっていっしょに飲んだあと、彼女は自分の経歴について途切れ途切れに話してくれた。

その話から、ある事実を知ることができた。ソ連時代の一九六〇年代初頭、彼らの国には新概念兵器の研究機関がとっくに設立されていた。〝総参謀部装備長期企画委員会〟という名前だったはず。彼女と夫は、その機関の生物化学部門に勤めていた。いったいどんな研究を行っていたのか知りたかったけど、どんなに酔っぱらっていてもそこはしっかりしていて、ひとことも秘密を洩らすことはなかった。やっぱり軍の機密研究機関で長く働いてきた人だなという感じだった。それでも、しばらく経ってからしつこく質問していたら、ちょっとだけ教えてくれた。機関がかつて行っていた研究のひとつは、特殊能力者を対象とするものだったらしいの。実験では、おびただしい数の特殊能力者たちを使って、深海に潜む北大西洋条約機構《NATO》軍の原子力潜水艦を発見しようとしていた。まあ、このことはもうとっくに秘密でもなんでもなくなって、まともな科学者のあいだでは笑い話になってるけど。だけどそのことからも、機関の研究方針が柔軟性に富んでいることがわかるでしょ。3141基地の硬直ぶりとは正反対。

冷戦が終わってから、この研究機関は解散した。当時の軍の置かれた状況は悲惨なものだったから、研究者たちはみんな軍服を脱ぎ、一般社会で生きていこうとした。でもすぐに、簡単なことじゃないと気づいたんだって。その機に乗じて、似たような西側の研究機関が高待遇で人材を集めはじめていた。彼女の夫は退役してすぐにデュポン社から条件のいいオファーを受けたそうよ。会社側からは、希望するなら、彼女も同様の待遇で受け入れるとの申し出があった。ただ、それには条件があって、新概念兵器の研究資料を提出することを求められた。それについて、夫婦のあいだで激しい対立が生じた。彼女は夫にこんなふうに言った。自分も現実的なタイプだし、いまの貧困状態から抜け出したいと思っている。快適な家やプール付きの別荘を持ちたいし、毎年スカンジナビアでバカンスを楽しみたい。ひとり娘にいい教育を受けさせたい。ひとりの科学者として、会社側が提供するすばらしい研究環境はとても魅力的に見える。もし自分が民間の研究者あるいは一般的な軍事プロジェクトの研究者だったら、なんのためらいもなかった。でも、自分たちが研究していたのは、公開して学術的な交流ができるような、純粋に概念的な兵器ではなく、実用化目前の兵器だった。技術的には超最先端にある、巨大な軍事的破壊力を秘めた兵器。次の世紀には、各国間の軍事バランスさえ変えてしまう可能性がある兵器だった。人生の長きにわたって心血を注いで研究してきた兵器が、祖国に対して使われる日なんて、絶対に見たくない。そう訴える彼女に、夫は祖国ってどこのことだよと言って笑った。彼のルーツはウクライナ、彼女のルーツはベラルーシだったから。彼女の心の中の祖国はもういくつにも分裂していて、それらの国同士がたがいに敵国になっていた。結局、夫は娘を連れて彼女のもとを去っていった。それ以来、彼女の生活は孤独なものになった。

その話を聞いて、さらに親近感が増した。それで打ち明けたの。わたしは五歳のときに戦争で母を亡くして以来、記憶の中の母と暮らしている。頭の中にいる母はとても若い。歳月の流れを考えて、年をとった母の姿をイメージしようとするんだけど、最近まで、どうしても想像できないでいた。でもこうしてあなたと出会ったことで、母のイメージがクリアになった。もしいまも生きていたら、きっとあなたにそっくりなはずだ、って。その話を聞くと、彼女はわたしを抱きしめて大声で泣いた。泣きながら話してくれた。六年前、彼女の娘とその恋人がドラッグを過剰摂取して、ラスベガスの超一流ホテルで死体になって見つかったことを。

帰国してから、彼女とはたがいのことをもっと気にかけるようになった。球電のことで陳《チェン》博士とシベリアに行ったときは、モスクワ滞在中に、彼女に会いにいった。あのときの彼女の驚きと喜びといったら。パパにだって想像できるでしょ。彼女はあいかわらずひとりで、寒いアパートにいた。お酒の量は以前よりもっと増えて、一日じゅう酔っぱらっていた。そして、わたしを見ながらずっとこう言っていた。あなたに見せたいものがある。見せたいものがある、って。……彼女が古い新聞紙の山をどけると、その下から、変わったかたちの密閉容器が出てきた。超低温の液体窒素を収めた容器だそうで、彼女はわずかな退職金のほとんどを、その容器に定期的に補充する液体窒素代に使っているというの。家の中にこんなものを置いておくなんて、ほんとうにびっくりだった。中になにが入っているのかたずねたら、二十年以上にわたる血と汗の結晶だという答えだった。

彼女はそれについて説明してくれた。一九七〇年代初頭、ソ連の新概念兵器研究機構によって、世界的な規模である調査が実施された。調査内容は新概念兵器に関するアイデアと実践情報の収集。アイデアについて言えば、その対象範囲はかなり広範なものだった。その専門の情報機関は言うまでもなく、公用で出国する人はみんなこの任務を帯びていた。そしてこの活動は、ときには笑い話になるくらいだったそうよ。たとえば、機構のある部門の研究者は、『００７』シリーズをくりかえし鑑賞していた。００７が所持する奇抜な小道具から、西側の新概念兵器に関する手がかりを少しでもつかもうと考えたのね。それとはべつに、実践情報の収集活動もあった。世界各地の実際に戦闘が行われている場所で、新概念兵器の使用状況を知ること。当時、まず目をつけたのがベトナム戦争だったのは当然のなりゆきだった。たとえばベトコンが使った、竹槍を植えた落とし穴とか。もちろん、それらの兵器の戦場における効果も子細に観察した。彼女の所属部門が最初に注目したのは、ゲリラ兵が南方で使用していた蜂の兵器。機構は報道でそれを知って、調査のために彼女をベトナムに派遣した。当時のアメリカはベトナムを放棄しようとしていたし、サイゴン政権はもう少しで崩壊するところだった。そんな中、ベトコンによる南方でのゲリラ戦は、すでに大規模な戦争に拡大していた。そんな状況では、調査対象だった奇抜な作戦は、自然と見られなくなっていた。それでも彼女はいろんなゲリラ兵に取材して、蜂の兵器が戦場でどのような効果を発揮するのか、詳細に調べたんだって。その結果、報道は大げさだったことがわかった。かつて蜂兵器を使用したゲリラの証言によると、その種の兵器にはほとんど殺傷効果がないとのことだった。仮にそれがなにか効果を持つとしても、それは一〇〇パーセント心理的なものにすぎない、米軍の兵士たちに、怪異に満ちた異国の地に侵入していることを実感させるだけのことだ、と。

でも、彼女はこれに強く触発されて、帰国後、機構の研究室で、蜂の遺伝子組み換え実験を実施した。これは世界ではじめての遺伝子工学の応用研究だったとされている。最初の数年間は、なんの成果も上がらなかった。当時、世界の分子生物学はまだまだレベルが低く、中でもソビエト連邦の遺伝子科学は、政治的な圧力により、世界からさらに大きくとり残されていた。ようやくブレイクスルーを成し遂げたのは一九八〇年代に入ってからだった。毒性と攻撃性がきわめて強い蜂を生み出すことに成功し、国防大臣のヤゾフ元帥もその実験の視察に来たんだって。実験では、たった一匹の攻撃蜂が雄牛一頭を殺した。元帥にはそれが大きな衝撃だったらしく、プロジェクトをとり仕切っていた彼女は、その功績により、赤星勲章を授与されたとか。その後、プロジェクトには巨額の予算が配分されて、実戦に即した攻撃蜂を開発するため、さらに高度な研究が進められた。最初の進展は、標的の識別に関する研究開発。新たに生み出された蜂はある種の化学物質にきわめて敏感で、ごく少量を体に塗布するだけで、味方が誤って刺されることがなくなった。次に、攻撃蜂の毒性に関しても大きな進展があった。毒性がきわめて強く、刺されれば即死するような既存のタイプのほかに、毒性のレベル次第で死ぬまでに五日から十日かかり、それによって敵側に与えるダメージが大きくなる、そんな蜂も誕生した。……液体窒素の容器には、そういう攻撃蜂十万匹分の胚細胞が納められていたのよ」

ここまで話すと、林雲《リン・ユン》は息を長く吐いた。その声は少し震えている。

「この話を聞いたとき、わたしがどう思ったか想像できるでしょ。目の前が真っ暗になり、倒れそうだった。でも、わずかな希望を抱いて彼女にたずねた。それ、実戦で使われたことはあるんですか、と。実際のところ、答えはとっくにわかっていた。彼女はわたしの表情にまるで気づかず、興奮したように言った。カンボジア・ベトナム戦争や中国との国境紛争に明け暮れていた当時のベトナム人は、ソビエト連邦に際限なく兵器供与を求めていた。ソ連共産党政治局はそれを面倒に思って、かたちだけの対応をしていたみたい。当時のソ連共産党書記長は、来訪したベトナム共産党中央委員会書記長のレ・ズアンに対し、最先端の兵器を提供することを約束した。その兵器が攻撃蜂だったというわけ。政府は彼女に十万匹の攻撃蜂を持たせてベトナムへと向かわせた。首を長くして待ちわびていた最先端の兵器がただの蜂の巣だったのを見て、ベトナム人がどんなに腹を立てたかは想像できるでしょ。ソ連人は、血まみれで最前線に立つ同志を欺いた、厚顔無恥なやつらだと、ベトナム人は思った。

実際、当時のソ連の最高指導部が、ベトナム人なんか適当にあしらっておけばいいと思っていたのはたしかだけど、彼女自身は、べつにこれは詐欺でもなんでもない、ちゃんとした最新兵器の供与だと思っていた。当時のベトナム軍は、攻撃蜂の威力をろくに理解していなかったけれど、それでも蜂を前線に送った。人民軍情報部（原注　ベトナム軍事諜報機関）から選抜した特殊部隊に攻撃蜂を携行させたのよ。実戦投入の前に、彼女は特殊部隊を訓練し、前線にも同行した。

……その話を聞きながら、わたしは心の中で慄《おのの》いていた。そして、『それはどの前線だったんですか？　もしかしてカンボジアの前線ですか？』とたずねた。そのときのわたしは、まだ一縷の望みを抱いていた。だけど、彼女の答えはこうだった。ベトナム軍はカンボジアの戦場では絶対的に有利な状況だったから、カンボジアではない。攻撃蜂が投入されたのは北部戦線。あなたたち中国人に対抗するためよ。

恐怖に目を見開いて、わたしはまたたずねた。『中越国境に行ったんですか？』と。そう、彼女は行った。もちろん最前線には出ていないものの、ランソン（ベトナム北東部に位置し、中国広西チワン族自治区と国境を接する）まで同行した。そこで痩せこけた若い兵士たちが味方識別用の薬剤を襟に塗り、五人ひと組になって、二千四の攻撃蜂を携え、前線へと出発するのを見送ったと……。

このときになって、彼女はやっとわたしの異変に気づいて、『どうしたの？』とたずねた。『わたしたちが行った攻撃はどれも試験的なものだったから、戦争終結までに中国側の戦死者は数人しかいなかったはずよ』

彼女の口調はいたって気楽で、まるでサッカーの試合の結果について話しているみたいだった。もしもこれが気の置けない二人の軍人同士の会話だとしたら、わたしの反応はたしかにおかしかった。もしそうなら、たとえ珍宝島《ちんぽうとう》事件（一九六九年に起きた中ソ国境紛争。別名、ダマンスキー島事件）のことでも笑って話せるはずだから。でもわたしは、ママの死のいきさつを話したくなかった。だから、びっくりした目で見ている彼女にかまわず、外に飛び出した。彼女は追いかけてきてわたしを抱きとめ、なにがいけなかったのか教えてほしいと懇願した。その腕を乱暴に振り払って、寒々とした大通りをあてもなく歩きまわった。その夜、降りしきる雪の中、わたしはこの世界がどんなに残酷かを噛みしめた。数時間後、酔っぱらいを収容する警察車両に乗せられて、ホテルに連れ戻された……。

　帰国後、彼女からメールが届いた。それはこんな内容だった。『雲《ユン》、なにがあんなにあなたを傷つけてしまったのかわからない。あなたが去ってから、何日も眠れなかった。いろいろ考えたけど、やっぱりわからない。ただ、攻撃蜂と関係があるのは確実ね。あなたがふつうの女の子なら、こんな話はしないけど、でも、あなたは新概念兵器の研究開発を担当する軍人で、わたしと同じものを追求している。だから、なにもかも打ち明けることにする。あなたが泣きながら去ったあの夜、わたしの心は千々に乱れ、痛みに苦しんだ。家に着いてから、あの液体窒素の容器の蓋を開けて、蒸発する液体窒素がつくる白い霧が空中を漂いながら消えていくのをずっと見つめていた。研究機構が解散したときの混乱で、百万にものぼる攻撃蜂の胚細胞が管理上の問題で死滅した。あなたが見た容器に納められていたのは、この世界にかろうじて残された胚細胞。あの夜、液体窒素がすべて蒸発していたら、いくらロシアの冬が寒くても、胚細胞はたちまち死滅していたでしょうね。そのときわたしが壊そうとしたのは、自分自身の二十年間の血と汗の結晶、青春の夢だった。そこまでしようとしたのはなぜだと思う？　実の娘よりもかわいい中国人の女の子がその兵器を恨んでいたからよ。白い霧が消えていくにつれて、寒々としたわたしの部屋はさらに寒くなった。そしてその寒さがわたしの目を覚ましてくれた。ふいに気づいたの。容器に納められているのはわたし個人の所有物ではないって。数十億ルーブルの研究資金が投じられ、ソビエト連邦の人民の血と汗によって開発されたものなのよ。それを思って、容器の蓋をまたかたく締めた。これからわたしは、命をかけてこれを守る。そして最後は、渡すべき人に渡す。

雲、わたしたちは女性です。でも、二人とも理想と信条のため、祖国のために、女性が進むべきではない道、女性がめったに歩かない道を歩いてきた。わたしはこの道をあなたより長く歩いてきた。だからその道の険しさもわかっているつもり。いちばん無力で無害だと思われてる力も含めて、自然界に存在するさまざまな力は、生命を破壊する兵器に変わる可能性を秘めている。一部の兵器が備えている残酷な恐怖は、自分の目で実際に見ないかぎり、とても想像できないほど。でも、わたしには――母親に似ているとあなたが言ってくれた女性として――言っておかなければならないことがある。それは、わたしたちの歩んできた道はけっしてまちがいではなかったし、わたしは自分の人生に少しも後悔などしていないということ。いまのわたしと同じ年齢になったとき、あなたもそうであってほしい。雲《ユン》、わたしはもうすでにあなたが知らない場所へと引っ越しました。今後はもう、あなたに連絡はしません。さよならを言う前に、あなたに贈りたいものがある。それは意味のない祝福の言葉なんかじゃない。祝福なんて軍人にとってはまったく意味がないものよね。わたしが贈りたいもの、それは警告。恐怖の兵器、それはいつかあなたの同胞や家族に、あるいはあなたが抱いている赤ちゃんのやわらかい肌の上に降りかかってくるかもしれない。それを防ぐ最善の方法は、いまの敵や将来の敵よりも早く、その兵器をつくりだすこと！　雲、これこそ、わたしがあなたに与える祝福です』」

こうして林雲《リン・ユン》は、心の奥深くにずっと秘めていた気持ちを吐露した。まわりの人たちがこの話にショックを受け沈黙しているのに対し、彼女はすっかり晴れやかな気持ちになっているようだった。このとき、夕陽は西の空に傾き、砂漠はまた黄昏の時を迎えていた。巨大な鏡に映る夕焼けが、人々の体に輝く金色の縁どりを与えている。

「小雲《シャオユン》、もう、ことは済んでしまった。わたしたちにできるのは、それぞれが自分の責任を負うことだけだ」

林《リン》将軍はゆっくりと命令を下した。

「肩章と襟章を外せ。おまえはいまや犯罪者で、もう軍人ではないのだから」

このとき、太陽は地平線の向こうに落ちるところだった。暗く沈みかけた巨大な鏡は林雲の瞳にも似ている。彼女の悲しみと絶望は、夜の帳が下りはじめたこの砂漠と同様、果てしないに違いない。林雲を見つめる丁儀《ディン・イー》の耳に、彼女が張彬《ジャン・ビン》の墓碑の前で話した言葉が甦った。

『わたしは軍の中で育ったんです。生きていけるかどうかわからない――ほかの場所では。それに、ほかの人とも』

林雲は左肩にある少佐の肩章に右手を伸ばした。しかしそれは、肩章を外そうとしているのではなく、それにさわろうとしているように見えた。

丁儀は、彼女の上げた腕が軌跡を残していることに気づいた。

林雲の手が肩章に触れたとき、あたかもすべてが静止したようだった。それがこの世界に残された彼女の最後の姿だった。つづいて彼女の体が透きとおり、すぐにきらきら輝く姿に変わった。最後に、量子状態になった林雲は消失した。

黄色の森の中で、道が二手に分かれていた。
残念なことに、二つの道を同時に歩むことはできない。
だから、人があまり通っていないほうを選んだが、
そのおかげで人生はまったく違うものになった。

終　戦

丁儀《ディン・イー》がすべてを語り終えたとき、空はもう明るくなっていた。戦火のなか、街がまた新たな朝を迎えたのだ。

「つくり話が上手ですね。ぼくのことを慰めるつもりなら成功ですよ」ぼくは言った。

「いまのがつくり話だと本気で思ってるのか？」

「では、あなたがたが観察しているのに、量子状態の林雲《リン・ユン》はなぜそんなに長いあいだずっと収縮しなかったんですか？」

「実際、最初にマクロ量子状態を発見したときから、ずっと考えてきたんだが、意識を持つ量子状態の個体と、意識の存在しない通常の量子状態のものとのあいだには決定的な違いがある。これまで、前者の波動関数を考えるとき、きわめて重要なパラメーターを忘れていた。具体的に言えば、観察者の存在だ」

「観察者？　だれのことですか？」

「量子状態の個体自身のことだ。通常の量子状態の粒子と違って、意識を持つ量子状態の個体は自分で自分を観察できるからね」

「なるほど。じゃあ、その自己観察はどんな作用を起こすんです？」

「もうわかってるだろ。ほかの観察者の存在を打ち消し、収縮しない量子状態を維持する」

「その自己観察は、どんなふうに行われるんですか？」

「きっと、きわめて複雑な感情的プロセスだろうね。ぼくたちには想像もつかないような」

「じゃあ、彼女はまた戻ってくると？」ぼくは大きな期待を込め、いちばん重要な質問をした。

「たぶん、それはないだろう。マクロ核融合エネルギーと量子共鳴を起こした物体は、共鳴が完成したあとの一定時間、破壊された状態の確率より、存在している状態の確率のほうが高くなる。だから、マクロ核融合の進行中、ぼくらは確率雲を見ることができた。しかし、時間が経つにつれて量子状態は崩壊する。そして最終的に、破壊された状態の確率が存在している状態の確率よりも高くなる」

「ああ……」心の奥深くから声が洩れた。

「しかし、存在している状態の確率がどんなに小さくなったとしても、ゼロではない」

「一縷の希望みたいに」ぼくは憂鬱な気分を吹き飛ばそうとベストをつくした。

「そのとおり。一縷の希望みたいに」丁儀《ディン・イー》が言った。

そんな丁儀の言葉に呼応するかのように、窓の外から喧騒が伝わってきた。窓際に歩み寄って建物の下を見ると、たくさんの人々が表に出ている。さらにもっと大勢が建物からぞろぞろ出てくるところだった。数人ずつ集まって、興奮したようになにごとか話している。いちばん驚いたのは、彼らの表情だった。だれもが輝くような笑みを満面に浮かべている。太陽がもう昇ってきて、顔を照らしているのかと思うくらいだった。戦争勃発以来、こんな笑顔を見るのははじめてだった。しかも、これほど多くの人間がいっぺんに笑顔になるなんて。

「ぼくたちも下に行ってみよう」丁儀はそう言いながら、半分だけ残っている紅星二鍋頭酒の瓶をデスクからとった。

「酒なんかどうするんです？」

「下に行ったらたぶん酒が必要になる。もし勘違いでも、笑わないでくれよ」

建物を出ると、すぐに群衆のひとりがこちらに駆け寄ってきた。高波《ガオ・ボー》だった。どうしたのか訊いてみた。

「戦争が終わった！」高波《ガオ・ボー》は大声で叫んだ。

「えっ？　降伏したってことですか？」

「こっちが持ちこたえたんだ！　敵の軍事同盟はもう崩壊した。向こうは各国が一方的に停戦を宣言し、軍を撤退させている。おれたちは勝ったんだ！」

「夢でも見てるんじゃ？」そう言って、高波から丁儀《ディン・イー》に視線を移したが、丁儀に驚いたようすはまったくなかった。

「おまえのほうこそ夢を見てたんじゃないか。みんなひと晩じゅう、交渉の進展に釘づけだったんだぞ。いったいなにをしてた？　まさか、眠りこけてたのか？」高波はそう言うなり、有頂天の顔でまた群衆の中に消えていった。

「もしかして、これを予想していたんですか？」丁儀に聞いてみた。

「ぼくにそんなことが見通せるはずないだろ。だが、林雲《リン・ユン》の父親はとっくに予見していた。林雲が消えたとき、将軍はもうすでに、このマクロ核融合が戦争を終結させるかもしれないと言ってたよ」

「どうしてですか？」

「実際、簡単な話だよ。ＩＣチップ破壊の災厄について、真実が公表されたとたん、全世界がひっくり返ったんだから」

ぼくは笑いながらかぶりを振った。

「そんなのありえないでしょう。この国が保有している大量の熱核兵器にさえ、だれも驚かないのに」

「これと熱核兵器とは話がべつだ。きみは、ある可能性を見逃している」

ぼくは当惑の表情で丁儀を見やった。

「想像してみてくれ。もしぼくらがすべての核爆弾を自分たちの国土で爆発させたらどうなる？」

「そんなことをするのは莫迦だけでしょう」

「しかし、マクロ核融合の場合は話が違ってくる。ICチップを破壊できる弦をぼくらが大量に持っていると仮定する。たとえば、百本以上も保有しているとしよう。それを自分たちの国内でつづけざまにマクロ核融合させたら、それでも莫迦だと言って済ませられるかい？」

丁儀のヒントで〝ある可能性〟がなんなのか、すぐに気がついた。いま、同じタイプのマクロ原子核によるマクロ核融合が同じ地点で二度起こったとしたら、いったいどうなるか。一度めの核融合で周囲のICチップがすでにぜんぶ破壊されているので、二度めの核融合の放出エネルギーはそのエリアでは減衰しない。放出エネルギーは一度めでICチップが破壊されたエリアを素通りして、その外側のもっと大きな範囲に広がり、ICチップをさらに破壊することになる。放出エネルギーは、遭遇するICチップすべてを焼き焦がし、完全に尽きるまで拡散をつづけるに違いない。そこから類推すると、同じ地点でつづけざまにマクロ核融合を起こすことで、その放出エネルギーを世界の隅々までいきわたらせることが可能になる。マクロ核融合エネルギーにとって地球は素通しの球体であり、拡散をさえぎることは不可能だ。弦が十本もあれば、全世界を一時的に農耕時代まで引き戻すことさえできる！

ICチップを破壊するマクロ核融合は、地球という巨大なハードディスクをまるごと初期化することができる。先進国ほど受けるダメージが大きくなるわけだが、情報化社会をとり戻そうとする中で、さらに流動的で変則的な新世界秩序が形成される可能性もありえる。

この点がはっきりした結果、夢ではなく現実に戦争が終結したのだとわかった。心の糸がぷつんと切れてしまったように両ひざの力が抜け、ただ茫然と地面に座り込んで、太陽が昇るまでずっとそのままの姿勢でいた。けさはじめて射した陽光が、わずかなぬくもりを伝えてくれる。ぼくは顔を覆って泣き出した。

周囲の歓喜の波は、どんどん勢いを増している。ぼくも涙を流しながら立ち上がった。

丁儀《ディン・イー》はとっくに喜びに沸く人々の渦に呑まれ、どこにいるのかもう見当がつかない。だれかがぼくに抱きついてきたし、ぼくもだれかに抱きついた。このすばらしい朝、数えきれないほどのハグがくりかえされていた。しばらくして歓喜の熱が少しおさまると、自分がいまハグしているのがひとりの若い女性だと気づいた。二人ともぱっと離れ、相手の顔を見て、そしてあっと驚いた。

顔見知りだった。その昔、深夜の大学図書館でぼくに話しかけてきたクラスのマドンナ。目的に対する執念が強いと決めつけ、なにを求めているのかと質問してきた、あの娘だ。しばらく考えて、やっと名前を思い出した。戴琳《ダイ・リン》だ。

量子の薔薇

二ヵ月後、ぼくと戴琳《ダイ・リン》は結婚した。

戦後、人々の生活スタイルは伝統的なものへと顕著に回帰した。独身者たちは次々に家庭を持ち、共働きで子どもがいなかった夫婦たちも次々に子どもをつくった。戦争を経験したおかげで、人々はかつてあたりまえだった暮らしぶりを大切にするようになったのだ。経済の回復はゆるやかで、日常生活はまだかなり苦しくきびしかったが、同時にあたたかみのあるものだった。大学を卒業してからのことをぼくが戴琳に話すことはなかったし、彼女もそれを訊こうとはしなかった。過ぎ去った時間の中で、ぼくたちはふたりとも、思い出したくない過去を抱えているのは明らかだった。戦争がぼくたちに教えてくれたのは、ほんとうに関心を持つべき価値は現在と将来にあるということだった。半年が過ぎ、ぼくたちは子どもを授かった。

***

この期間、平凡だけれどあわただしいぼくたちの日常を邪魔した唯一の出来事は、あるアメリカ人の来訪だった。名前はノートン・パーカー、天文学者だと自己紹介し、ぼくが自分のことを知っているはずだと言った。彼がSETI@homeプロジェクトのことに言及した時点ですぐに思い出した。彼は以前、地球外知性探査プロジェクトの責任者だったのだ。ぼくと林雲《リン・ユン》はかつて彼らの分散型データベースシステムに侵入し、自分たちの球電数理モデルをこっそりそこに置いて、計算資源を借用した。そんな体験は、いまふりかえるともはや遠い昔の出来事のように感じる。現在、初期の球電研究のいきさつはとっくに世間に知られていた。だから、パーカーがぼくを探し当てるのもそれほど困難ではなかったはずだ。

「たしか、もうひとり女の子がいなかったか？」パーカーはたずねた。

「もうこの世にいないよ」

「戦争で死んだのか？」

「……そうとも言える」

「戦争なんてくそくらえ。……ここに来たのは、おれが担当している球電の応用プロジェクトを紹介するためだ」

かつて機密だった球電に関する情報は、現在すべて公開されていた。そのため、マクロ電子の収集と、それを励起して球電とすることはもはや大量生産型の作業と化していたし、患者の体内の癌細胞をほかの組織を損傷せずに焼灼する技術など、球電が備えている数々の不可思議な特性を活用する研究も民間で精力的に推し進められている。だが、パーカーが説明するプロジェクトは、もっとシュールな内容だった。

「おれたちは球電に起因するある特殊な現象を見つけ出し、観測している。観察者がいなくても、マクロ電子が量子状態ではなく、波動関数が収縮した固有状態を維持している場合があるんだよ」

ぼくは納得できなかった。

「そんな現象は幾度となく発見されてきた。でも結局のところ、発見されにくい観察者がどこかにいたんだ。いちばん印象に残っているのは、射撃演習場での出来事だ。あとになってわかったことだが、あのとき球電を収縮させた観察者は、軌道上の偵察衛星だった」

「まさにそれが理由で、おれたちはもう使われていない廃坑みたいなところ、つまり、あらゆる観察者の目から完全に遮断された場所で実験することにした。すべての観測設備と人間を坑道から出して、いかなる観察者も存在しない環境にしてから、その中に設置した球電加速装置を無人で動かし、標的を射撃する実験を行った。そしてその着弾点を観察することで、実験時、球電が固有状態にあったかどうかを確定しようとしたわけさ」

「実験の結果は？」

「いままで計三十五箇所の坑道で実験したが、大部分は正常な結果を示している。だが、そのうち二回の実験では、坑道に観察者が存在しないにもかかわらず、球電はずっと収縮したままの固有状態を維持していた」

「では、その結果が量子力学に疑問をつきつけていると？」

「いやいや」パーカーは笑って首を振った。「量子力学に問題はないよ。でも、おれの専門を忘れていないか。おれたちは球電を使って異星人を探してるんだよ」

「は？」

「坑道での実験に、人類の観察者も、人類の関わる観測機器も存在しない。それでも球電は依然として収縮した固有状態にある。この状況は、人類とはべつの観察者の存在を仮定しなきゃ説明できない」

がぜん興味が湧いてきた。

「だとしたら、地殻を透視できるくらい強力な観察者がいるってことになる」

「それが唯一の合理的な解釈だ」

「その二つの実験は、もう一度再現できる？」

「いや、いまはもう不可能だ。ただ、それらの実験では、状態の収縮を示す結果がまる三日間にわたって維持された。そのあとようやく正常な量子状態へと戻ったんだ」

「それも説明できる。問題のスーパー観察者はあなたたちに探知されたことを探知したに違いない」

「もしかしたらそうかもしれない。だから、おれたちはいま、もっと大規模な実験を準備している。似た現象をもっとたくさん見つけ出して研究するために」

「パーカー博士、あなたの研究は、たしかにきわめて大きな意義があると思う。仮にスーパー観察者によってぼくらの世界が観察されているとほんとうに証明できたら、人類の行動も節度を守ったものになるかもしれない……いまの人類社会は不確定な量子状態にあり、スーパー観察者が観測することによって理性的な状態に収縮するとも考えられる」

「おれたちがもっと早くそのスーパー観察者を見つけていたら、戦争は避けられたかもしれないな」

＊＊＊

　パーカーの研究に背中を押されて、丁儀《ディン・イー》の自宅を一度訪ねてみたが、驚いたことに彼は恋人と同棲していた。相手は戦争で失業したダンサーだった。見たところなにも考えていないようなタイプで、丁儀がどうしてそんな彼女といっしょに暮らすことになったのかはさっぱりわからない。物理学以外でも人生を楽しむ方法を学んだのだろう。丁儀みたいな男が結婚など考えるはずもないが、さいわい彼女のほうもとくに結婚したいとは思っていないようだった。

　ぼくが訪ねたとき、丁儀は不在で、３ＬＤＫの家には彼女ひとりだった。家の中のようすは、以前来たときとはだいぶ違っている。なにもないがらんとした部屋ではなく、計算用紙のほかにも、子どもっぽい装飾品がたくさん置かれていた。彼女はぼくが丁儀の友だちだと知るとすぐ、丁儀にほかに恋人がいないかと質問してきた。

「丁儀の恋人と言えば物理学だね。物理学があるかぎり、だれも彼の心の中で一番にはなれない」ぼくは正直に答えた。

「物理学なんてどうでもいいの。ほかに女がいるかってこと」

「いないと思うよ。丁儀の頭の中はいろんなものがぱんぱんに詰まってるから、女性二人分のスペースはないだろう」

「でも、噂に聞いたのよ。戦争中、若い女性士官と深い関係にあったって」

「ああ、あれはただの同僚。まあ、友だちではあったけどね。それに、その少佐はもうこの世にいない」

「それは知ってる。でも彼、毎日その少佐の写真を見て、写真を拭いてるのよ」

適当に返事をしていたぼくは、あっけにとられて訊き返した。

「林雲《リン・ユン》の写真を？」

「ふうん。彼女、林雲っていうんだ。学校の先生みたいだけど、軍隊にも教師っているの？」

その言葉にはもっとびっくりした。写真を見せてほしいと拝み倒すと、彼女はぼくを丁《ディン》儀《イー》の書斎に連れていってくれた。書棚の引き出しから、凝った銀のフレームの写真立てをとりだし、謎めいた表情を浮かべた。

「これよ。彼、毎晩寝る前にこっそりこれを見て、いつも拭いているの。だから、一度言ったのよ。机に置いとけばいいじゃないの、あたしは気にしないからって。でも、やっぱり引き出しの中にしまって、毎晩こっそりとりだして拭いてるのよ」

裏返した状態で写真立てを受けとったぼくは、半分目を閉じ、なんとか胸の動悸を鎮めようとした。そんなぼくの姿を丁儀の恋人の女性はおもしろがって見ていただろうが、そんなことにかまっている余裕はなかった。写真立てを勢いよくひっくり返すと、はっきり目を開けて写真を見た。女性が林雲を教師だと勘違いした理由はすぐにわかった。

林雲はたくさんの子どもたちといっしょに写っていた。

子どもたちの真ん中にいる林雲は、いつもと同じ、あのきちんとした少佐の軍服を着ている。しかし、輝くような笑顔は、かつて見たことがないほど美しかった。まわりを囲む子どもたちがだれなのかはひとめでわかった。原子力発電所の事件のとき、テロリストとともに球電に殺されたあの子どもたちだ。子どもたちの笑顔はほんとうに心を和ませてくれる。彼らが心から楽しんでいることがはっきりと見てとれた。とりわけ、林雲が強く抱きしめている小さな女の子に視線が吸い寄せられた。とても愛らしく、くしゃっと笑った顔は目が細くなり、とてもかわいい。だが、ぼくの注意を惹いたのはその子の左腕だった。

彼女には左手がなかった。

林雲と子どもたちは、白い小動物が何匹か遊んでいる、手入れの行き届いた緑の芝生に立っている。林雲たちの背後には、見覚えのある建造物があった。大型倉庫を改装したマクロ電子励起用の実験場で、ぼくらは以前そこで量子状態の羊の鳴き声を聞いた。だが、写真に映る倉庫の広い外壁には、かわいらしい動物や風船や花などが色とりどりに描かれている。その色鮮やかな絵のおかげで、建物全体が巨大なおもちゃみたいに見える。

林雲は、写真の中から魅惑的な笑みを浮かべてぼくを見ている。その澄み切ったまなざしからは、以前の彼女が持っていなかったたくさんのものが読みとれた。ようやく自分の居場所にたどり着いたという幸福感。心の奥底の静けさと落ち着き。そしてその視線は、はるか彼方の忘れられた静かな港に一艘だけ停泊している小舟を思わせた。

ぼくは写真を静かに引き出しの中に戻し、ベランダに出た。あふれる涙を丁儀《ディン・イー》の恋人に見られたくなかった。

そのあとも丁儀はぼくにこの写真の件を話すことはなかったし、林雲《リン・ユン》の話さえしなかった。ぼくのほうも、なにもたずねなかった。これは丁儀の心奥深くにしまいこんだ秘密なのだから。そしてぼくも、ほどなく自分だけの秘密を抱えることになる。

＊＊＊

それは、秋の深まった夜のことだった。午前二時まで仕事をしていたが、ふと顔を上げると、仕事机に置いてある紫水晶の花瓶が目に入った。ぼくが結婚したときに丁儀が贈ってくれた、とてもきれいな花瓶だった。だが、いつ挿したのかさえ思い出せない二本の花はとっくに枯れてしまっている。ぼくはその花をとりだし、屑籠に放り込みながら、思わず苦笑した。生活を支える責任は重くなるばかりだ。いつになったら花瓶に花を生けるような心の余裕ができるだろう。

しばらく椅子の背に寄りかかって、なにも考えずにじっと目を閉じた。いつも深夜になるとしばらくこんなふうに座って過ごす。この時間こそが一日のうちもっとも静かで心落ち着くひとときだった。全世界でぼくひとりだけが目を覚ましているように思える時間。

どこからか、爽やかな香りが漂ってきた。

甘い成分すべてをとり去ったその香りは、爽やかでいてわずかな苦みがある。嵐のあとの澄み切った光に照らされた、青々とした草原を連想させる香りだった。快晴の空に最後にうっすら残る一片の雲、奥深く寂しい谷で一瞬だけ鳴り響き消えてゆく鈴の音……ただ、この香りはもっとかすかだった。意識したとたん、たちまち消えてしまう。だが、嗅覚から注意を逸らすと、またその香りが現れる。

この香水が好きなの？

あっ……ええっと、軍では香水は禁止じゃなかった？

たまにはいいのよ。

「きみなのか？」目を閉じたまま、小声でたずねてみた。

返事はなかった。

「きみなのはわかってる」目を閉じたまま、ふたたび口を開いた。

やはり返事はない。しんと静まりかえっている。

勢いよくぱっと目を見開くと、仕事机の紫水晶の花瓶に青い薔薇が生けられているのが目に入った。だが、見えた瞬間、それは消滅し、あとには空の花瓶だけが静かに鎮座している。

しかし、生命力にあふれ氷のようなオーラを放つ青い薔薇のあらゆるディテールは、脳裏に強く刻まれていた。

目をふたたび閉じ、また開いてみたが、もう薔薇は現れてくれなかった。それでも、青い薔薇が紫水晶の花瓶に生けられたままなのはわかった。

「だれと電話してるの？」戴琳《ダイ・リン》がベッドから身を起こし、眠そうな声でたずねた。

「なんでもない。寝てていいよ」短くそう答えてから、おそるおそる花瓶を持ち上げ、水道の水を注意深く半分くらいまで注ぐと、さらに慎重に花瓶を机に戻した。そして目の前の花瓶を眺めながら、日が昇るまでずっと座っていた。

戴琳は花瓶に水が入っているのを見て、仕事帰りに花を買ってきた。それを花瓶に生けようとしたが、ぼくにとめられた。

「やめてくれ。花瓶にはもう花が生けてあるから」

戴琳は怪訝そうな顔でぼくを見た。

「青い薔薇だよ」

「へえ、いちばん高いやつね」冗談だと思ったらしく、戴琳はそう言って笑った。手を伸ばして花瓶を持ち上げ、買ってきた花を挿そうとした。ぼくは花瓶を奪いとって仕事机に慎重に戻すと、さらに妻の手から花をもぎとって屑籠に投げ込んだ。

「言っただろ。花が生けてあるって。なんのつもりだ？」

戴琳は茫然とぼくを見ていた。

「あなたの心の奥に自分だけの世界があるのはわかってる。わたしにだってある。でも、もうこれだけ長くいっしょに暮らしてるのよ。……あってもいいけど、わたしたちの生活に持ち込まないでよ」

「その花瓶にはほんとうに花が入ってるんだ、青い薔薇が」ぼくは低い声でひとりごとのようにつぶやいた。

戴琳は手で顔を隠し、部屋を飛び出した。

こうして花瓶の中の見えない薔薇は、ぼくと戴琳とのあいだに亀裂を入れることになった。

「その想像上の薔薇を生けた想像上の人物はいったいだれなの？　話してくれなきゃ、こんなのがまんできない！」戴琳からは何度もそう言われた。

「想像上の薔薇じゃない。花瓶にはほんとうに薔薇があるんだ。青い薔薇だ」ぼくはそのたびにそう答えていた。

結局、ぼくたちのあいだの亀裂が修復不可能なところまで来たとき、息子がこの夫婦関係を救ってくれた。その日の早朝、起きてきた息子は、あくびをしながら言った。

「ママ、机の上のあの紫の花瓶に薔薇が入ってたよ。きれいな青い薔薇が！　でも、ママが見たらすぐなくなっちゃった」

妻は怯えたようにぼくに目を向けた。ぼくたちがこの件で最初に喧嘩したとき、その場に息子はいなかったし、そのあとも息子の前では口論を避けてきた。だから、息子が青い薔薇のことを知っていたはずもないのだ。

その二日後、論文を書きながら机に顔を伏せて眠り込んでしまった戴琳《ダイ・リン》は、真夜中にはっと目を覚まし、恐怖にこわばった表情でぼくを揺り起こした。

「いまさっき目が覚めたんだけど、匂いがしたのよ……薔薇の香りだった。その花瓶から匂ってきたのよ！　だけど、もっとその香りを嗅ごうとしたら消えちゃった。ほんとうよ。まちがいない。ほんとうに薔薇の花の香りだった。嘘じゃない！」

「嘘じゃないのはわかってるよ。そこにはほんとに薔薇があるんだから。青い薔薇がね」

それ以降、戴琳はもうこの件についてなにも言わなくなり、花瓶はずっとそのまま仕事机に置かれていた。妻はときどき、挿してある薔薇が倒れないか心配しているみたいに、花瓶をまっすぐ立てたまま、慎重に外側を拭いた。花瓶の中の水が蒸発して少なくなると、そのたびに水を注ぎ足した。

ぼくが青い薔薇を見ることは二度となかったが、そこにあるとわかっているだけでじゅうぶんだった。ときどき、深夜、あたりが静かになると、紫水晶の花瓶を窓の前に移動させ、それに背を向けて立つ。すると、かすかな花の香りが漂ってくる。それで薔薇はそこにあると知ることができたし、そのひとつひとつのディテールを心の目で見ることもできた。花びらを一枚ずつ撫でながら、窓の外から吹いてくる夜風にかすかに揺れ動くのを眺める……それは、心の中でだけ見られる花なのだ。

それでも、いつかもう一度だけ肉眼でこの青い薔薇を見たいと思っている。量子力学に基づけば、人間が死ぬ過程とは、強い観察者から弱い観察者になり、さらに非観察者へと変化していく過程だと、丁儀《ディン・イー》は言う。だとすれば、ぼく自身が弱い観察者になるとき、薔薇の確率雲が収縮して破壊されている状態になる速度は少し遅くなるはずだ。だからそのとき、薔薇を見られる一縷の望みがある。

ぼくの人生が終わりを迎えるとき、最後に一度、いまわの際に目を見開こう。そのとき、すべての知識と記憶が過去の深淵の中に消えて、少年の頃の純粋な感覚と夢想をとり戻したそのときこそ、量子状態の薔薇がきっとぼくに向かって微笑んでくれるはずだ。

著者あとがき

　ある雷雨の夜のことだった。青い電光がきらめくと、窓の外の雨粒が一瞬だけその姿をくっきりと見せた。嵐は夕方はじまり、それ以降、稲妻と雷鳴の間隔はどんどん短くなっていった。目が眩むような稲妻の一閃のあと、大きな木の下にそれが出現した。空中をゆらゆら漂いながら、オレンジ色の光で降りしきる雨を照らし、塤《シュン》の調べを奏でているかのようだったが、十秒あまり経つとそれは消えてしまった……。

　以上は、ＳＦ小説の話ではない。一九八一年の夏、河北省邯鄲《かんたん》市で、降りしきる雷雨の中、作者が実際に目にしたものだ。場所は中華路の南端、当時のそこは辺鄙で静かなところで、少し前に進めばもう大きな畑が広がっていた。

　同じ年、アーサー・Ｃ・クラークの『２００１年宇宙の旅』と『宇宙のランデヴー』の二冊が中国で出版された。それ以前にも、ジュール・ヴェルヌやハーバート・ジョージ・

ウエルズの作品は翻訳されていたものの、この二冊は、英米の現代ＳＦの名作が中国語で読めるようになった初期の例だった。

この二つの出来事は、わたしにとってたいへん幸運なことだった。というのも、球電を見たことがある人はだいたい百人にひとりだし（原注　この統計的数字は中国国内の気象学雑誌に掲載された論文によるものだが、この比率は高すぎるのではないかとわたしは疑っている）、中国で前述の二作品を両方とも読んでいる人は一万人に一人もいないだろうからだ。

この二作品は、わたしのＳＦに対する理想を確立してくれた。それはいまに至るまで変わっていない。この二作品に出合う前のわたしは、ジュール・ヴェルヌの小説から、未来に実現するすごいマシンを予言することこそがＳＦの本分だと信じていた。しかし、アーサー・Ｃ・クラークはわたしのそんな考えを一変させた。ＳＦのほんとうの魅力は、イマジネーションの中の事物（『２００１年宇宙の旅』のモノリス）や世界（『宇宙のランデヴー』に出てくる異星文明の巨大建造物ラーマ）を創造することだと教えてくれたのだ。このようなイマジネーションの創造物は、過去にも現在にも存在しないし、未来にも存在するはずがない。べつの観点から言えば、ＳＦ作家がそれらを想像した段階で、それらはもう存在していて、さらなる証明や他人からの承認など必要ない。逆にもし、そんなイマジネーションの創造物が現実のものになれば、その魅力はかえって失われてしまう。アーサー・C・クラークに関して言えば、もっとも読者を惹きつけてやまない創造物はモノリスとラーマだろう。それに対し、現実となる可能性のある宇宙エレベーターが人々に与える印象はそれほど強烈ではないし、すでに現実のものとなった通信衛星に至ってはさらに魅力を失っている。

主流文学が見せてくれるのが個性豊かな人物像のギャラリーであるように、西洋のSF小説も想像上の世界のオンパレードである。アーサー・C・クラークのラーマのほか、アイザック・アシモフの広大な銀河帝国やロボット三原則をもとに構築された精緻なロボット世界、複雑な関係性が交錯するフランク・ハーバートの砂の惑星、ブライアン・W・オールディスの熱帯密林世界、ハル・クレメントの物理法則によって造られた世界、さらには自然科学と歴史の両面から見て実在はしていなかっただろうバベルの塔。そういうイマジネーションの世界の造形は精緻で生き生きしていて、べつの時空に実在しているのではないかと読者にいつも思わせてくれる。

では、中国SFはどうだろうか。いちばん残念なのは、そういう想像上の世界をまだ見せられていないことである。自分の世界を創造することに対し、中国のSF作家はそれほど意欲的ではない。だれかがすでに創造した世界の中で自分のストーリーを展開していくだけで満足してしまっている。われわれのSF小説では、そのような世界はすでに当然のものになっていて、残るはストーリー性だけというわけだ。

たしかに、すべてのディテールについて生き生きした想像の世界を創り出すのはかなりむずかしい。深遠な思想が必要だし、マクロ的にもミクロ的にも見ることのできる、パワーと余裕を兼ね備えた想像力も必要だ。さらに、創世記に出てくる創造主のような、無から有を生み出す気概も必要だろう。後者二つは、中国の文化には足りていない。しかし、世界をまるごと創造するにはまだ力不足だとしても、次善の策として、まずそのうちのひとつを創造するくらいは可能ではないだろうか？　これこそがわたしがこの小説を執筆した目的だった。

球電はいまも科学における謎のひとつである。しかし、すでに実験室の中では生み出すことが可能になっている（平均して七千回に一回やっと成功するくらいの確率だが）。この謎が完全に解明される日も近いだろう。そのとき、なにがわかるにせよ、これだけは確実に言える。球電の正体は、この小説で描かれたものとはまったく異なるだろう。そもそも球電の真実の姿を解明することはＳＦの役目ではないし、わたしはそんな能力を持ち合わせていない。われわれＳＦ作家にできるのは、自分の想像したものを描くことによって、ＳＦ的なイメージを創造することだ。主流文学と違って、そのイメージは人物に関するものでもない。

わたしが球電を目撃してからの二十年近くの歳月で、知らず知らずのうちに球電に関するさまざまな想像を蓄積してきた。この小説で描いたのはそんな想像のひとつだ。ただそれは、わたしがもっとも真実に近いと思っているものではなく、もっとも面白味があってロマンティックだと思うものだ。これはたんなる想像の産物である。エネルギーがあふれる曲がった空間、あるようでないような空泡、サッカーボール大の電子。この小説の中の世界は灰色の現実世界だ。慣れ親しんだ灰色の空と雲、灰色の山河と海、灰色の人と生活。しかし、この灰色の現実世界には、だれの注意も惹くことなく、ある非現実的なものが漂っている。それはまるで、夢の国からこぼれ落ちたひと粒の塵のようだ。その塵は、広漠たるこの宇宙が不思議に満ち、そこにはわれわれの現実とはまるで違う別世界が存在するかもしれないという可能性を暗示している……。

二〇〇一年一月十一日　劉慈欣《リウ・ツーシン》

訳者あとがき

お待たせしました。世界的なベストセラーとなった『三体』の前日譚にあたる『三体0《ゼロ》球状閃電《きゅうじょうせんでん》』の全訳をお届けする。著者の劉慈欣《リウ・ツーシン》にとっては、『超新星紀元』に続く二冊目のSF長篇。邦訳単行本は二〇二二年十二月、早川書房より刊行された。題名の〝球状閃電〟（球状闪电）とは、日本語で言えば球電、英語で言えば ball lightning（ボール・ライトニング）。読んで字のごとく、球形の雷、ふわふわ宙に浮かんで発光する稲妻ボールですね。

名前はけっこうよく知られてて、トレーディングカードゲーム「マジック：ザ・ギャザリング」に特攻クリーチャーとして採用されているくらいですが、現象としては非常に珍しく、実物を見た人はめったにいない。そのため、UFOとかの親類みたいに思われて、実在を疑われていた時期もあるらしい。

中国の研究者が球電の動画撮影に成功したことを紹介した科学技術振興機構（JST）運営の「サイエンスポータルチャイナ」二〇一四年一月二十九日付け記事によると、〈球電はドアや窓の隙間を通過し部屋に入り、時には爆発して建築物を破壊し、人や家畜を傷つけることもある。球電は移動の際に、どのような障害物に遭遇しても通過できるが、周囲の可燃物を燃やすことはない。一つの球電が爆発した際に放出されるエネルギーは、10キロ分のダイナマイトに相当し、焦げ跡や硫黄臭・オゾン臭を残すことが多い〉というから、まあ、超自然現象と思われるのも無理はない。

本書『球状閃電』は、この奇妙な自然現象の謎に正面から挑み、驚天動地の〝真実〟に到達する。

主人公の〝ぼく〟こと陳《チェン》は、少年時代、球電と遭遇したことで人生が一変し、それ以降、ひたすら球電の真実を追い求めている（著者あとがきの記述によると、小説冒頭に描かれた陳の体験には、劉慈欣《リウ・ツーシン》自身の記憶が反映されているらしい）。

その探求の過程で主人公が出会う運命の女性が林雲《リン・ユン》。軍の高官を父に持ち、雷兵器などの新兵器研究施設に勤める女性将校。兵器を愛してやまない彼女がこの小説の焦点になる。

『三体』の読者なら、同書の結末近く（第34章「虫けら」）で汪淼《ワン・ミャオ》と天才的理論物理学者・丁儀《ディン・イー》が交わす意味ありげなやりとりと、丁儀のデスクに置かれた写真立ての集合写真をご記憶かもしれない。あの写真の中央に映っていた女性がこの林雲。邦訳の順番が原書刊行順と逆になったため、『三体』で丁儀が彼女について語っていた謎めいた言葉の意味がいまようやく明らかになった格好だ。英訳版『三体』ではカットされている場面だが、日本語版ではこの日のために（？）そのまま残しておいたので、本書を読んだあと、ぜひそちら（文庫版『三体』599〜602ページ）を参照していただきたい。

本書『球状閃電』の後半には、その丁儀が名探偵みたいな役どころで颯爽と登場し、八面六臂の活躍を見せる。球電の研究から丁儀が導き出した驚くべき理論は、物理学の常識を根底から覆し、《三体》三部作（および『三体X』）を支えるバックボーンのひとつにもなっている。本書は、そうしたクラシックなハードSFの要素とともに、新兵器開発をめぐる戦争SFの要素も兼ね備え、三部作とはまた違ったテイストで楽しませてくれる。

さて、あらためて本書の来歴をふりかえると、劉慈欣が『球状閃電』の第一稿を書き上げたのは二〇〇〇年十二月十六日。その後、二〇〇四年四月二十九日に第二稿が完成し、同年六月に科幻世界雑誌社出版の《科幻世界　星雲Ⅱ》に一挙掲載された。《星雲》は、中国の月刊SF誌《科幻世界》の別冊のような媒体。長篇を一挙掲載する不定期刊のムックで、内容的には書籍に近い。そして、《星雲Ⅱ》掲載から一年後の二〇〇五年六月、四川科学技術出版社からあらためて単行本『球状閃電』が刊行された。

それから一年も経たずに《科幻世界》で連載が始まったのが、ご存じ『三体』（二〇〇六年五月号〜十二月号）。ストーリー的に直接つながっているわけではないが、丁儀《ディン・イー》に着目すれば、『三体』は『球状閃電』の続篇と言えなくもない。実際、本書の結末近くには、『三体』へのつながりをほのめかす（三体文明が送り出した原子よりも小さいスーパーコンピュータ智子《ソフォン》がすでに地球文明を監視していることを暗示するかのように見える）記述もある。本書の第二稿を仕上げた時点で、劉慈欣《リウ・ツーシン》の頭の中に『三体』の構想があったことはまちがいない。著者インタビューによると、ゆるやかなシリーズのように考えていたらしい。

実際、『三体Ⅱ　黒暗森林』の訳者あとがきでも触れたとおり、同書の中国版初刊本では、本書に登場するマクロ原子核融合が、面壁者フレデリック・タイラーの戦略計画において重要な役割を果たしている。

以下、本書及び『三体Ⅱ　黒暗森林』の内容に触れるので、未読の方は次の一行空きまで飛ばしてください。

ざっくり言うと、元バージョンでは、マクロ核融合兵器を使って三体艦隊を攻撃する――――と見せかけて、逆に人類艦隊を球電兵器で殲滅することで量子状態に置き、神出鬼没の量子ゴースト艦隊として三体艦隊を攻撃させるという、捨て身の特攻作戦だったのである。現行版と同じく破壁人に見破られて失敗に終わるが、この計画は『球状閃電』の作中で起きた出来事が前提になっている。『球状閃電』を読んでいないとピンとこないし、未読の人にとっては同書のネタバレにもなる。そのため、『三体Ⅱ　黒暗森林』が（『球状閃電』より早く）英訳されることになった時点で全面的に改稿され、元の量子ゴースト艦隊から現在の蚊群編隊に変更された。この変更にともない、タイラーが丁儀と会って、マクロ核融合兵器を装備した宇宙艦隊を創設したいと持ちかける場面もカットされている。邦訳版はこの改稿されたテキストを底本としている。

つまり、元バージョンの『黒暗森林』では、邦訳バージョン以上に『球状閃電』が大きな意味を持ち、〝《三体》三部作の前日譚〟という性格が強かったことになる。とはいえ、もし仮に『三体』の汪淼《ワン・ミャオ》パートが『球状閃電』の数年後の話だとすると、本書で描かれる〝戦争〟の影響がほとんど見えないなど、それはそれで不自然な点がいくつもある（一方、宝樹《バオシュー》『三体X』には、空母〈チョモランマ〉の一件など、戦争に直接言及する箇所があり、『球状閃電』を積極的にシリーズに組み込もうとしている）。

したがって、本書については、〝《三体》三部作の前日譚的な要素のある単発長篇〟とか、〝部分的プリクエル〟と呼ぶのが順当かもしれない。とはいえ、劉慈欣ではない著者（宝樹《バオシュー》）が書いた『三体X』が三部作の番外篇的な位置づけでシリーズに組み込まれている（ように見えるかたちで出版されている）のなら、劉慈欣《リウ・ツーシン》自身が書いた部分的前日譚もシリーズに組み込んでいいのではないか。〝エピソード0〟的な意味で『三体0』と銘打てば、『三体X』とのバランスもとれるし――と半分冗談のつもりで口にしたところ、早川書房編集部がたちどころに著者側と交渉。意外にもすんなりOKが出て、こうして『三体0　球状閃電』なる邦訳書が誕生することになった。

この訳題がSNSで紹介されたとき、中国の《三体》ファンはどう思うんだろうとびくびくしながら微博《ウェイボー》を覗いてみたら、「さすが日本はマーケティングがわかってるね」とか「これには作者も納得」とか「まあ前日譚には違いないしね」とか、思いのほか好意的な反応が多くてほっとした。まあ、もともと中国でも〝三体前传（前日譚）〟と宣伝されてきた長篇だし、中国語の『球状閃電』オーディオブック版のタイトルページは「三体前传」のほうがはるかに大きな字でデザインされていたりするから、『三体0』と銘打つことにそれほど違和感はないかもしれない。

それはともかく、本書が刊行されたことで、『三体0　球状閃電』、『三体』、『三体Ⅱ　黒暗森林』（上下）、『三体Ⅲ　死神永生《ししんえいせい》』（上下）、『三体X　観想之宙《かんそうのそら》』（宝樹）と、

《三体シリーズ》五作七冊の邦訳書が書店に並ぶことになった。シリーズを未読の方は、中国の熱心なＳＦ読者と同じように、原書刊行順に、本書からシリーズを読みはじめるのもいいかもしれない。

ここで、本書と《三体》三部作をつなぐキーパーソン丁儀《ディン・イー》についてもうすこし補足しておくと、『三体』では、〈球電の研究過程でマクロ原子を発見し、その名を世界に轟かせた〉理論物理学者として登場。葉文潔《イエ・ウェンジエ》の娘・楊冬《ヤン・ドン》の元恋人と紹介されたあと、第5章「科学を殺す」では、自宅を訪ねてきた汪淼《ワン・ミャオ》を相手に、ビリヤード台を使いながら、楊冬が残した言葉の意味を説明する。

『三体Ⅱ　黒暗森林』では、上巻の終わりのほうで章北海《ジャン・ベイハイ》と対話したあと、人工冬眠を経て、八十三歳の高齢で三体文明の探査機〈水滴〉の調査ミッションにみずから志願する。三部作の中では、これが丁儀の最大の見せ場かもしれない。

『三体Ⅲ　死神永生』では、白艾思《バイ・アイスー》（白Ｉｃｅ）の元指導教官として、白《バイ》の回想シーンに登場する（文庫版下巻３６１〜３６８ページ）。

丁儀が出てくる作品は、本書および《三体》三部作だけではない。短篇では、「宇宙収縮」「ミクロの果て」「朝《あした》に道を聞かば」に登場している（いずれも『時間移民　劉慈欣短篇集Ⅱ』収録)。パイプ煙草が手放せない天才肌の理論物理学者というキャラクターは共通だが、「朝に道を聞かば」では妻と娘(十歳)がいるなど、必ずしも同一世界の人物というわけではなさそうだ(そもそも、丁儀《ディン・イー》が出てくる短篇の中には、宇宙ごと滅びたり時間逆行したりするものもある)。これらの作品を含め、ぜひ劉慈欣《リウ・ツーシン》の短篇群にも手を伸ばしてみてほしい。

本書の翻訳については、『三体』『三体X』と同様、光吉さくら、ワン・チャイ両氏の訳稿をもとに、大森がフィニッシュワークを担当した。科学的な記述については例によって林哲矢氏に、軍事方面の記述については林譲治氏にチェックしていただいたが、もし誤りがあれば、もちろん、最終原稿をつくった大森の責任である。また、このハヤカワ文庫版の刊行にあたっては、早川書房編集部の清水直樹氏と梅田麻莉絵氏、そして校正担当の真下弥生氏にお世話になった。カバーは、おなじみの富安健一郎氏に〝球状閃電〟をビジュアライズしたすばらしい作品で飾っていただいた。みなさんに感謝する。

二〇二五年一月

劉慈欣邦訳書リスト（原書刊行順。括弧内は原題と原書刊行年）

『超新星紀元』（超新星纪元／二〇〇三年一月）大森望、光吉さくら、ワン・チャイ訳／早川書房二〇二三年七月刊

『白亜紀往事』（当恐龙遇上蚂蚁／二〇〇四年六月〔別題「白垩纪往事」〕）大森望、古市雅子訳／早川書房二〇二三年十一月刊

『三体0《ゼロ》 球状閃電《きゅうじょうせんでん》』（球状闪电／二〇〇五年六月）大森望、光吉さくら、ワン・チャイ訳／早川書房二〇二二年十二月刊↓ハヤカワ文庫SF二〇二五年三月刊　＊本書

『三体』（三体／二〇〇八年一月）大森望、光吉さくら、ワン・チャイ訳／立原透耶監修　早川書房二〇一九年七月刊↓ハヤカワ文庫SF二〇二四年二月刊

『三体Ⅱ　黒暗森林』上下（三体Ⅱ：黒暗森林／二〇〇八年五月）大森望、立原透耶、上原かおり、泊功訳／早川書房二〇二〇年六月刊↓ハヤカワ文庫SF二〇二四年四月刊

『三体Ⅲ　死《し》神永生《しんえいせい》』上下（三体Ⅲ：死神永生／二〇一〇年十月）大森望、光吉さくら、ワン・チャイ、泊功訳／早川書房二〇二一年五月刊↓ハヤカワ文庫SF二〇二四年

六月刊
『火守《ひもり》』（焼火工／二〇一六年六月）池澤春菜訳／KADOKAWA二〇二一年十二月刊
（絵：西村ツチカ）＊絵本
『円　劉慈欣短篇集』大森望、泊功、齊藤正高訳／早川書房二〇二一年十一月刊↓ハヤカワ文庫SF二〇二三年三月刊　＊日本オリジナル短篇集
（収録作：鯨歌／地火《じか》／郷村教師／繊維／メッセンジャー／カオスの蝶／詩雲／栄光と夢／円《ユエンユエン》円のシャボン玉／二〇一八年四月一日／月の光／人生／円）
『流浪地球』大森望、古市雅子訳／KADOKAWA二〇二二年九月刊↓角川文庫二〇二四年一月刊　＊日本オリジナル短篇集
（収録作：流浪地球／ミクロ紀元／呑食者／呪い5・0／中国太陽／山）
『老神介護』大森望、古市雅子訳／KADOKAWA二〇二二年九月刊↓角川文庫二〇二四年一月刊　＊日本オリジナル短篇集
（収録作：老神介護／扶養人類／白亜紀往事［短篇版］／彼女の眼を連れて／地球大砲）
『時間移民　劉慈欣短篇集Ⅱ』大森望、光吉さくら、ワン・チャイ訳／早川書房二〇二四年十二月刊　＊日本オリジナル短篇集

（収録作：時間移民／思索者／夢の海／歓喜の歌／ミクロの果て／宇宙収縮／朝《あした》に道を聞かば／共存できない二つの祝日／全帯域電波妨害／天使時代／運命／鏡／フィールズ・オブ・ゴールド）

※他に、劉慈欣作品ではないが、〈三体〉シリーズのスピンオフとして、宝樹《バオシュー》『三体X　観想之宙《かんそうのそら》』（大森望、光吉さくら、ワン・チャイ訳／早川書房二〇二二年七月刊）が出ている（原題《三体X　观想之宙》二〇一一年六月刊）。

訳者略歴

大森《おおもり》 望《のぞみ》
1961年生，京都大学文学部卒　翻訳家・書評家
訳書『息吹』テッド・チャン
著書『21世紀SF1000』（以上早川書房刊）他多数

光吉《みつよし》さくら
翻訳家
訳書『時間移民』劉慈欣（共訳、早川書房刊）他多数

ワン・チャイ
翻訳家
訳書『時間移民』劉慈欣（共訳、早川書房刊）他多数

本書は、二〇二二年十二月に早川書房より単行本として刊行された作品を文庫化したものです。

HM=Hayakawa Mystery
SF=Science Fiction
JA=Japanese Author
NV=Novel
NF=Nonfiction
FT=Fantasy

三体0《さんたいゼロ》　球状《きゅうじょう》閃《せん》電《でん》

〈SF2475〉

二〇二五年三月 二十 日　印刷
二〇二五年三月二十五日　発行
（定価はカバーに表示してあります）

著者　劉《りゅう》　慈《じ》欣《きん》

訳者　大《おお》森《もり》　望《のぞみ》
　　　光《みつ》吉《よし》さくら
　　　ワン・チャイ

発行者　早川　浩

発行所　株式会社　早川書房
郵便番号　一〇一 - 〇〇四六
東京都千代田区神田多町二ノ二
電話　〇三 - 三二五二 - 三一一一
振替　〇〇一六〇 - 三 - 四七七九九
https://www.hayakawa-online.co.jp

乱丁・落丁本は小社制作部宛お送り下さい。
送料小社負担にてお取りかえいたします。

印刷・中央精版印刷株式会社　製本・株式会社明光社
Printed and bound in Japan
ISBN978-4-15-012475-5 C0197

本書は活字が大きく読みやすい〈トールサイズ〉です。